BESTSELLER

E. L. James es una romántica incurable. Después de veinticinco años trabajando en la televisión, decidió cumplir su sueño de infancia y se lanzó a escribir historias que enamoraran a los lectores. El resultado fue la controvertida y sensual *Cincuenta sombras de Grey* y sus dos secuelas, *Cincuenta sombras más oscuras* y *Cincuenta sombras liberadas*, publicadas en 2012. Posteriormente escribió los best sellers *Grey* y *Más oscuro*, la historia de Christian y Ana desde la perspectiva de él. Sus novelas han sido traducidas a más de cincuenta idiomas y han logrado vender más de 165 millones de ejemplares en todo el mundo, y en español cuenta con más de 8 millones de lectores.

E. L. James fue reconocida como una de las «Personas más influyentes del mundo» por la revista *Time* y el *Publishers Weekly* la nombró «Autora del año». *Cincuenta sombras de Grey* permaneció en la lista de best sellers de *The New York Times* durante 133 semanas consecutivas y en 2018 fue seleccionada por los lectores como una de las 100 mejores novelas según una votación en *The Great American Read* de PBS. Además, *Cincuenta sombras liberadas* ganó el Goodreads Choice Awards en 2012, y *Más oscuro* fue seleccionada entre las finalistas del International DUBLIN Literary Award en 2019.

James coprodujo para Universal Studios las películas de «Cincuenta sombras», las cuales recaudaron más de mil millones de dólares. La tercera entrega, *Cincuenta sombras liberadas*, ganó el People's Choice Award for Drama en 2018.

E. L. James vive en los alrededores de West London con sus dos maravillosos hijos, su marido, el novelista y guionista Niall Leonard, y sus perros terrier.

Para más información, visita la página web de la autora: www.eljamesauthor.com

También puedes seguir a E. L. James en Facebook, X e Instagram:

 E L James
 @E_L_James
 @erikaljames

Biblioteca

E. L. JAMES

La condesa

Traducción de
Puerto Barruetabeña Díez, Jesús de la Torre Olid,
Ana Isabel Domínguez Palomo y **María del Mar Rodríguez Barrena**

DEBOLS!LLO

Papel certificado por el Forest Stewardship Council®

Título original: *The Missus*

Primera edición en Debolsillo: abril de 2024

© 2023, Erika James Ltd
© 2023, 2024, Penguin Random House Grupo Editorial, S. A. U.
Travessera de Gràcia, 47-49. 08021 Barcelona
© 2023, Puerto Barruetabeña Díez, Jesús de la Torre Olid,
Ana Isabel Domínguez Palomo y María del Mar Rodríguez Barrena, por la traducción
Diseño de la cubierta: Adaptación de la cubierta original de Erika Mitchell y Brittany
Vibbert/Sourcebooks: Penguin Random House Grupo Editorial
Imagen de la cubierta: © Erika Mitchell

Printed in Spain – Impreso en España

ISBN: 978-84-663-7386-9
Depósito legal: B-1.840-2024

Compuesto en Comptex & Ass., S. L.
Impreso en Liberdúplex, S.L.U.
Sant Llorenç d'Hortons (Barcelona)

P 3 7 3 8 6 9

Para D., con cariño

1

Mis pasos resuenan con un compás de urgencia sobre el suelo duro y brillante y entrecierro los ojos bajo la implacable luz de los fluorescentes.

—Por aquí. —La médico de urgencias se detiene y me hace pasar a una sala fría y austera que es el depósito de cadáveres del hospital.

Sobre una mesa, bajo una sábana está el cuerpo fracturado y sin vida de mi hermano.

Siento el impacto de un seísmo, me presiona en el pecho y me exprime todo el aliento de los pulmones. Nada me podría haber preparado para esto.

Kit, mi hermano mayor.

Mi piedra angular.

Kit, el duodécimo conde de Trevethick.

Muerto.

—Sí. Es él. —Las palabras me dejan la boca seca.

—Gracias, lord Trevethick —murmura la doctora.

Mierda. ¡Ese soy yo ahora!

Bajo la vista hacia Kit.

Solo que no es él. Estoy yo en la mesa… tumbado, lleno de magulladuras y roto…, frío…, muerto.

¿Yo? ¿Cómo es posible?

Desde mi posición postrada veo que Kit se inclina sobre mí y me besa en la frente. «Adiós, cabrón —dice con voz áspera por la pesada tensión de las lágrimas sin derramar en su garganta—. Tú puedes. Para esto es para lo que naciste». Me mira con su sonrisa torcida y sincera que se reserva para esos pocos momentos en los que está jodido.

¡Kit! ¡No! No lo has entendido.

¡Espera!

—Tú puedes, Suplente —dice—. Eres el afortunado número trece. —Su sonrisa se desvanece y él desaparece. Y yo bajo los ojos una vez más, inclinándome sobre él mientras duerme. Solo que su cuerpo maltrecho lo desmiente. No está dormido sino… muerto.

¡No! ¡Kit! ¡No! Mis palabras se quedan atascadas en una garganta que está inundada de demasiada pena.

¡No! ¡No!

Me despierto, con el corazón palpitándome con fuerza.

¿Dónde estoy?

Tardo un nanosegundo en ubicarme a medida que mis ojos se van acostumbrando a la media luz. Alessia está acurrucada junto a mí, con la cabeza sobre mi pecho y la mano abierta sobre mi vientre. Cuando tomo una profunda y purificadora bocanada de aire, mi pánico se aleja como la suave estela de un mar sin mareas.

Estoy en Kukës, en el norte de Albania, en la casa de sus padres, y, al otro lado del lago, el amanecer es un susurro en el cielo.

Alessia está aquí. Conmigo. Está a salvo y profundamente dormida. Con cuidado, aprieto el brazo alrededor de sus hombros y la beso en la cabeza, aspirando su olor. El ligero bálsamo de lavanda y rosas y mi más que dulce chica alivia y despierta mis sentidos.

Mi cuerpo se excita; el deseo, caliente y pesado, fluye abajo.

La deseo. Otra vez.

Esto es nuevo. Esta necesidad. Pero ha arraigado, se ha convertido en una parte de lo que soy y se intensifica cuando estoy con ella. Es tan atractiva y encantadora que la ansío como un adicto. Pero me resisto a despertarla. Ha atravesado los nueve círculos del infierno.

Otra vez.

Joder.

Consigo controlar mi cuerpo y cierro los ojos a la vez que mi rabia y mi remordimiento vuelven a aparecer. Dejé que ella se me escurriera entre los dedos. Dejé que ese cabrón violento, su «prometido», se la llevara. No quiero saber lo que habrá sufrido, pero sus cortes y moretones delatan su espantosa historia.

Nunca más voy a permitir que pase eso.

Gracias a Dios que está a salvo.

Déjala dormir.

Suavemente, juego con un mechón de su pelo, maravillándome como siempre por su suavidad. Lo acerco a mi boca y lo froto sobre mis labios con un tierno beso.

Mi amor. Mi chica preciosa y valiente.

Ha superado tantas cosas en tan poco tiempo: la trata de blancas, la indigencia, la búsqueda de un trabajo remunerado... y enamorarse de mí.

Mi dulce asistenta.

Mi futura esposa.

Cierro los ojos de nuevo, me acurruco más sobre ella, buscando su calor, y me quedo dormido.

Me despierto de repente, acuciado por... algo que viene de fuera.

¿Qué ha sido eso?

Es más tarde. La luz de la habitación es más clara.

—¡Alessia!

Su madre la está llamando.

¡Mierda! ¡Nos hemos quedado dormidos!

—¡Alessia! Despierta. Te está llamando tu madre. —La beso en la frente y ella refunfuña cuando me suelto de sus brazos y me incorporo—. ¡Alessia! ¡Vamos! Si tu padre nos encuentra nos va a pegar un tiro a los dos.

El desagradable recuerdo de su padre y de su escopeta de corredera de la noche anterior aparece en mi mente.

Va a casarse con mi hija.

Su madre la vuelve a llamar y Alessia abre los ojos, parpadeando mientras despierta. Levanta la mirada hacia mí, toda despeinada, adormilada y sensual, y me lanza su sonrisa más radiante. Por un momento, me olvido de la lúgubre amenaza de su padre con el dedo índice sobre el gatillo de esa escopeta.

—Buenos días, preciosa. —Le acaricio la mejilla evitando tocarle el arañazo que sigue teniendo ahí. Ella cierra los ojos y se inclina sobre mi mano—. Tu madre te está llamando.

Sus párpados se abren de golpe y su sonrisa desaparece, sustituida por una expresión de alarma con los ojos abiertos de par en par. Se incorpora sin nada encima aparte de su pequeña cruz de oro.

—*O Zot! O Zot!*

—Sí. *O Zot!*

—¡Mi camisón!

Se oye un golpe sordo pero amortiguado en la puerta.

—¡Alessia! —sisea la señora Demachi.

—¡Mierda! ¡Escóndete! Yo me encargo. —Mi corazón late con un tamborileo frenético.

Alessia se levanta de un brinco de la cama, moviendo sus preciosos brazos y piernas desnudos, mientras yo me levanto de un salto y me pongo los vaqueros. Sinceramente, me dan ganas de reírme. Es como si estuviéramos dentro de una absurda comedia británica. Es de locos. Los dos somos mayores de edad y nos vamos a casar pronto. Con una rápida mirada a Alessia, que está tratando de ponerse su camisón gótico, me acerco despacio a la puerta, la entreabro y finjo estar medio dormido. Su madre se encuentra al otro lado.

—Buenos días, señora Demachi.

—Buenos días, conde Maxim. ¿Y Alessia? —pregunta.

—¿Se ha vuelto a ir? —Intento parecer preocupado.

—No está en su cama.

Los pies de Alessia suenan por el frío suelo de baldosas y pasa sus brazos por mi cintura mientras se asoma por detrás de mí.

—Estoy aquí, mamá —susurra en mi idioma para que yo la entienda, creo.

Maldita sea.

Nos han descubierto y ahora he quedado como un mentiroso delante de mi futura suegra. Miro a Shpresa encogiendo los hombros con gesto de disculpa y ella frunce el ceño sin mostrar en su expresión ningún signo de humor.

Mierda.

—¡Alessia! —susurra a la vez que mira nerviosa hacia atrás—. *Po të gjeti yt atë këtu!*

—*E di. E di* —contesta Alessia y, como respuesta a mi ceño fruncido, me dedica una dulce mirada de arrepentimiento y levanta los labios hacia los míos para ofrecerme un beso casto. Sale por la puerta, envuelta en su camisón victoriano, y me lanza una mirada intensa por encima del hombro mientras sigue a su madre escaleras arriba. Le perdono que me haya dejado como un mentiroso ante su madre y me quedo quieto y escucho cómo susurran entre ellas en albanés. No oigo a su padre.

Creo que nos hemos librado.

Bueno, él dijo que ella era ahora problema mío. Niego con la cabeza mientras cierro la puerta, furioso al pensarlo. Alessia no es *mi problema*, joder. Es una mujer que sabe lo que quiere. ¿Cómo puede pensar eso? Me cabrea. Culturalmente, su padre y yo estamos en extremos opuestos y, por mucho que yo quiera mostrarme respetuoso con él, tiene que entrar en el siglo XXI. Es evidente por qué Alessia no se fía de él. Hizo una alusión indirecta a su carácter volátil al hablar de él cuando estábamos en Cornualles. Dijo entonces que no lo echaba de menos a él, solo a su madre.

Mierda. Cuanto antes nos marchemos de aquí, mejor.

¿Cuánto tardaremos en casarnos?

Quizá deberíamos salir por pies.

¿Fugarnos?

Podríamos escondernos en el hotel Plaza de Tirana mientras esperamos a su nuevo pasaporte y descubrir juntos los placeres de la capital. Además, ¿cuánto tiempo se tarda en conseguir un pasaporte? ¿Lo suficiente como para que su padre venga a buscarnos con su escopeta? No sé y, en cierto modo, no creo que a Alessia le guste esa idea. Pero este andar escondiéndonos como si fuéramos niños es una locura. Es como si hubiésemos viajado varios siglos atrás y no estoy seguro de que podamos seguir tolerando esto durante mucho tiempo.

Miro la hora y sigue siendo temprano, así que me quito los vaqueros y me tumbo. Mientras miro al techo y pienso en los últimos días, mi sueño más reciente se cuela en mi conciencia.

¿Qué narices era eso?

¿Kit?

Aprueba que yo herede el título de conde.

¿Eso es todo?

¿Aprobaría mi apresurada propuesta de matrimonio y esta boda a punta de escopeta?

No, no creo que las aprobara. Quizá sea eso lo que significa. Ahora que lo pienso, no estoy seguro de que nadie de mi familia dé su aprobación. Cierro los ojos mientras me imagino la reacción de mi madre ante la noticia. Quizá se alegre de verme casado… por fin.

No. Se pondrá furiosa. Lo sé.

Quizá mi sueño quería decir que Kit me ofrece su solidaridad.

Podría ser…

Sí.

De eso iba el sueño.

S u madre está enfadada y Alessia no sabe qué decir para apaciguarla.

—¿Qué crees que estabas haciendo? —ruge Shpresa.

Alessia responde levantando una ceja.

—¡Alessia! —exclama tajante su madre, muy consciente de lo que Alessia está tratando de expresar—. ¡Solo porque ese hombre haya probado tu flor no significa que no debáis esperar a estar casados!

¡Pero mama*!*

—¡Si tu padre os pilla! —Suspira—. Creo que ha salido, quizá a buscarte. Probablemente le dé un ataque al corazón si se entera de lo que estabais haciendo. —Chasquea la lengua con exasperación mientras las dos avanzan por el pasillo, pero su expresión se suaviza cuando llegan a la sala de estar—. Supongo que ya te habrás quedado embarazada, así que… —Eleva los hombros con resignación.

Un lento sonrojo va cubriendo el rostro de Alessia. ¿Debería decirle a su madre que era mentira?

—Pues tu atractivo conde está en buena forma. —Shpresa mira a su hija con una sonrisa burlona.

—*Mama!* —exclama Alessia.

—Tiene un tatuaje.

—Sí. Es el escudo de armas de su familia.

—Ya veo. —Su tono es de desaprobación y aprieta los labios.

Alessia se encoge de hombros. A ella le gusta su tatuaje.

Su madre sonríe.

15

—¿Es bueno contigo… en la cama?

—*Mama!* —La voz de Alessia se eleva varias octavas por el impacto.

—Es importante. Quiero que seas feliz y debes hacerle feliz a él. Y no tardará mucho en llegar el bebé y, en fin… —Su madre resuella y su decepción sale de ella en oleadas mientras Alessia la mira sin expresión.

¿Qué puede decir? ¿Que ha mentido a sus padres?

¿Y es eso lo que le pasó a su madre después de que Alessia naciera?

Alessia no quiere pensar en eso. Además, es demasiado temprano como para estar manteniendo esta conversación.

—Creo que es feliz —dice por fin.

—Bien. Seguiremos hablando de esto.

—Yo no quiero hablar más de esto —replica Alessia, avergonzada.

—¿No tienes ninguna pregunta?

Alessia palidece solo de pensarlo.

—¡No!

—Supongo que ya es un poco tarde para eso. Pero, si tienes alguna pregunta, tu padre y yo…

—*Mama!* ¡Déjalo ya! —Alessia se coloca las manos sobre las orejas—. No quiero saber nada.

Su madre se ríe de buena gana.

—Me alegra tenerte de vuelta, cariño. Te he echado mucho de menos. —Su risa se desvanece y entrecierra los ojos cambiando de expresión, poniéndose seria—. Anoche no paré de dar vueltas en la cama. Estuve pensando en las implicaciones de una cosa que dijo lord Maxim. No podía dormir de la preocupación. —Su voz se apaga.

—¿Qué es, *mama*?

Respira hondo, como si lo que está a punto de pronunciar fuera especialmente desagradable.

—Dijo algo sobre trata de blancas.

Alessia ahoga un grito.

—Ay, *mama*, tengo que contarte muchas cosas, pero antes me voy a dar una ducha.

Su madre la atrae hacia sus brazos.

—Mi dulce niña —le dice con ternura al oído—. Qué contenta me siento de que estés en casa. Y a salvo.

—Yo también, mamá. Y lo de Anatoli se ha acabado.

Shpresa asiente.

—¿Y tu futuro marido tiene un carácter violento?

—No. No. Para nada. Más bien lo contrario.

Su madre sonríe.

—Te iluminas como un día de verano cuando hablas de él. —Coge la mano de Alessia y, levantando una ceja, admira el precioso anillo de compromiso—. Tiene dinero y buen gusto.

Alessia asiente y se queda mirando el centelleante diamante de su dedo.

Este precioso anillo es suyo ahora.

Le cuesta creerlo.

—Ve a ducharte. Voy a preparar pan y café.

Alessia se coloca debajo de la ducha del baño de la familia, deleitándose con el agua caliente. No sale con tanta fuerza como en las duchas de Cornualles, pero agradece el calor mientras se frota la piel. Es la primera vez que se permite pensar en todo lo que ha ocurrido durante los últimos días.

Anatoli. Su secuestro. El largo viaje hasta aquí. Su crueldad.

Se estremece. Ahora ha salido de su vida y eso hace que se sienta agradecida.

Y la han recibido bien en casa; incluso su padre ha admitido que la echaba de menos.

Alessia cierra los ojos mientras se frota con fuerza el champú sobre el pelo, tratando de borrar la culpa. Ha mentido a sus padres y su falta de sinceridad es como un molesto runrún en su conciencia.

No está embarazada, pero ¿debería contarles la verdad?

¿Qué diría su padre si lo supiera? ¿Qué haría?

Levanta la cara hacia la cascada y deja que la inunde.

Y, luego, está Maxim.

Sonríe bajo el chorro de agua. Ha atravesado un continente para buscarla y ha traído con él un anillo para declararse. Es mucho más de lo que jamás había soñado o había esperado. Ahora tiene que averiguar qué piensa de verdad Maxim sobre lo de verse obligado a tener una boda albanesa.

Anoche no puso objeción.

Pero desearía que su padre fuera menos insistente.

Alessia sería más feliz de vuelta en Londres y le preocupa que Maxim sienta lo mismo. ¿Cuánto tiempo va a tardar en aburrirse de estar en Kukës? Él está acostumbrado a una vida muy diferente y aquí no hay mucho con lo que entretenerse. Quizá deberían huir de Kukës juntos. Podrían casarse en Inglaterra.

¿Se plantearía Maxim esa idea? Alessia se enjuaga el pelo y se detiene.

No. Mama!

Alessia no puede dejar a su madre a merced de su padre. Debe llevarse a su madre con ella. *¿Podría hacerlo? ¿Se opondría Maxim?* Al fin y al cabo, Shpresa habla inglés con fluidez. Su madre, Virginia, la querida abuela de Alessia, era inglesa. Debe de tener familia en Inglaterra. Alessia no lo sabe. Su nana nunca hablaba de su familia inglesa porque no aprobaron su matrimonio con un hombre albanés.

¿Pasará lo mismo con la familia de Maxim?

¿Se pondrán en contra de ella?

Un escalofrío le baja por la espalda. Maxim se casa con su asistenta, una extranjera sin dinero. Por supuesto que no lo van a aprobar. Alessia se viene abajo.

¿Qué puede hacer?

Quizá no deberían casarse hasta que ella conozca a su familia y sepa si la aceptan o no, porque en el fondo de su corazón… desea su bendición.

Pero, antes, debe sortear a su padre y sus expectativas, y es un hombre terco, temperamental y orgulloso. Dijo que quería que se casaran al final de la semana.

¿Acaso es eso posible?

Se frota la cara. Hay muchas cosas en las que pensar y muchas otras que hacer.

Cuando Alessia entra en la cocina, su madre levanta los ojos de la masa y se queda mirándola.

—Estás distinta —dice dejando la masa a un lado para que suba.

—¿Es por la ropa? —Alessia hace un giro completo. Lleva una falda, una camiseta y una rebeca de lo que Maxim le compró en Padstow.

—Sí, puede ser. Pero se te ve con más mundo. —Su madre se acerca al fregadero para lavarse las manos.

—Lo tengo —responde Alessia en voz baja. Ha sido víctima de trata en Europa, ha dormido en la calle, ha vivido en una de las ciudades más activas del planeta y se ha enamorado…; después, todo eso se lo han arrebatado cuando ha sido secuestrada y casi violada por su prometido. Alessia se estremece.

No pienses en él.

—¿Café? —pregunta su madre.

—Sin azúcar para mí —responde mientras se sienta en la mesa.

Shpresa la mira sorprendida.

—¿Y sabe bien?

—Te acostumbras.

Shpresa coloca una taza llena en la mesa para Alessia y se sienta enfrente con otra taza para ella.

—Cuéntame. ¿Qué pasó después de dejarte en aquel minibús en la carretera de Shkodër?

—Ay, *mama*. —A Alessia le tiembla el labio a medida que la enormidad de lo que ha sufrido desde que salió de Albania va inundando su pecho como un maremoto. Titubeante, entre lágrimas, le cuenta a su madre toda la historia.

M e despierto sintiéndome revitalizado. El sol está más alto en el cielo y, cuando miro la hora, son las nueve y media de la mañana. Deprisa, me pongo los vaqueros, la camiseta y el jersey. En algún momento voy a tener que volver al hotel para recoger mis cosas. Pero, lo que es más importante, necesito saber qué va a pasar con nuestra boda a punta de escopeta.

En la sala de estar veo a Alessia y a su madre llorando en silencio sentadas a la mesa.

¿Qué narices ocurre?

—¿Qué ha pasado? —Las sorprendo a las dos a la vez que mi preocupación se dispara.

Alessia se limpia las lágrimas de los ojos y se levanta de un salto de su silla para lanzarse a mis brazos.

—Eh, ¿qué pasa?

—Nada. Me alegra que estés aquí. —Me abraza.

Yo la beso en la cabeza.

—A mí también.

Shpresa se levanta también y se seca los ojos.

—Buenos días, lord Maxim.

—Buenos días. Y… con Maxim basta. Es mi nombre.

Me mira con una sonrisa tensa.

—¿Café?

—Por favor.

—Sin azúcar, mamá —interviene Alessia.

Le levanto el mentón y miro sus ojos tristes y oscuros, que han visto y sufrido demasiado. El corazón se me encoge.

Mi amor.

—¿Por qué estás tan agitada?

—Le estaba contando a mamá todo lo que pasó después de salir de Kukës.

La abrazo con más fuerza a la vez que una ola de energía protectora me oprime el pecho.

—Entiendo. —Tras besarla en la cabeza, la acuno contra mi cuerpo, agradecido de nuevo de que haya sobrevivido a su horroroso calvario—. Ahora estoy yo aquí y no voy a apartar los ojos de ti.

Jamás.

Frunzo el ceño, sorprendido por la ferocidad de mis sentimientos. Es verdad que no voy a apartar los ojos de ella. Ya ha sufrido demasiado.

—Lo digo en serio —añado. Ella pasa la punta de sus dedos por mi barba incipiente y su roce reverbera... por todo mi cuerpo—. Tengo que afeitarme.

Mi voz suena ronca.

Ella sonríe.

—Me gustaría mirar.

—¿Ahora? —Levanto una ceja.

Los ojos de Alessia ya no muestran desaliento, sino que centellean llenos de humor y una emoción que me llega directamente a la ingle.

La señora Demachi está ocupada preparando el café y haciendo ruido con la pequeña cafetera, de modo que el hechizo entre Alessia y yo se rompe. Beso a Alessia en la nariz y, sonriendo como un tonto, dirijo mi atención a su madre. Alessia acaricia mi pecho con su nariz mientras yo observo el elaborado proceso que incluye una pequeña cafetera de metal, una cucharilla larga y remover con esmero sobre el fogón.

La señora Demachi me mira con una breve sonrisa.

—Siéntate —dice, así que suelto a mi futura esposa y, tras una mirada a la escopeta que está en la pared, tomo asiento en la mesa.

Alessia saca una taza y un platillo del aparador. Lleva puesta la falda vaquera oscura que compramos en Padstow y que se le ajusta tentadoramente a la perfecta silueta de su culo.

Está preciosa.

Me remuevo en mi silla y Alessia me llena la taza con la cafetera de metal.

—Tu café —dice con sus oscuros ojos resplandeciendo de placer, y deja la taza delante de mí. Sabe que me la estoy comiendo con los ojos, y le gusta. Sonrío y, sin apartar la vista de ella, frunzo los labios para soplar suavemente sobre el borde de la taza. Sus labios se separan mientras inhala con avidez y mi sonrisa se ensancha.

Donde las dan las toman.

Su madre se aclara la garganta y los dos volvemos a estar en la cocina. Alessia se ríe y le dice algo en albanés a la señora Demachi, que asiente a su hija con discreta desaprobación.

Pruebo a dar un sorbo a mi café. Está hirviendo, es aromático y amargo, pero sienta bien. La madre de Alessia enciende el horno y, a continuación, empieza a estirar la masa. Es rápida y eficaz y, poco después, la corta en tiras y, después, en cuadrados. Su velocidad es impresionante. No me extraña que Alessia cocine tan bien. Alessia se une a ella y yo las miro, fascinado, mientras cada una forma pequeñas bolas de masa con sus manos. Su facilidad con la cocina me recuerda a Jessie y Danny en Tresyllian Hall, en Cornualles. Su madre las coloca juntas en una bandeja de horno y Alessia las impregna de leche sirviéndose de una pequeña brocha de plástico. La eficacia de las dos, la compenetración entre ellas..., su aire doméstico resulta agradable de ver.

Maldita sea. Qué maleducado soy.

¿Puedo ayudar en algo? —pregunta Maxim.

Alessia niega prudente con la cabeza mientras su madre asiente.

—No, mamá. Inclinar la cabeza significa sí.

Shpresa se ríe.

—No estamos acostumbradas a que los hombres nos ayuden en la cocina. —Sus ojos se iluminan de buen humor mientras mete la bandeja en el horno.

Alessia se dispone a poner la mesa.

—Ya te lo dije. Aquí solo cocinan mujeres.

El desayuno es un delicioso banquete recién salido del horno. Voy por mi cuarto panecillo con mantequilla y mermelada de frutos rojos cuando oímos cerrarse de golpe la puerta de la calle. Unos momentos después, aparece el señor Demachi vestido con un traje oscuro y una expresión a juego que no revela nada. Shpresa se levanta de un brinco de la mesa y empieza a llenar la cafetera con agua caliente.

Quizá necesita una cafetera más grande.

Alessia se levanta de la mesa, va a por un plato y lo coloca en la cabecera de la mesa con un cuchillo. Demachi se sienta y resulta evidente que esto es lo habitual: toda la vida le han servido a cuerpo de rey.

Bueno..., también a mí. Pero no mi madre. Ni mi hermana, ya puestos.

—*Mirëmëngjes* —refunfuña, lanzándome una mirada directa e inescrutable, como de costumbre.

—Mi padre te desea los buenos días —traduce Alessia, que parece divertida.

¿Por qué le parece gracioso?

—Buenos días. —Miro a mi futuro suegro asintiendo.

Él empieza a hablar y Alessia y su madre escuchan, cautivadas por su voz grave y melodiosa mientras les explica algo. Me encantaría saber qué les está contando.

Al final, Alessia me mira, con los ojos abiertos de par en par, como si apenas se creyera lo que está a punto de decirme.

23

—Mi padre ha organizado nuestro matrimonio.

¿Ya?

Ahora me toca a mí poner cara de incredulidad.

—Cuéntame.

—Solo necesitas tu pasaporte.

Nos miramos el uno al otro y creo que por su cabeza y por la mía atraviesa el mismo pensamiento.

Parece demasiado fácil.

Yo le miro a los ojos y él levanta el mentón con una arrogante expresión de no me toques las pelotas, como si me estuviese desafiando a protestar.

—Ha visto al funcionario de la…, eh…, oficina de… estado civil. No sé la traducción exacta —dice Alessia—. Han tomado un café esta mañana. Lo han acordado todo.

¿Un domingo? ¿Así de sencillo?

—De acuerdo. ¿Cuándo? —Mantengo un tono calmado, pues no quiero exasperar al viejo. Tiene mal genio, casi tan malo como el de mi amigo Tom.

—El sábado.

Un escalofrío de duda me recorre la espalda.

—Vale —respondo, y mi vacilación debe de haberme delatado. La señora Demachi nos mira preocupada a mí y a su marido y, después, a su hija.

Alessia le dice algo a su padre y él le responde con un grito que nos sobresalta a todos. Ella se queda pálida y agacha la cabeza, pero me lanza una mirada furtiva mientras yo aparto mi silla.

No debería hablarle así.

—El funcionario y él son buenos amigos —se apresura a explicar Alessia—. Viejos amigos. Creo que yo lo conozco. Lo he visto antes. Mi padre dice que todo está organizado. —Es evidente que ella está acostumbrada a sus arrebatos, pero también parece insegura.

Igual que yo. Este arreglo me resulta demasiado oportuno.

Perplejo, me acomodo de nuevo en mi silla, pues no quiero provocarle.

—¿Qué tengo que hacer?

—Debemos reunirnos con el funcionario mañana en el *bashkia*…, quiero decir, en el ayuntamiento, para responder a unas preguntas y rellenar unos papeles. —Se encoge de hombros con la misma preocupación que siento yo.

Vale. Vamos a hablar con el funcionario.

Mientras estoy bajo la rudimentaria ducha y me lavo la cabeza, siento una verdadera crisis de conciencia. Con una rápida búsqueda en internet con mi teléfono he visto que es mucho más complicado casarse siendo ciudadano extranjero en Albania que lo que el padre de Alessia parece creer. Hay que rellenar formularios y, después, traducirlos y llevarlos a un notario, y eso solo con un rápido vistazo a los requisitos.

¿Qué es lo que ha organizado su padre?

¿Cómo ha conseguido eludir los protocolos habituales?

Si lo ha hecho, ¿es legal?

Y, si no, ¿cómo puedo seguir adelante con una boda que probablemente no sea legal solo con tal de contentar a un viejo orgulloso e impaciente? Sé que va a ser mi suegro, pero lo que pide es demasiado. Toda su palabrería de ayer sobre el honor no sirve de nada si trata de esta forma a su hija.

Y yo me encuentro en un aprieto. No puedo marcharme sin Alessia y sé que ese viejo cabrón no va a permitir que me la lleve conmigo. Necesita un pasaporte y un visado para regresar al Reino Unido, y no tengo ni idea de dónde ni cómo conseguirlos. Probablemente en Tirana. No lo sé.

Aunque sí que dijo que ella era ahora problema mío.

Quizá debería tomarle la palabra.

Cierro el grifo de la ducha, molesto y desconcertado por la situación en la que me encuentro, y por el gran charco de agua que he dejado en el suelo del baño. Eso no dice mucho de la fontanería albanesa. Cojo una toalla y me seco rápidamente y, a continuación, me pongo la ropa y abro la puerta.

Alessia está al otro lado, enarbolando lo que parece un aparato de alta tecnología para limpiar duchas. Me río, sorprendido y encantado de verla, y me transporto a un momento en que ella estaba en mi piso, vestida con su espantosa bata de nailon, y yo la miraba disimuladamente… mientras me enamoraba.

Sonríe y pone los dedos sobre mis labios.

—¿Sabe él que estás aquí? —susurro.

Ella niega con la cabeza, coloca la palma de la mano sobre mi pecho y me empuja hacia el interior del baño. Deja la mopa y, rápidamente, cierra la puerta con pestillo.

—Alessia —le advierto, pero pone las manos sobre mi cara y aprieta mis labios contra los suyos. Su beso es suave y dulce, pero intenso, sorprendentemente intenso. Mientras su lengua encuentra la mía, aprieta su cuerpo contra mí y yo cierro los ojos y la rodeo con mis brazos, deleitándome con su beso. Sus dedos se deslizan dentro de mi pelo mojado y sus labios se vuelven más insistentes mientras tira de mí. Es un toque de diana para mi impaciente polla.

Joder. Vamos a follar.

En un baño albanés con mala fontanería.

Me aparto para que los dos recuperemos el aliento y los ojos de Alessia me miran oscuros y llenos de promesa, pero también de inseguridad.

—¿Qué pasa? —pregunto.

Ella niega con la cabeza.

—No. —Le agarro la cara y la miro a los ojos—. Dios, por mucho que te desee, no vamos a follar en este baño. Tus padres no andan muy lejos y no tenemos condón. Y ahora dime, ¿qué pasa? ¿Es por la boda?

—Sí.

Suspiro aliviado y la suelto.

—Sí. Lo que tu padre ha organizado… no sé si es… legítimo.

—Ya. Mis padres quieren hablar de los…, hum…, preparativos con nosotros por la tarde. No sé qué hacer. Creo que es porque mi padre piensa que estoy encinta. Ha tirado de los hilos.

Una imagen de su padre como un titiritero malvado con Alessia y conmigo como sus marionetas aparece en mi mente y me hace reír.

—Se dice «mover hilos».

Ella repite la expresión y me mira con una sonrisa tímida.

—¿Sigue sin importarte que te corrija?

—Nunca.

Vale. Vamos con el plan A. Aquí va.

—Marchémonos. No tienes por qué quedarte aquí. Eres adulta. No estás en deuda con tu padre, aunque él crea que sí. Podemos irnos a Tirana. Conseguirte un pasaporte y un visado. Después, podemos volver en avión al Reino Unido. Nos casaremos allí. Y tus padres podrán venir a la boda.

Los ojos de Alessia se abren a la vez que varias emociones cruzan por su cara. La esperanza parece vencer y creo que está considerando esa posibilidad.

Pero, después, se pone seria, así que la atraigo hacia mí y la abrazo.

—Saldremos de esta. —La beso en la cabeza.

Ella levanta los ojos hacia mí y pienso que, por dentro, está dudando si preguntarme algo.

—¿Qué?

—No. No pasa nada.

—¿Qué? —insisto.

Traga saliva.

—Mi madre.

—¿Qué pasa con tu madre?

—No puedo dejarla aquí con él.

27

—¿Quieres llevarla contigo?

—Sí.

Joder.

—Vale. Si es eso lo que quieres.

Alessia parece sorprendida.

—¿Estás diciendo sí?

—Sí.

Se ilumina como un día de Navidad, como si por fin se deshiciera de todo su pesar. Lanza sus brazos alrededor de mi cuello.

—Gracias. Gracias. Gracias —jadea entre besos y empieza a llorar y reír a la vez.

Oh, nena.

—No llores. Haría lo que fuera por ti. Ya deberías saberlo. Te quiero. —Le seco las lágrimas con los pulgares mientras le acaricio la cara—. Y, como ya te he dicho, saldremos de esta. Vamos a elaborar un plan.

Sus ojos, oscuros y llenos de adoración, me miran como si yo tuviera todas las respuestas para las eternas preguntas del universo y un agradable calor me inunda el pecho. Su confianza y su fe en mí resultan desconcertantes pero, maldita sea, qué bien me sientan.

Y sé que, por ella, haría lo que fuera.

2

Fuera está oscuro mientras voy dando tumbos hasta la cama y trato de quitarme el jersey, pero se resiste y, por fin, puede conmigo.

—¡Mierda!

Caigo sobre la cama y me quedo mirando obnubilado el techo borroso.

Ay, Dios. ¿Por qué he bebido tanto?

Tras toda la tarde de preparativos de boda intentando no perder la paciencia, el raki ha sido un error. La habitación se mueve y yo cierro los ojos suplicando poder caer dormido.

Emerjo de un sueño tranquilo. Hay silencio. Y una luz clara.

No. Cegadora.

Cierro los ojos con fuerza y, después, los abro con cuidado mientras el dolor me rebana el cerebro con la precisión de un láser. Los vuelvo a cerrar rápidamente.

Joder. Me siento como una mierda.

Me cubro la cabeza con las mantas para que no me dé la luz, intento recordar dónde estoy, quién soy y qué pasó anoche.

Había raki.

Chupitos y más chupitos de raki.

El padre de Alessia fue excesivamente generoso con su veneno local y letal. Lanzo un gruñido y flexiono los dedos de las manos y los pies y me alegro al ver que siguen funcionándome. Extiendo la mano a mi lado, pero la cama está vacía.

Sin Alessia.

Asomándome bajo las mantas, abro lentamente los ojos y no hago caso de la afilada punzada que siento sobre mi lóbulo frontal mientras examino la habitación. Estoy solo, pero mis ojos cansados se posan en la pequeña lamparita con forma de dragón que está sobre la mesita junto a la cama. Alessia ha debido de traérsela desde Londres. Esa idea me conmueve.

Pero ¿estuvo aquí? ¿Anoche?

Recuerdo vagamente que estuvo conmigo y quizá me desnudó. Levanto las mantas. Estoy desnudo, menos por la ropa interior. Debió desnudarme ella.

Maldita sea. Me quedé inconsciente y no tengo ningún recuerdo de su presencia.

¿Por qué dejé que él me atiborrara de tanto alcohol?

¿Fue esa su venganza por haberme acostado con su hija?

¿Y qué pasó?

Retazos de ayer consiguen atravesar mi dolor de cabeza. Alessia y yo sentados y hablando de preparativos de la boda con sus padres. Cierro los ojos y trato de recordar los detalles.

Por lo que sé, nos vamos a alejar de la tradición albanesa al celebrarla solamente un día en lugar de varios. En primer lugar, porque soy británico y no tengo aquí ni familia ni casa y, en segundo lugar, lo hacemos con tan poca antelación porque Alessia está «encinta». Demachi me lanzó una mirada antipática mientras farfullaba esto y Alessia, sonrojada por la rabia, tenía que traducirlo.

Suspiro. Quizá debería confesar que es mentira. Puede que así él se echara atrás.

Quizá de esa forma dejaría que me la llevara de vuelta al Reino Unido y que nos casáramos allí.

La ceremonia y la celebración tendrán lugar el sábado y

empezarán a la hora del almuerzo, no por la tarde. Es otro incumplimiento de la tradición, pero, como yo me estoy alojando con la familia de la novia, tiene sentido, o eso me han dicho. Además, el secretario del registro tiene que celebrar otra boda por la tarde.

Los Demachi serán los anfitriones de la boda y el señor Demachi me ha preguntado si mi familia va a asistir. Le aclaro las cosas en ese aspecto. Sin duda, mi madre estará en Nueva York y no va a llegar aquí a tiempo y mi hermana, al ser médico, no podrá pedirse días libres con tan poca antelación. Los tranquilicé diciéndoles que haremos una celebración en Londres cuando estemos de vuelta en el Reino Unido. Mis excusas parecieron apaciguar al viejo. No creo que mi familia apruebe una boda a punta de escopeta y no quiero darles la oportunidad de poner objeciones ni de cuestionar la legitimidad de nuestro matrimonio. Sin embargo, espero que mi compañero de entrenamiento, Joe Diallo, nos acompañe, para así poder contar con él y con Tom Alexander. Son mis más viejos amigos.

Eso valdrá de algo, seguro.

Me ofrecí a pagarlo todo, pero mi suegro me abatió con una expresión de lo más ofendida.

Sí que es orgulloso.

No estaba dispuesto a aceptar algo así. Sospecho que le gusta que haya un poco de drama. Es un hombre melodramático. Sugerí que transigiera un poco y acordamos que yo pondría el alcohol. Pero me fastidia que se quede sin dinero si Alessia y yo decidimos no hacerlo.

Maldita sea. Eso es problema suyo.

Hay también algo sobre los anillos que no consigo recordar.

¡Los anillos! Tengo que comprar los anillos.

¿Los compro aquí?

Me incorporo y la cabeza me da vueltas, pero, cuando se queda quieta, me levanto de la cama tambaleándome y me pongo los vaqueros para ir en busca de mi futura esposa. Lo que sí recuerdo es que hoy ponemos en marcha nuestro plan. Alessia y yo vamos a ir a la comisaría de policía a solicitar un nuevo pasaporte para ella y, después, al ayuntamiento para acudir a nuestra cita con el funcionario que va a celebrar el matrimonio y averiguar si lo que Demachi ha organizado es de verdad legítimo.

Sí. Ese es el plan.

Cojo mi teléfono y veo un par de mensajes que Caroline me envió anoche.

> ¿Dónde estás?
> ¿La encontraste?
>
> Llámame.
> Estoy preocupada por ti.

Sorprendido por que mis dedos colaboren, le envío un mensaje rápido, consciente de que probablemente mande aquí un equipo de búsqueda si no respondo.

> Todo bien. La encontré.
> Te llamo luego.

Se va a poner como loca con lo de esta boda; estoy convencido. Quizá no se lo debería decir hasta que la vea.

Cobarde.

La cabeza me palpita y me masajeo las sienes en un intento de calmar la tormenta que se ha desatado entre ellas. Si se lo cuento a Caroline tendré que contárselo a Maryanne y a mi madre y esa es una conversación que estoy evitando seriamente, sobre todo estando con resaca. No estoy preparado todavía para eso. Tengo que saber en qué situación legal nos encontramos Alessia y yo y, después, a lo mejor, se lo contaré a la Matriarca, pero quizá evite hacerlo hasta el día anterior a la firma.

Me pongo una camiseta y me guardo el teléfono en el bolsillo. Todo eso puede esperar. Necesito un analgésico y café, preferiblemente en ese orden.

Alessia y su madre están sentadas en la mesa del comedor, tomando café.

—*Mama*, ¿tienes tú mi documento de identidad?

—Claro, cariño. Lo he tenido guardado como un tesoro desde que te fuiste.

Alessia se queda atónita ante las palabras de su madre y un vacío doloroso se forma en su garganta a la vez que extiende la mano para apretar la de Shpresa.

—He pensado a menudo en ti mientras estaba fuera —dice con la voz ronca por la emoción—. No tenía ninguna de mis fotografías ni mi teléfono. Esos hombres… Se lo llevaron todo. Incluido mi pasaporte. Me alegro de haberte dejado mi documento de identidad. Tengo que conseguir otro pasaporte.

—Te lo traigo enseguida. Me alegra que ese arañazo de tu cara esté casi curado. Y las magulladuras. Tienen mucho mejor aspecto. —Aprieta la boca mientras observa a su hija—. Me gustaría darle una bofetada a Anatoli Thaçi.

Alessia sonríe.

—A mí me gustaría ver cómo lo haces. —La suelta y mira a su madre fijamente con angustia. Alessia se da cuenta de que esta es su oportunidad. Ha estado tratando de sacar el tema desde que Maxim y ella lo hablaron ayer—. Tengo que pedirte una cosa.

—Sí, hija.

Alessia traga saliva y el meditado discurso que había ensayado tantas veces en su cabeza se le seca en la lengua.

—Alessia, ¿qué es?

—Vente con nosotros —suelta Alessia, incapaz de repente de decir lo que tenía pensado.

—¿Qué?

—Vente conmigo y con Maxim a Inglaterra. No tienes por qué quedarte con él.

Shpresa ahoga un grito y abre sus ojos oscuros de par en par.

—¿Que deje a Jak?

Alessia nota la consternación en la voz de su madre.

—Sí.

Su madre se apoya en el respaldo y mira boquiabierta a Alessia.

—Es mi marido, hija. No voy a dejarle.

Esto no es lo que Alessia esperaba oír.

—Pero no es bueno contigo —protesta—. Es violento. Como Anatoli. No puedes quedarte.

—Alessia, él no es como Anatoli. Yo quiero a tu padre.

—¿Qué? —El mundo de Alessia se mueve sobre su eje.

—Mi sitio está con él —añade Shpresa con firmeza.

—Pero tú me dijiste que el amor es para los tontos.

La mirada de su madre se suaviza y eleva la comisura de los labios con una sonrisa triste.

—Yo soy una tonta, cariño. Tenemos nuestros altibajos, lo sé. Como todas las parejas…

—¡He visto los moretones, *mama*! Por favor. Vente con nosotros.

—Mi lugar está con él. Esta es mi casa. Tengo mi vida aquí. No hay nada que me espere en un país que no conozco. Además, desde que te fuiste, se ha mostrado más considerado. Arrepentido, creo. Piensa que fue él quien te ahuyentó. Sintió mucho alivio cuando recibimos noticias tuyas.

Alessia está estupefacta. No es así como ella veía a su padre ni, de hecho, tampoco la relación de sus padres.

—Verás, cariño —continúa su madre antes de extender la mano por encima de la mesa para agarrar la de Alessia—. Esta es la vida que conozco. Tu padre me quiere. *Baba* te quiere también a ti. Puede que no lo demuestre como lo vemos en las series de televisión americanas. Y sé que es distinto a tu prometido, pero así son las cosas en nuestra casa. Este es mi hogar y él es mi marido. —Se encoge de hombros y, después, aprieta la mano de Alessia como si tratara de transmitir la verdad de sus palabras a través de la presión de sus dedos. Pero Alessia vacila. Siempre ha pensado que su madre era infeliz con su padre.

¿Se había equivocado?

¿Había malinterpretado cómo eran las cosas entre ellos?

Estoy escondido en el umbral de la sala de estar y observo cómo la madre de Alessia habla a su hija con tono apremiante y en susurros. Están sentadas a la mesa, el lugar donde anoche se produjo el atentado del señor Demachi con el raki, y su conversación es intensa. Pero el martilleo en mi cerebro necesita medicación, así que entro tambaleándome, sorprendiéndolas a las dos, y me dejo caer en una de las sillas.

Shpresa suelta la mano de Alessia.

—Podemos seguir hablando de esto después. Pero la decisión está tomada, cariño. No voy a dejar a mi marido. Le quiero. A mi modo. Y él me quiere y me necesita. —Mira a Alessia con una sonrisa benevolente y, a continuación, dirige su atención a Maxim—. Tu conde bebió demasiado anoche. Tráele un par de analgésicos. Yo le prepararé café.

Alessia mira a su madre con preocupación, sorprendida y confundida por su reacción.

—Sí, mamá. Luego hablamos. —La reacción de su madre la ha dejado perpleja, pero mira a Maxim, que se sostiene la cabeza entre las manos, y su expresión se enternece—. Creo que mi futuro marido no está acostumbrado al raki.

—He oído raki —gime Maxim con voz ronca, y la mira con ojos adormilados.

Alessia sonríe.

—Voy a por unas pastillas para tu cabeza.

Me inclino hacia ella.

—Gracias por meterme en la cama anoche. —Mantengo la voz baja mientras su madre se ocupa de la cafetera.

—Fue interesante. —Se detiene para comprobar que Shpresa no les puede oír—. Fue divertido desvestirte.

Tomo una rápida y fuerte bocanada de aire mientras ella se levanta para sacar un botiquín de la despensa y, cuando vuelve, clava sus oscuros y provocativos ojos en los míos con su rostro iluminado con una sonrisa tímida y cómplice.

El corazón me da un vuelco en el pecho.

Mi chica me quitó la ropa y yo estaba inconsciente por el alcohol.

Joder. Una oportunidad perdida.

Pero, aparte de la oportunidad perdida, ella no me ha juzgado por haberme emborrachado y ahora me está cuidando. Es una experiencia nueva y reveladora y yo la amo por ello. No recuerdo que nadie haya hecho eso por mí desde que soy adulto, salvo Alessia cuando me metió en la cama tras aquel loco viaje desde Cornualles. Es buena, cariñosa y... atractiva, sobre todo con sus vaqueros ajustados.

Soy un tipo con suerte.

Trato de dedicarle una amplia sonrisa, pero la cabeza me palpita y recuerdo que fue su padre quien me infligió este dolor. Y eso que yo solo me tomé aquella horrible bebida por educación. Alessia deja dos pastillas y un vaso de agua delante de mí.

—Ha sido mi padre el que te ha hecho esto. Lo sé. Y fue nuestro raki. Hecho aquí en Kukës.

—Ya entiendo. —*¡Ha sido por venganza!*—. Gracias —respondo.

—El placer es mío. —Me mira con una coqueta sonrisa y me pregunto si se refiere a las pastillas o a lo de desnudarme. Sonriendo, me tomo los analgésicos y me pregunto si Tom y Thanas estarán en un estado parecido al mío.

Tras nuestras largas conversaciones de ayer y una vez que supuestamente se decidieron los procedimientos de la boda, la señora Demachi y Alessia prepararon una copiosa comida y tuvieron la amabilidad de invitar a mi amigo Tom, a Thanas, el traductor, y a Drita, su novia. Mientras preparaban la comida, Alessia me enseñó algunas palabras en albanés: mi forma de decir por favor y gracias.

Ella se reía.

Mucho.

Por mi pronunciación.

Pero siempre es un placer oírla reír.

La madre de Alessia se encontraba en su salsa, feliz de tener la casa llena de invitados, aunque no hablara mucho. Eso lo dejó para su marido, que nos agasajó con anécdotas de los turbulentos años noventa en Albania durante la transición del comunismo a la república democrática. Resultó fascinante. Su familia se vio envuelta en una terrible estafa piramidal y había perdido todo el dinero que tenía. Así es como habían llegado a Kukës durante aquella época tan oscura. Mientras hablaba, su generosa pero pesada mano no dejaba de servir el raki una y otra vez. Tom y Thanas me acompañaron en cada chupito, de eso estoy seguro. Van a reunirse con nosotros en el ayuntamiento, si es que han sobrevivido al calvario del raki. Miro el reloj. Tengo una hora para prepararlo todo.

El ayuntamiento es un edificio moderno que está a tiro de piedra del hotel Amerika, donde se alojan Tom y Thanas. Cogidos de la mano, Alessia y yo estamos en la recepción esperando a que vengan y, a pesar de mi ligero dolor de cabeza por la resaca, no puedo evitar sonreír. Alessia está tan animada desde nuestra parada previa en la comisaría de policía que ilumina el deprimente vestíbulo. Su nuevo pasaporte estará listo para recoger el viernes. He pagado para que lo aceleraran y cualquiera diría que le he bajado la luna de tan exultante que está, pero el hecho de que Alessia tenga pasaporte nos ofrece opciones.

—Solo por verte tan alegre se me alivia la resaca. —Trato de contener mi sonrisa, pero no lo consigo. Es una gozada verla así.

—Yo creo que es por las pastillas que te he dado.

—No. Es por ti.

Se ríe, mirándome a través de sus pestañas, y yo levanto su mano y rozo sus nudillos con mis labios.

Dios, ojalá pudiera llevármela lejos de este triste pueblo.

Pronto, tío. Pronto.

Aparecen Tom y Thanas. Este último aparenta estar como yo me siento: desaliñado y con resaca.

—Vaya, Trevethick, tienes un aspecto terrible. ¿Qué estamos haciendo aquí? —pregunta Tom, más fresco que una lechuga. Parece que el raki le sienta bien.

—Lamento que hayamos llegado tarde —balbucea Thanas—. He llevado a Drita a tomar el autobús para Tirana. Tiene que volver a sus estudios.

—Hemos venido para ver al funcionario que va a oficiar nuestra boda.

—El secretario del registro. Voy a ver adónde tenemos que dirigirnos —dice Thanas antes de acercarse al mostrador de recepción y unirse a la cola. Alessia va con él.

—Bueno —dice Tom en voz baja y con tono conspirador—. No te he felicitado por lo del bebé.

¿El bebé?

En medio de mi aturdimiento tardo un rato en darme cuenta de a qué se refiere. Me río y me detengo de repente al sentir el zumbido de mi cabeza.

—Alessia no está embarazada. Le dijo a su padre que lo estaba para que no la obligara a casarse con ese gilipollas de Antonelli o comoquiera que se llame.

—Ah. —Tom parece aliviado—. En fin, supongo que eso es bueno. Demasiado pronto en la relación como para tener retoños. —Se inclina hacia mí mientras mira a Thanas y Alessia y susurra—: Pero sabes que no debes casarte con ella, muchacho.

Joder.

—Tom. —Advierte por mi voz que no debe insistir en el tema—. Ya lo hemos hablado. Por última vez, quiero a Alessia y quiero que sea mi mujer. ¿Entendido?

—Sinceramente, no. Es una chica guapa, eso lo reconozco, pero no creo que tengáis mucho en común. Pero el corazón no atiende a razones.

No estoy de humor para discutir, así que, cuando levanta una mano conciliadora hacia mi ceño fruncido, yo suelto un resoplido.

—¿Le sigo la corriente al viejo y me caso aquí con ella? ¿O espero a que estemos de vuelta en el Reino Unido? Estoy atrapado aquí hasta que Alessia tenga su pasaporte y un visado y no pienso dejarla sola. —Miro hacia donde está ella pacientemente junto a Thanas, que habla con el recepcionista.

—Bueno —dice Tom—. Si eso es lo que quieres, creo que deberíamos seguir adelante. Es una ceremonia civil en el ayuntamiento. Así tendrás contento a ese viejo y, después, podrás fugarte con su hija y hacerlo como es debido en Londres, en Cornualles o en Oxfordshire. Donde sea. —Frunce el ceño—. Si es que puedes.

—¿A qué te refieres?

—No sé si te puedes casar más de una vez con la misma mujer, amigo. Estoy seguro de que hay normas sobre eso. ¿Qué tienes que hacer aquí?

—Tengo que enseñar mi pasaporte y, según parece, eso es

todo, aunque no es lo que dice la página web oficial del gobierno.

Tom vuelve a fruncir el ceño.

—¿Crees que hay algo raro?

Asiento.

—Pero lo averiguaremos con Thanas. ¿Te puedes quedar hasta entonces? Y así…, ya sabes, echar una mano.

—Claro, Trevethick. No me perdería este melodrama por nada del mundo.

—¿Melodrama? —Me empieza a picar la cabeza. ¿Ha adivinado que es posible que nos fuguemos?

—Has viajado hasta el quinto pino para salvar a tu dama. Si eso no es un melodrama, no sé qué lo será.

Me río. Tiene razón.

—Y… ¿quieres ser mi padrino?

Tom se queda por un momento sin habla y, cuando recupera la voz, suena ronca.

—Será un honor, Maxim. —Me da una palmada en la espalda y, cuando nos giramos, vemos que Thanas y Alessia se dirigen hacia nosotros.

—Por aquí —señala Thanas, y lo seguimos escaleras arriba hasta la siguiente planta.

En la placa metálica de su mesa pone «F. TABAKU». Es el secretario del registro que va a oficiar nuestra ceremonia civil. Es de edad similar a la de Demachi y luce el mismo traje oscuro y la misma expresión impenetrable. Se pone de pie cuando entramos en su despacho, saluda cordialmente a Alessia, a mí me dedica un brusco movimiento con la cabeza y, a continuación, nos indica una pequeña mesa donde los cinco tomamos asiento.

Thanas traduce y enseguida sabemos que necesita ver una copia del certificado de nacimiento y el documento de identidad de Alessia y mi pasaporte. Yo saco el mío del abrigo y lo abro por la página correcta, a la vez que me doy cuenta de que también voy a tener que conseguir un pasaporte nuevo. Actualmente, el mío está a nombre del Honorable Maximillian John Frederick Xavier Trevelyan.

Le entregamos nuestros documentos y él lanza una rápida mirada a los de Alessia. Mi pasaporte es objeto de un examen más exhaustivo. Tabaku frunce el ceño y le dice algo a Thanas. Alessia interviene.

—*Vëllai i Maksimit ishte Konti. Ai vdiq në fillim të janarit. Maksimi trashëgoi titullin, po nuk ka pasur ende mundësi të ndryshojë pasaportën.*

Tabaku parece satisfecho con lo que sea que Alessia le ha dicho y se levanta de la mesa para acercarse a una pequeña fotocopiadora. Mientras hace las copias, le pregunto a Alessia:

—¿Qué has dicho?

—Le he dicho que recientemente has…, hum…, heredado tu título.

El hombre se gira y se dirige a los dos. Thanas traduce:

—Los esposos, cuando contraen matrimonio, tienen derecho a decidir conservar uno de sus apellidos como apellido común o mantener el propio. Tendréis que decidir.

Miro a Alessia.

—¿Qué quieres hacer tú?

—Me gustaría tomar tu apellido.

Yo sonrío, encantado.

—Bien. Para tal efecto, el apellido de Alessia es Alessia Trevelyan. Su título oficial será Alessia, la Honorable Condesa de Trevethick.

—Por favor, escríbelo —traduce Thanas.

Yo hago lo propio en el papel que me ofrece y entrego a Tabaku lo que he garabateado.

Tabaku responde y Thanas reproduce:

—Pondré a Alessia como Alessia Demachi-Trevelyan; en su pasaporte no dice nada de Trevethick.

—Está bien —murmuro y me dirijo a Thanas—. Pregúntale por el certificado de no impedimento que se supone que tengo que entregar.

Thanas obedece y Alessia me mira con preocupación.

El secretario abre los ojos de par en par y contesta tajante a Thanas, que se gira hacia mí mientras recita las palabras de Tabaku.

—Dice que como el tiempo apremia —mira rápidamente a Alessia— va a dar curso a vuestro matrimonio. Tiene la autoridad para hacerlo en circunstancias especiales. El padre de Alessia es un amigo íntimo y de confianza y esa es la razón por la que ofrece este servicio.

El secretario del registro continúa en voz baja sin dejar de mirarme a los ojos, y me doy cuenta de que le está haciendo a Demachi y, por tanto, a nosotros, un enorme favor.

—Dice que el matrimonio será legal. Es lo único que necesitáis —traduce Thanas—. Tendréis vuestra partida de matrimonio.

—¿Y si queremos hacerlo con el papeleo adecuado? —pregunto.

Tabaku vuelve a ocupar su asiento, nos devuelve nuestra documentación y responde a la pregunta de Thanas.

—Eso tardará entre dos y tres meses.

—Vale. Entiendo. Gracias. —Aunque nos está haciendo un favor, yo sigo sintiéndome incómodo. Es como una farsa y esa idea me inquieta.

El secretario del registro le dice algo a Alessia y a Thanas. Alessia asiente y empieza a hablarle en albanés. Yo miro a Thanas esperanzado.

—Pregunta cuál es tu profesión, tu lugar de residencia y dónde vais a vivir cuando estéis casados.

¡Profesión!

Le doy a Thanas mi dirección de Chelsea y le digo que es ahí donde vamos a vivir cuando estemos casados. Alessia me mira con una tímida sonrisa.

—¿Y la profesión? —pregunta Thanas a la vez que las palabras que mi padre solía pronunciar cuando le preguntaban esto se cuelan oportunamente en mi cabeza.

—Granjero y fotógrafo —me apresuro a declarar, aunque no es del todo verdad. Ahora soy terrateniente y arrendador inmobiliario, el presidente ejecutivo de la Sociedad Patrimonial Trevethick.

—Y DJ —interviene Tom, sirviendo de poca ayuda, y, cuando yo lo fulmino con la mirada, añade—: Ya sabes, haciendo girar los platos. —Imita el gesto—. Y miembro de la nobleza, claro. Pesada es la cabeza y esas cosas.

—Gracias, Tom. —No hago caso de la risita ahogada de Alessia mientras Tabaku termina de tomar nota. Coloca el bolígrafo sobre su cuaderno y, apoyando la espalda en el respaldo, nos dice algo a Alessia y a mí.

—Ya tiene todo lo que necesita para redactar el contrato —dice Alessia.

Extiendo la mano y aprieto la suya.

—¿Eso es todo?

—Sí.

—Bien. Volvamos al hotel y decidimos qué hacemos ahora.

Asiente y yo me levanto de mi silla y miro a Tabaku con un breve movimiento de cabeza.

—Gracias.

Thanas traduce su respuesta.

—Los veré el sábado por la tarde. Y deben elegir a dos personas como testigos.

¿Testigos? Más bien cómplices.

Alessia no sabe cómo describir el estado de ánimo de Maxim ni lo que va a hacer. Ha estado callado y taciturno mientras volvía con paso airado al hotel. ¿Está enfadado? ¿Todavía sigue queriendo fugarse? Están sentados en el bar del hotel Amerika, la primera vez que ella hace algo así en su propio país, y se pregunta qué está pensando él.

Tom y Thanas han vuelto a sus habitaciones, así que está sola con él. Parece pensativo mientras acerca la mano para agarrar la de ella.

—Me ofende un poco estar haciendo tantos malabares con tal de apaciguar el ego de tu padre.

—Lo sé. Lo siento. —Ella se queda mirando a la mesa sin saber qué decir e incapaz de huir de la sensación de ser ella la culpable de todo ese lío. Ojalá no hubiese mentido con lo del embarazo. Pero, en ese caso, su padre podría haber insistido en que se casara con Anatoli.

—Oye. No es culpa tuya, por el amor de Dios. —Maxim le aprieta la mano con gesto tranquilizador. Ella vuelve a mirarle y él siente alivio al no ver otra cosa que su preocupación—. No quiero discutir con tu padre, pero ojalá no nos hubiese puesto en esta situación. Sé que cree que está haciendo lo correcto.

Alessia asiente, sorprendida por lo en serio que él se está tomando su situación. Quiere que su matrimonio sea auténtico. Tiene la mandíbula apretada, la expresión seria y en sus ojos ve un resplandor verde. Odia que él esté tan intranquilo.

—¿Qué crees que deberíamos hacer? —pregunta ella.

Maxim niega con la cabeza, pero después sonríe; está deslumbrante y ella se queda sin aliento.

Sin duda, es el hombre más atractivo del mundo.

—Bueno, estamos atrapados aquí hasta que tengas tu pasaporte y el visado. Yo no voy a irme sin ti. Así que, si no tienes nada que objetar, creo que deberíamos hacerlo.

Alessia medita sus palabras. Él se ha resignado a celebrar la boda. ¿Es eso lo que ella desea?

—¿Te sientes atrapado? —susurra.

—No. Sí. Pero no de la forma que estás pensando. Vine aquí para pedirte que te casaras conmigo. Aceptaste y, en esencia, tu padre está haciendo que yo pueda cumplir ese deseo.

Alessia asiente.

—Eso entiendo. También creo que ayudará a mi madre que nos quedemos aquí y celebremos la boda.

—¿Cómo?

—No quiere venir a Inglaterra con nosotros. Quiere quedarse con él. No entiendo por qué. Pero creo que él se enfadará si nos vamos y podría… —No termina la frase, demasiado avergonzada de lo que su padre podría hacerle a su madre.

Maxim se queda mirándola, con una expresión llena de determinación.

—Ese es un argumento de peso para seguir adelante. Por el bien de ella y por el nuestro.

Alessia suelta un suspiro de alivio.

—Estoy de acuerdo.

Él sonríe.

—Eso me hace sentir mejor.

—Sí. A mí también. Creo que es la mejor decisión por ella.

—¿Y la mejor decisión para ti? —pregunta él.

—Sí —responde Alessia con vehemencia—. Significará que mi familia no perderá…, eh…, prestigio en su comunidad.

Maxim suelta un suspiro y parece aliviado.

—Bien. De acuerdo. Decidido.

Y Alessia se siente más ligera, sin el peso de las expectativas de su padre. Qué fácil les ha resultado llegar a un consenso a su futuro marido y a ella.

¿Es así como será su matrimonio?

Espera que sí.

—Y, ahora, tengo mucho que hacer —dice Alessia.

—Sí. Voy a recoger el resto de mis cosas de la habitación de Tom y volvemos. Tengo una cosa para ti.

—¿Sí?

Él sonríe.

—Sí.

Hay varios coches en la entrada cuando llegamos a la casa.
—O *Zot* —dice Alessia mirándome—. Mi familia. Las mujeres. Están aquí.

—Ah… —es lo único que se me ocurre responder.

—Sí. Todas querrán conocerte. —Hace un mohín—. Y yo quería…, hum…, configurar este teléfono. —Levanta en el aire la caja del iPhone que le he dado en el hotel y yo la miro con una sonrisa compasiva. Suspira—. Lo haré después. Las mujeres se reúnen. Siempre lo hacemos cuando hay una boda. Y querrán revisarte.

—¿Revisarme? —Me río—. Bueno, espero no decepcionarlas. —Pero a pesar de nuestra frivolidad siento una creciente sensación de pánico, aunque no estoy seguro de la razón.

—No te preocupes, no las vas a decepcionar. —Alessia esboza con los labios una tímida sonrisa.

—Ah, ¿sí?

—Sí. Y yo te protegeré de ellas. Yo estaré aquí.

Me río de nuevo y bajamos del Dacia. Alessia me agarra de la mano y, juntos, entramos en la casa. Me quito los zapatos igual que Alessia y los dejamos con los muchos otros que están desperdigados junto al mueble zapatero.

—¿Listo? —pregunta Alessia.

Asiento y tomo aire mientras avanzamos por la entrada en dirección al bullicio que escapa de la sala de estar.

Cuando nos ve en la puerta, Shpresa anuncia lo que supongo que es nuestra llegada con voz bastante alta, y varios pares de ojos se giran para mirarnos a la vez que el nivel de ruido se eleva de forma exponencial. Debe de haber, al menos, una docena de mujeres, de entre quince y cincuenta años, reunidas en la habitación, y se lanzan hacia nosotros. Las mayores se parecen un poco a la señora Demachi y van vestidas de una forma más tradicional, con pañuelos en la cabeza y faldas largas. Las más jóvenes llevan ropa más informal y moderna. Alessia me aprieta la mano y empieza a hacer las presentaciones a medida que sus parientes la besan y abrazan. Consigue mantener mi mano agarrada durante todo el tiempo mientras también me besan y abrazan a mí. A todas luces, están encantadas de conocerme. Ninguna de las mujeres mayores habla mi idioma, pero las dos más jóvenes lo dominan con bastante fluidez.

Tras quince minutos sin parar de sonreír hasta el punto de que podría quedárseme el rictus en las mejillas, consigo salir con la excusa de que tengo que hacer unas llamadas, y bajo a la habitación de invitados.

Alessia se siente abrumada por la atención de sus tías y primas. *Es muy guapo. ¿Dónde has estado? ¿Qué te ha pasado? Creíamos que te ibas a casar con Anatoli Thaçi. ¡Es un conde! Enséñanos el anillo. Qué europeo. ¿Es rico?* Le hacen preguntas sin parar y Alessia las esquiva con la ayuda de su madre.

—No quería casarme con Anatoli —dice mientras las mujeres no pierden detalle de cada una de sus palabras.

Se oyen gritos ahogados de consternación.

—Pero ¿y la *besa* de tu padre? —pregunta la hermana de su padre chasqueando la lengua.

—No era para mí. —Alessia levanta el mentón con gesto desafiante.

—Alessia ha conquistado el corazón de un buen hombre. Está enamorada. Va a ser feliz —sentencia su madre—. Es más, él ha venido desde Inglaterra para pedir su mano.

Coloco mi equipaje sobre la cama y saco mi teléfono de la chaqueta, encantado de alejarme del foco y la atención embelesada de tantas mujeres curiosas, aunque aún puedo oír su parloteo y sus risas por encima de mí a través del techo. Decido no hacerles caso y enciendo el teléfono.

En primer lugar, llamo a Oliver, el director ejecutivo de la Sociedad Patrimonial Trevethick.

—Milord..., quiero decir, Maxim. ¿Cómo está? ¿Dónde está?

Rápidamente, le informo de todo lo que necesita saber.

—... Y vamos a tener que presionar para obtener un visado para Alessia. Díselo ahora a Rajah. Alessia y yo nos vamos a casar.

—¡Ah! Y..., hummm..., enhorabuena. ¿Cuándo?

—Gracias. El sábado.

Oigo el grito ahogado de Oliver y, a continuación, su silencio. Con eso lo dice todo.

—Sí. Es repentino, lo sé. —Rompo el incómodo silencio.

—¿Quiere anunciarlo en el *Times*?

—¿Se sigue haciendo eso? —Soy incapaz de ocultar la incredulidad de mi voz.

—Sí, milord. Sobre todo, siendo miembro de la nobleza. —Su tono es de desaprobación.

—Yo creo que, dadas las circunstancias, es mejor correr un tupido velo. Sin anuncios. ¿Puedes darle las llaves de mi piso a Joe Diallo? Va a ir a recogerlas al despacho.

Bueno, o eso espero.

—Por supuesto. —Oliver suelta un suspiro. Creo que sigue impactado—. Avisaré a Rajah de lo de los visados.

—Gracias.

—También he tenido noticias hoy de la policía londinense. A los atacantes de Alessia los han acusado de un delito de trata de blancas.

Joder. Bien.

—No les han concedido la libertad bajo fianza. Existe riesgo de fuga y creo que han acusado también a otros hombres.

—Me alegro. Es un alivio. —Espero que no llamen a Alessia a declarar como testigo ante el juzgado. Podría ser delicado. Pero para entonces ya será mi esposa.

No te obsesiones, tío.

Ya llegará el momento de preocuparse por eso.

—¿Algún asunto del negocio que deba saber? —pregunto para cambiar de conversación.

Oliver me informa de lo que ha ido ocurriendo en casa. Poca cosa, por suerte.

—Le he enviado un par de correos electrónicos que debe mirar, pero nada serio.

—Gracias, Oliver.

—Milord..., hum..., ¿va todo bien?

Me paso una mano por el pelo y tengo la misma sensación de pánico que he tenido cuando hemos llegado a la casa. La consigo aplacar. No quiero contarle que mi matrimonio podría ser ilegítimo. Ya me encargaré de ello más adelante, cuando estemos de vuelta en el Reino Unido.

—Sí, va todo bien.

—Estupendo. Le informaré de lo que diga Rajah sobre los visados.

A continuación, llamo a mi amigo y compañero de entrenamiento, Joe Diallo.

—Tío —dice—, ¿dónde estás?

—En Albania. Me voy a casar. El sábado.

—¡Qué cojones estás diciendo! ¿Este sábado?

—Sí. ¿Puedes venir?

—Un momento, colega. ¿En serio?

—Sí.

—¿Con tu asistenta? —chilla, varias octavas por encima de su tono normal, y yo pongo los ojos en blanco.

—Sí —susurro con exasperación.

—¿Estás seguro? ¿Es la indicada?

Suspiro.

—Sí, Joe.

—Vale —contesta, pero se le nota la inseguridad en la voz—. Voy a buscar vuelos.

—¿Puedes estar aquí el viernes? ¿Y traerme uno de mis trajes?

Suspira.

—Solo por ser tú, colega.

—Voy a necesitar que vayas también a la joyería Boodles.

Se oye un fuerte golpe en la puerta de la casa y, como Alessia está cerca, se aparta de la muchedumbre para ir a ver quién llama. Está encantada de ver a sus parientes, pero agradece la distracción y un momento de paz mientras atraviesa el pasillo. Había olvidado lo que es estar rodeada de su ruidosa y preguntona familia.

Va hasta la puerta y la abre.

Y se detiene. Impactada.

—Hola, Alessia.

Palidece y se queda mirando al hombre que está en la puerta.

—Anatoli —susurra con el miedo obstruyéndole la garganta.

3

Alessia no puede creer que haya tenido la osadía de volver a la casa de su padre vestido con su elegante abrigo italiano y sus zapatos caros. Pero Anatoli no hace ningún amago de entrar. Se limita a mirarla con unos ojos que resplandecen con un azul helador. Después, traga saliva, como si fuera a decir algo, o por los nervios; Alessia no consigue saberlo. De manera instintiva, da un paso atrás a la vez que el corazón empieza a palpitarle y un escalofrío le sube por la espalda, ya sea por la presencia de él o por el frío aire de febrero.

¿Qué quiere?

—No te vayas. Por favor. —Coloca un pie en el umbral para que ella no pueda cerrar la puerta, con ojos suplicantes.

—¿Qué quieres? —espeta ella cuando su rabia la llena de valor.

¡Cómo se atreve a presentarse aquí!

No desea tener nada que hablar con él. Mira hacia atrás para ver si alguien se ha percatado de lo que está pasando, pero no hay nadie. Está sola.

—Quiero hablar contigo.

—Ya te dijimos todo lo que había que decir el sábado.

—Alessia. Por favor. He venido a… disculparme. Por todo.

—¿Qué? —Alessia siente como si los pulmones se le quedaran sin aire. Está estupefacta.

—¿Podemos hablar? Por favor. Me lo debes. Te traje de vuelta aquí.

Una oleada de rabia le sube desde lo más profundo del pecho.

—¡No, Anatoli! Me secuestraste —dice con un gruñido—. Yo era feliz en Londres y tú me alejaste de allí. Y me colocaste en una situación complicada. Debes irte. No tengo nada que decirte.

—Lo hice todo mal. Muy mal. Ahora lo entiendo. He tenido tiempo para pensar. Deja que me explique. Por favor. No te voy a tocar.

—¡No! ¡Vete!

—Alessia. ¡Estamos prometidos! Eres la mujer más hermosa, exasperante y talentosa que he conocido nunca. Te quiero.

—No. No. ¡No! —Alessia cierra los ojos, tratando de contener su asombro y su rabia—. Tú no sabes querer. Por favor, vete. —Intenta cerrar la puerta, pero el pie de Anatoli se lo impide, y pone la mano en la puerta, evitando que se mueva.

—¿Cómo puedes casarte con alguien que te va a alejar de tu país? De nuestro país. Eres albanesa hasta la médula. Echarás de menos a tu madre. Nunca serás de Inglaterra. Los ingleses son terriblemente arrogantes. Te despreciarán. Te mirarán por encima del hombro. Nunca te aceptarán allí.

Sus palabras la atraviesan y su peso remueve sus más oscuros temores.

¿Tiene razón? ¿La familia y los amigos de Maxim la van a despreciar?

La mirada de Anatoli se vuelve más intensa al ver que ella duda.

—Yo hablo tu mismo idioma, *carissima*. Te entiendo. Actué de una forma estúpida. Muy mal. Puedo cambiar. Tú has estado en occidente. Esperas más, y mereces más. Lo comprendo. Y puedo darte más. Mucho más. Aceptaré a tu hijo. Lo trataré como si fuera mío. Alessia, por favor. Te quiero. —Da un paso adelante y se atreve a cogerle la mano entre las suyas, implorándole y mirándola a los ojos—. Harás de mí un hombre mejor. Te necesito —susurra con evidente desesperación en cada sílaba.

Alessia tira de la mano para soltarse y se enfrenta a su intensa mirada.

—Deja que me vaya, Anatoli. —Toma aire con fuerza, con el corazón en la boca, y, descubriendo un valor que no sabía que tenía, levanta la mano y le acaricia la mejilla. Él inclina la cara sobre su mano mientras sus ojos penetran los de ella—. Si me quieres, deja que me vaya. No voy a hacerte feliz. No soy la mujer indicada para ti. —Él abre la boca para hablar. Ella sospecha que la va a contradecir. Pero Alessia le pone el dedo sobre los labios—. No. No lo soy.

—Sí que lo eres —susurra él, con su cálido aliento sobre el dedo de ella.

Baja la mano.

—No. Tú quieres tener a alguien que se ilumine cada vez que entres en la habitación.

—Ya la tengo —susurra.

—¡No! Esa no soy yo.

—Lo fuiste.

—Hace muchísimo tiempo. Pero tú… me hiciste daño. Tanto que tuve que huir. Ya no hay vuelta atrás.

Se queda pálido.

—Tú no estás hecho para mí —continúa Alessia—. Jamás me harás feliz.

—Podría esforzarme por ser ese hombre.

—Ya lo he conocido, Anatoli. Le quiero. Vamos a casarnos esta semana.

—¿Qué? —Se queda boquiabierto. Está estupefacto.

—Por favor, vete. Aquí no tienes nada que hacer —susurra Alessia.

Él da un paso atrás, incrédulo y con expresión desolada.

—Espero que encuentres a esa persona —dice ella.

—*Carissima...*

—Adiós, Anatoli. —Alessia, todavía con el corazón en la boca, cierra la puerta cuando su madre la llama.

—¿Alessia? ¿Qué haces ahí? —Shpresa aparece en el pasillo.

—No pasa nada. Estaré ahí en un minuto.

—¿Quién era?

—*Mama*, necesito un minuto.

Con el ceño fruncido, Shpresa observa a su hija y, después, asiente y vuelve a la sala de estar. Alessia suelta un suspiro tratando de expulsar el temor y la emoción desenfrenada que la está ahogando. Observa por la mirilla de la puerta y ve cómo Anatoli recorre penosamente el camino de entrada hasta donde está aparcado su coche. Tiene la espalda recta. Es la imagen de un hombre decidido, no derrotado. Es una imagen escalofriante.

¡No!

Alessia se gira y se apoya contra la puerta.

Eso ha sido de lo más inesperado. Pero sus palabras —*te despreciarán*— se le han clavado hasta el fondo. Se aprieta la mano contra la garganta para oprimir la verdad y, de repente, siente un abrumador deseo de llorar.

¿Y si él tiene razón?

H e sacado las pocas pertenencias que metí, asustado, en mi bolsa de lona cuando creía que jamás volvería a ver a Alessia. Las he ordenado y vuelto a ordenar y sé que estoy evitando hacer mi siguiente llamada.

Cobarde. Llámala.

Miro hacia las tranquilas y silenciosas aguas del lago, el cielo gris reflejado en su profundidad. Una escena que reproduce mi estado de ánimo. Las mujeres que están arriba siguen reunidas y, por sus fuertes risas y parloteos, sé que se lo están pasando bien. Respiro hondo y, apretándome en sentido figurado el cinturón, pulso el botón de llamada de mi teléfono y espero a que Caroline conteste.

¿Se lo cuento?

¿No se lo cuento?

—¡Maxim! —exclama ella, efusiva y preocupada a la vez—. ¿Qué tal? ¿Dónde estás?

—Hola, Caro. Estoy en Kukës, alojándome en la casa de los padres de Alessia.

—¿Sigues ahí? No lo entiendo. Si la has encontrado, ¿por qué no estáis ya aquí de vuelta o de camino?

—No es tan sencillo.

—¿Por su prometido?

El Cabrón.

—Hum…, no.

Se queda en silencio un momento, esperando a que me explique. Suspira.

—¿Qué es lo que no me estás contando?

Me llega la inspiración y es contar la verdad.

—Tenemos que esperar un pasaporte para Alessia.

—Ah. Ya entiendo. —Su tono es dubitativo pero continúa—: ¿No quieres venir a casa y volver a por ella?

—En absoluto. No voy a apartarla de mi vista.

—¡Vaya! ¡Qué protector! —se burla—. Está saliendo a la luz tu caballero andante.

Me río, aliviado de que recupere su habitual sarcasmo.

—Sí. Lleva un tiempo asomando, para mi sorpresa.

—Seguro que ella estaría a salvo con sus padres.

—Fue su madre la que la entregó a los traficantes, solo que sin saberlo.

Ella ahoga un grito.

—No lo sabía. Es espantoso.

—Sí. De ahí mi necesidad de protegerla. En fin, ya vale de hablar de esto. ¿Qué tal estás tú?

—Ah —suspira y casi la oigo plegarse sobre sí misma.

—¿Qué pasa?

—Por fin he encontrado las fuerzas para ocuparme de las cosas de Kit.

Mi pena hace acto de presencia, de forma inesperada, desnuda y violenta, dejándome sin aire.

Kit. Mi querido hermano.

—Entiendo —susurro.

—Hay algunas que quizá te gustaría tener. —Su tono es suave, teñido de remordimiento—. El resto..., no sé qué hacer con ello todavía.

—Podemos mirarlo todo cuando vuelva a casa —me ofrezco.

—Sí. Eso haremos. Mañana voy a encargarme de sus papeles.

—Buena suerte.

—Le echo de menos. —Tiene incrustada en la voz su silenciosa pena.

—Lo sé. Yo también.

—¿Cuándo estarás de vuelta?

—La semana que viene, espero.

—Bien. Vale. Gracias por llamar. Me alegra que la hayas encontrado.

Con una tremenda sensación de culpa, cuelgo.

Culpable por omisión.

Debería habérselo contado.

¡Mierda!

Tengo la tentación de llamarla otra vez y confesarle que me voy a casar, pero ella querría subirse a un avión y venir aquí y, sinceramente, no deseo más líos.

Decido no contárselo a mi madre exactamente por la misma razón. La Matriarca se va a volver loca y no estoy seguro de que Kukës ni los Demachi estén preparados para la condesa *viuda* en todo su esplendor, porque la verdad es que yo tampoco.

Mejor pedir perdón que permiso. La tan repetida expresión de mi padre aparece en mi mente. Él la pronunciaba guiñando el ojo cuando me sorprendía haciendo algo que no debía.

Alejo ese pensamiento y oigo que llaman a mi puerta. Antes de poder decir nada, Alessia entra rápidamente, cierra la puerta y se apoya sobre ella. Levanta una mirada de angustia hacia mí. Está lívida.

—¿Qué ha pasado? —pregunto.

Toma aire, se acerca y me sorprende envolviendo mi cintura con sus brazos. La abrazo, alarmado, y la beso en la cabeza.

—Alessia, ¿qué pasa?

Me agarra con más fuerza.

—Anatoli. Ha estado aquí. —Su voz apenas es audible.

—¿Qué? —El mundo se detiene y yo me pongo en tensión a la vez que la rabia prende dentro de mí.

Levanta los ojos, abiertos de par en par y llenos de miedo.

—Ha venido a la puerta.

Espantado, tomo su cabeza entre mis manos y la miro fijamente.

—Ese puto animal. ¿Por qué no me has llamado? ¿Te ha tocado? ¿Estás bien?

—Estoy bien. —Coloca sus manos sobre mi pecho—. Y no, no me ha tocado. Quería que me lo volviera a pensar.

La respiración se me corta en la garganta.

—¿Y lo vas a hacer?

Por eso no me ha llamado.

Frunce el ceño, sin entender.

—¿Te lo vas a pensar?

—¡No! —exclama.

Gracias a Dios.

—¿Por qué piensas eso? —Se aparta y parece muy ofendida. Y a mí no me queda más remedio que soltarla—. ¿Crees eso porque tú te lo estás pensando? —pregunta levantando el mentón con su gesto altanero, y yo me río ante ese disparate. El disparate de que los dos…

¿Cómo puede pensar eso?

—No. Claro que no. Aunque desearía que pudiéramos hacer esto a nuestro propio ritmo. Pero eso ya lo sabes. ¿Por qué dudas de mí? Estoy completamente, indudablemente y… muchamente enamorado de ti. —Abro los brazos y, un segundo después, ella vuelve a acercarse a ellos con una tímida e indulgente sonrisa.

—Demasiados adverbios —dice—. ¿Muchamente?

—Mi palabra preferida. —Sonrío—. Quiero casarme contigo. Como es debido. —Un poco más calmado, vuelvo a besarla en la cabeza—. ¿Qué le has dicho?

—Le he dicho que no. Le he dicho que nos vamos a casar. Se ha ido.

—Espero que sea la última vez que lo vemos. —Suavemente, cierro mi mano entre su pelo y tiro de su cabeza hacia atrás para dejarle un suave beso en los labios—. Siento que hayas tenido que enfrentarte a ese cabrón. Me alegra que le hayas hecho frente, mi chica valiente.

Alessia se queda mirando sus resplandecientes ojos verdes y ve su propio amor reflejado en lo más hondo de él. Sube las manos por sus brazos musculados, sus hombros, su cara, y las introduce en su pelo castaño. Su olor le resulta dolorosamente familiar: Maxim y madera de sándalo. Guía su boca hacia la de ella, impulsada por un deseo desesperado mientras persuade a sus labios con los de ella y abre la boca para él. Maxim suelta un gemido cuando ella busca su lengua. Alessia quiere introducirse en su piel y borrar el recuerdo de su encuentro con Anatoli. Él estrecha su abrazo, mueve una mano y le engancha el trasero mientras con la otra le agarra el pelo desde la nuca, sujetándola mientras recibe lo que ella le regala tan libremente. Él se mueve y tira de los dos hacia atrás mientras se devoran el uno al otro hasta que Alessia nota la pared en su espalda. El deseo vibra por todo su cuerpo y se posa en lo más profundo de ella, satisfaciendo su necesidad.

Maxim aparta la boca con la respiración acelerada.

—Alessia, no va a pasar nada. Estoy aquí. —Inclina su frente contra la de ella—. No podemos hacer esto ahora.

—Por favor —susurra ella. Le desea.

—¿Con toda tu familia arriba? Cualquiera de ellas podría venir a buscarte.

Alessia le baja un dedo por la garganta hasta el borde de su jersey, dejando claras sus intenciones.

—Nena, no creo que esto sea una buena idea. —Pone una mano sobre la de ella, sus ojos de un esmeralda oscuro y, si es que ella no se equivoca, indecisos…, pero está diciendo que no.

Alessia no lo entiende. Su primer instinto es el de retirarse.

No es quién para cuestionarle. Pero se trata de su futuro marido y sus palabras, las que pronunció en una tarde de invierno en la casa grande de Cornualles, regresan a su mente.

Habla conmigo, hazme preguntas, sobre cualquier cosa. Estoy aquí. Yo siempre te escucharé. Discute conmigo, grítame si quieres. Yo discutiré contigo, y te gritaré. Me equivocaré, y tú te equivocarás también. Y no pasa nada. Pero, para resolver nuestras diferencias, tenemos que comunicarnos.

Qué narices pasa, tío? Estoy teniendo una crisis de conciencia o algo así. No quiero que me sorprenda *in fraganti* algún miembro del clan Demachi. Sinceramente, me resulta muy incómodo mientras oigo al grupo de mujeres riéndose y haciendo bromas sobre nosotros con su madre y sabiendo que el loco de su padre no anda lejos con su escopeta.

Me he introducido en el siglo equivocado y estoy perdiendo el juicio.

Alessia me mira con los ojos abiertos de par en par.

—¿No quieres?

—Oh, nena, nada más lejos de la realidad. Mira. —Cojo su mano y la aprieto contra mi polla rígida.

—Ah —dice sonrojándose, y sus dedos empiezan a explorar.

Joder.

—Alessia —gruño, sin saber bien si se trata de una advertencia o de un ruego.

Ella me mira, con sus ojos todo oscuros y llenos de deseo, y yo no aguanto más. La atraigo hacia mis brazos y empiezo a besarla. De verdad. Fervientemente, como un hombre hambriento. Mis dedos están en su pelo, dejándola inmóvil mientras nuestras lenguas exploran. El deseo, caliente y fundido, incendia mi sangre y creo que voy a explotar. Ella responde a mi pasión y me empuja hacia la cama, sacándome el filo de la camisa de los vaqueros y tirando de mi jersey. Yo coloco la palma de la mano sobre su nuca, mi boca sobre la de ella, deleitándome en su sabor, y mi otra mano sobre su bellísimo trasero.

—¡Alessia!

Llaman a la puerta.

Joder.

Nos separamos, los dos sin aliento, con los ojos oscuros, jadeando y boquiabiertos.

Me paso las manos por el pelo.

—¡Joder! —susurro, y Alessia se ríe.

Suelto un suspiro, la cojo entre mis brazos y la beso en la cabeza.

—Adelante —grito con voz ronca—. Nunca tenemos mucho tiempo para estar juntos, ¿no? —le digo a Alessia.

—Menos por la noche. —En sus ojos hay un destello de necesitada carnalidad.

Oh. Es como si se estuviera dirigiendo directamente a mi muy interesada polla.

Shpresa entra en la habitación y frunce el ceño al ver a Alessia en los brazos de Maxim.

—Aquí estás, cariño. —Su madre se dirige a ella en albanés—. Tenemos invitadas.

—Lo sé, mamá —responde Alessia, casi sin resuello.

—Suelta a ese hombre y sigamos con nuestros planes. Se irán pronto.

Alessia sonríe a Maxim.

—¿Vas a volver con tus parientes? —pregunta él.

—Sí. Debo. Estábamos decidiendo comida y adornos para la boda —responde Alessia con un suspiro—. No te preocupes; no estarán aquí mucho tiempo. Y luego empezamos a limpiar. —Alessia suspira con fuerza.

—Yo tengo que mirar unos correos electrónicos.

—Mamá, voy en un minuto.

Shpresa frunce el ceño y, después, levanta el dedo índice.

—Un minuto. Nada más.

Se gira y deja a Alessia y a Maxim, los dos aún tratando de recomponerse.

Veo a su madre marcharse, agradecido de que estuviéramos todavía vestidos cuando nos ha interrumpido. Vuelvo a besar a Alessia en la cabeza.

—Nena, yo siempre te voy a desear. Pero vamos a esperar a salir de aquí.

—¡Pero eso son muchos días!

Las protestas de Alessia me hacen sonreír más.

—Y no tengo condones —murmuro sobre su pelo.

—Deberías comprar.

—Debería. Pero ¿no crees que resultaría raro que todos piensen que estás embarazada y que yo compre condones?

—Ah.

—Le pediré a Tom que me traiga alguno.

Alessia ahoga un grito, se pone roja como un tomate y esconde el rostro en mi jersey Aran.

Sonrío y la abrazo con más fuerza.

—Le he dicho que no estás embarazada.

—Yo…, yo…, hum…, podría ir a la clínica. Y pedir la píldora anticonceptiva —dice, su voz amortiguada por la lana.

—Es una idea magnífica.

Me lanza una mirada cautelosa y yo sonrío.

¡El sexo sin condón sería una novedad!

—Vale. Haré eso. Debería contar a mis padres que no estoy embarazada.

—Sí. Deberíamos.

—Tengo un plan. —Vacilante, levanta los ojos hacia mí.

—¿Sí?

—Mañana. —Esconde de nuevo la cabeza en mi jersey—. Es la fecha. Sangro.

Ah.

—De acuerdo. Entonces ¿le vas a decir a tu madre que no estás embarazada?

—Sí. Buscaré un momento para contarle. —No puede mirarme y yo creo que es porque está avergonzada. Agarro su cabeza entre mis manos otra vez y miro sus preciosos ojos oscuros.

—Deberíamos poder hablar de esto…, de ti y de tu cuerpo. Está bien. Me parece un buen plan. —La beso en la frente—. Mejor díselo el sábado.

Más tranquila, creo yo, asiente.

—Será mejor que me vaya.

A regañadientes, la suelto y, con una mirada prolongada y sedienta hacia mí, sale del dormitorio, dejándome empalmado y con un caso severo de calentón.

Como el que tuve la primera vez que la vi.

Sonrío al recordarlo y tomo una profunda bocanada de aire purificadora. Como era de esperar, su madre ha aparecido de forma inoportuna. Y eso supone un puto problema. La proximidad y la constante vigilancia de sus padres me están volviendo loco. Estar aquí me ha proporcionado una valiosa percepción de la educación de Alessia y hace que la admire aún más por haber huido a Londres. Se ha criado y ha vivido en este ambiente agobiante, controlada por su madre y su padre toda la vida. Yo llevo aquí dos noches y ya echo de menos mi libertad. Me siento como un adolescente de vuelta en el colegio.

Soy un hombre adulto, joder.

Bueno, casi todo el tiempo.

Pero no me voy a ir de aquí, sobre todo si ese cabrón se cree que puede aparecer y tener otra oportunidad con ella.

Suelto un bufido ante la ironía. *Tío, no la pierdes de vista.*

Me froto las sienes para hacer desaparecer lo que me queda de resaca y me anoto mentalmente dónde guarda su padre su escopeta… por si acaso Anatoli el Cabrón hace otra inoportuna aparición. Estaré más que encantado de atravesarlo con una bala.

Joder.

Cuanto antes salga de aquí, mejor; me estoy planteando cometer un asesinato.

4

Bajo el destello de la lamparita con forma de dragón, Alessia está tumbada en la cama mirando al techo mientras sus dedos juguetean con la cruz de oro de su cuello. Está agotada, pero su mente se niega a calmarse y continúa dándole vueltas a los acontecimientos del día y a su lista de tareas pendientes.

Esta mañana, Tom ha llevado a Alessia y a su madre a Prizren, en Kosovo, para comprar un vestido de novia. Su madre no permitía que su prometido las llevara porque daba «mala suerte» y podría «estropear la sorpresa», así que Maxim insistió en que Tom las llevara. Su padre se encogió de hombros: «Como ya he dicho, ahora es su problema. Si es eso lo que Maxim quiere, que así sea. Además, él y yo tenemos cosas que hacer aquí».

Alessia tuerce el gesto en la oscuridad y se pone de lado mirando hacia la lámpara de la mesita.

¡Ella no es ningún problema!

Vuelve a dirigir sus pensamientos hacia su excursión. Ha sido un éxito. Han tenido la suerte de encontrar un vestido precioso y ha descubierto un lado más suave del arisco amigo de Maxim. Se ha mostrado cortés, amable y atento estando con ellas. También ha dado su reticente aprobación al vestido mientras estaba sentado en silencio y discretamente junto a la puerta de la tienda de novias.

—Sí. Sí. Ese es. Muy alegre. Estás..., hum..., encantadora —ha bramado poniéndose del mismo color que su pelo; después, para ocultar su vergüenza, ha vuelto a dirigir su atención a los que pasaban por el escaparate de la tienda. Alessia ha sospechado que buscaba a Anatoli.

Durante el viaje hacia Kosovo, Tom le ha hablado de su empresa de seguridad, donde podía poner en práctica las destrezas que adquirió en el ejército británico. Se ha mostrado encantado de contar con un público cautivo y atento. Alessia se ha quedado fascinada y le ha hecho preguntas sobre su trabajo, agradecida de que estuviera con ellas, pues Maxim ha estado especialmente alerta desde la inoportuna aparición de Anatoli.

Siente un escalofrío, todavía impresionada por su encuentro con Anatoli.

¿Qué se ha creído?

Mientras iban por las calles de Prizren se ha sorprendido mirando hacia atrás en varias ocasiones, con una sensación de inquietud en el estómago.

¿La estaban vigilando?

No. Solo ha sido su imaginación.

Bloquea esa idea y su mente revolotea hacia pensamientos más felices: su prometido, recordándolo en mangas de camisa esa misma tarde. Mientras ha estado en Kosovo, para su sorpresa, Maxim y Thanas han ayudado a su padre a vaciar la cochera, donde los Demachi iban a acoger las celebraciones de la boda. Su padre, con la ayuda de Maxim, ha llevado los tres Mercedes que habitualmente guardaba allí a su taller de la ciudad. A su vuelta, él, Maxim y Thanas han seguido vaciando y ordenando la cochera para dejarla preparada para la carpa que llegará por la mañana. El plan era levantarla delante de la cochera, convirtiéndola en un espacio más grande para la celebración.

Cuando Alessia y su séquito han regresado de Kosovo, Tom

se ha remangado también y se ha unido a los hombres. Mientras limpiaban el exterior, Alessia y su madre han iniciado la monumental tarea de limpiar el interior una y otra vez.

Alessia ha conseguido escaparse a última hora de la tarde a la clínica del pueblo. Tras una breve conversación, ha convencido al médico de que le recetara la píldora anticonceptiva. Ha conseguido llegar a la farmacia con la receta justo antes de que cerrara, y se ha sentido aliviada al no reconocer a nadie de los que estaban allí. Ha vuelto rápidamente a casa para continuar con la limpieza y nadie le ha preguntado adónde ha ido. Más tarde, al venirle el periodo, ha podido escabullirse arriba para tomarse la primera píldora.

Al principio de la noche, Maxim ha aparecido en la cocina, con la camisa remangada a pesar del frío; estaba sucio, sonrojado y con el pelo húmedo por el sudor. Tenía un aspecto… sensual.

Los trabajos manuales le sientan bien.

Él le ha dado un rápido beso que hizo que deseara más antes de dirigirse a la ducha.

Maxim en la ducha.

Cierra los ojos y Alessia se pone de lado, y su mente evoca una fantasía en la que se encuentra en la ducha con él. Están en Cornualles, en Hideout, y Maxim le enjabona el cuerpo mientras están bajo la cascada de agua, cada vez más mojados. La mano de ella baja por su cuerpo, convirtiéndose en la de él en su imaginación mientras oye su voz.

¿Quieres que te lave toda entera?

La respiración se le acelera y se tira del camisón de manera que el borde le sube por los muslos. Mientras desliza la mano entre ellos y la empieza a mover, se pone boca arriba.

Recuerda las hábiles manos de él resbalándose con el jabón sobre sus pechos y, después, deslizándose por su vientre y bajando hasta el vértice de sus muslos. Su deseo se desata en una oleada que le pone los pezones de punta contra el suave algodón, pero ella se imagina que se endurecen entre los labios de él, rozando su barba de tres días, y después, excitados con sus dientes.

Gime.

En su mente, él le besa el cuello, con un sonido de aprobación que resuena en lo más profundo de su garganta.

Mmm.

Sus palabras invaden su mente.

Eres preciosa.

Ella jadea a la vez que su mano adquiere velocidad.

Más rápido. Más rápido.

¿Te gusta?

Y ella está flotando.

A punto.

Quiero probar una cosa nueva. Date la vuelta, le murmura al oído.

Alessia se corre. Con fuerza. Rápidamente. Y toma una bocanada de aire.

Y cuando recupera la compostura piensa que quizá debería dormir. Se acurruca mientras su prolongada sensación de placer y bienestar empieza a diluirse y sus pensamientos la vuelven a interrumpir.

Mañana estará terminada la organización de la cochera, pero hay que limpiar más y cocinar. Cocinar mucho. Y preparar los recuerdos de la boda: almendras azucaradas dentro de bolsitas de tela. Por suerte, su extensa familia está deseando ayudar. Decidieron el menú y quién lo prepararía cuando estuvieron ayer de visita. Contarán con un chef que las ayudará durante el día.

¿Estará contento Maxim con los preparativos?

O Zot! Espera que sí.

Sabe que esta no es la boda que él desea.

Pero sigue aquí, no se ha ido, y va a seguir adelante con la ceremonia por ella. Aunque también por su madre. Alessia abre los ojos y se queda de nuevo mirando al techo, mientras sus dedos buscan de nuevo la cruz de oro y su angustia se prende como una llama.

Su madre; que quiere quedarse con su padre.

¿Estará bien?

Tras observarlos durante los últimos días, sus padres parecen haber alcanzado una especie de acuerdo. Resulta extraño verlos así. Quizá su madre tenía razón. Él parece… más amable. Puede que la huida de Alessia fuera lo que habían necesitado. Quizá había sido ella el objeto del conflicto entre ellos.

Al fin y al cabo, no era un chico.

Ese pensamiento le provoca un nudo en la garganta.

¿Había sido ella durante todo este tiempo la que se había interpuesto en la felicidad de su madre?

Ella es ahora problema tuyo…

Una lágrima se desliza por su cara hacia el interior de su oído.

Esta idea es demasiada carga para ella sola.

Aparta las sábanas y sale de la cama. Coge rápidamente el pequeño dragón y se dirige hacia la puerta. Cree que serán alrededor de las dos de la madrugada, pero no está segura. Sale de la habitación de puntillas, cierra la puerta en silencio y se queda quieta en el pasillo, donde todo está tranquilo, pues sus padres se acostaron hace horas. Avanza sin hacer ruido hacia las escaleras y baja dos plantas. A Alessia no le importa que pueda despertarlo cuando entre a hurtadillas en esta habitación, porque ahora mismo lo único que desea, lo único que necesita, es a Maxim.

No puedo dormir y, sin embargo, no creo que haya trabajado nunca más que hoy. Bueno, no desde que mi padre nos obligaba a ayudar con la cosecha en Home Farm, de la

Sociedad Patrimonial Trevethick. Yo acababa de llegar entonces a la adolescencia y tenía una energía inagotable.

¿Ahora? No tanta.

Ni siquiera me ha afectado el chupito de raki que he tomado esta noche para calmar el dolor muscular. Mañana por la mañana voy a salir a correr antes de hacer ninguna otra cosa, y menos mal que he traído mi ropa de footing.

Resulta extraño lo bien que me he sentido ayudando a mi futuro suegro. Es arisco y taciturno y no tengo ni idea de lo que piensa, pero es resuelto, trabajador y organizado. Tiene un plan, lo cual es un alivio, porque yo aquí no estoy en mi ambiente. Y, al final de una larga jornada, me ha dado una palmada en la espalda y me ha dejado las llaves de uno de sus coches: un viejo Mercedes Clase C. Thanas me había traducido:

—Para ti. Mientras estés aquí. Tu coche. Puedes darle el Dacia a tu amigo. Recógelo luego. Y, por ahora, déjalo aparcado en la calle.

—*Faleminderit* —contesté yo. «Gracias» en albanés.

Él sonrió entonces y fue la primera vez que le vi hacerlo de verdad. Su aceptación y generosidad me pusieron de buen humor.

Quizá no sea tan malo.

Solo está haciendo lo que cree que es mejor para su hija.

Pero ahora me cuesta dormirme. ¿Alguna vez me habría imaginado que me casaría en una cochera? ¿En Albania? ¿Alguna vez me habría imaginado que me casaría antes de cumplir los treinta? Gracias a Dios que mi madre no lo sabe. Pero esa idea me provoca una sonrisa burlona en la cara… Si lo supiera, fliparía.

Alessia y su madre han ido de compras con Tom. A mí me han prohibido ir porque iban a comprar El Vestido. Yo me he limitado a darle mi tarjeta de crédito con un guiño. Y ella la ha aceptado con un rápido agradecimiento y un beso en la mejilla.

Han regresado victoriosas y Tom bastante enamorado de mi futura esposa.

—Es una joya, Trevethick. Ahora lo entiendo —ha dicho al unirse a nosotros en nuestra hazaña de vaciar la cochera.

Alessia y su madre han pasado la mayor parte de la tarde limpiando. Al llegar la noche, toda la casa estaba impoluta. Ella debía de estar cansada y espero que esté durmiendo a pierna suelta y soñando conmigo. Cuando todo esto acabe, después de todo este duro trabajo, vamos a necesitar unas vacaciones.

Una luna de miel.

Podría llevarme a Alessia a algún sitio bonito. El Caribe, quizá. Podríamos sentarnos en una playa tranquila bajo el bamboleo de las palmeras, beber cócteles, leer libros y hacer el amor bajo las estrellas. Mi cuerpo se estremece al pensarlo.

Joder. Estuve en Cuba y luego en Bequia en Navidad con mi hermano y con Caroline, su mujer.

Parece que fue ayer.

Fue apenas hace ocho semanas.

Maldita sea.

Han pasado muchas cosas desde entonces.

Esta misma noche he hablado con Oliver. Además de ponerme al día sobre el negocio, ha dispuesto todo para que recojamos un visado para Alessia en la embajada británica de Tirana. Lo ha emitido el embajador en persona, pues conocía a mi padre, de modo que, al menos, Alessia podrá venir al Reino Unido como turista hasta que se le asigne un estatus permanente o un visado como cónyuge. La embajada va a hacer también que un notario incluya una Apostilla en nuestra partida matrimonial, con lo cual todo será oficial.

Yo me voy a reunir con un abogado que Rajah ha recomendado a nuestro regreso a Londres. Me ha advertido que tenemos mucho trabajo por delante antes de que Alessia pueda quedarse en el Reino Unido.

La puerta se abre con un chirrido, sobresaltándome, y Alessia entra a hurtadillas, vestida con su ridículo camisón y llevando en la mano la lamparita. Mi ritmo cardiaco se acelera.

Está aquí. Mi chica.

Sonrío en la oscuridad mientras ella se dirige a la cama.

—Hola —susurro en las sombras y mi alegría queda evidente en mi saludo. Retiro las mantas para que se tumbe conmigo.

—Hola —contesta, y parece un poco ronca.

—¿Estás bien?

Bajo el resplandor del pequeño dragón, ella asiente una vez, lo coloca sobre la mesita de noche y se mete en la cama a mi lado. La beso en la mejilla y, a continuación, la envuelvo con mis brazos y la estrecho contra mí mientras ella apoya la cabeza sobre mi pecho.

—No podría dormir. Y estoy muy cansada —murmura.

—Yo también. Ahora puedes dormir. —La beso en la cabeza, inhalo su olor y cierro los ojos. Aquí es donde debería estar…, conmigo.

Para siempre.

Me dejo llevar.

Alessia cierra los ojos en los brazos del hombre al que ama. Este es su lugar. Estar aquí, en los brazos de él, es como estar en casa. No le importa si su padre o su madre la descubren; Maxim y ella solo van a dormir. Suspira a la vez que su mente se tranquiliza por fin y cae en un sueño tranquilo.

Es la primera hora de la tarde del viernes y no puedo dejar de mirar el reloj. Joe tenía que llegar sobre las 15.20. Tom, que no ha parado con el coche durante los últimos días, le ha recogido en el Aeropuerto Internacional de Tirana. Joe me ha enviado un mensaje diciendo que están de camino y que tiene una sorpresa para mí.

No estoy seguro de que me gusten las sorpresas.

El patio delantero de los Demachi está impoluto y en un estado digno para una boda. Hay una especie de carpa junto a la cochera y mesas y sillas dispuestas en el interior. Está todo bien arreglado. Ayer echamos todos una mano colocando la malla blanca que había donado una de las tías de Alessia. El techo de la cochera está ahora envuelto de gasa y lucecitas de colores. Y tiene un aspecto encantador. Incluso romántico. Hay bombillas de colores en las paredes y racimos de luces en cada una de las mesas de plástico, que están todas cubiertas de lino blanco. Los Demachi lo han hecho bien, teniendo en cuenta el poco tiempo. Han alquilado algunos calefactores de exterior para la carpa y hay una estufa de leña en un extremo de la cochera que estoy seguro de que encenderán para que, con suerte, nuestros invitados no se congelen.

El DJ, Kreshnik, uno de los primos de Alessia, ha colocado una pequeña mesa en la esquina de la cochera. Su equipo es anticuado: un portátil y unos humildes platos de DJ Numark Mixtrack Pro. Llevo años sin ver uno de esos. Los ha conectado a un par de altavoces y el sonido es sorprendentemente cálido y nítido.

—Un sonido estupendo. —Levanto los pulgares con una amplia sonrisa. Él responde sonriendo y sé que no ha entendido una palabra de lo que he dicho.

—¡Maxim! —grita Alessia.

Sonrío. Probablemente quiera que pruebe algo delicioso. El olor de la cocina ha sido tentador todo el día. Demachi deja de apilar leña en la esquina de la cochera, lista para la estufa, y mira con una rápida sonrisa.

—*Ajo do të të shëndoshë!* —grita, con una carcajada, pero no tengo ni idea de qué ha dicho.

Thanas viene a mi lado, riéndose.

—Dice: «Va a hacerte engordar».

Animado por la charla, empiezo a caminar de espaldas.

—Dile que eso espero. —Me giro y entro deprisa en la casa, me quito los zapatos y me dirijo a la cocina. Me apoyo en la puerta y admiro en silencio a mi futura esposa. Está delante del fogón, removiendo una gran cacerola y meciendo la cadera al compás de la música que suena por el altavoz de su nuevo teléfono. Tiene el pelo recogido por detrás en una coleta que se balancea y lleva puestos unos vaqueros ajustados con una de las camisetas que compramos en Padstow y un bonito delantal de flores. Tiene un aspecto joven y bello y se encuentra en su salsa. Toda una reina de la casa. Cualquier rastro de su traumatismo ha desaparecido. Ni moretones ni arañazos. Y yo estoy más que agradecido por verla tan bien.

Shpresa también está bailando al compás de la música y está amasando una enorme cantidad de pan.

Vaya, sí que tiene energía.

La canción que están bailando es de pop albanés. Es una *tune*. Una vocalista femenina con una estupenda voz.

Alessia sonríe al verme.

—Toma. —Levanta una cuchara de madera que gotea con un mejunje aromático y jugoso. Cuando llego hasta ella, me lanza una mirada ardiente y me la mete entre los labios concentrada en mí, con sus ojos oscureciéndose a la vez que el bocado especiado se derrite en mi boca.

Es suculento y tiene un toque de ajo y algo picante.

Delicioso.

—Mmm —respondo mientras trago.

—¿Te gusta?

—Ya sabes que sí. Mucho. Y me gustas tú.

Sonríe y le doy un rápido pico en los labios.

—*Tavë kosi?*

—¡Te has acordado! Mi receta especial. —Está encantada y mueve los labios al compás de la música, a la vez que sus ojos oscuros se llenan de promesa mientras remueve la cacerola.

Oh, nena.

Pronto.

Ahora tiene un pasaporte nuevo, así que podremos marcharnos cuando queramos.

Gracias a Dios.

—¡Eh! —Alguien grita desde la puerta de la casa.

—¡Es Joe! —exclamo a Alessia y salgo corriendo en calcetines desde la sala de estar al pasillo.

Joe está en la puerta con su habitual elegancia, vestido con un traje azul oscuro a medida y un abrigo azul marino. Nada más verme, abre los brazos.

—¡Trevelyan! Colega.

Corro hacia ellos y le abrazo.

Joder, cómo me alegro de verle.

—Colega. —Mi voz suena áspera cuando un repentino nudo de emoción me bloquea la garganta. Me abraza con fuerza y, a continuación, se echa hacia atrás para observarme.

—¿Estás bien? —pregunta.

Estoy demasiado emocionado como para hacer otra cosa aparte de asentir.

Joder. No quiero echarme a llorar ahora. Nunca me lo perdonaría.

—Tienes buen aspecto, Maxim —dice con una gran sonrisa—. El equipaje está en el coche. Te he traído tus trajes, los anillos y… —Se gira y, detrás de él, de pie junto al coche, está mi hermana.

Maryanne.

Mierda.

Detrás de ella, con una expresión que podría dejarme petrificado, está la viuda de mi hermano.

Caroline.

Hay que joderse.

5

Miro a Joe, que se encoge de hombros con gesto de disculpa. Maryanne cruza el umbral y se lanza a mis brazos.

—Maxie —susurra—, la has encontrado por fin.

—Sí.

—¿Hay algo que quieras contarnos? —añade y ladea la cabeza. Percibo claramente el sarcasmo en sus palabras; sé que está a punto de darle un ataque, pero hace todo lo que puede por controlarse.

Oh, no.

Detrás de ella entra tranquilamente Caroline y me acerca la mejilla para que le dé un beso. No me abraza.

—Hemos tenido que volar en turista —me informa.

Mierda.

Me he metido en un lío más gordo de lo que creía. Por último entran también Tom y Thanas.

—Venid a conocer a la familia —sugiero, ignorando su frialdad—. Y quitaos los zapatos.

Cuando entro con Joe y nuestros invitados sorpresa en el comedor, Shpresa y Alessia están de pie junto al fogón. Se nos quedan mirando sin comprender qué ocurre y de repente el pequeño espacio parece atestado. Alessia deja la olla en el fogón, se limpia las manos en el delantal y apaga la música que tenía puesta en su teléfono. Le presento primero a Joe, porque a él lo esperábamos, y además está el primero de la cola. Todo un caballero, como siempre, se acerca rápidamente con la mano tendida.

—Señora Demachi, ¿cómo está? —dice con una sonrisa deslumbrante—. Es un enorme placer conocerla.

Sin pasarse, tío. Sin pasarse.

Shpresa, todavía en shock, le estrecha la mano.

—Hola. Bienvenido a nuestra casa —responde.

Él sonríe y se vuelve hacia Alessia, que tiene los ojos como platos y está pálida, como si le estuvieran apuntando con un arma.

Oh, no.

—Alessia, qué alegría verte de nuevo.

—Hola —contesta ella—. Y por suerte esta vez estás vestido —añade.

Él suelta una carcajada y Alessia recupera algo de color en las mejillas y sonríe. Joe le da un abrazo y dos besos.

¡Dos!

¡Pero, tío...!

Su madre frunce el ceño al oír esa conversación, pero no dice nada.

—Señora Demachi, estas son mi hermana y mi cuñada, Maryanne y Caroline. —Las tres se estrechan las manos.

—Y esta es mi futura esposa, Alessia. A Caroline ya la conoces.

Caroline la mira con una sonrisa fugaz, que creo que es sincera.

—Hola otra vez —saluda.

Alessia le tiende la mano y Caroline se la estrecha.

—Hola..., Caroline. —Le tiembla la voz por culpa de los nervios, pero, antes de que yo pueda decir nada, Maryanne también le tiende la mano.

—¿Cómo estás? —saluda cuando Alessia se la estrecha.

Mi prometida la mira primero a ella y después a mí.

Sí. Nos parecemos.

—¿Qué tal estás tú? —responde y Maryanne abre mucho los ojos por la sorpresa. Alessia sonríe.

—Ya veo a qué se debe todo este lío —comenta, tan directa como siempre.

Alessia frunce el ceño, seguramente porque no ha comprendido que lo que ha dicho es un cumplido.

—Sí, bueno... —No sé ni qué decir.

Esto es muy raro.

—Ahora que ya nos hemos saludado todos... —consigo articular por fin.

—Sentaos, por favor. —Shpresa me salva de tener que continuar y nos señala la mesa del comedor—. Estamos haciendo los preparativos de la boda.

—Un momento. Antes de que nos sentemos —contesta Maryanne, con su rotunda voz de médico—. ¿Podría hablar un momento con mi hermano? A solas. —Maryanne clava sus brillantes ojos verdes en mí y entiendo al instante que tengo un problema muy muy gordo.

—Podéis ir al salón —sugiere Alessia, mirándome nerviosa.

—Ve tú delante —señala Maryanne, y, como ya sé lo que me va a decir y no quiero que lo diga delante de Alessia y su madre, la cojo de la mano y la saco casi a rastras de la habitación. Recorremos el pasillo en un silencio incómodo.

A lessia ve como Maxim sale de la habitación con su hermana. Le parece que está enfadado, pero no entiende por qué.

¿Es que le molesta la presencia de su familia?

¿Sus parientes le avergüenzan?

¿O los que le dan vergüenza son ella y su familia?

Alessia no quiere pensar en ello, porque teme que esa sea la razón. Centra su atención en Tom y Thanas, que acaban de entrar en el comedor. Tom y Joe se saludan chocando los puños.

—Me alegro de que hayas venido con nosotros, viejo amigo. —Joe sonríe, dejando al descubierto unos dientes blanquísimos, y le da una palmadita a Tom en la espalda.

Es obvio que son buenos amigos. Tom mira a Caroline con una sonrisa educada. Se muestra más reservado con ella. Alessia cree que Tom se siente mejor rodeado de hombres que de mujeres.

Como le pasaría a un albanés.

Tom les presenta a Thanas a Joe y a Caroline.

—No esperábamos a estas mujeres —le dice su madre en su idioma, lo que la distrae.

—Ya. Me parece que Maxim no está contento.

—Van a tener que dormir en la habitación que habíamos preparado para el amigo de Maxim.

—Sí. Deberíamos ofrecerles té o algo más fuerte.

En ese momento entra su padre y empiezan de nuevo las presentaciones. Parece encantado de conocer a una mujer hermosa y que huele tan bien como Caroline y Alessia lo entiende perfectamente. Ella misma no puede apartar los ojos de esa chica. Es la mujer más elegante que Alessia ha visto en su vida. Lleva unos pantalones de color camel, un jersey crema y se cubre el cuello con un pañuelo de seda muy sencillo con un discreto dibujo de color camel y crema, un atuendo que deja claro que es rica y de buena familia. Todo en ella transmite ese mensaje, hasta las perlas que lleva en las orejas y el pelo brillante, peinado en un impecable corte bob.

A su lado Alessia se siente humilde y desaliñada, con sus vaqueros y su delantal manchado.

Y, además, la última vez que vio a Caroline, ella estaba entre los brazos de Maxim.

En cuanto cierro la puerta, Maryanne se gira bruscamente, con un movimiento envolvente de su pelo.

—Pero ¿a qué demonios crees que estás jugando? ¿Casarte con tu asistenta? ¿En serio? ¿Qué bicho te ha picado?

Me quedo mirándola con la boca abierta, asombrado por su ataque y momentáneamente sin palabras por la ferocidad de las suyas.

—Di algo —exige.

—No creía que fueras tan esnob, Maryanne —respondo. Mi enfado va en aumento.

—No lo soy. Solo estoy siendo práctica. ¿Qué demonios te puede ofrecer a ti una chica de… un sitio como este? —pregunta abriendo los brazos para abarcar la habitación en la que nos encontramos.

—Amor, para empezar.

—Oh, por Dios santo, Maxim. ¿Es que has perdido la cabeza? Pero ¿qué podéis tener en común?

—La música, por ejemplo.

Ella me ignora; ha cogido carrerilla.

—¿Y sales con esto solo unas semanas después de la muerte de Kit? Es por el dolor, lo sabes, ¿verdad? No hemos tenido tiempo suficiente para pasar el duelo. ¿Es que no sientes ni el más mínimo respeto?

—Ya, sé que el momento no es el ideal, pero…

—¿Que no es el ideal? Pero ¿por qué tanta prisa? —De repente me mira con los ojos como platos—. Oh, no. —Baja la voz—. No me digas que está preñada.

Aprieto los dientes porque apenas puedo contener la furia.

—No, no lo está. Es que… —Suspiro y me paso una mano por el pelo mientras hago todo lo que está en mi mano para encontrar una explicación que pueda satisfacerla.

—¿Es que qué?

—Es complicado.

Me atraviesa con la mirada y estoy seguro de que, si yo fuera yesca, con esa mirada me habría convertido inmediatamente en cenizas. Está lívida, pero de repente su expresión se vuelve triste.

—¡Y además querías seguir adelante con esta farsa sin invitarnos siquiera! —Se le quiebra la voz y se le llenan los ojos de lágrimas.

Mierda. ¡Maryanne!

Está herida.

—Eso es lo que más me duele —murmura.

Sus palabras son como un puñetazo en la boca del estómago.

Joder. No tenía ni idea de que se sentía así.

—¿Cuál es el problema entonces? —Mi tono se ha vuelto más amable—. ¿Que me case con Alessia o que no te haya invitado?

—El problema es que tú hayas pensado que no queríamos estar aquí. ¡Aunque sea en medio de ninguna parte! ¿O es que eres tú el que no nos querías aquí? Cualquiera de las opciones me resulta dolorosa. Pero ¿qué te pasa, Maxie? Ya he perdido a un hermano este año. Tú eres el único que me queda. Eres mi familia. —Las lágrimas corren por sus mejillas—. Y que quisieras hacer esto sin nosotros… —Sorbe por la nariz y saca un pañuelo de la manga para sonarse.

Joder.

—Lo siento. —Abro los brazos y ella va directa hacia ellos, sin dudar ni un segundo, y me abraza fuerte.

—Y me tengo que enterar por Caro —se queja.

—M. A., no lo pensé —susurro con la boca contra su pelo—. Todo esto ha ocurrido muy rápido. Además, lo vamos a celebrar otra vez en Londres, o en Cornualles. Y, por cierto, esto no es una maldita farsa.

»Me voy a casar porque he conocido a una mujer de la que me he enamorado apasionadamente y junto a la que quiero envejecer. Alessia lo es todo para mí y me siento vivo desde que la conocí. Es una persona comprensiva, cariñosa y buena. Es increíble. No he conocido nunca a nadie como ella y tampoco me he sentido así antes. La necesito y, lo que es mejor, ella me necesita a mí.

Tío, menudo discurso.

Ella suspira profundamente, temblorosa, y me examina con los ojos enrojecidos.

—Te has enamorado hasta las trancas, ¿no?

Asiento.

—Sabes que va a ser difícil para ella estar a la altura del papel que debe asumir.

—Lo sé. Pero nos tiene a nosotros para ayudarla, ¿verdad?

Me estudia una vez más y vuelve a suspirar.

—Si te hace feliz, Maxim, porque eso es lo único que deseo para ti, sí que nos tendrá.

Sonrío.

—Gracias. Alessia me hace más que feliz. Y espero hacerla feliz a ella.

—Es guapísima.

—Lo es. Y divertida, dulce y adorable.

La mirada de Maryanne se enternece.

—Y tiene un talento extraordinario.

—¿Talento para qué? —pregunta Maryanne, con una ceja enarcada.

Me río.

—Alessia es pianista.

—Oh. —Se muestra sorprendida y mira el piano vertical que ocupa el lugar de honor en el salón—. Estoy deseando oírla.

—Hum… ¿Se lo has dicho a la Matriarca?

Maryanne entorna los ojos.

—No. No quería herir sus sentimientos.

—Ah, pero ¿tiene sentimientos?

—¡Maxim!

—Deberíamos volver con los demás.

Todos, salvo Shpresa, están sentados a la mesa. Alessia me mira cuando Maryanne y yo entramos y después se pone a examinarse las uñas con el ceño fruncido, mientras yo intento transmitirle de forma telepática que todo está bien para tranquilizarla. Caroline me mira con los ojos entornados cuando saco una silla para Maryanne y sé que en un futuro no muy lejano voy a enfrentarme a la misma conversación que acabo de tener con mi hermana, pero esta vez con mi cuñada.

Shpresa trae una tetera llena, tazas y una botella de raki acompañada de unos cuantos vasos.

Raki, ¿ya? Ay, Dios...

A lessia se retuerce el delantal entre los dedos. La hermana de Maxim es tan elegante como Caroline. Es alta y muy guapa, con el cabello pelirrojo encendido, y va tan bien vestida como su cuñada.

¿Cómo puede Alessia esperar encajar con esas mujeres?

«Los ingleses son terriblemente arrogantes. Te despreciarán. Te mirarán por encima del hombro». Recuerda las palabras de Anatoli, que la han estado persiguiendo desde entonces y la ponen en tensión.

Shpresa les ofrece té a las mujeres y raki a los hombres.

—Estas mujeres se tienen que quedar aquí —le dice el padre de Alessia a su madre.

—Sí —coincide su madre—. Alessia, díselo.

—Yo puedo traducir —se ofrece Thanas mientras mira, escéptico, su vasito de raki.

—Ya lo hago yo —dice Alessia en el idioma de sus invitados—. Caroline, Maryanne, estaríamos encantados de que os quedarais aquí, en casa. Pero tendréis que compartir habitación.

—Sois muy amables, Alessia, pero habíamos pensado alojarnos en un hotel de la ciudad —responde Caroline.

—Si podéis quedaros aquí… —insiste Shpresa.

—Nos encantaría dormir aquí, si no supone mucha molestia —interviene Maryanne.

—Perfecto. Pues arreglado —concluye Tom y se vuelve hacia Maxim—. Y yo, como tu padrino que soy, tengo la obligación de organizarte la despedida de soltero. Es la tradición.

—¿Qué? —contesta Maxim. Se sienta al lado de Alessia, le coge la mano y se la aprieta un poco para calmarla.

—Trevethick, ¿es que tengo que recordarte que te van a echar el lazo mañana?

—¿Cómo podría olvidarlo?

Maryanne y Caroline se miran.

—Por eso esta noche vamos a salir por Kukës y a darlo todo —continúa Tom.

—Tíos, yo me apunto —dice Joe.

—¿Thanas? —invita Tom.

—¡No me lo perdería por nada del mundo!

—¿Qué está pasando? —pregunta Jak mirando a su hija para que se lo explique.

—Los hombres van a salir esta noche por Kukës. Creo que es una tradición en su país —informa Alessia.

—¿Salir adónde?

—A los bares.

—Pues tengo que ir con ellos. Conozco los mejores sitios. —Su padre le sonríe a Maxim.

—Se lo voy a decir. —Alessia mira a Thanas, insegura, y después a Maxim.

—Tu padre quiere venir con nosotros —adivina Maxim.

—Sí.

—Ay, Dios. —Maxim sonríe y sacude la cabeza—. Está bien.

—Se lo voy a decir a mis hermanos. Y a mis tíos y primos —añade su padre.

—¿Y nosotras? ¿Maryanne y yo? —pregunta Caroline, mirando a Maxim con sus enormes ojos azules. Parece que no puede apartarlos de él.

Oh.

—¡Solo tíos! —aclara Tom.

—Tal vez deberíamos llevarnos nosotras a Alessia a alguna parte —sugiere Maryanne.

—Tengo muchas cosas que hacer —se apresura a contestar Alessia.

—Bueno, pues entonces te ayudaremos, ¿verdad, Caro?

—Oh, no. Vosotras sois invitadas —protesta Alessia.

—Nos encantará ayudarte, si podemos —ofrece Caroline, pero no deja de mirar a Maxim con cara de ansiedad, ¿o es devoción? Entonces Alessia recuerda que hace poco que perdió a su marido y Maryanne a su hermano; las dos están unidas en su dolor.

Joe y yo tenemos que compartir la habitación de invitados. No es la primera vez que lo hacemos. Hemos estado en el mismo cuarto en el colegio, en los viajes de estudios y no hace tanto, siempre que acabábamos totalmente hechos mierda después de una noche de juerga épica.

Se pone a vaciar la maleta y yo me ocupo de colgar los dos trajes que me ha traído.

—Tío, ¿qué tal estás? En serio —pregunta.

—Bien. Es todo un poco loco, si te digo la verdad.

—Maxim, tengo que preguntártelo. Este matrimonio… ¿es realmente cosa tuya? ¿Es lo que tú quieres?

—¿A qué te refieres?

—Tú eres un mujeriego. ¿De verdad estás preparado para sentar la cabeza con una sola mujer?

Lo miro con la boca abierta.

—¡No estaría pasando por todas estas complicaciones si no lo estuviera!

—Tío, solo pregunto.

Resoplo, haciendo un esfuerzo por controlar mi enfado.

—Es lo que quiero. Y lo que quiere ella. ¿Por qué es tan difícil de creer?

Él levanta ambas manos.

—Vale, vale. Te creo.

—Basta ya de toda esta historia. ¿Qué es esto?

—He pensado que era mejor traerte dos trajes. Para que tuvieras dónde elegir.

—No, me refiero a lo de mi familia, que os habéis venido todos juntitos para celebrarlo.

—Ya, lo siento. Me encontré con Caro cuando salía de tu edificio. Y llevaba tus trajes.

—Ah.

—Me pilló *in fraganti*. Y quiso saber qué demonios estaba haciendo.

—Ya veo.

—Está muy cabreada, amigo. Contigo.

—Lo sé. No se lo dije. No quería que se montara un escándalo. Por ahora he conseguido calmar y convencer a Maryanne. Caro tendrá que esperar.

—¿Alessia sabe lo de ella y tú?

—¿Qué quieres decir?

—Lo de antes de Kit.

—Eh…, no. —Y además hubo unos cuantos polvos de consuelo después de la muerte de Kit.

Joder.

—¿Crees que debería contárselo? —pregunto.

Él se encoge de hombros.

—Ni idea.

—No hemos hablado… de nada de eso.

—Guárdalo para la luna de miel.

Se me escapa una risita nerviosa.

—Sí, buena idea.

—¿Tienes planes de ir a alguna parte?

—Sí. Ya he hecho los preparativos. Es una sorpresa para Alessia.

—Genial. Toma los anillos. —Me da una bolsita en la que hay dos cajitas envueltas en papel rosa.

—Perfecto. Gracias. —Me siento en la cama y empiezo a soltar los lazos.

Joe se sienta a mi lado.

—Oye, cuéntame cómo van las bodas aquí.

Un rato después, Maxim y Joe entran en la cocina. Alessia levanta la vista de la encimera, donde está batiendo huevos, y respira hondo, disfrutando de la imagen de su futuro marido. Sus ojos verdes resplandecen con una promesa seductora y el pelo le brilla gracias a esos reflejos rubios que se acentúan con las luces del techo. Todavía le resulta asombroso que ese hombre tan atractivo vaya a ser su esposo. Está impresionante con esa chaqueta, la camisa blanca y los vaqueros. Sus miradas se encuentran y él sonríe y va hacia ella.

—¿Qué tal estás? —le pregunta en voz tan baja que solo ella puede oírle.

—Bien. ¿Y tú?

—Bien. —Le da un beso en la frente y ella nota su leve aroma (a jabón y espuma de afeitar) combinado con su fragancia favorita: el olor a Maxim. Él le coloca un mechón suelto detrás de la oreja.

—Te veo espectacular.

Ella ríe, disfrutando de sus atenciones.

—Parezco una limpiadora.

Él le agarra la barbilla entre el pulgar y el índice, le alza la cara con mucho cuidado y le da un beso largo en los labios.

—No. Pareces una condesa.

A ella se le acelera la respiración al ver su expresión ardiente e intensa, pero su madre carraspea y los interrumpe. Maxim se gira y le sonríe a Shpresa y después las dos mujeres se sientan a la mesa.

—Veo que os habéis puesto manos a la obra —le dice a Caroline y Maryanne, que están picando espinacas y acederas en la mesa.

—Queríamos ayudar —contesta Maryanne con una gran sonrisa.

—Es sorprendente lo terapéutico que es esto —añade Caroline mirando fijamente a Maxim con esos ojos tan azules.

—Hay vino en alguna parte —ofrece Maxim, ignorando su mirada—. Hemos comprado un montón para la celebración del sábado. Creo que está por ahí guardado, en la parte de atrás.

—¡Mataría por una copa de vino! —exclama Caroline y Alessia no está segura de si lo dice con desesperación o con alivio.

—Voy a por una botella —se ofrece Shpresa y desaparece en la despensa.

—¿Cómo es la vida nocturna aquí, Alessia? —pregunta Joe.

Ella se encoge de hombros, con un poco de vergüenza.

—No lo sé. No he salido mucho por las noches. —Todos los ingleses la miran fijamente y ella se ruboriza—. Mis padres son muy protectores —explica, pero se fija en que Caroline mira a Maryanne con el ceño fruncido. Entonces vuelve su madre con una botella de vino blanco en la mano.

—Ya la abro yo —se ofrece Joe y Shpresa le da la botella y un sacacorchos y trae dos copas.

—¿Solo dos? —protesta Joe, consternado.

Alessia y su madre se miran. Después los ojos de su madre se fijan en los ingleses, que no apartan la vista de los albaneses, y por fin vuelve a mirar a Alessia con un brillo de picardía en los ojos que su hija no le ha visto nunca antes. Sonríe y va a por dos copas más.

¡Pero mama!

Joe acaba de servir las cuatro copas justo cuando *baba* entra en la habitación. Está recién afeitado y se ha puesto una camisa limpia y corbata. Está muy elegante.

—¿Todos listos? —le pregunta a Alessia en su idioma. Su tono es alegre.

—Creo que sí, *Babë*.

Su padre mira a su mujer.

—¿Estáis bebiendo? —pregunta, sorprendido.

—Sí. Hemos comido ya. No me va a sentar mal. —Y alza la copa en su dirección. Maryanne, Caroline y Alessia hacen lo mismo.

—*Gëzuar, Babë* —dice Alessia.

Él mira a su mujer y a su hija con la boca abierta y después a Maxim y asiente.

—Como ya te he dicho, ella es ahora problema tuyo —repite, aunque Maxim no entiende ni una palabra—. *Gëzuar, Zonja* —les dice a las mujeres y después se vuelve hacia Joe y Maxim—. Vamos —dice en el idioma de sus huéspedes.

¿Qué?

Alessia mira con la boca abierta a su madre, que también está alucinando. Es la primera vez que oyen a su padre hablar ese idioma. Le da un buen sorbo al vino y contempla cómo los hombres van saliendo uno por uno de la habitación.

—¿Qué pasa? —le pregunta Maryanne a Alessia.

—Mi padre. Nunca ha hablado vuestro idioma.

Maryanne ríe.

—Siempre hay una primera vez. Y este vino no está nada mal.

—Es albanés —apunta Alessia y no puede evitar el tono de orgullo en su voz.

—Salud, Alessia y señora Demachi. Y enhorabuena. —Maryanne alza su copa en un brindis, Caroline también y las tres beben.

El vino está delicioso, aunque no tiene un sabor tan potente como el que probó el día que comieron en la biblioteca de la casa de Cornualles. Aun así parece que a Caroline y Maryanne les gusta, algo que agrada mucho a Alessia, que está muy orgullosa de su país.

—Ya hemos acabado con las espinacas. ¿Qué hacemos ahora? —pregunta Caroline.

Alessia mete dos fuentes grandes de *tavë kosi* en el horno para que se cocinen y después se sienta al lado de su madre para unirse a las mujeres, que están preparando rollitos de *byrek*. Shpresa estira la masa y Alessia, Maryanne y Caroline la rellenan con una mezcla de espinacas, acederas y queso feta a la que Shpresa le ha añadido huevos, cebolla y ajo. Entre rollito y rollito, van bebiendo vino.

La conversación fluye a ratos y en ocasiones se interrumpe, pero la charla trivial que mantienen Caroline y Maryanne es entretenida.

—No me puedo creer que te hayas enamorado de un estadounidense —bromea Caroline con Maryanne.

—¿Enamorada dices?

—Querida, tienes una cara de tonta muy poco propia de ti desde que te llamó cuando estábamos en el aeropuerto.

—¡No es verdad!

—«La dama protesta demasiado, me parece». ¿Cuándo lo vas a ver?

—No lo sé. Es posible que Ethan venga al Reino Unido en Pascua. Ya veremos. No es fácil saber lo que piensa. —Maryanne la mira fijamente y Caroline frunce los labios en un gesto de fingida conmiseración.

—¿Cuánto tiempo hace que vosotras os conocéis? —pregunta Alessia. Está un poco mareada por el vino; ya van por la segunda botella.

—Yo soy amiga de Maxim desde el colegio —explica Caroline—. Bueno, entonces fuimos más que amigos. Pero eso fue hace muchísimo tiempo. —Con el ceño fruncido por la concentración, coge un poco de la mezcla de espinacas, lo pone sobre la masa y después la enrolla con mucha habilidad.

¡Más que amigos!

—Creo que nosotras dos nos conocimos en una de las fiestas de verano de Rowena. En el partido de críquet anual de los Trevethick, en Tresyllian Hall—aventura Caroline y mira a Maryanne en busca de confirmación.

—Sí. Hace mucho tiempo. Viniste desde Londres con Maxim. Tengo que decir que esos partidos siguen siendo geniales. Me encantan los hombres con el uniforme blanco de críquet.

—Es verdad —confirma Caroline, nostálgica—. Kit estaba guapísimo con ese uniforme y además era un bateador muy bueno. —Se queda mirando fijamente la copa.

—Cierto —recuerda también Maryanne y de repente el humor de las mujeres se vuelve sombrío.

—Siento mucho vuestra pérdida —dice Alessia en un murmullo.

—Sí, bueno, gracias. —Caroline traga saliva y se aparta el pelo brillante, como si así pudiera librarse de un mal pensamiento—. El verano que viene tendrás que ser tú, Alessia, la anfitriona del partido de críquet anual y de otros muchos acontecimientos sociales.

Alessia se la queda mirando. No sabe nada de críquet.

—No tienes ni idea de lo que se espera de ti, ¿no? —pregunta Caroline.

—No es el momento —reprende Maryanne a Caroline.

—No —contesta Alessia con un hilo de voz.

Caroline suspira.

—Bueno… —Mira a Maryanne con expresión tranquilizadora—. Estaremos ahí para ayudarte.

—Pero por ahora vamos a acabar con los rollitos de *byrek*

—exclama Maryanne alegremente y Alessia sabe que es un intento por recuperar el buen ambiente.

El bar está atestado de gente y hay mucho ruido, pero el ambiente es festivo y de celebración, a pesar de lo espartano del lugar. Es el tercer bar que pisamos y es tan sobrio como los dos primeros, aunque no tan austero en la decoración, porque hay varias bufandas y camisetas de fútbol del FK Kukësi en las paredes. Parece que la gente vive mucho el fútbol en Kukës. Esa noche los hombres, que son todos parientes en diferentes grados de Jak Demachi, están ahogando las penas porque su equipo ha perdido contra el Teuta, el equipo de Durrës.

Nuestro amor por el fútbol hace de puente para reducir la distancia que hay entre ellos y nosotros; Joe y yo, que somos del Arsenal y el Chelsea respectivamente, nos sentimos identificados con su tristeza. Sin embargo Tom es más aficionado al rugby; nosotros también lo somos, pero la diferencia es que él no tiene ningún interés por el deporte rey.

Yo ya me he tomado cuatro cervezas y estoy empezando a notar el puntillo. No me acuerdo del nombre de nadie, pero Tom y Joe todavía mantienen el tipo.

Es evidente que Joe, que además es un tío guapo, allí llama la atención por su color. No he visto ninguna persona negra en Albania, aunque estoy seguro de que tiene que haber, pero el color de su piel hace que despierte la curiosidad de todos. No parece incómodo; más bien lo contrario. Está encantado de ser el centro de tanta atención. La verdad es que a todos nos están tratando como invitados especiales. Los albaneses están encantados de que estemos aquí.

Y, francamente, es conmovedor.

Solo hay dos cosas que me están estropeando la diversión: una es Caroline y el hecho de que voy a tener que enfrentarme a su ira en algún momento; no puedo confiar en que se vaya a prolongar la falsa sensación de seguridad de la que he disfrutado hasta el momento. Seguro que ella también está muy dolida y tendremos que hablarlo. Y la segunda es la incómoda impresión de que alguien me vigila. Sé que llamamos la atención aquí, en una ciudad tan pequeña, pero de vez en cuando noto un extraño escalofrío que me recorre la espalda, como si alguien me tuviera en su punto de mira.

¿Será él?

Su «prometido».

¿Me estará observando? No lo sé.

Puede que mi imaginación hiperactiva me esté jugando una mala pasada.

—*Urdhëro!* —Jak me pasa otra cerveza—. *Më pas raki!* — Entrechoca su botella con la mía para brindar.

Oh, Dios, raki. ¡El brebaje del demonio!

Es tarde. La comida se está enfriando, lista para meterla en las neveras de la despensa. Alessia está sentada a la mesa con Caroline y Maryanne y ya van por la tercera botella de vino. Alessia, que está todavía más mareada que antes, ha dejado de beber. Su madre ha sido la más sensata y ya se ha ido a la cama. Después de todo, mañana les espera el gran día.

Alessia bosteza. No hay señal de los hombres y sospecha que Maxim va a llegar tan borracho como la noche del raki. Quiere irse a la cama, pero Caroline y Maryanne están hablando de hombres y es fascinante escucharlas.

—Los hombres son muy desconcertantes —está diciendo Maryanne.

—Más bien son inaccesibles a nivel emocional —responde Caroline—. Lo único que quieren en realidad es alguien que les chupe la polla. —Ríe, pero esa risa suena forzada y vacía.

—Caro, basta —la regaña Maryanne mirando a Alessia, que está intentando digerir esa interesante afirmación. Está sorprendida por el giro que ha dado la conversación, pero mantiene la expresión neutra, o eso espera, mientras intenta encontrar algo que decir.

¿Así hablan las mujeres inglesas entre ellas?

Caroline centra su atención en Alessia y entorna los ojos como si estuviera evaluándola de nuevo, ahora que están las tres un poco borrachas.

—La verdad es que eres muy guapa —dice, arrastrando un poco las palabras.

Alessia sospecha que ella está más que un poco borracha.

—No me sorprende que se haya enamorado de ti…, pero… No lo había visto así antes. A él. Enamorado. Es mi mejor amigo, ¿sabes?

Eso será ahora…

Alessia aprovecha la oportunidad.

La expresión «más que amigos» le ha estado dando vueltas en la cabeza, atormentándola, desde que Caroline la dijo un rato antes.

—Él y tú fuisteis… ¿Amantes? —pregunta.

—Se puede decir que sí. Perdimos la virginidad juntos. —Caroline esboza una media sonrisa, como si se tratara de un buen recuerdo—. Él es mejor polvo que mi marido.

—Oh. —Alessia se queda sin palabras y le viene a la cabeza la imagen de Caroline, vestida solo con una camisa de Maxim, preparando café en la cocina de su piso.

—¡Caroline! —exclama Maryanne, escandalizada.

—Es cierto. Sé que es tu hermano. Bueno, los dos son tus hermanos —continúa sin dejar de arrastrar las palabras—. Pero ya sabes que Maxim es un mujeriego. —Mira con los ojos un poco desenfocados a Alessia—. Querida, pero si se ha acostado con casi todas las mujeres de Londres. —Su expresión cambia y se vuelve triste—. Y después de lo de Kit… Nosotros… ¡Ay!

—No digas nada más —gruñe Maryanne, con una voz mucho más firme que un momento antes, y Alessia sospecha que le ha dado a Caroline una patada por debajo de la mesa.

Caroline se encoge de hombros.

—Pero si es cierto. Decir que es promiscuo se queda muy corto. Maxim es la prueba viviente de esa famosa frase: «La práctica hace la perfección».

—Creo que es hora de que nos vayamos a dormir, Caro —interrumpe Maryanne—. Perdónala. Está sufriendo y ha bebido demasiado —le dice a Alessia—. No le hagas caso.

Caroline frunce el ceño y se levanta, como si acabara de darse cuenta de lo que ha dicho.

—Sí, claro. Perdona. No sé ni lo que digo. Discúlpame.

—Buenas noches, Alessia —dice Maryanne y se lleva prácticamente a rastras a una Caroline tambaleante, dejando a Alessia con la mente a mil por hora.

«Él es mejor polvo que mi marido».

En presente.

6

La señora Demachi ha preparado un desayuno de proporciones monumentales para todos. Por la gran sonrisa que luce en su cara y la melodía que está tarareando mientras prepara el café y sigue haciendo cosas en la cocina, veo que está en su elemento y disfrutando de cada minuto. Es tranquilizador comprobar que no suponemos una carga para ella.

—Buenos días, Maxim. —Me saluda, radiante.

Yo le doy un beso rápido en la mejilla.

—Buenos días, Shpresa. Gracias por alimentar a mi familia y mis amigos.

—Querido —dice y me pone la mano en la mejilla—, es un placer para mí. Sé que vas a hacer muy feliz a mi Alessia.

—Y ella a mí.

Ella sonríe.

—Siéntate. Come. Es un gran día hoy. Y nos va a acompañar el tiempo. —Mira por la ventana. Afuera el cielo de febrero está perfecto y se ve el azul claro y limpio. Espero que no haga demasiado frío.

Maryanne y Joe ya están sentados a la mesa. Se les ve muy contentos mientras devoran unas tortillas y el delicioso pan de burbujas de *mama* Demachi. Hay queso, aceitunas, miel de la zona y hojas de parra rellenas. Jak está sentado en la cabecera de la mesa, untando mantequilla y mermelada de frutos rojos

97

en un trozo de pan de burbujas. Se le ve totalmente exultante. Está así desde anoche. Tiene una mancha de ceniza en la mano y por ella deduzco que ha estado fuera, encendiendo la estufa del garaje, para que el lugar donde vamos a celebrar la boda esté caliente.

Los Demachi son unos excelentes anfitriones.

Excepto por lo de intentar cortarme el rollo con su hija, claro.

La única persona que no está compartiendo la alegría del día es Caroline, que está sentada en silencio, pálida y taciturna, con una taza de café entre las manos. Sospecho que tiene resaca. De vez en cuando Maryanne nos mira nerviosa, primero a ella y después a mí.

¿Qué? ¿Qué ha pasado?

Maryanne niega con la cabeza de una forma muy sutil.

«Déjalo estar», es lo que pretende decirme.

Por supuesto, en la mesa no está la preciosa novia. Están preparando a Alessia para la boda; no la he visto desde que nos fuimos para celebrar la despedida de soltero. Menuda noche: a la gente de Kukës le va la fiesta. Bueno, al menos a los hombres. Todo terminó bien, es decir que no acabé esposado a ningún elemento del mobiliario urbano sin pantalones, algo con lo que Tom me amenazó en algún momento de la noche.

Pero si no tienes esposas.

Ya improvisaré algo, colega.

Yo me encuentro bien esta mañana. Probablemente porque no tomé raki. Ahora estoy nervioso y un poco ansioso, con ganas de que empiece ya el día. Me voy a alegrar cuando haya acabado todo.

—¿Puedo hablar contigo? —me pregunta Caroline cuando me siento. La miro y noto que está fatal. Y Maryanne se muestra evasiva. ¿Ha ocurrido algo? ¿Qué puede ser?

Se me hace un nudo en el estómago.

—Claro —contesto con tono brusco.

Ha llegado el momento del ajuste de cuentas que he estado temiendo todo el tiempo.

—¿A solas?

—Después del desayuno. Deberías comer algo.

Ella hace una mueca de asco y en ese momento sé sin asomo de duda que tiene una resaca de campeonato.

Alessia se está mirando en el espejo del dormitorio, aunque sin ver su reflejo. Está sentada en su tocador mientras Agnesa, su prima, que es peluquera y maquilladora, le riza el pelo con una plancha. Agnesa no para de hablar, emocionada de participar en los preparativos y deseando ver otra vez a Maxim, el atractivo futuro marido de Alessia.

Pero ella ha desconectado. Está como en shock, y no sabe si es por los nervios o porque sigue dándole vueltas a las revelaciones que le hizo Caroline cuando estaba borracha.

«Querida, pero si se ha acostado con casi todas las mujeres de Londres».

Tampoco eso es una novedad para Alessia. Antes, cuando limpiaba en su casa, tenía que vaciar todos los días las papeleras, que estaban llenas de condones. Arruga la nariz por el asco que le produce ese recuerdo. Y a veces había muchos ahí tirados.

Pero después dejó de encontrárselos.

Se frota la frente, intentando recordar cuándo empezó a pasar eso. Han ocurrido tantas cosas desde entonces que sus recuerdos de la sucesión de acontecimientos son confusos. Trató de recordarla anoche, mientras intentaba dormirse aunque no lo conseguía, porque las confesiones inesperadas de Caroline todavía le resonaban en el cerebro y no la dejaban en paz.

Él es mejor polvo que mi marido.

Así que estuvieron juntos.

Maxim y Caroline.

Pero ¿cuándo? ¿Cuándo pasó para que pudiera decir eso de

ser mejor polvo? Sonaba reciente y en su mente se cuela la imagen indeseada de Maxim abrazando a Caroline en la calle, delante de su apartamento.

No.

Su imaginación la está agobiando y haciéndola dudar de sí misma. Y de él, de su hombre. De su mister Maxim. El día de su boda.

Le da la sensación de que se va a ahogar bajo el peso de todos esos pensamientos desagradables.

—Necesito un momento —dice.

—Vale —contesta Agnesa, un poco sorprendida, pero se aparta.

Como solo tiene la mitad del pelo rizado, Alessia encuentra un pañuelo y se envuelve la cabeza con él para tapar el peinado. Coge una bata, se la pone por encima de la combinación que lleva y sale de la habitación. Solo hay una cosa que puede proporcionarle consuelo.

Llega al final de las escaleras y oye que todos están desayunando. Ignora a los demás, corre hasta el salón y se sienta al piano.

Inspira hondo y coloca los dedos sobre las teclas. En cuanto rozan el frío marfil, se nota más serena. Cierra los ojos y se pone a tocar la *Sonata del claro de luna* de Beethoven, el complicado tercer movimiento. En do sostenido menor. Es la pieza que mejor encaja en esa situación y tiene la tonalidad adecuada para reflejar su enfado. La música fluye. Sonora. Fácil. Resuena en las paredes, en la habitación. Alessia vuelca su ira y su resentimiento en las teclas, poniendo énfasis en los fuertes acentos de la sonata, que ella ve con brillantes naranjas y rojos, hasta que ya no queda nada más que ella y los colores de la música.

Los rápidos y frenéticos arpegios del tercer movimiento de Beethoven retumban en el pasillo que da al salón con tal ferocidad y pasión que todos los que están en la mesa se quedan momentáneamente en silencio y paralizados.

Yo miro a Shpresa, que a su vez mira nerviosa a Jak. Él se encoge de hombros.

—¿Alessia? —pregunta Maryanne y yo noto el total asombro en su voz.

Asiento y miro a sus padres.

—¿Ha ocurrido algo?

—No lo sé —responde Shpresa, con los ojos muy abiertos por el desconcierto—. ¿Lo sabes tú?

—Está enfadada, es obvio. Pero no sé por qué. —Rebusco frenéticamente en mi cerebro, intentando saber si he podido hacer algo que la haya alterado.

Joder, ¿es que tiene dudas sobre lo de la boda?

—¿La que toca es Alessia? —pregunta Joe, con el tenedor lleno de tortilla a medio camino de su boca.

—Sí.

—¡Vaya, tío!

—Lo sé.

—Es extraordinaria —comenta Joe.

—Sí, pero está cabreada. Con algo o alguien. —Me vuelvo hacia Maryanne y Caroline, con quienes estuvo anoche. Maryanne aprieta los labios y Caroline evita mi mirada. He encontrado a la culpable—. ¿Qué has hecho? —le pregunto en voz baja y noto que se me tensa la piel de la cabeza.

Pero ¿qué coño…? ¿Dijiste algo?

—¿Caroline? —insisto.

Palidece y niega con la cabeza, todavía esquivando mi mirada.

Mierda.

—Voy yo. —Shpresa se limpia las manos con un trapo y sale del comedor.

—¿Cómo sabes que está enfadada? —pregunta Maryanne.

—Es una pieza en do sostenido menor.

Ella frunce el ceño.

—Do sostenido menor. Música de enfado. Rojos y naranjas. Me lo explicó. Triste y enfadada es mi bemol.

—Vaya...

—Sí. La música. Ya te lo he dicho.

—Es brillante.

—Sí. Es sinestésica. Y toca de memoria. —No puedo evitar el orgullo y la admiración que se traslucen en mi voz.

—Es increíble —asegura Joe, alucinado.

—Lo es —admito—. En todos los sentidos.

Alessia acaba la pieza y yo escucho con atención, porque quiero saber si eso es todo o va a tocar algo más.

Cuando termina, Alessia tiene la respiración acelerada. Sus pensamientos se aclaran en el momento en que desaparecen los colores e inspira hondo. Al girarse, ve que su madre se encuentra en el salón. Estaba tan perdida en la música que no la ha oído entrar.

—Ha sido precioso, mi niña. ¿Qué te pasa?

Alessia niega con la cabeza. No quiere admitir sus miedos. Si los dice en voz alta, los hará más tangibles, más reales. Está en una encrucijada. ¿Cree al hombre que ama... o no?

—Él lo sabe —anuncia Shpresa.

—¿Qué sabe?

—Que estás enfadada.

—Me ha oído tocar.

—Muchas veces, al parecer —comenta su madre.

Alessia asiente.

—Está orgulloso de ti. Lo veo.

—Tengo que ir a prepararme. —Alessia se levanta y va hacia la puerta, donde está su madre.

—Te quiere.

—Lo sé. —Pero le tiembla la voz, lo que deja entrever sus verdaderos sentimientos.

¿Por qué se siente de repente tan insegura por todo?

La expresión de Shpresa se vuelve tierna.

—Oh, mi niña. Ve a prepararte. Estás tomando la decisión correcta. Nunca te he visto tan feliz como estos últimos días. Y él está radiante.

—Ah, ¿sí? —Alessia oye el tono de esperanza en su propia voz.

—Claro que sí. —Le acaricia la cara a su hija—. Estamos muy orgullosos de ti, Alessia. Tu padre y yo. Ve y conquista el mundo. Como has querido hacer siempre. Y con ese hombre a tu lado, seguro que lo consigues.

El ánimo de Alessia mejora. Es la frase más contundente que le ha oído a su madre en la vida.

—Gracias, *mama*. —Alessia abraza fuerte a su madre y las dos se quedan unos momentos así, unidas, en el salón.

—Sé lo del bebé —susurra su madre.

Alessia da un respingo.

—Sé que no estás embarazada —añade.

—¿Cómo?

—Por todos los analgésicos que has estado tomando estos días. Y encontré las píldoras anticonceptivas cuando estaba limpiando tu mesita.

Alessia se ruboriza.

—Perdona que te haya… engañado.

—Lo entiendo. Y ya encontraré la forma de decírselo a tu padre. ¿Lo sabe Maxim?

—Gracias. Y sí, Maxim lo sabe desde el principio.

—¿Y aun así ha querido seguir con esto?

—Sí. Por mí… y por ti.

—¿Por mí?

Alessia asiente.

—No lo entiendo.

Alessia le da un beso en la frente a su madre.

—Algún día te lo explicaré.

Que le den a todo esto!

Me estoy volviendo loco intentando adivinar qué le pasa a Alessia y no lo puedo soportar ni un minuto más. Me levanto de la mesa, ignorando todas las miradas que siento fijas en mí, y cruzo el pasillo hacia el salón.

—Alessia —la llamo, sin cruzar la puerta, y contengo la respiración.

—¿Sí? —responde por fin.

Suspiro.

—¿Estás bien?

—Sí. —Suena insegura.

—¿Quieres hablar de algo?

—No.

No es suficiente. No la creo.

—No me importa todo eso de la superstición, pero sé que a ti y a tu madre sí, por eso me he quedado aquí fuera. No sé lo que te tiene tan alterada, pero necesito que sepas que te quiero. Deseo casarme contigo. Hoy. Y si te hace falta hablar conmigo... estoy aquí.

Shpresa mira fijamente a su hija.

—*Mama*, necesito hablar con él —dice Alessia.

—Os dejo solos. Es cosa tuya si le permites entrar en el salón o no. Nada de lo que tiene que ver con esta boda es convencional, así que... —Su madre agita una mano, resignada, le da un beso en la frente y se va.

—¿Puedo entrar? —pregunta Maxim desde el otro lado de la puerta.

—Sí.

Maxim asoma la cabeza por la puerta y sonríe cuando la ve. A ella le resulta imposible no sonreír en respuesta y se le acelera el corazón al contemplarlo. Lo ha echado de menos. Entra y se acerca a ella, con los ojos ardientes. Lleva una camiseta y vaqueros, los negros con el roto en la rodilla… Y se le ve preocupado y sexy.

Muy sexy.

—¿Qué te pasa? —pregunta.

Alessia lleva un pañuelo azul en la cabeza que le tapa el pelo y una bata del mismo color y me recuerda a cuando limpiaba en mi piso.

Qué tiempos… Yo deseándola todo el rato mientras ella me ignoraba.

Está tan guapa ahora como entonces. O más. Y sigo deseándola. Me mira con los ojos llenos de dolor.

—¿Qué te ocurre?

Se pone un poco pálida.

Mierda. Es algo malo.

—Cuéntamelo, por favor.

—Es… Solo son palabras.

—Dime —insisto.

—Tu cuñada. —Su voz es apenas audible.

—¿Caroline?

Asiente.

—Ah. —*Lo sabía*—. ¿Qué te ha dicho?

Parece estar dudando si contármelo o no. Veo su lucha interior reflejada en esa cara tan expresiva. Por fin traga saliva.

—Ha dicho que eres mejor… polvo —esa parte la dice muy bajito— que su marido.

Yo inspiro hondo y siento que mi furia crece. Nunca antes he oído a Alessia hablar así y ver salir esas palabras de su boca me ha impactado más de lo que debería.

Pero lo que ha dicho Caroline es chocante y muy inapropiado, joder.

No me extraña que estuviera muerta de vergüenza en el desayuno.

Se lo tiene merecido.

Caro ha venido para causar problemas. Y lo ha conseguido. Contengo mi ira, porque sé que voy a poder darle rienda suelta luego.

—Estoy seguro de que estaba borracha —contesto, benevolente.

—Anoche no pude dejar de pensar en ello, no fui capaz de dormir.

Mierda. ¿Vamos a hablar de esto ahora, el día de nuestra boda?

—¿La quieres? —pregunta Alessia.

La miro con la boca abierta, pero no logro decir nada, porque no me lo puedo creer. *¿Qué? ¿Cómo puede pensar eso?*

—No has contestado a mi pregunta. En Cornualles me dijiste «habla conmigo», «hazme preguntas». Pues ahora te estoy haciendo una pregunta.

—No, no la quiero de esa forma —aseguro—. La quise, hace mucho tiempo. Pero entonces tenía quince años. Ahora es de la familia. Es la mujer de mi hermano.

—¿Y físicamente?

Frunzo el ceño, porque no entiendo bien lo que me está preguntando.

—¿Has tenido relaciones sexuales con la mujer de tu hermano? —continúa.

Joder.

—Eh…, no. Pero sí he tenido sexo con su viuda.

Alessia hace una mueca de desagrado y cierra los ojos. Su expresión me cala hasta los huesos.

Mierda. Nunca he sentido tanta vergüenza como en este momento.

—La última vez que la vi —continúa Alessia, mirándome con sus ojos oscuros llenos de dolor— estaba en tus brazos, en la acera, delante del edificio de tu apartamento.

—¿En mis brazos? —Vuelvo a fruncir el ceño e intento desesperadamente recordar, pero siento que me ha pillado a contrapié.

—Yo estaba en el Mercedes de Anatoli.

Se me hiela la sangre y mi mente me transporta a aquella noche terrible.

—Oh, ya. Vino a pedirme disculpas y se lanzó a mis brazos. Habríamos perdido el equilibrio y acabado en el suelo si no la hubiera abrazado para sujetarla. —Trago saliva—. Nos habíamos peleado. Una buena pelea.

—Pegáis. Ella y tú. Sois iguales. De la misma clase. —Su voz va bajando con cada palabra.

—¡No! No quiero a Caroline. Te quiero a ti, Alessia. Fui a verla para decirle que estaba enamorado de ti. Me echó de su casa y después vino corriendo a pedirme disculpas. Pero en ese momento vi a Anatoli entrando en el coche, así que no escuché ni una palabra de lo que me decía Caroline. Supe al instante que estaba pasando algo malo. Vi la matrícula albanesa del coche y no te puedes imaginar lo angustioso que fue contemplar, totalmente impotente, cómo se alejaba. —Cierro los ojos y recuerdo la sensación de total desesperación que tuve cuando el Mercedes desapareció de mi vista—. Fue uno de los peores días de mi vida.

Ella me coge la mano y me la aprieta. Abro los ojos.

—¿Qué te está pasando, Alessia? —pregunto, apretando la suya también.

—¿Estás seguro de que deseas hacer esto? —dice—. Ella también te quiere.

Tiro de ella hacia mí y la abrazo.

—Es a ti a quien yo quiero, no a ella. Es contigo con quien me quiero casar, no con ella. Por favor, no dejes que nos arruine este día.

No me puedo creer que estemos teniendo esta conversación.

Alessia suspira sin apartar sus ojos oscuros de los míos.

—Nena, vamos a hacer esto. —Le acaricio el labio con el pulgar—. Deseo envejecer contigo. No quiero que mi familia tenga ninguna duda de lo que siento por ti, Alessia Demachi. Tú eres el amor de mi vida.

Siento que da un leve respingo.

—Y tú el amor de la mía. —Me da un beso en la yema del pulgar.

—Gracias a Dios. —Suspiro, aliviado—. Pero no te voy a dar un beso ahora. Eso lo guardo para esta noche. —En cuanto salen esas palabras de mi boca, un escalofrío de deseo me recorre la piel y me pone todo el vello de punta.

Guau.

Alessia inspira hondo.

—Vale. —Parece que se ha quedado sin aliento.

—Vale. —Sonrío.

Su sonrisa es tímida y sé que la he recuperado.

—Lo que has tocado ha sido impresionante. Has dejado a mi familia y mis amigos de una pieza.

—Estaba enfadada.

—Me he dado cuenta. Lo siento.

Ella cierra los ojos, pero enseguida sacude la cabeza, como si quisiera librarse de algún pensamiento terrible.

—¿Has hecho las maletas?

Abre los ojos y asiente. Después de la boda nos largamos de aquí.

—Bien. Pues ahora vete a prepararte, anda. —Me inclino y le doy un beso en la frente con los ojos cerrados.

No quiero perderte. Otra vez.

Vuelvo a la mesa, donde ahora todos hablan en voz más baja, y noto que me están observando. No soy capaz de mirar a Caro. Se ha pasado y estoy furioso, joder.

No. He montado en cólera.

¿Cómo se ha atrevido?

Ahora mismo no me fío de mí mismo y, además, por todos los santos… Es el día de mi boda.

Llaman a la puerta principal y Jak se levanta de la mesa rápidamente, como si estuviera esperando a alguien.

—¿Estás bien, tío? —me pregunta Joe.

—Sí. —Miro el reloj. Tengo tiempo—. Voy a salir a correr.

Cuando vuelvo a subir las escaleras vestido con mi ropa de correr, encuentro una actividad frenética. Ahora hay más gente en la casa, que seguramente ha venido para ayudar con la comida y la organización. Consigo evitarlos a todos y me alegro de haber decidido salir a correr. He dejado a Joe en la habitación, con la intención de ducharse, y no tengo ni idea de dónde están M. A. y Caro, aunque, sinceramente, no me importa y no quiero saberlo. Necesito tiempo a solas para calmarme.

Salgo afuera y encuentro un día soleado pero frío. Los rayos del sol se reflejan en el lago verde, que resplandece. Pero justo al principio del camino de entrada, Demachi está teniendo una conversación muy acalorada ¡con él!

Demachi y el Cabrón se giran y me miran. Yo me quedo petrificado, atravesándolos con la mirada.

¿Qué coño está haciendo él aquí?

Cierro los puños. Estoy preparado. No hay nada que me apetezca más ahora mismo que darle una buena paliza a ese tío, sobre todo teniendo en cuenta el estado de ánimo en que me encuentro ahora mismo.

—No es lo que crees, inglés —advierte Anatoli.

Demachi levanta las manos.

—*Po flasim për punë, asgjë më shumë.*

No tengo ni idea de lo que ha dicho.

—¡Ja! —exclama Anatoli, con un tono de burla evidente en esa única sílaba—. Si conocieras mi idioma, sabrías lo que acaba de decir. Estamos hablando de trabajo. Nada más. No tiene nada que ver contigo. —El Cabrón habla mi idioma de forma impecable, lo que me resulta muy irritante—. No estamos hablando de Alessia —continúa y la voz se le quiebra un poco al decir su nombre.

¿Qué? Pero ¿siente algo por ella?

—*Mos e zër në gojë Alesian* —exclama Demachi.

—Inglés, la estaré aguardando aquí, en su país natal, con su familia. Cuando la cagues —amenaza Anatoli.

—Pues vas a tener que aguardar mucho tiempo, tío —contesto entre dientes, más para mí que para él—. Espero.

Que les den.

—Adiós, Cabrón —digo en voz alta, porque sé perfectamente que mi suegro no me entiende. Después me doy la vuelta, salgo corriendo por el camino de entrada y los dejo allí plantados. Para mi enorme satisfacción, veo que Anatoli tiene los labios apretados y compruebo que mi pulla le ha sentado mal.

¡Sí!

Al salir a la carretera, esquivo el Mercedes, estiro al máximo las piernas y sigo corriendo.

Corriendo como no lo he hecho nunca antes.

—Estás genial, tío —dice Joe mientras me endereza la corbata.

—Me alegro de que me hayas traído el de Dior. Es mi favorito.

—El azul marino es tu color. Va a juego con tu sangre.

—Muy gracioso, Joe.

—Me cabrea que no hayamos tenido tiempo de hacerte un traje a medida.

—Ya habrá oportunidad.

—¿Para otra boda? —Joe frunce el ceño.

—Volveremos a hacer esto en Londres. O en Cornualles. O en Oxfordshire —aseguro.

—¿Alessia y tú?

Suelto una carcajada.

—Sí. No hace falta que pongas esa cara de espanto. Es complicado. Pero seguramente llevaré chaqué.

—¿Gris perla? ¿Negro? ¿A rayas? —Los ojos de Joe se iluminan.

—Tío, vamos a acabar con esta boda primero.

—La flor del ojal —dice y me coloca una rosa blanca en la solapa. Después me apoya las manos en los bíceps—. Ya pareces un novio.

—Gracias, tío. —De repente me siento abrumado por todo lo que ha pasado y lo que estoy a punto de hacer. Lo abrazo. Fuerte—. Me alegro de que estés aquí, amigo.

Joe me da una palmadita en la espalda.

—Yo también, Max. Yo también.

Carraspeo.

—Vale. Ya sabes lo que tenemos que hacer.

—Sí.

La tradición albanesa exige que el novio recoja a la novia en su casa y se la lleve a la de él para celebrar un banquete. Eso es imposible en nuestro caso, porque yo no tengo casa aquí. Por esta razón lo que voy a hacer es llevar a Alessia desde la puerta de su casa a la carpa donde se va a celebrar la fiesta. Es lo más parecido a su tradición que podemos llevar a cabo.

Afuera, junto a la puerta principal, Joe, Tom y yo esperamos a la novia. Joe también lleva un traje azul marino y, como siempre, está impecable y elegante. Tom lleva un esmoquin negro con corbata del mismo color.

Es el único traje que he traído, Trevethick.

Los dos llevan flores en el ojal y me siento aliviado de que estén aquí conmigo. Su amistad y su apoyo durante los últimos años lo han sido todo para mí. Y los dos tienen muy buena pinta cuando se arreglan.

Muchos invitados a la boda están arremolinados alrededor

del camino de entrada y alguien está saliendo de la casa. Creo que son los parientes cercanos, que han entrado a saludar a Alessia, como manda la tradición. Otros ya están en la carpa que hay al lado del garaje, donde hace menos frío que aquí, y donde nos espera el funcionario con todo preparado. Con las impresionantes montañas y el lago de fondo, el ambiente es alegre y festivo, propio de una comunidad que se une para celebrar.

Es conmovedor y tengo que tragar saliva para contener la emoción.

Ya no me cabe duda de que no me encuentro en Kansas.

Las luces de colores que Jak colgó ayer en los abetos están en consonancia con el ambiente, igual que los niños que van corriendo y riendo por el patio, agitando banderitas albanesas.

La gente me saluda con apretones de manos o besos. A muchos de los hombres los conocí en la despedida de soltero improvisada y desde entonces me llaman «Chelsea», por mi equipo de fútbol. Es un apodo que me gusta, pero todavía me resulta imposible recordar todos sus nombres.

Hay un fotógrafo documentando los acontecimientos del día con una Canon EOS. Creo que es uno de los primos de Alessia, pero no lo sé con seguridad.

Estoy en otro mundo, muy lejos de mi hogar.

Maryanne y Caroline salen de la casa para dirigirse al lugar de la celebración. Las dos llevan sus mejores galas para una boda en invierno. Maryanne se ha puesto un traje pantalón azul marino y Caro un vestido de terciopelo del mismo color, e inmediatamente sé que Joe les ha dicho lo que me iba a poner yo.

Caro sigue sin atreverse a mirarme.

—Me has estado evitando —dice en un murmullo.

—¿Qué esperabas? No es el momento, Caro. Sigo cabreadísimo contigo.

—Lo siento.

—No es a mí a quien tienes que pedir disculpas.

—Debo decirte algo. —Y me mira con los ojos azules muy abiertos y un poco llorosos—. Te vas a enfadar por esto también, pero lo he hecho por ti y por ella —susurra.

—¿Qué es lo que has hecho?

—Se lo he dicho a tu madre. Llegará dentro de poco.

—¿Qué? —Apenas se oye lo que acabo de decir porque casi no puedo respirar.

Joder.

7

—Cariño, ya estoy aquí. —Una voz seca con un imposta-
do acento estadounidense llega hasta nosotros gracias a la leve
brisa.

Todos nos volvemos y siento que se me cae el alma a los
pies cuando veo a mi madre, recorriendo el camino en medio
de la multitud. Va vestida con un grueso abrigo negro (probablemente de la colección del próximo invierno de Chanel),
enormes gafas de sol de Chanel, un sombrero de piel sintética
y botas Louboutin.

A su lado va un hombre joven, más o menos de mi edad,
vestido con un traje negro de Moncler. Tiene pinta de modelo
y dientes americanos; sospecho que es su último amante. Ella
va cogida de su brazo.

—Madre, qué agradable sorpresa —digo ocultándome tras
el personaje distante que reservo exclusivamente para la mujer
que me trajo a este mundo—. Deberías haberme avisado de
que ibas a venir.

—Maxim. —Me acerca la mejilla y yo le doy un beso brevísimo. Me llega su caro aroma a Creed, el perfume que le
gusta.

—Ya conoces a Joe y a Tom. Y a esta Judas Iscariote que es
mi cuñada. —Obtengo cierto placer al ver la cara cenicienta de
Caroline, que viene a darle un beso rápido a su suegra.

—Gracias por decírmelo, Caroline. Había poco margen, lo sé. Pero parece que he conseguido llegar a tiempo. Este es mi amigo Heath. —Rowena presenta al rubio que la lleva del brazo.

—¿Cómo estás? —saludo con una sonrisa falsa en la cara.

Antes de que tenga oportunidad de responder, ella le suelta el brazo.

—¿Puedo hablar contigo un momento, cariño?

—Me temo que no me viene bien en este instante. Estoy a punto de casarme. Puedes ir al lugar del enlace. —Señalo con la mano en dirección a la carpa—. Judas te buscará un sitio donde sentarte.

Caro se ruboriza y fija la vista en sus Manolos.

—No he venido para impedir tu boda, Maxim. Sería un poco vulgar, ¿no te parece? Pero, si lo prefieres, hablaremos luego. Y entonces me podrás explicar por qué te vas a casar con una chica del servicio y por qué demonios no has invitado a tu madre, que aún está de luto, a este… acontecimiento. ¿Es que te avergüenzas de tu futura mujer y su familia? Porque, sinceramente, eso es lo que parece.

No le veo los ojos, pero frunce los labios pintados de rojo y sé que, bajo ese frío desdén, está furiosa.

Bueno, pues ya somos dos.

No, yo no estoy furioso. Estoy a punto de estallar de rabia. Pero sé ocultarlo bien. Me inclino para hablarle al oído.

—No te he invitado, Rowena querida, porque estás haciendo justo lo que creía que harías: proyectar tus pretenciosas y privilegiadas mierdas en mí. Y ahora, si me disculpas, voy a casarme con la mujer que amo.

Ella se tensa.

—Sé que casarte con esa chica es tu forma de vengarte de mí, pero deja que te advierta…

—No tiene nada que ver contigo, joder —respondo con los dientes apretados—. No todo tiene que girar a tu alrededor, Rowena. Me he enamorado. Asúmelo.

Tom carraspea. Tiene el cuello enrojecido, ¿nos habrá oído? Jak y Shpresa han aparecido en la puerta principal, justo detrás de él. Me giro para saludarlos. Shpresa está casi irreconocible. Lleva un vestido recto rosa con un chal de chifón a juego. Tiene el pelo arreglado, brillante y oscuro, como el de Alessia. Y también se ha puesto un poco de maquillaje.

Está impresionante.

—*Mama* Demachi, está preciosa —digo y ella demuestra con una sonrisa de dónde ha sacado Alessia su encanto.

Prepárate, tío. Ha llegado la hora.

Me vuelvo de nuevo y hago las presentaciones.

—Jak, Shpresa, mi madre ha decidido honrarnos con su presencia. Les presento a Rowena, condesa viuda de Trevethick. —Pongo énfasis en lo de «viuda» y Rowena aprieta los labios, porque es grosero y además incorrecto, pero no vacila ni un segundo y les tiende la mano con un gesto elegante.

—Señor y señora Demachi, es un placer conocerlos en estas circunstancias tan felices. —Suena sincera, pero sus palabras están teñidas con un sarcasmo condescendiente dirigido a mí, estoy seguro.

Es irritante, pero la ignoro y rodeo con ambos brazos a mis suegros mientras saludan a mi madre.

—Jak y Shpresa han hecho un esfuerzo increíble para organizar todo esto con tan poco tiempo. —Le doy un beso a Shpresa en la mejilla y ella se sonroja y se apresura a traducírselo todo a su marido.

—*Konteshë?* —pregunta Jak.

—Sí.

—¿Cómo está? —saluda Shpresa—. Venga. Por favor. —Shpresa me mira con cara de curiosidad y le hace un gesto a Jak para que acompañe a mi madre y su amante al interior de la casa.

—Eso ha sido un poco incómodo —dice Tom, confirmando lo obvio—. ¿Estás bien, amigo? —Me da una palmadita en la espalda mientras nos colocamos detrás de ellos, formando una fila.

—Sí —contesto, aún con los dientes apretados. Pero es mentira. Inspiro hondo y entierro toda mi ira mientras entro con ellos en la casa.

Los Demachi han hecho una excepción ese día con su política de no llevar zapatos en casa. Todos nos quedamos de pie en la entrada, que está demasiado atestada ahora que mi madre y «Heath» se han unido a nosotros, y esperamos allí.

Jak se yergue y, con un gesto muy teatral, abre la puerta que da al salón y ahí, en el centro, está Alessia Demachi.

Parece salida de un sueño, cubierta de encaje, satén y una tela sutil y casi transparente y recortada por la luz que llega desde la ventana. Me quedo parado mirando a la mujer que en pocos minutos se va a convertir en mi esposa y en ese instante se me olvida todo. Está bellísima. Con esos ojos oscuros tan expresivos delineados con kohl se la ve un poco más sofisticada, un poco más… desenvuelta, pero a la vez recatada y muy sexy.

Me ha dejado sin aliento.

Su vestido es el culmen de la elegancia: un corsé ajustado de satén blanco cubierto de un encaje que también le envuelve los hombros y los brazos y una falda con un poco de vuelo. Tiene unos diminutos botones con perlas en la parte de delante. Le han rizado el pelo y se lo han peinado en un recogido delicado que se distingue bajo un velo muy fino y tenue.

Me doy cuenta de que la estoy mirando con la boca abierta mientras guardo ese momento en mi memoria para recordarlo durante toda la eternidad. Tengo un nudo en la garganta por la emoción, el asombro y la anticipación.

Parece una diosa… No, una condesa. Mi condesa.

Tío, no te eches a llorar.

De repente ya no me importa que esto no sea estrictamente legal. Me siento feliz y agradecido de que estemos haciéndolo hoy. Aquí. Y ahora.

—Hola otra vez, preciosa. Podría quedarme mirándote todo el día.

—Y yo a ti —murmura. Sus ojos oscuros, rodeados por unas pestañas muy oscuras y larguísimas, me miran con tal brillo e intensidad que quiero ahogarme en ellos.

Me acerco y le doy un beso en la mejilla.

—Estás impresionante. —Me doy cuenta de que es la primera vez que la veo maquillada. Está guapísima.

Ella me acaricia la solapa y me sonríe.

—Y tú también.

—Ha venido mi madre.

Abre mucho los ojos por la sorpresa.

—Sí, prepárate —le advierto en voz tan baja que solo ella puede oírme y después digo en un tono más alto—: ¿Madre?

Rowena entra en la habitación. Se ha quitado las gafas de sol, así que tiene que entornar un poco los ojos para mirar la exquisita imagen que tiene delante.

—Te presento a Alessia Demachi —anuncio.

—Querida —dice Rowena y le da un beso en la mejilla. Después se aparta un poco para examinar a mi prometida con su típica mirada miope.

—Lady Trevethick, ¿cómo está? —saluda Alessia.

—¿Hablas mi idioma? —Rowena parece sorprendida.

—Perfectamente —contesta Alessia y me dan ganas de besarla allí mismo.

Mi chica tiene agallas.

Rowena asiente y sonríe. Creo que está impresionada.

—Es un placer conocerte en un día tan feliz.

—También es un placer para mí conocerla.

Justo en ese momento me doy cuenta de que hay más gente en la habitación. Las primas de Alessia, creo. Y tal vez un par de tías.

—Tendremos tiempo de sobra para conocernos bien después de esta boda tan apresurada. Estoy deseándolo. —El tono de Rowena es neutro, pero bastante agradable—. Vamos a ocupar nuestros asientos. —Se gira y sale.

Cuando lo hace, veo que Alessia suspira, probablemente de alivio. Le cojo la mano y le susurro al oído.

—Has estado fantástica. ¡Muy bien!

—No sabía que iba a venir —contesta, también en susurros.

—Yo tampoco. No me lo esperaba, sinceramente. Pero ya hablaremos después. ¿Por qué no salimos ya y nos casamos?

Ella sonríe.

—Sí.

—Oh, se me olvidaba. La tradición. Se supone que tengo que darte esto. —Del bolsillo interior de la chaqueta saco un pañuelo en el que tengo envuelta una peladilla. Se la acerco a los labios a Alessia.

Maxim está guapísimo con ese traje oscuro tan elegante. Nunca lo ha visto vestido así, pero parece nacido para ello.

Claro, es que es un aristócrata.

Sus ojos verdes brillan cuando su mirada pasa de sus ojos a su boca. Tiene los labios un poco separados cuando Alessia lame y después acerca los labios al dulce que él tiene en la mano. «Mmm», murmura, y él cierra los ojos durante un nanosegundo y después se mete la peladilla en la boca. Los músculos del vientre de Alessia se tensan y respira hondo. Él le dedica una sonrisa traviesa llena de sensuales promesas. Ese intercambio le ha dado a ella una idea para después…, cuando por fin estén juntos y solos. Entonces será suyo.

No se puede creer que vaya a ser suyo para siempre. Su hombre.

Está deseando ir pavoneándose por toda la casa cogida de su brazo, para que todo el mundo pueda verla, y gritar «es mío».

Alessia se ríe para sus adentros y se siente un poco tonta e infantil.

Él la quiere (se lo ha dicho con total claridad esa mañana) y su declaración de amor ha hecho que crezca su fuerza interior.

Desde la sorprendente revelación de Caroline, Alessia se ha dado cuenta de que la familia de Maxim la está poniendo a prueba. Se yergue.

Una prueba que voy a superar.

Merece la pena luchar por Maxim.

Se acaba de enfrentar a su madre y debe mantenerse alerta en lo que respecta a ella. Maxim siempre se ha mostrado cauto cuando se trata de Rowena, así que Alessia va a hacer lo mismo. Por otra parte, sabe que ha de tender puentes con Caroline. Después de todo, es la cuñada de Maxim. Pero quiere ser precavida. Caroline tiene sus propios objetivos y Alessia sospecha que está enamorada de Maxim.

—¡Alessia, toma! —grita Agnesa y le da un ramo de rosas blancas.

—Gracias. —Alessia sonríe. Maxim le coge la mano y ella deja a un lado todos esos pensamientos cuando se dirigen juntos a la puerta de la casa.

Alessia le suelta la mano a Maxim cuando salen al exterior y coge el pañuelo que le ha bordado su madre para esta ocasión. Como dicta la tradición, tiene que fingir que está triste por dejar la casa de sus padres, así que se enjuga unas lágrimas inexistentes, porque por dentro está bailando.

—¿Te encuentras bien? —pregunta Maxim, preocupado, cuando ella lo coge del brazo.

Ella lo mira con una sonrisa fugaz y le guiña un ojo.

Él frunce el ceño. Está desconcertado, pero se está divirtiendo.

—Es la tradición.

—Ah, ¿sí?

—Una novia no está guapa si no llora —murmura.

Maxim sacude la cabeza, sin comprender, pero pronto los vítores y los aplausos de la familia y los amigos los distraen mientras se dirigen, flanqueados por Tom y Joe, a la espaciosa carpa. Los padres de ella y la madre de Maxim van detrás y todos entran en el lugar que ya está listo para la ceremonia de la boda.

Estamos sentados ante una mesita en la que se halla Ferid Tabaku, el funcionario (los Demachi, su familia y amigos y los escasos miembros de mi familia están sentados en otras mesas detrás de nosotros), que nos informa solemnemente de nuestras obligaciones.

Tabaku se levanta, nos lee el código de la familia y nos explica qué se espera de nosotros durante nuestro matrimonio. Thanas me lo traduce todo.

—Los cónyuges tienen los mismos derechos y obligaciones el uno con el otro. —Nos mira a los dos. Sus ojos oscuros transmiten sinceridad—. Deben amarse y respetarse, mantener la fidelidad conyugal y ayudarse a la hora de cumplir con todas las obligaciones familiares y sociales…

Miro a Alessia y le aprieto la mano, porque veo que se le están llenando los ojos de lágrimas. Yo tengo que apartar la vista rápidamente porque noto un nudo en la garganta.

Respira hondo, tío.

Tabaku sigue y sigue…, y me parece que la ceremonia está durando más porque el pobre Thanas tiene que traducírmelo todo.

Detrás de nosotros la gente empieza a revolverse, aunque están todos sentados. Hay toses, risitas y un bebé se echa a llorar. Un niño dice algo que provoca risas amortiguadas entre el público, pero yo no tengo ni idea de qué es. Una mujer, que supongo que es su madre, lo saca de la carpa y sospecho que será porque necesita ir al lavabo.

Por fin Tabaku nos pregunta si estamos de acuerdo en cumplir esas obligaciones y si accedemos al matrimonio.

—Acepto todas las obligaciones y accedo —contesto.

El funcionario asiente, satisfecho con mi respuesta, y mira a Alessia, que le responde en albanés, y yo espero que ella también haya dicho que acepta y accede. Me mira con una breve sonrisa.

—Los dos habéis consentido. Así que os declaro unidos en matrimonio de acuerdo con la ley. —Tabaku sonríe y los albaneses aplauden—. Enhorabuena —dice el funcionario—. Podéis intercambiar los anillos.

Me estaba preguntando cuándo iba lo de los anillos.

Los saco de donde los tengo bien guardados: en el bolsillo interior de la chaqueta, al lado del corazón.

—Lady Trevethick —le digo a Alessia y ella me tiende la mano.

Le pongo en el dedo una alianza de platino. Me siento un poco raro porque no tengo que decir nada. Le queda perfecto. Gracias a Dios. Me llevo su mano a los labios, sin apartar los ojos de los suyos, y le doy un beso en el anillo y en su nudillo al mismo tiempo.

La sonrisa de Alessia es hermosa y hace que se me tense la entrepierna. Le doy mi alianza y ella me la pone en el dedo.

—Lord Trevethick —murmura y me envuelve la mano con las suyas y me besa el anillo y nudillo. Después se acerca y me besa a mí.

Los albaneses vuelven a aplaudir y a vitorear y Tom se inclina hacia nosotros.

—Felicidades, Trevethick —dice, y yo me pongo en pie y lo abrazo.

Después hago lo mismo con Joe.

—Caballeros, tienen que firmar como testigos en el contrato de matrimonio. Maxim, Alessia, vosotros tenéis que firmar también —explica Thanas.

Entonces se acerca a ellos la familia de Maxim.

—Enhorabuena —le dice su madre a Maxim con su tono seco y envarado, le pone la mano en el brazo y le acerca la mejilla.

—Gracias, madre —responde Maxim, con el mismo tono seco y cortante, y apenas le roza la mejilla con los labios.

Después ella fija su mirada dura en Alessia.

—Eres una novia preciosa, Alessia. Bienvenida a la familia. —También le tiende la mejilla a Alessia y ella, imitando a Maxim, le da un beso breve con cuidado, porque lleva pintalabios.

Maryanne abraza a Maxim y él le devuelve el abrazo.

—Maxie —dice y le tiende una mano a Alessia al mismo tiempo—. Felicidades a los dos. Espero que seáis muy felices. —Suelta a Maxim y abraza a Alessia—. Los libertinos reformados después son los mejores maridos —susurra, pero, antes de que Alessia pueda responder, la distrae Caroline, que le está acariciando la solapa a Maxim con una mirada de súplica en sus enormes ojos azules.

—Felicidades. —Caroline le da un beso en la mejilla.

Él asiente con la cara inexpresiva.

—Gracias.

Ella se sonroja y Alessia se da cuenta de que Maxim sigue enfadado con ella y Caroline no sabe cómo tratarlo cuando está así. Se vuelve hacia Alessia con una expresión mucho más fría y a ella empieza a martillearle el corazón en el pecho.

—Felicidades, Alessia. Y siento mucho lo que dije anoche. Fue inadecuado y muy grosero por mi parte.

Alessia, siguiendo su instinto, la abraza antes de que diga nada más.

—Gracias —contesta y la suelta.

Caroline, avergonzada, asiente y se va, dejando a Alessia a solas con Maxim.

—¿Qué tal ha ido? —pregunta Maxim y le coge la mano.

—Bien —murmura ella y él se lleva su mano a los labios.

—Has hecho frente admirablemente a mi familia. Enhorabuena, lady Trevethick.

Ella sonríe y se siente orgullosa por sus cumplidos.

—Tenemos que sentarnos allí. —Alessia señala dos sillas de terciopelo gris que han colocado bajo una pequeña pérgola junto a una mesa cubierta con un mantel blanco y adornada con rosas también blancas y guirnaldas de luces.

Cuando se sientan, dos niñas (primas pequeñas de Alessia) les traen platos de un impresionante bufet.

La fiesta ha alcanzado todo su esplendor. Alessia está feliz y un poco borracha por el vino. Maxim se ha quitado la chaqueta y la corbata, tiene el pelo despeinado porque todas sus parientes femeninas se lo han alborotado y sigue estando guapísimo. Los hombres han empezado a bailar y sus tíos intentan convencer a Maxim de que vaya con ellos.

—*Vallja e Kukësit*. ¡Vamos, Chelsea! —insiste su primo Murkash—. ¡Ahora eres albanés!

Maxim pone los ojos en blanco y mira a Alessia.

—No me habías dicho nada de lo de bailar. Con un montón de tíos.

—Es un baile tradicional de Kukës —explica Alessia, sonriendo.

Él le devuelve la sonrisa y se levanta para unirse al grupo.

*P*ero bueno, ¿qué demonios es esto?

—¡Vale! Vale, ya voy. Joe, Tom, venid conmigo. —Les llamo para que se acerquen desde las mesas adyacentes, donde están sentados con mi familia.

Murkash me pone la mano en el hombro, después me coge

la mano y se nos unen varios de sus…, no, nuestros parientes, además de Tom y Joe, que se cogen de las manos también.

—¡Vamos! —dice Murkash, agitando un pañuelo rojo en el aire, una señal para Kreshnik, el DJ, para que comience a sonar la música. En la carpa empieza a retumbar una balada tradicional con un ensordecedor ritmo tecno y un montón de cuerdas, un poco fuera de tono, que acompañan a unas voces arcaicas. No la he oído nunca antes. Pero más hombres se levantan y se nos unen. Está claro que es una de las favoritas de todos.

Murkash me enseña los pasos despacio y yo lo sigo; no es tan difícil como parece. Enseguida estamos dando vueltas por la habitación y un par de chicos más jóvenes se apuntan también.

Joe me sonríe. Tom está concentrado en los pasos.

Damos una vuelta a la pista de baile, después otra, y los hombres gritan y sonríen, disfrutando de la camaradería colectiva y del enérgico baile.

Pero, cuando termina la música, estoy un poco ahogado.

Mi esposa viene a por mí, tan radiante como la primera vez que la vi, recortada por la luz que llegaba desde la ventana de su salón.

—Ahora bailamos nosotros. —Ella coge su pañuelo, levanta los brazos cuando empieza la música y comienza a moverse, sin apartar sus seductores ojos oscuros de los míos. No sé qué se supone que tengo que hacer. Todos los invitados a la boda se levantan de la mesa y hacen un círculo a nuestro alrededor. Yo aprovecho el momento para cogerle las manos y bailamos unos momentos juntos, pero poco después me aparto y simplemente me quedo mirándola, porque es toda una visión.

Mi esposa hace girar las muñecas muy despacio, con el pañuelo en la mano, y da vueltas siguiendo la melodía de una canción que suena a antigua, con un ritmo de percusión muy marcado. Nos resulta absolutamente cautivadora tanto a los invitados como a mí. Me incita a acercarme y yo me rindo sin oponer resistencia y doy unas cuantas vueltas con ella antes de que acabe la música.

Ahora entra en la pista el señor Demachi, también con su pañuelo, y los hombres más mayores de la comunidad se le unen. El DJ cambia a otro tema tradicional diferente y Jak lidera al grupo de hombres, que se pone a dar vueltas a la pista.

Yo me quedo mirando, acompañado por Joe y Tom. Es… emocionante esa expresión de fraternidad masculina, algo que en el Reino Unido no se fomenta. Me pregunto distraídamente por qué será. Demachi nos hace una señal para que nos unamos al grupo y obedecemos. También se incorporan unas cuantas mujeres.

Tras un par de agotadoras horas de juerga y baile, por fin cortamos la impresionante y muy ornamentada tarta de boda y nos la comemos acompañada de una copa de champán. Nuestros invitados seguirán de fiesta hasta bien entrada la noche, pero yo estoy exhausto. Quiero irme de allí y estar a solas con mi mujer.

—Nuestro taxi llegará pronto —le digo en un susurro a Alessia.

—Voy a cambiarme.

—No tardes. —La miro con una sonrisa feroz y ella se ruboriza con inocencia. Sale apresuradamente de la carpa, seguida de su madre.

Yo voy a buscar a Joe y a Tom, que están junto a la improvisada barra.

—Trevethick, a juzgar por los estándares de las bodas que conocemos, esta ha sido una de las buenas. Diferente —añade Tom.

—Sí. Es una pasada, tío. —Joe me da una palmadita en la espalda—. Se te ve feliz. No dejes que tu madre te agüe la fiesta.

—No lo haré. Gracias por venir. Volveremos a celebrarlo en verano. Ya os contaré.

—¿Casarte con la misma mujer dos veces en el mismo año? Eso tiene que ser un récord —comenta Joe.

Asiento y miro a mi familia. Rowena está enfrascada en una conversación con Heath. Él la mira con intensidad y con expresión seria mientras ella habla. Asiente, como si estuviera de acuerdo, y me lanza una mirada calculadora. Se sonroja, avergonzado porque lo he pillado mirándome, y enseguida vuelve a centrarse en mi madre. Ella se ríe por algo que ha dicho y él le acaricia la mejilla.

Hay ciertas cosas que un hombre no debería ver y una de ellas es a su madre sobando a un hombre al que le dobla la edad.

Muerto de asco, prefiero mirar a Maryanne, que está hablando con una de las primas de Alessia. Creo que es Agnesa, la que le ha arreglado el pelo y el maquillaje. Tienen una conversación muy animada. Caroline está… ¡mirándome a mí! Se levanta.

Mierda. Ni quiero ni necesito más dramas de los suyos.

Se acerca tambaleándose y sé que ya ha bebido demasiado.

—Caroline, ¿qué tal? —pregunto, desanimado.

—Deja de ser tan gilipollas —dice.

—¿Qué?

—¡Ya sabes qué!

Me quedo mirándola, intentando dilucidar hasta dónde ha metido la pata con lo de contarle nuestros escarceos a Alessia. Ella no necesitaba saber eso y menos de su boca.

Debería habérselo contado yo.

Pero estoy harto de estar cabreado con Caro.

—Nos vamos dentro de poco. ¿Qué es lo que quieres? —pregunto.

—¿Os vais?

—Sí. De luna de miel. Es la tradición.

—¿Adónde vais?

Hago una mueca. *A ti te lo voy a decir...*

Ella resopla, pero no insiste.

—Solo quería decirte que lo siento. Otra vez. ¿Es que me vas a estar ignorando siempre?

Suspiro.

—Vale. La has cagado mucho, Caro. Y tienes que dejar de hacerlo.

—Lo sé —contesta en un murmullo y me da un empujoncito con el hombro en un gesto de cariño muy poco propio de Caroline, que me hace reír un poco. La rodeo con un brazo y le doy un beso en el pelo.

—Gracias por venir a mi boda.

—Gracias por invitarme. —Hace una mueca... porque en realidad no la he invitado—. ¿Perdonada?

—Por los pelos.

—Maxim, ¿puedo hablar contigo un momento? —Es mi madre.

Joder.

Mira fijamente a Caro, que asiente y se va para dejarnos a solas.

—Dime, Rowena.

—Seré breve. Te deseo que seas feliz. —La sonrisa de mi madre no se refleja en sus ojos—. La parte buena es que esta chica va a aportar nuevo ADN a nuestro linaje, pero no tiene ni idea de en qué se está metiendo. Podrías al menos procurarle unas cuantas lecciones de etiqueta para que no se ponga en evidencia ella y no te avergüence a ti cuando estéis en sociedad. O quizá enviarla a clases de protocolo. Tal vez así tenga alguna oportunidad.

—Gracias por preocuparte, madre. Estoy segura de que Alessia estará a la altura.

—No me importaría hacerme cargo económicamente de su educación. Mi regalo de boda para los dos.

Consigo, milagrosamente, contener mi furia.

—Es una oferta tentadora, madre, gracias. Pero no hace falta.

—La oferta seguirá en pie cuando te vea en Londres a la vuelta de tu luna de miel. Entonces tendremos que hablar más sobre esta… debacle.

—Estoy ansioso. —Sonrío con una sonrisa tan falsa que creo que no la voy a poder mantener.

Ella me acerca la mejilla, donde le doy un beso brevísimo, y se vuelve hacia Heath.

—Vámonos, querido.

Shpresa ayuda a Alessia a quitarse el vestido y el velo.

—Mi niña, estabas muy hermosa hoy.

—Gracias, *mama*. Y gracias por todo el esfuerzo. —Le da un abrazo fuerte con el que intenta transmitirle su gratitud por todo lo que ha hecho los últimos días.

—Vendrás a visitarme, ¿verdad? —le suplica su madre, con un tono desesperado en la voz.

—Claro, *mama* —asegura Alessia, intentando contener las lágrimas—. Y ya sabes que mi oferta, nuestra oferta, sigue en pie si quieres venir con nosotros y…

Su madre levanta una mano.

—Cariño, Jak y yo estaremos encantados de ir a verte a Inglaterra cuando te instales. —Es imposible convencerla.

Alessia suspira y le da otro abrazo a su madre.

—La invitación está hecha. Cuando quieras.

—Gracias —responde Shpresa—. Ahora deja que te ayude a ponerte el vestido nuevo.

Alessia reaparece en nuestro improvisado salón de bodas y está radiante. Se ha cambiado para ponerse un vestido color esmeralda sencillo que se le ciñe… por todas partes.

Joder.

Se me tensa todo el cuerpo.

Por todas partes.

Está sensacional. Lleva el pelo recogido en un moño muy elegante, pero unos mechones le caen alrededor de su bonita cara. Cuando llego a su lado tiene en una mano el ramo de novia, así que le cojo la otra. Al hacerlo, todo el enfado que he sentido por culpa de la progenitora que me queda se desvanece.

—Estás hermosa —susurro—. Estoy deseando quitarte ese vestido. —Entonces me fijo en una abertura que tiene por un lado por la que vislumbro un muslo cubierto por una media y después veo que se ha puesto zapatos de tacón.

Oh, Dios.

—Vámonos. Ya.

Tras media hora de despedidas y lágrimas, Alessia y Maxim por fin pueden irse. Cuando salen de la carpa, él le cubre los hombros con su abrigo.

Hace frío afuera. El terreno resplandece por la helada temprana y el brillo de la luna menguante parece formar un camino que cruza el lago.

Alessia se gira y tira el ramo a la gente allí congregada. Lo coge Agnesa, que se pone a dar saltitos de emoción y a agitarlo por encima de su cabeza.

Entonces empiezan los disparos. Los primos y los tíos de Alessia disparan sus pistolas al aire y, al mismo tiempo, las mujeres les tiran arroz.

—¡Joder! —grita Maxim, se agacha y agarra a Alessia mientras mira alrededor, a los locos compatriotas de ella, alucinado.

—Es la tradición —grita Alessia por encima del alboroto.

—¡Mierda! ¡Tom! —grita Maxim, pero Tom está tranquilamente de pie al lado de Joe, contemplando a esos parientes con sus armas y sacudiendo la cabeza.

Recorremos apresuradamente el sendero de entrada para alejarnos del revuelo de los disparos.

¿Cómo narices puede ser una buena idea ponerse a disparar en una boda?

El Mercedes Clase C nos está esperando y el chófer, uno de los primos de Alessia, abre la puerta de atrás del lado del acompañante. Alessia se vuelve y se despide con la mano de la multitud por última vez antes de subir al coche. Yo corro al otro lado y subo con ella.

—No te gustan las pistolas —dice nuestro chófer.

—¡No! ¡No me gustan!

—¡Pues bienvenido a Albania! —Ríe, pero pisa el acelerador y se aleja del jolgorio, los disparos y la mejor boda que podía haber esperado, dadas las circunstancias y el hecho de que se ha organizado en una semana.

Le cojo la mano a Alessia.

—Gracias por convertirte en mi esposa, Alessia Demachi-Trevelyan.

Los ojos de Alessia brillan por las lágrimas y de repente nota que su corazón, su pecho y su alma están a punto de reventar.

—Maxim —susurra, pero se le quiebra la voz porque la supera la emoción.

Se gira y se pone a mirar por la ventanilla las aguas oscuras del Drin, aunque sin verlas, mientras cruzan el puente que los llevará lejos de Kukës, hacia una nueva vida. Una vida con el hombre al que ama con todo su ser. Después de todo lo que él le ha dado y todo lo que ha hecho por ella, Alessia solo espera ser lo bastante buena para él.

—Oye —susurra Maxim.

Cuando ella lo mira, ve que sus ojos también brillan en la oscuridad.

—Estoy aquí. Tú estás aquí. Estamos juntos. Va a ser maravilloso —asegura.

Y a Alessia le caen lágrimas por las mejillas cuando libera un poco de toda esa emoción contenida.

8

Un encargado nos lleva a la suite presidencial del hotel Plaza de Tirana, que he reservado para dos noches. Alessia se queda mirando un enorme jarrón lleno de rosas blancas que nos da la bienvenida en el pequeño recibidor.

—¡Guau! —murmura.

Le aprieto la mano. El botones deja nuestras maletas en lo que supongo que es el dormitorio y vuelve al recibidor. Le doy unos cuantos *lekë* de propina y se va rápidamente.

—¿Quieren que les ayude con alguno de los servicios de la habitación? —ofrece el encargado, que habla mi idioma con mucho acento.

—Seguro que nos apañamos solos. —Con una sonrisa bien ensayada, le doy varios billetes con la intención de que se vaya. Nos dedica un asentimiento de cabeza de agradecimiento y desaparece, dejándonos a Alessia y a mí solos por primera vez en un tiempo que se me ha hecho eterno.

—Ven aquí. Quiero enseñarte algo.

Me alojé aquí con Tom cuando llegamos a Albania por primera vez (que me parece que fue hace una eternidad) y por eso sé lo que quiero enseñarle a Alessia primero. Vuelvo a cogerle la mano y la llevo hasta el salón, que tiene dos zonas de sofás, otra de comedor y ventanas que van del techo al suelo. En una de las mesitas de café veo una botella de champán en una cubitera muy ornamentada y unas fresas bañadas en chocolate dispuestas con mucha delicadeza en un plato. Pero no es eso lo que quiero que vea. La llevo hasta una ventana, abro las cortinas y aparece la ciudad iluminada a nuestros pies, en toda su gloria.

—¡Guau! —exclama otra vez.

—La capital de tu país. Es bastante impresionante vista desde un piso veintidós.

Alessia se empapa de las vistas. Es un mosaico de luces, sombras y oscuridad (con unos edificios altos y otros más pequeños) y las calles iluminadas parecen hilos entretejidos en una tela que fluye hasta las lejanas montañas. Recuerda que le comentó a Maxim que nunca había ido a Tirana. Y ahora él está haciendo realidad sus sueños.

En muchos sentidos.

—Eso de allí que está a oscuras —señala con la barbilla Maxim, que está de pie a su lado— es la plaza Skanderbeg. El Museo Nacional de Historia está al lado. Podemos ir mañana, si quieres. —Se gira, le dedica una sonrisita y va a buscar el champán a la cubitera—. ¿Quieres una copa?

—Sí, gracias.

Alessia se fija en que el papel que cubre el corcho es de color cobre: es Laurent-Perrier rosé, el primer champán que bebió ella en su vida, no hace tanto tiempo, en el baño de Hideout. La sonrisa de Maxim se amplía, como si le estuviera leyendo el pensamiento. Hábilmente le quita el papel y el corcho a la botella con un ruido seco muy satisfactorio. Después llena las copas altas con el champán rosado y burbujeante y le pasa una a ella.

—Por nosotros. *Gëzuar*, amor mío. —En esa luz tenue, sus ojos verdes resplandecen con un fuego que le hace hervir la sangre.

—Por nosotros. *Gëzuar*, Maxim —responde ella y brindan.

Ella da un sorbo, disfrutando del sabor a verano feliz y fruta madura mientras el líquido baja por su garganta. Se siente un poco tímida ahora que están los dos a solas.

¿Tímida con mi marido?

Mi marido.

Deja que la palabra haga eco en su cabeza y disfruta de cómo suena.

Maxim se vuelve para mirar la vista una vez más.

—«Si yo fuera el dueño de las telas bordadas del cielo» —murmura, casi para sí.

—«Tejidas con luz de color dorado y plata» —continúa Alessia.

Maxim la mira sorprendido.

—«Los azules, los tenues y los mantos oscuros».

—«De la noche, la luz y la penumbra».

—«Extendería esas telas a tus pies». —Sus ojos arden cuando miran los suyos, con una expresión muy intensa.

—«Pero, como soy pobre, solo tengo mis sueños» —sigue Alessia en un susurro y le arde la garganta por las lágrimas que está conteniendo y la verdad que encierran esas palabras.

Maxim sonríe y le acaricia la mejilla con el dorso del dedo índice.

—«He desplegado mis sueños a tus pies, pisa con cuidado» —prosigue.

—«Porque son mis sueños sobre los que caminas». —Alessia parpadea para evitar las lágrimas y Maxim se inclina y le da un suave beso en los labios.

—Nunca dejas de sorprenderme —comenta.

Alessia traga saliva, intentando recuperar la calma. Está constantemente recordando lo que él ha hecho por ella… y la diferencia que hay entre los dos, pero prefiere no pensarlo. Es demasiado complejo y abrumador para considerarlo ahora.

—Mi abuela inglesa. Le encantaban la poesía. Yeats y Wordsworth. Tenía sus libros de poesía. Eran escandalosos en Albania hace solo unas décadas.

Nana.

¿Qué pensaría ella de su nieta, que se ha casado con un lord inglés y está bebiendo champán en la suite presidencial de un hotel lujoso de Tirana?

—Ojalá la hubiera conocido —dice Maxim.

Ella sonríe.

—Te habría caído bien. Y ella te habría adorado.

—Y yo a ella. Sé que has pasado mucho durante las últimas semanas. Tenemos que hacer un par de cosas en la embajada mañana, cuando vayamos a por tu visado. Pero nada más. Estamos de luna de miel. Solos los dos. Relájate y disfruta. —Le rodea la cintura con el brazo, la acerca a su cuerpo y le acaricia el pelo con la nariz.

Ella apoya la cabeza en su hombro y se quedan ahí los dos juntos, en silencio, con la vista puesta en Tirana mientras se toman el champán.

—¿Quieres más? —pregunta Maxim mirando su copa.

—Sí, por favor.

Rellena las dos copas y vuelve a poner la botella en la cubitera. Después se quita la chaqueta y la deja sobre uno de los sofás mientras ella lo mira. Conecta su móvil a un altavoz que hay encima de una consola y elige algo de música. Un momento después resuena en la habitación el sonido de una guitarra y empieza a cantar un hombre con acento estadounidense.

—¿Quién es? —pregunta Alessia cuando Maxim vuelve a su lado.

—Es un clásico —responde, se coloca de forma que la espalda de Alessia quede pegada a su pecho y la rodea con los brazos. Apoya la barbilla en su cabeza y empieza a moverse—. J. J. Cale. *Magnolia.* Mmm…, qué bien hueles. —Le da un beso en la coronilla.

Alessia se relaja contra su cuerpo y se balancea con él. Pone su mano sobre la de él y sigue bebiendo champán.

La canción es dulce y sensual y lo parece mucho más cuando Maxim empieza a cantarle un verso al oído.

—*Makes me think of my babe...* —canta.

Ella sonríe.

¡Pero si sabe cantar! Y es muy dulce también.

—Vámonos a la cama. —Su voz suena ronca y parece encerrar un montón de promesas mientras le tira del lóbulo de la oreja con los dientes.

Alessia se queda sin aliento y vuelve a aparecer esa dulce y deliciosa tensión en su vientre. Entonces se acuerda.

—Eh...

Maxim le coge la copa y la deja en la mesa.

—¿Eh? —pregunta y le coge la barbilla para levantársela y mirarla con sus ojos llenos de fuego. Le da un beso en la comisura de la boca—. ¿Qué quieres decir?

—Yo...

Le da otro beso en la base de la oreja y ella presiona la mano sobre su camisa. Los dedos de Alessia se dirigen a los botones, como si tuvieran voluntad propia.

Un poquito más.

Y empieza a desabrocharlos.

Él le coge la cara entre las manos, le ladea la cabeza y une sus labios con los de ella.

—Mi esposa —susurra y se pone a provocarla con esos labios y a acercarle la punta de la lengua en busca de la suya.

Ella suspira. La lengua de Maxim encuentra la suya y la acaricia mientras le recorre el cuerpo con las manos; con una la estrecha contra él mientras que con la otra le recorre el trasero. Alessia deja los botones y tira para sacarle la camisa de los pantalones. Sube las manos por sus firmes bíceps y después por sus hombros para por fin meter la mano en su pelo suave y alborotado mientras los dos se devoran el uno al otro.

Él gruñe y se aparta, sin aliento.

—Te he echado de menos —susurra—. Mucho.

—He estado aquí todo el tiempo… —Su voz no es más que un susurro jadeante.

—Así no. —La coge en sus brazos bruscamente.

Ella sonríe, con el corazón a punto de estallarle de amor, y se abraza a su cuello mientras él la lleva en brazos por la suite hasta el dormitorio, dejando atrás el tono de voz aterciopelado de J. J. Cale.

El dormitorio está decorado en colores crema suaves y es minimalista y moderno, pero Alessia apenas se fija porque Maxim la baja pegada a su cuerpo y la deja en el suelo, de pie. Sus dedos suben hasta su pelo y se dedica a quitarle poco a poco las horquillas, liberando su pelo, un rizo tras otro. Ella cierra los ojos y disfruta de ese contacto tan tierno, que también la sorprende.

Pero lo que tenía en mente la trae a la realidad de nuevo.

Díselo.

No. Todavía no puede. Esto le gusta demasiado.

—Ya está, esa era la última, creo —anuncia él. Tiene los ojos oscurecidos por el deseo cuando le coge un mechón y se lo enrolla entre los dedos—. Es tan suave… —Tira un poco, ella se acerca y él le besa el mechón antes de soltarlo—. Ahora vamos con este vestido tan sensacional. —Le pone una mano en la nuca, otra en la cremallera y la besa una vez más mientras la baja.

Alessia da un respingo y cruza los brazos sobre el pecho para que no se le caiga el vestido.

Díselo.

—Maxim, yo…, es que…

Él para, con el ceño fruncido.

—¿Qué pasa?

Ella se ruboriza y agarra el vestido contra sus pechos mientras mira fijamente el resplandeciente diamante que lleva en el dedo, junto a la alianza.

—Estoy sangrando.

—Ah —contesta él y tiernamente vuelve a levantarle la barbilla. Ella está esperando ver en sus ojos decepción, o algo peor, asco, pero lo único que encuentra es alivio y preocupación—. ¿Te encuentras bien?

—Sí, bien.

—Podemos esperar, si tú quieres… —Le besa otra vez la comisura de la boca y después murmura contra sus labios—. Pero solo para que lo sepas: a mí eso no me molesta.

—¿Qué?

—Que todavía te deseo. —Y sigue dándole besos delicados por todo el contorno de su mandíbula.

—Oh —es lo único que logra decir Alessia, atónita por un momento.

Pero ¿pueden? ¿Incluso aunque…?

Maxim sonríe y le acaricia la mejilla con las yemas de los dedos.

—Te he escandalizado. Alessia, preciosa, perdona…

Pero antes de que pueda terminar, Alessia aparta los brazos y suelta el vestido, que le cae hasta la cintura y se le queda en la cadera, le coge la cara entre las manos y acerca sus labios a los de ella.

Logro vislumbrar un bonito y sugerente sujetador de encaje. Pero tengo los labios de Alessia contra mi boca y noto su lengua insistente y su cuerpo pegado al mío. Cierro los ojos y me rindo a su pasión, con los dedos enterrados en su pelo, mientras la aprieto contra mí. Todas las dudas que ella tenía sobre seguir adelante parecen haberse convertido solo en un recuerdo lejano.

Cuando se aparta, los dos estamos jadeando de nuevo y mi polla está a punto de reventar la bragueta.

Joder.

—¿Qué hacemos? —pregunta con voz ronca.

Necesito un nanosegundo para comprender de qué está hablando. Doy un paso atrás para contemplar a mi mujer con esa lencería tan bonita.

—Quítate el vestido.

Ella inspira bruscamente y me mira de arriba abajo: sus ojos pasan de los míos a mi boca y después van bajando por mi cuerpo hasta el bulto duro de mi entrepierna. Con una sonrisa tímida, pero victoriosa, se bambolea para que el vestido pase por su cadera y baje por sus muslos, dejando al descubierto un diminuto tanga de encaje blanco y unas medias.

Se me queda la boca seca de repente y estoy seguro de que la tengo abierta por el asombro mientras noto que los pantalones me aprietan cada vez más.

—Ahora tú —susurra ella, al tiempo que deja el vestido sobre un diván.

Yo me quito a toda prisa los zapatos, los calcetines y me desabrocho los botones de la camisa que Alessia no llegó a soltar. No tardo nada en hacer desaparecer los gemelos y la camisa y los tiro con el resto de la ropa.

—Pantalones —ordena con los ojos resplandecientes y fijos en mi entrepierna.

Resulta que mi esposa es mandona.

Me gusta.

Con un ritmo deliberadamente lento me voy soltando el cinturón y ella ríe y se acerca a ayudarme.

¡Sí!

Me desabrocha el botón, baja la cremallera de la bragueta, desliza hacia abajo los pantalones y se queda de rodillas a mis pies.

Joder.

Con ella ahí de rodillas se cuela en mi cabeza inesperadamente una imagen de mi polla en su boca. Nuestras miradas se encuentran y, sin apartar sus enormes ojos oscuros, levanta las manos para bajarme los calzoncillos… y yo solo puedo quedarme contemplándola. Embelesado. Y duro. Tan duro que es casi insoportable. Ella tira de la ropa interior y libera por fin mi polla, que está más que entusiasmada.

Su mirada pasa de mis ojos a mi polla.

—Alessia —murmuro y sé que suena como una súplica.

Alessia se incorpora un poco, envuelve la erección de Maxim con la mano y la aprieta. La piel de esa zona es suave como el terciopelo y lo nota duro en la mano. Lo oye dar un respingo y lo ve cerrar los ojos. Alessia sabe que eso es lo que él quiere… Y es lo que ella quiere también. No ha sido capaz de hacer esto hasta ahora por su timidez, pero quiere complacerlo en todos los sentidos. Él separa los labios, aunque parece que ha dejado de respirar; tiene el cuerpo muy tenso por la anticipación y la mira desde arriba. Ella empieza a mover la mano arriba y abajo, como le ha enseñado él, y Maxim le pone suavemente la mano en la cabeza. Entonces abre los ojos y lo que hay en ellos es puro fuego verde.

Su reacción enciende la chispa de su deseo y hace que se tensen los músculos de lo más profundo de su vientre. Le encanta ponerlo así. Él ha utilizado la lengua y los labios en las partes más íntimas de su cuerpo muchas veces y ella lleva mucho tiempo queriendo hacerle esto a él. *Por él*. Se acerca, sin apartar los ojos de los suyos, y se moja el labio superior con la lengua, observándolo. Él la mira hipnotizado y sus ojos arden. Está cautivado y totalmente a su merced.

El poder que ella siente en ese momento… es embriagador.

Se inclina y le besa la punta. Después sigue acariciándolo con la lengua, pasándola por encima. Sabe salado. A hombre. A Maxim.

Mmm…

Maxim gruñe. Y entonces ella lo envuelve con su boca y lo empuja cada vez más adentro.

—¡Joder! —exclama él.

Me doy un nanosegundo para disfrutar de la sensación de sus labios rodeándome… Es el puto cielo y estoy deseando con todas mis fuerzas empujar e introducirme más en su boca, pero ella es la que controla y de todas formas lo hace sin que yo se lo pida.

Oh, Dios.

Instintivamente flexiono el culo para meterme más en su boca y ella me aprieta un poco.

Joder. Sí.

Va hacia atrás y después vuelve hacia delante, como si hubiera hecho esto antes. Mi determinación de no permitir que esto continúe queda muy lejos y lo que hago es dejar que siga. Una y otra vez. Con su boca caliente, húmeda, dulce y estrecha.

Me empiezan a temblar las piernas por el esfuerzo de contener el orgasmo.

Joder.

Estoy indefenso frente a ella.

Desde este mismo momento.

A la cama. —Él se inclina—. Por mucho que quiera hacer esto, me voy a correr rapidísimo en tu boca si…

Alessia le aparta las manos y lo hace callar.

Lo desea.

Todo de él.

En su boca.

—¡Alessia! —Le pone las manos en la cabeza—. ¡Me voy a correr!

Ella lo mira a través del velo de sus pestañas oscuras y ve que él echa atrás la cabeza y se deja ir. Su semen, caliente y salado, le resbala por la garganta. Ella traga, un poco sorprendida, pero triunfante, porque lo ha conseguido. Se aparta, lo suelta y se limpia la boca con el dorso de la mano.

Mientras Maxim intenta recuperar el aliento, no puede evitar mirarla intensamente. Se agacha, la ayuda a levantarse y la abraza. Le da un beso profundo y rápido, explorándole la boca con la lengua, tomando todo lo que ella tiene que dar y sin duda percibiendo su propio sabor.

—Te quiero muchísimo —dice entre jadeos.

—Yo también te quiero —responde ella, que se siente la reina del mundo.

¡Lo ha hecho!

¡Eso!

¡Por fin!

Él sonríe.

—¿Qué te ha parecido? —pregunta y ella nota duda en su voz.

—Bien. —Se muerde el labio inferior—. ¿A ti también?

—Oh, nena. Ha sido alucinante. Podemos volver a hacerlo cuando quieras. Ahora será mejor que vayas al baño y… hagas lo que tengas que hacer. Y trae una toalla cuando vuelvas.

Ella sonríe.

L a miro mientras va contoneándose hasta el baño. Mi pene se despierta (dispuesto para la acción una vez más) porque su trasero es pura poesía con ese tanga.

Tal vez algo de Yeats o Wordsworth.

Mi mujer es una caja de sorpresas.

¿Quién se iba a imaginar que podría citar a Yeats?

¿Quién iba a decir que estaría dispuesta a hacerme una mamada?

Mi dulce Alessia.

Sonriendo, feliz y satisfecho, aparto el edredón de la cama y, en un impulso, vuelvo al salón, cojo las copas y las coloco en una bandeja, acompañadas de la cubitera, el champán y las fresas. Cuando vuelvo al dormitorio, dejo la bandeja en la mesita de noche justo cuando Alessia abre la puerta del baño y se apoya en el marco. Está desnuda y solo lleva una toalla.

—¿Más champán? —ofrezco.

Ella niega con la cabeza y veo que sus ojos recorren mi cuerpo.

Mi polla responde inmediatamente, lista para otro asalto.

¡Guau! ¡Eso sí que es una recuperación rápida!

—Lo único que quiero es a ti —susurra.

—Pues soy todo tuyo. —Abro los brazos y ella se acerca, abriéndose la toalla por el camino. La rodeo con mis brazos y ella envuelve nuestros cuerpos con el suave rizo.

—Es una toalla grande —comento.

Ella suelta una risita.

—Para una gran…

—¿Habitación? ¿Cabeza? ¿Polla? ¿Qué?

—Polla —contesta en un susurro.

Y yo me río.

—Me encanta que digas guarradas.

Se le escapa otra risita y mi polla impaciente ya no puede esperar más. Le cojo la cabeza entre las manos, aprieto mis labios contra los suyos y ella abre la boca y busca mi lengua. Obedezco encantado y tiro de ella hacia la cama sin dejar de besarnos, todo lenguas, labios y respiraciones, hasta que estoy a punto de explotar otra vez. Paro para respirar y veo que Alessia está jadeando también.

—A la cama —señalo y los dos caemos juntos sobre el colchón.

Alessia se tumba en la cama, con la toalla debajo, y Maxim se coloca sobre ella, con el peso apoyado en las manos.

—Ahora te tengo donde yo quería —dice en voz baja y entierra la nariz entre sus pechos—. ¿Te duele algo?

—No.

—¿Estás segura?

—¡Sí! —responde. Sin sombra de duda.

Estiro los brazos y la miro. La última vez que hicimos esto tenía rasguños y cardenales y Dios sabe qué más en su cuerpo. Pero ahora está tumbada debajo de mí, con la melena oscura desparramada sobre la almohada, los ojos brillantes por el amor y el deseo, y ya no tiene ninguna marca en la piel. Extiende los brazos hacia mí, me pasa los dedos por el pelo y tira, haciendo que vuelva a tumbarme sobre la suavidad de su cuerpo, con la polla justo entre los dos, apoyada contra su vientre.

Ella, igual que yo, está deseando que esté en su interior.

Le beso la parte de debajo de un pecho y voy subiendo hasta llegar al pezón. Ella me tira del pelo y yo cierro los labios sobre él y chupo. Con fuerza. Noto que se pone duro y se estira bajo mis labios y mi lengua. Tiro un poco y Alessia gime, se retuerce debajo de mí y levanta la cadera para apretarla contra la mía. Repito lo que acabo de hacer una y otra vez y después paso al otro pezón.

—Por favor —suplica Alessia.

Extiendo la mano hacia la mesita de noche para coger un condón.

—No —me detiene—. He empezado a tomar la píldora anticonceptiva.

¿Qué?

—No hace falta —insiste mirándome intensamente a los ojos.

Y ya no puedo esperar más. La beso otra vez, me cojo la polla y la guío al lugar en el que quiere estar.

—¡Ah! —grito mientras penetro en su interior.

Piel contra piel.

El delicioso primer contacto.

Ella está tensa, húmeda y resbaladiza por el deseo. Me envuelve con los brazos, sus manos bajan hasta mi culo, me rodea las pantorrillas con las piernas y yo empiezo a moverme y me dejo llevar por el placer que ella me proporciona.

Por la pasión que siento por ella.

El amor que siento por ella.

Mi esposa.

Y sigo y sigo.

Me clava las uñas en la piel, gime y respira aceleradamente junto a mi oreja. Se está acercando, cada vez más cerca, igual que yo, y de repente ella se tensa bajo mi cuerpo y grita cuando el orgasmo la lleva al límite.

Yo grito también cuando llega mi clímax. El mundo que hay a nuestro alrededor desaparece y solo estamos mi mujer y yo.

Mi amor.

Sigo sobre ella, apoyado en los codos, y le aparto el pelo de la cara mientras ella me mira fijamente. Seguimos conectados a nivel íntimo y no quiero moverme.

—¿Qué tal, lady Trevethick?

Ella sonríe y esa sonrisa ilumina la habitación y mi corazón.

—Ha sido maravilloso, lord Trevethick. ¿Y para ti?

En ese momento me muevo para que ella quede tumbada sobre mi cuerpo y le beso el pelo.

—Me ha gustado «muchamente».

Se ríe y yo le beso el pelo de nuevo.

—De hecho, voy a querer volver a hacerlo dentro de nada. Pero antes ¿te apetece un poco de champán y unas fresas?

Alessia está tumbada a mi lado, profundamente dormida. Nos hemos traído la lamparita con forma de dragón, un tierno centinela que vigila y la mantiene a salvo de la oscuridad. Estoy encantado de que la haya traído. Me acurruco más cerca de ella, respirando su aroma tranquilizador, y me sorprende lo mucho que disfruto de estar simplemente tumbado a su lado... Solo estando. ¿Es porque no me exige nada? ¿Es porque me transmite que me necesita? ¿Que me quiere? No lo sé. Sea lo que sea, nunca me he sentido tan satisfecho como ahora. Satisfecho, pero emocionado. Mañana vamos a explorar la capital y solo estar. Juntos.

Cierro los ojos y le doy un beso en el pelo.

Hasta mañana y después el resto de nuestras vidas, mi amor.

9

El sol se refleja en las cristalinas aguas del Caribe en Endeavor Bay mientras mi mujer hace paddlesurf en el mar turquesa. Saca la lengua un poquito mientras se concentra en permanecer sobre la tabla. Es incitante, y he visto mucho esa lengua últimamente: mientras le enseño a practicar paddlesurf, a jugar al póquer, a jugar al billar, a usar palillos para comer, a hacer mamadas...

Joder.

La idea de los labios de mi mujer alrededor de mi polla haciéndome una felación tiene un efecto inmediato y significativo en mi cuerpo. Cambio de postura sobre la tabla en un intento por controlarme, pero pierdo el equilibrio y acabo cayendo al mar con un sonoro chapoteo muy humillante.

Cuando salgo a la superficie, Alessia se está riendo. De mí. ¡De mí!

Lleva un minúsculo biquini de color verde chillón que compramos en Pink House, la tienda de la zona, y tiene un bonito bronceado por todo el cuerpo. Está preciosa, pero se está riendo de mí.

¡Muy bien! ¡Es la guerra!

Cojo la pala, me subo de un salto a la tabla y, sonriendo como un loco, empiezo a perseguirla.

Ella chilla y hace girar su tabla hacia la orilla antes de remar como una posesa.

Que empiece la persecución.

Claro que no puede competir conmigo, y la alcanzo justo antes de llegar a la parte donde se hace pie. Salto de mi tabla y la agarro, haciendo que los dos caigamos al mar.

Grita, pero el agua la silencia y, cuando sale a la superficie, lo hace tosiendo, escupiendo agua y riendo. Extiendo los brazos hacia ella en cuanto hago pie, la estrecho entre mis brazos y la beso.

Como es debido.

Sabe a felicidad, a sol y aguas cristalinas. Sabe a mi querida esposa.

—Eso está mejor —susurro contra sus labios.

—*Je trap fare!* —Me empuja los hombros, pero me niego a soltarla.

—Supongo que no es un halago. —Le acaricio la nariz con la mía, y suelta una risilla.

—He dicho que eres un capullo.

—¿Otra vez diciendo cosas feas?

—Estoy aprendiendo de ti.

—Hum..., ¿y soy un buen maestro? —Le atrapo el labio inferior con los dientes y le doy un tironcito.

Le brillan los ojos oscuros y tiene las mejillas ruborizadas bajo el bronceado.

—Dímelo tú —susurra.

Sonrío.

—No me quejo.

—Mi abuela decía que el mejor diccionario de un idioma extranjero es un amante.

Por supuesto, su abuela inglesa se casó con un albanés.

—Así que un amante... ¿Un marido cuenta?

Me rodea con las piernas, me toma la cara entre las manos y me besa —un beso con lengua, labios y amor— mientras me entierra los dedos en el pelo mojado. La pego a mí con fuerza. Estamos piel contra piel, y mi cuerpo responde, ávido por sentirla.

¿Alguna vez me cansaré de mi mujer?

Me tiene totalmente hechizado mientras me rindo a su beso, a su lengua…, a su amor.

Cuando nos separamos en busca de aire, estoy excitado y listo para ella.

—¿Follamos en el mar? —susurro de forma entrecortada, medio en broma—. Aquí no hay nadie.

—¡Maxim! —Alessia está escandalizada, pero examina la orilla, donde hay un par de casas. No hay nadie a la vista en la arena ni en el agua. Me mira con una sonrisa coqueta, me besa de nuevo y se frota contra mí. Acto seguido, me mete la mano en las bermudas y me agarra la polla, que ya está más que preparada.

Joder…, ¡vamos a hacerlo!

Tenemos las tablas cerca, ya que siguen atadas a nuestros tobillos con la cuerda de seguridad, lo que nos proporciona una mínima pantalla. Con cuidado, le aparto el biquini y la penetro. Ella se deja caer sobre mí mientras me mordisquea el labio inferior.

¡Ah!

Hay pocas olas, que nos mantienen a flote mientras me muevo despacio, sujetándola contra mí. Ella mueve las caderas, meciéndose con rapidez. Y pronto nos sumimos en nuestro propio ritmo. Juntos. Alientos entremezclados, ojos cerrados, ojos abiertos y bocas hambrientas mientras nos consumimos.

Joder, ¡qué buena está!

Echa la cabeza hacia atrás y gime mientras se corre, llevándome con ella, y disfruto de mi orgasmo en las cristalinas y azules aguas del mar Caribe.

Es la última noche que vamos a pasar aquí, y la luz de las velas parpadea por la ligera brisa mientras nos sentamos en el cenador para disfrutar de otra de las increíbles comidas del chef. Alessia bebe un sorbo de su rosado con la vista clavada en el trocito de cielo claro que se ve en el horizonte. Hace mucho que se ha puesto el sol, pero todavía queda un atisbo de día en los confines de la Tierra. Lleva un vestido de seda verde, cortesía de Pink House una vez más; se ha recogido el pelo, pero unos mechones se le han escapado y le enmarcan esa preciosa cara. En las orejas lleva los pendientes de perlas que le compré en París. Tiene todo el aspecto de una condesa.

Mi condesa.

Extiendo un brazo por encima de la mesa y le cojo una mano.

—¿Qué tal?

Me mira con esos ojos oscuros que brillan a la luz de las velas.

—Precioso —contesta, pero detecto un deje tenso en su voz.

—¿Qué pasa?

—¿Tenemos que volver?

Suelto una carcajada.

—Por desgracia, sí. No creo que la hospitalidad de mi tío se extienda más allá de esta semana.

Mi tío Cameron, hermano de mi padre, era la *bête noire* de su generación. Después de una épica discusión con mis padres, sucedida antes de que Kit naciera, huyó a Los Ángeles y se estableció como artista. A finales de los años ochenta, revolucionó el mundo artístico estadounidense, y en la actualidad se menciona su nombre junto con David Salle y Jean-Michel Basquiat. Ahora vive en Hollywood Hills y tiene dos propiedades en Mustique.

Nos alojamos en una de ellas. Una elegante casa en primera línea de playa, con dos dormitorios y diseñada por Oliver

Messel, llamada Turquoise Waters. Es alucinante, y a mi tío le encantó que decidiéramos pasar la luna de miel aquí.

«Enhorabuena, Maxim, muchacho. Me alegro mucho por ti. Pues claro que puedes usar la casa. Es mi regalo de bodas».

No he estado aquí desde mis años de adolescente, cuando mi madre permitió a regañadientes que Maryanne y yo nos quedáramos con el tío Cameron después de la muerte de mi padre. Había mala sangre entre ellos, tanto era así que Cameron hizo una breve aparición en el funeral de mi padre y lo mismo en el de Kit. No se quedó con nosotros, y solo intercambié unas pocas palabras con él después de eso. No sé si le caemos bien o no, o si a Rowena no le cae bien porque se parece demasiado a ella —comparte su pasión por los amantes masculinos jóvenes—, o si es porque él no tolera sus gilipolleces.

Sea como sea, no se hablan. Jamás.

Fue un engorro llegar a Mustique. No podía hacer escala en Miami con Alessia porque ella necesitaba un visado estadounidense y no teníamos tiempo para solicitar uno. No quería hacer escala en Londres, así que fuimos de París a Martinica, cogimos un ferry a Castries y después un avión hasta Mustique.

Y Alessia no había volado antes.

Volver a casa sería mucho más sencillo.

—Me encanta que tu tío tenga una casa con un piano de cola pequeño. Este sitio es mágico —susurra Alessia.

Le beso la mano.

—Lo es, contigo aquí.

Bastian, nuestro mayordomo, aparece.

—¿Recojo la mesa, milord?

—Gracias.

—¿Un digestivo? —ofrece.

—¿Alessia? —le pregunto.

—Estoy bien con el vino. Gracias, Bastian.

—¿Milord?

—Coñac, por favor.

Asiente con la cabeza y recoge los platos del postre.

—Dime, ¿qué te preocupa? —le pregunto de nuevo.

—No sé muy bien qué se esperará de mí. Cuando estemos en casa.

Le doy un apretón en la mano y suspiro.

—La verdad, no lo sé. —No tengo la mejor idea de lo que Caroline, o mi madre ya puestos, hacían. Ojalá hubiera prestado más atención—. Pero no te preocupes, ya lo averiguaremos.

Aparta la mano y se la pone en el regazo.

—Estoy…, hum…, nerviosa por la idea de comer con el cuchillo que no es o de decir lo que no debo a uno de tus amigos y avergonzarte.

Mierda.

—Y habrá personal de servicio como aquí —continúa.

—Te acostumbrarás.

—Tú estás acostumbrado porque has tenido servicio toda la vida.

—Cierto.

—Yo no.

—Oye, ya vale. Lo harás bien. Lo has hecho bien aquí, con Bastian, con el chef y con el ama de llaves. Haz lo mismo y ya.

Alessia frunce el ceño.

—No toco pie.

Sonrío.

—Se dice «no hago pie». Y no creo que sea verdad. Vas a hacerlo de maravilla. Os he visto a tus padres y a ti organizar una boda por todo lo alto en menos de una semana. Ahí tienes todas las habilidades que necesitas.

Maxim extiende una mano y tira de la de Alessia, de modo que ella se sienta en su regazo de buena gana, y él la rodea con los brazos y le acaricia el pelo con la nariz.

—Además —susurra él—, ¿a quién le importa una mierda lo que piensen los demás?

Alessia suelta una carcajada.

—Dices eso mucho.

—Pues sí, y tu inglés está mejorando. Me he dado cuenta durante estas vacaciones.

—Eso es porque paso el tiempo con alguien que lo habla muy bien, quitando las palabrotas, claro.

Maxim se echa a reír.

—Sé que te encanta cuando digo burradas.

Lleva una ancha camisa blanca de algodón y pantalones de lino. Se le ha aclarado el pelo por el sol y sus ojos verdes brillan a la parpadeante luz de las velas.

Está para comérselo.

—Su coñac, milord —los interrumpe Bastian.

—Gracias.

—Me he tomado la libertad de bajar dos de las tumbonas a la playa y encender el brasero de hierro.

—Gracias, Bastian. Disfrutaremos de otro chapoteo a la luz de la luna.

Alessia se baja de su regazo y Maxim la coge de la mano —y coge su coñac— para conducirla por los escalones del jardín que llevan a la playa, donde Bastian ha dispuesto una pérgola para ellos. Cuatro antorchas relucen en las esquinas y las llamas del brasero se agitan por la brisa vespertina.

Las tumbonas, además de cojines, tienen mantas por encima. Alessia se sienta en una y Maxim en la que hay al lado antes de cogerle una mano y llevársela a los labios.

—Gracias por una maravillosa luna de miel.

Ella se echa a reír.

—No, Maxim. Las gracias te las doy yo. Por todo.

Él le besa la palma y después los anillos, antes de acomodarse en la tumbona mientras contemplan el oscuro mar que brilla a la tenue luz de la luna menguante. Disfrutan de la serenata que les ofrecen las ranas arbóreas; el crepitar y el siseo del fuego en el brasero de hierro, y el suave romper de las olas del Caribe en la orilla. Alessia toma una honda bocanada de aire para aspirar el aroma del trópico —el potente olor a tierra de la selva tropical y el salitre del mar— mientras intenta grabar la imagen en su memoria. Sobre ellos se extiende un cielo espectacular.

—Guau, cuántas estrellas —susurra Alessia.

—Mmm... —murmura Maxim, que mira el cielo.

—Parecen distintas aquí.

—Mmm... —El sonido de su felicidad brota de nuevo de su garganta.

Ella clava la mirada en el cielo nocturno, con la sensación de que la suerte ha querido ofrecerles ese impresionante espectáculo de luz con la única intención de compensarlos por todo lo que Maxim y ella han tenido que pasar antes de la boda.

Alessia siente el corazón a rebosar.

Ahora esta es su vida.

Tiene que pellizcarse para creérselo.

Maxim le ha enseñado los monumentos de Tirana, se la ha llevado a París y después a este lugar mágico.

¿Qué ha hecho para merecer tan buena suerte?

Enamorarse de él. Su señor... No, su conde.

—¿Bailas conmigo? —le pregunta Maxim, sacándola de su ensimismamiento, y deja el móvil en el brazo de la tumbona antes de ofrecerle un AirPod. Él se pone uno y ella hace lo mismo. Después empieza a reproducir la música y los conocidos acordes de RY X le suenan a Alessia en la oreja.

Maxim la mira y abre los brazos. Ella se pega a su cuerpo, y juntos se mecen despacio sobre la arena.

—Nuestro primer baile —susurra Maxim.

Y Alessia se emociona al ver que se acuerda.

—El primero de muchos —dice ella, y él le acaricia la cara con las manos y tira de ella para besarla en los labios.

Se mueven juntos. Dando y recibiendo. Como un solo ser. Alessia se aferra a las sábanas, con el cuerpo húmedo por el sudor... El suyo... y el de él. Y Maxim grita y la agarra con fuerza mientras llega al orgasmo, arrastrándola consigo, de modo que también grita y sube y baja en medio de la felicidad absoluta. Le rodea el cuello con los brazos mientras Maxim se deja caer sobre ella antes de apartarse.

—Joder, Alessia —susurra él y la besa en la frente mientras ella recupera la cordura.

Abre los ojos y le acaricia la cara a Maxim mientras se miran. Usa un dedo para recorrerle los labios. Unos labios que la han acariciado.

En todas partes.

—¿Siempre es así? —pregunta ella.

—No —contesta Maxim, que la besa en la frente de nuevo. Sale de ella, que hace una mueca—. ¿Estás dolorida? —Se lo pregunta con voz preocupada.

—No, estoy bien. —Sonríe—. Mejor que bien.

—Yo también estoy mejor que bien.

Su dormitorio está forrado con paneles de madera blanca, y cuenta con muebles envejecidos y decoración discreta. Una cama con cuatro postes, con una mosquitera alrededor, domina la estancia. A Alessia le encanta el romanticismo de la mosquitera: cuando están en la cama, están envueltos en su refugio particular.

A medida que el corazón empieza a latirle más despacio, algo que lleva dándole vueltas en la cabeza desde la boda resurge en su mente sin previo aviso.

—¿Qué pasa? —le pregunta Maxim. Está desnudo y guapísimo, con esos ojos relucientes en la cara bronceada, mientras abraza la almohada y la mira.

Alessia clava la mirada en el tatuaje de su escudo de armas

y, tras extender una mano, recorre la silueta con un dedo mientras le da vueltas a cómo preguntarle lo que quiere.

—¿Qué pasa? —insiste él, que le aparta un mechón de pelo húmedo detrás de la oreja.

—Esto…, es algo que me dijo tu hermana en la boda.

Ay, mierda. ¿Qué pudo decirle?
Me tenso mientras me pregunto qué le ha contado Maryanne a mi queridísima Alessia.

—Me dijo que los libertinos reformados son los mejores maridos. —Los ojos oscuros de Alessia brillan, cargados de preguntas, a la tenue luz.

Suelto el aire mientras pienso qué contestar.

—He leído los libros de Georgette Heyer. Sé lo que es un libertino… —añade ella.

—¿Y?

—¿Tu hermana está diciendo que eres un libertino?

—Alessia, estamos en el siglo XXI, no en el XVIII.

Me mira fijamente unos segundos mientras se mordisquea el labio superior, analizándome.

Joder. ¿Me está juzgando?

¿Cree que no soy digno?

No tengo ni idea. Contengo el aliento.

—¿Cuántas mujeres? —me pregunta al cabo de un momento.

Ah. Se me cae el alma a los pies. Así que eso es lo que la preocupa.

—¿Por qué quieres saberlo?

—Tengo curiosidad.

Extiendo un brazo y le acaricio la cara.

—La verdad, no lo sé. No he llevado la cuenta.

—¿Muchas?

—Muchas.

—Decenas. Cientos. ¿Miles?

Hago una mueca. *¡Miles! Uf.* No lo creo.

—Decenas… o algo así. No lo sé. —Y es una mentirijilla de nada.

Hablamos de más de cien, colega.

Me observa con detenimiento, y deseo fervientemente que no me haya calado ni que empiece a mirarme con otros ojos. Solo fue sexo.

—Oye. —Me acerco a ella—. Con ninguna desde que te conocí.

—¿Ni con la viuda? —susurra.

Y en esas cuatro palabras detecto su angustia y su desconfianza. Cierro los ojos mientras el rescoldo de la rabia se aviva en mi interior por la indiscreta de mi cuñada.

¡Maldita Caro!

—No. Con nadie desde que te vi en mi pasillo con la escoba entre las manos.

Cuando abro los ojos, me la encuentro analizándome de nuevo, y no tengo la menor idea de lo que está pensando. Pero Alessia asiente con la cabeza, satisfecha al parecer, de modo que suelto el aire.

Joder, menos mal.

—Ven. —La pego a mí—. Eso fue antes de Alessia, y después tengo el resto de mi vida contigo. Eso es lo único que importa. —Y la beso de nuevo.

Mientras el amanecer se derrama sobre su trocito del paraíso, Alessia está acurrucada en uno de los sillones, contemplando a Maxim dormir. Él está tumbado boca abajo, desnudo en la cama. Tiene las piernas liadas en las sábanas, como la primera vez que lo vio…, no hace tanto.

En su momento se quedó impresionada, pero también fascinada, atraída por las definidas líneas de su cuerpo atlético.

Ahora puede apreciar cada línea y cada curva. Lo esculpido que parece, y lo joven y relajado mientras duerme. La línea que distingue la parte bronceada de la espalda con la curva de sus nalgas está más definida, y le gustaría morderle el culo. Sorprendida por esos pensamientos, bebe del café solo sin azúcar, disfrutando de su regusto amargo y potente, y también de la imagen de su marido.

¿Debería despertarlo?

¿Una llamada de atención?

A Maxim le gustaría. Se le tensan los músculos de la barriga por el placer que le provoca esa idea.

¡Alessia! Se imagina la voz de su madre.

Es mi marido, mama.

Hoy regresan a Inglaterra.

Su nuevo hogar.

Y tendrá que enfrentarse a la familia, a los amigos y a los compañeros de trabajo de Maxim, y solo le cabe esperar que no les parezca poca cosa.

Y tendrá que buscarse alguna ocupación.

Ni siquiera sabe lo que se espera de ella.

Sospecha que ese es el motivo de que no pueda dormir. Es la emoción y la ansiedad.

Maxim se mueve y tantea su lado de la cama antes de mirar a su alrededor cuando no la encuentra, y sus ojos verdes brillan a la rosada y tenue luz del amanecer.

Alessia suelta la taza, aparta la mosquitera y se mete en la cama a su lado.

—Aquí estás —susurra él al tiempo que la estrecha entre sus brazos.

Aterrizamos en Heathrow poco después de las ocho de la mañana. En cuanto salimos del avión, llegamos a la parte superior de la pasarela, donde nos recibe una trabajadora del servicio VIP. Nos acompaña por la zona de embarque a través de un ascensor hasta la planta baja y salimos de la terminal junto al Boeing 777 de British Airways que nos ha llevado desde Santa Lucía. Allí, nos espera un elegante BMW serie 7 de color negro. Nuestra acompañante abre el maletero y mete el equipaje de mano. Después abre la puerta trasera del coche y los dos entramos y nos acomodamos en los asientos de cuero.

—No me lo esperaba —dice Alessia, que me mira con los ojos como platos.

Me encojo de hombros.

—No tengo ganas de lidiar con el follón que hay en el control de pasaportes.

Nuestra acompañante se sienta al volante y nos conduce a través del aeropuerto hacia el edificio VIP.

—Vas a necesitar tu pasaporte —le digo a Alessia mientras nos indican que salgamos del coche.

El agente de inmigración le echa un vistazo rápido a mi pasaporte aunque inspecciona más a fondo el de Alessia.

Contengo el aliento.

El agente levanta la mirada y la observa detenidamente, comparando su cara con la fotografía, antes de sellarle el pasaporte.

—Bienvenida al Reino Unido, señorita.

Suelto el aire.

¡Está aquí! ¡Legalmente! ¡Hurra!

Alessia recompensa al agente con una sonrisa deslumbrante, y después seguimos a nuestra acompañante a una de las elegantes y cómodas salas a la espera de que nos lleven el equipaje.

—Su mayordomo vendrá enseguida para anotar su desayuno. Deberíamos saber algo de su equipaje en los próximos diez minutos. Hay un baño adyacente en el caso de que lo necesiten. Para cualquier otra cosa, pulsen el botón de llamada. —Señala un botón rojo en la mesita auxiliar.

—Gracias.

Con una sonrisa educada y profesional, se marcha, y le ofrezco a Alessia la carta.

—¿Tienes hambre?

Niega con la cabeza.

—Yo tampoco. ¿Has dormido algo?

Alessia asiente con la cabeza mientras echa un vistazo a lo que nos rodea.

—Nunca he estado en un sitio así. ¿Siempre haces esto en Heathrow?

—Sí. —La beso en la coronilla—. Acostúmbrate.

Sonríe.

—Creo que me va a costar un poco.

Me encojo de hombros al tiempo que alguien llama a la puerta y entra uno de los mayordomos.

—Buenos días, lord Trevethick. ¿Le traigo el desayuno y una bebida?

Están de vuelta en el lujoso coche negro y un hombre ataviado con un elegante traje los lleva a Londres. Mientras están en un atasco en la autopista, Alessia mira el horizonte y se fija en las torres de Brentford.

¡Magda! ¡Michal!

Se pregunta cómo les va a sus amigas en Canadá. No tiene un número al que llamar a Magda, pero tal vez pueda ponerse en contacto con Michal a través de Facebook. Esa parte de su vida parece muy lejana, pero fue hace pocas semanas. Y ahora está en un lujoso coche con su querido marido, llegando a Londres después de unas vacaciones en la preciosa Mustique.

¿Qué ha hecho para merecer tan buena suerte?

Maxim entrelaza sus dedos.

—Se diría que ha pasado una eternidad desde la última vez que estuvimos aquí —comenta y parece un poco triste.

—Sí. —Le devuelve el apretón, pero no sabe qué replicar.

Se siente abrumada y un poco desubicada, como si estuviera soñando y fuera a despertarse en cualquier momento en una espantosa realidad.

Él se lleva su mano a los labios y le da un beso tierno.

—Pronto estaremos en casa. Voy a necesitar una siesta.

—¿Has dormido algo? —Habían viajado en primera clase, donde los asientos se convertían en cómodas camas.

—No mucho. Había mucho ruido durante el vuelo, pero sobre todo porque me muero por llevarte a casa.

Alessia sonríe y así, sin más, sus temores desaparecen.

El coche negro se detiene delante del bloque de Maxim en Chelsea Embankment, y el chófer abre la puerta de Alessia. También saca el equipaje del maletero y lo deja en el vestíbulo. Maxim le da una generosa propina y, tras coger el equipaje, echa a andar hacia el ascensor, que los espera. Maxim la hace entrar, y las puertas se cierran, dejándolos solos con las maletas. Maxim pulsa el botón para la última planta, y esos ojos color esmeralda se clavan en los suyos. Alessia se queda sin respiración al percatarse de su ardiente mirada.

Da un paso hacia ella y le toma la cara con un gesto tierno de las manos.

—Estás a salvo. Estamos en casa —susurra y se inclina para besarla; un beso tierno, lento y agradecido, pero al sentir su incitante lengua contra la suya, el deseo estalla en el interior de Alessia. Su cuerpo se ha adaptado tanto al de él que lo desea. Ya. Aquí. Maxim la pega a la pared, clavándole la erección en la barriga, y eso alimenta su lujuria. Alessia gime mientras se amolda a su cuerpo y le devuelve el beso con un fervor que le abrasa el alma.

El ascensor se detiene, la puerta se abre y Maxim tira de ella para salir mientras siguen abrazados, mientras siguen besándose.

¿Alguna vez se cansará de él?

—Maxim, qué alegría verte. ¿Has estado fuera?

L a voz tan poco dulce de la señora Beckstrom interrumpe nuestra sesión de magreo, que espero que nos lleve a una sesión de sexo antes de la siesta. Apoyo un segundo la frente en la de Alessia, presa de la frustración, antes de mirarla y comprobar que ella está tan aturdida como yo. Tras inspirar hondo, abrazo a Alessia contra mí para ocultar mi evidente excitación.

—Señora Beckstrom. Y Heracles. —Me inclino y le doy una palmadita a su irritante perro faldero. El animal me enseña los dientes—. Qué alegría verla. ¿Cómo está? Permítame presentarle a mi esposa, Alessia.

—Ah, qué bien. —La señora Beckstrom le tiende la mano a Alessia, a quien le cuesta respirar.

—¿Cómo está? —pregunta Alessia mientras se dan un apretón de manos.

—Eres muy guapa, querida. ¿Has dicho «esposa», Maxim?

—Sí, señora B.

—Por fin te has casado. En fin, enhorabuena. Ha sido muy repentino. ¿Estás en estado de buena esperanza, querida?

¡Me cago en la puta! No me atrevo a mirarle a la cara a Alessia mientras saco el equipaje del ascensor.

—No, señora Beckstrom —se apresura a contestar Alessia, y tiene las mejillas coloradas pese al bronceado.

—¡Pero veré qué puedo hacer al respecto! —Le guiño un ojo a la señora B., y Alessia se pone más colorada si cabe.

—En fin, disfrutad, jovenzuelos. Heracles y yo vamos a dar nuestro paseo matutino. —Y entra en el ascensor, donde pulsa el botón de la planta baja.

En cuanto las puertas se cierran, me vuelvo hacia Alessia, que estalla en carcajadas y, poco después, hago lo mismo. La estrecho entre mis brazos.

—Lo siento.

—Es…, ¿cómo dijiste? Ah, sí, excéntrica.

—Sí, ya lo creo que lo es. Y ahora tengo que encargarme de un deber. —La cojo en volandas, y ella chilla por la sorpresa. Mientras la sujeto contra mí, meto la llave en la cerradura, abro la puerta y atravieso el umbral con ella en brazos.

La dejo en el suelo y la beso, con la esperanza de continuar con lo que empezamos en el ascensor, pero me doy cuenta de que la alarma está desconectada. Los dos levantamos la cabeza y vemos un letrero en el que pone «Bienvenidos a casa» cruzando la puerta de doble hoja que hay al final del pasillo.

De repente, Caroline, Tom, Joe, Maryanne y Henrietta aparecen en la puerta.

—¡Sorpresa! —gritan.

¡Hay que joderse!

10

Alessia y yo nos quedamos de pie en el vestíbulo, incrédulos y cansados por el viaje. La señora Blake, el ama de llaves de Caroline, aparece en la puerta de la cocina con una bandeja de bebidas, y yo me quedo de piedra.

Pero ¿qué coño es esto?

—Bienvenidos a casa, Maxim y Alessia.

Con una sonrisa en la cara, Caroline da unos medidos pasos hacia nosotros, con los brazos abiertos.

¿Ha estado bebiendo? ¿Ya?

Es un comportamiento muy atípico en Caro.

—Hola —saludo, desconcertado, mientras me abraza primero y después a Alessia.

—Bienvenida de nuevo, Alessia —dice, con forzada alegría.

—Hola —susurra Alessia, y me doy cuenta por el temblor de su voz que ella también está desconcertada.

Mis amigos avanzan para darnos la bienvenida mientras la señora Blake nos sirve bebidas. Buck's Fizz, champán o zumo de naranja recién exprimido.

—Vaya, menuda sorpresa. No, es un sorpresón. Pero gracias —le digo a Caro entre dientes.

—Se me ha ocurrido que un desayuno tardío estaría bien para recibiros en casa, y a modo de disculpa. —Se encoge de hombros con gesto travieso y coge una copa de champán. Sospecho que no es la primera.

La señora Blake le presenta la bandeja a Alessia con lo que solo puedo describir como una sonrisa hostil.

—Milady —dice con voz seca.

Alessia le da las gracias y coge una copa de champán.

Mientras miro a la señora Blake con el ceño fruncido —con la esperanza de haber malinterpretado su expresión gélida—, cojo un vaso de zumo de naranja.

La mujer se pone colorada.

—Me alegro de que esté de vuelta, milord.

—Gracias, señora Blake. Espero que tanto usted como su marido estén bien. —La miro con expresión elocuente, a lo que ella responde con una sonrisa dulce, así que a lo mejor me he imaginado la poca calidez con la que ha recibido a mi mujer…, aunque no nos ha dado la enhorabuena.

Maryanne nos echa los brazos por encima a los dos y nos lleva hacia la sala de estar, donde está preparada la mesa para un desayuno tardío.

Muy bien, vamos a hacerlo.

Y yo solo quiero llevarme a la cama a mi mujer.

Y follar y luego dormir.

Sin embargo, Henrietta, la novia de Tom, está aquí, y es genial verla. Es un rayo de luz al lado de la oscuridad pendenciera de su novio.

—Maxim, cómo me alegro por ti. Enhorabuena. —Me abraza.

—Henry, qué bien que estés aquí. Te presento a mi mujer, Alessia.

Alessia lleva la suciedad del viaje pegada en la piel, y aquí está, en el apartamento de Maxim, con… invitados. Sus amigos. Lo que le gustaría es darse una ducha rápida y cambiarse de ropa. Bajo la chaqueta negra hecha a medida, lleva su camiseta de «Es mejor en Basil's», la que Maxim le compró en un bar en Mustique, y unos vaqueros. Preferiría llevar algo más formal para sus amigos, pero dejarlos en este momento sería grosero.

Y estas mujeres van todas impecables.

Sobre todo Caroline.

—Hola, Alessia. Encantada de conocerte —dice Henry. Su voz es melodiosa, medida y dulce, y tiene la cara de un ángel enmarcada por ondas de color castaño claro. Sus ojos castaños son cálidos y rebosan sinceridad.

—¿Qué tal? —replica Alessia, sintiéndose cómoda con ella de inmediato.

—¡Ahí está! —dice Tom, que estrecha a Alessia en un abrazo de oso—. Espero que te esté tratando bien, Alessia. Le daré una paliza con una fusta como no sea así.

Alessia se echa a reír.

—Me alegro de verte, Tom.

—¿Cuándo fue la última vez que tuviste una fusta en la mano? —refunfuña Caroline—. Tus días de jugar al polo pasaron hace mucho.

Henry mira a Caroline con el ceño fruncido, y se hace un breve silencio, momento en el que Alessia se da cuenta de que Maxim y Joe también han fruncido el ceño.

—Alessia —la saluda Joe al cabo de unos segundos y la abraza—, estás estupenda. ¿Os lo habéis pasado bien? ¿Adónde fuisteis? Maxim se guardó todos los detalles. —Enseña unos dientes blanquísimos con una sonrisa contagiosa de oreja a oreja. Parece muy elegante con su traje…, y Alessia se da cuenta de que siempre debe vestir así, incluso los sábados.

Maxim la rodea con un brazo y la besa en la cabeza.

—Nos lo hemos pasado de maravilla. En Tirana y en Mustique, ahora que lo preguntas.

—Pues sí —se muestra de acuerdo Alessia con timidez—. Y en París.

—¡Eso parece divino! —exclama Caroline—. Espero que tengáis todos hambre. La querida señora Blake ha cocinado para un regimiento.

En cuanto me relajo con la situación, me parece un gesto muy bonito por parte de Caroline que haya organizado el desayuno tardío. Me gusta reconectar con mis amigos después de la luna de miel y presentarles a Alessia en un ambiente tan informal. Y es una alegría ver a Henry. Alessia también parece relajada, aunque tal vez solo esté cansada. Pero está dando buena cuenta de la tostada de salmón ahumado, huevo y aguacate mientras habla con Henrietta, que posee la rara habilidad de hacer que todo el mundo se sienta cómodo.

Incluido Tom.

Maryanne me dice que han venido todos desde Albania con Rowena en un avión privado.

—¿Privado?

—Sí.

—Hum…, me pregunto quién lo ha pagado.

—Seguramente tú —dice Caro mientras picotea de su comida.

De modo que mi madre sigue cargando sus excesos a las cuentas de la sociedad patrimonial.

Pues eso se le va a acabar pronto.

—Tus padres hicieron un trabajo estupendo con la boda, Alessia. Debo decir que ha sido el momentazo del año.

—Solo estamos en marzo, Tom —señala Caro.

Él pasa de ella.

—También me ha inspirado. —Se levanta y parece el tío pomposo y orgulloso de siempre—. Me complace muchísimo anunciar que Henry, estando loca como está, ha aceptado ser mi esposa. Nos hemos comprometido oficialmente. —Mira con una sonrisa de oreja a oreja a Henrietta, que le sonríe a su vez y se pone colorada bajo nuestra atenta mirada.

—Enhorabuena, colega —dice Joe al tiempo que levanta su copa—. ¡Por Tom y Henry!

Se oye un coro de felicitaciones, y nos turnamos para besarlos y abrazarlos a ambos.

—Por supuesto, tendrás que coordinar tu boda con Trevethick aquí presente, para cuando se case de nuevo —sigue Joe antes de beber un sorbo de champán.

—¿De nuevo? —preguntan Caroline y Maryanne a la vez.

Mierda.

—Bueno…, sí.

—¿Puedes hacer eso? —pregunta Henry con un leve ceño.

—Eso espero. Tendré que comprobarlo. Queremos casarnos aquí también. ¿No es así, Alessia? —Extiendo un brazo y ella me coge la mano, con el ceño un poco fruncido mientras asimila mi expresión aterrada. Maryanne y Caroline no pueden enterarse de las circunstancias cuestionables en las que se celebró nuestro matrimonio ni de que no hemos seguido el protocolo habitual.

—Sí, por supuesto —contesta Alessia—. Así los amigos de Maxim podrán estar con nosotros —añade con dulzura—. Nos hemos ada…, adaptado —dice y me mira, y creo que está comprobando que lo dice bien. Asiento con la cabeza y continúa—: Nos hemos adaptado a mis amigos y a mi familia, y ahora le toca a Maxim. También queremos honrar a su familia y amigos.

Alessia, eres una puta diosa.

Caroline entrecierra los ojos y bebe otro sorbo de champán.

—¿Otra boda? En fin, será estupendo. ¿En Londres, en Cornualles o en Oxfordshire?

—Acabamos de volver a casa de la primera, Caro. Danos un respiro —contesto.

Ella aprieta los labios, pero no replica. En cambio, se dirige a Alessia.

—Por supuesto, el personal de cada propiedad se muere por conocerte. ¿Montas a caballo? —le pregunta.

Alessia me dirige una miradita con los ojos oscurecidos, y a mi cabeza acude de repente una imagen de ella desnuda, sobre mí, con los pechos moviéndose y la cabeza echada hacia atrás mientras el pelo le cae por los hombros y tiene la boca abierta celebrando su pasión.

Joder.

Es excitante.

Mi dulce e inocente mujer.

Me ha mirado así a propósito.

—No —contesta Alessia, y tengo que ocultar la sonrisilla torcida. Caro desvía la mirada de Alessia para clavarla en mí antes de mirarla de nuevo, y casi espero que Alessia diga: «Solo a mi marido», pero por suerte no lo hace.

Tío, madura.

—En fin, a ver qué podemos hacer al respecto —masculla Caro.

—Caroline es una jinete consumada, como yo. Maxim no tanto. Claro que Kit y él jugaban al polo —tercia Maryanne.

—¿Tienes caballos? —Alessia me mira.

—Pues sí. En Oxfordshire —contesto—. Haremos ronda de visitas, no te preocupes.

*R*onda de visitas. ¿Qué quiere decir?

—Por las propiedades —añade Maxim en respuesta a su pregunta implícita—. Ya has estado en Cornualles. Tenemos otra en Oxfordshire. Y una en Northumberland, pero esa la tenemos alquilada a un estadounidense que hizo su fortuna en el sector tecnológico. No tengo ni idea de por qué no se compra una propiedad.

Alessia asiente con la cabeza mientras asimila la información. Él no había mencionado más propiedades durante toda la luna de miel.

Más tierras. ¡Más propiedades!

¿Cuánto dinero tiene su marido?

—Deberíamos irnos. Dejaros descansar un poco —anuncia Tom—. Pero tengo una petición.

Todas las miradas se clavan en él.

—Me perdí tu actuación épica al piano antes de la boda, Alessia, ya que estaba con Thanas en el hotel. ¿Podrías tocar para nosotros, por favor? Solo he oído cosas buenas.

—¡Oh, sí, por favor! —Henrietta da unas palmadas—. Me encantaría oírte. Joe no ha dejado de ponerte por las nubes.

Oh.

—¿Te sientes con fuerzas para esto? No tienes que hacerlo —se apresura a decirle Maxim.

—No, tranquilo. Ya sabes que me encanta tocar. —Sonríe, complacida de hacer algo por Tom después de lo mucho que ayudó en Albania. Se levanta de la mesa y se acerca al piano. Siente que todos se vuelven para mirarla.

¿Por qué está tan nerviosa?

Levanta la tapa que cubre las teclas y toma una honda bocanada de aire antes de sentarse en la banqueta. Decide lo que quiere oír y los colores que quiere ver, coloca las manos sobre las teclas y cierra los ojos. Se lanza a interpretar los arreglos para piano que Rajmáninov hizo de la *Partita n.º 3* de Bach. Sus dedos tocan las notas según van apareciendo en su cabeza en delicados rosas y lilas mientras el preludio resuena con delicadeza en la sala de estar, reconfortándola y consumiéndola hasta que forma parte de la música y de los colores.

No la había oído tocar esa pieza antes, y, como siempre, mi chica…, mi mujer, se pierde en la música, ofreciendo una actuación espectacular. Nuestros invitados están absortos, como era de esperar. Pero lo que más me gusta de su relación con la música es que se sumerge en ella. La absorbe por completo —no, la posee—, tanto que estoy convencido de que todos hemos desaparecido y de que solo están ella, el piano y esta maravillosa pieza.

Toca la última nota, que queda suspendida en el aire, envolviéndonos con su hechizo antes de que levante las manos de las teclas.

Nuestros invitados estallan en aplausos y se ponen en pie.

«¡Alessia, ha sido increíble!».

«¡Dios bendito!».

«¡Bravo! ¡Bravo!».

Alessia les sonríe con timidez mientras me acerco a ella y le pongo las manos en los hombros. Ella me aprieta una mano.

—Damas y caballeros, mi esposa. —Me inclino para darle un rápido beso—. Y, con ese dato, ¡es hora de que os marchéis a casa! Los dos estamos cansados de nuestros viajes.

—Sí, ya nos vamos —dice Tom.

—Gracias de nuevo —añade Joe mientras sale de la sala de estar.

La señora Blake está limpiando la cocina, y le doy las gracias antes de que Alessia y yo acompañemos a nuestros invitados a la puerta. Es cuando me doy cuenta, para mi sorpresa y deleite, de que mis fotos de paisajes están enmarcadas y colgadas de nuevo en las paredes.

Caro se despide con un abrazo.

—Lleva a Alessia a comprarse ropa, por el amor de Dios —me ordena al oído—. ¡O déjame a mí!

La suelto.

—Vale. Si crees que debo hacerlo…

—Sí. Es una condesa, por favor. No una universitaria. Llévala a Harvey Nicks.

Alessia frunce el ceño.

—¿Qué pasa? —pregunta.

—Deja que te lleve de compras, querida. —Abraza a Alessia, muy sonriente y dulce, y sale con el resto de la familia y de mis amigos mientras Alessia se vuelve para mirarme. Pero, antes de que pueda decir nada, me salva la señora Blake, que se acerca a la puerta.

—Ya está todo lavado. La cocina está recogida y lista con la comida que pidió. Hay que vaciar el lavavajillas. —Mira a Alessia de reojo—. Sé... Quiero decir..., espero que no sea un problema para usted..., milady —dice con retintín antes de apretar los dientes con lo que supongo que pretende hacer pasar por una sonrisa, pero que es más una mueca desdeñosa.

—Ya basta, señora Blake —digo con brusquedad, reprendiéndola, mientras le sujeto la puerta abierta—. Es hora de que se marche.

Alessia me pone una mano en el brazo, para impedir que siga hablando... No sé. Endereza la espalda y levanta la barbilla.

—Sí. Por supuesto. Gracias por su ayuda, señora Blake.

—Milord. Milady. —La mujer asiente con la cabeza, con expresión titubeante porque la han reprendido, y se marcha.

Joder, claro que sí.

L a cara de Maxim parece tallada en piedra mientras se despide del ama de llaves, pero a Alessia le encanta que se haya dado cuenta del tono condescendiente de la mujer. Él se vuelve para mirarla.

—Creo que voy a tener que hablar con la señora Blake.

Alessia lo rodea con los brazos y lo abraza.

Se ha dado cuenta y ha actuado en consecuencia.

Aunque a ella le gustaría librar sus propias batallas en el futuro. Está segura de que habrá más. Al fin y al cabo, Alessia era su limpiadora y comprende el resentimiento de la señora Blake.

Lo mira con una sonrisa.

—Es la criada de Caroline.

—Ahora decimos personal de servicio. Criada parece un poco… feudal.

—Yo era tu criada —susurra ella.

Maxim se inclina hacia ella y le frota la nariz con la suya.

—Y ahora yo soy el tuyo. —La besa y la pega a la pared, sin dejar de besarla hasta que ella se derrite—. Vamos a la cama —murmura con una voz ronca que le habla directamente a sus partes más íntimas.

—Sí —susurra ella.

Maxim está dormido junto a Alessia. Tiene los labios entreabiertos, con los párpados cerrados, la cara bronceada y relajada por el sueño. Es guapísimo. Alessia lo observa y se maravilla de lo joven que parece. Resiste el impulso de tocarlo y se vuelve para echarle un vistazo a la habitación. No tiene ni idea de la hora que es, aunque fuera todavía hay luz. La última vez que estuvo en ese dormitorio hicieron el amor y, cuando salió del apartamento, Anatoli la estaba esperando.

¡No pienses en él!

Se distrae observando la habitación desde la novedosa perspectiva de ser la esposa de Maxim. Es un espacio masculino: líneas rectas y muebles minimalistas en tonos plateados y grises. La única pieza recargada es el grueso espejo de marco dorado emplazado en la pared por encima del cabecero de la cama. Y en la pared contraria hay dos fotos de mujeres desnudas, de espaldas a la cámara, así que no son muy explícitas. Pero de todas maneras son eróticas y sensuales. Maxim le dijo que todas las fotografías del piso eran suyas; debió de hacer esas fotos.

«Querida, pero si se ha acostado con casi todas las mujeres de Londres».

Alessia suspira. Es algo que ya sabía: veía las pruebas cada semana en su papelera. Y luego estaba la muchacha del pub de Cornualles. No recordaba su nombre.

Pero ¿cuántas mujeres en esta cama?

Se estremece.

¡No pienses en eso!

Sin embargo, en momentos tranquilos como este, se pregunta si está a la altura de todas las que disfrutaron antes de ese placer. Resopla por la ironía: literalmente todas disfrutaron antes de ese placer.

La idea es desagradable y no quiere comerse la cabeza pensando en eso ni pasarse todo el día en la cama. No está cansada, de modo que sale sin hacer ruido de debajo de las sábanas y va al cuarto de baño para ducharse y eliminar los rastros del viaje y de los coletazos de su fabulosa luna de miel.

M e despierto con el sonido de la ducha en el cuarto de baño.

Alessia.

Mojada y desnuda.

La idea me excita de inmediato, y salto de la cama para reunirme con ella.

Está de pie debajo de la cascada de agua caliente, dándome la espalda mientras se lava el pelo. La melena le llega hasta la cintura, justo por encima de ese fantástico culo, mientras se frota con el champú. Me coloco detrás de ella y le pongo las manos en la cabeza para ayudarla a masajearse el cuero cabelludo.

—Mmm..., qué bien —gime.

Me detengo.

—¡Oh!

Alessia retrocede un paso y pega su cuerpo al mío, aunque lo más importante es que se la he apoyado contra la raja del trasero. Sonrío y ella vuelve la cabeza, me mira con una sonrisa traviesa y menea el culo, torturándome.

Ay, Dios.

—¿Quieres que siga?

—Sí, por favor.

Retomo la seria tarea de lavarle el pelo, repartiendo el champú por los largos mechones y desenredándoselos con cuidado. Ella levanta la cara hacia la cascada de agua para enjuagarse, y yo me echo un poco de gel en las manos, que froto para hacer espuma. Con suavidad, le extiendo el jabón por la delicada piel del abdomen y después por debajo del pecho, rozándole los pezones con la punta de los pulgares. Alessia jadea de placer y arquea la espalda, pegándose a mis manos.

Joder. Tiene unas tetas estupendas.

Le deslizo una mano por la piel, acariciando las delicadas líneas y los ángulos de su cuerpo mientras la enjabono. Con la otra mano sigo acariciándole y pellizcándole los pezones cada vez más endurecidos, abarcando la distancia de algo más de una octava mientras los atormento a la vez. A medida que se van agrandando bajo mis dedos, se me pone más dura.

—Tienes unas tetas preciosas, Alessia —susurro y le doy un tironcito del lóbulo de la oreja con los dientes. Bajo una mano y la deslizo por su sexo, acariciándole levemente el clítoris.

Ella gime, se echa hacia atrás y me rodea el cuello con los brazos, con la espalda contra mi pecho. Vuelve la cabeza y pega los labios a los míos.

Nos besamos. Con ardor. Con pasión. Es un duelo de lenguas cargado de deseo… y sigo teniendo la polla pegada a su culo.

Alessia me entierra una mano en el pelo al tiempo que echa la otra hacia atrás y me la agarra. Me la rodea con los dedos, apretando con fuerza, y empieza a acariciármela arriba y abajo despacio. Despacísimo, joder. Torturándome. Siseo y me quedo sin aliento antes de obligarla a avanzar hasta que tiene el torso pegado a los azulejos oscuros.

—Ahora ya estás limpia, así que vamos a ensuciarte.

Me la suelta con la boca entreabierta y los ojos oscurecidos por la pasión para apoyar las manos en los azulejos.

—¿Lo hacemos? ¿Aquí, así? —le pregunto.

—Mmm…

—¿Eso es un sí?

Menea el trasero contra mí, y sonrío.

—Me lo tomaré como un sí.

Con cuidado, la penetro con un dedo. Está mojada. ¿De antes? ¿De ahora? Me da igual. Está lista. Para mí. Tiro de sus caderas hacia atrás.

—Sujétate bien. —Y despacio, muy despacio para que no pierda el equilibrio, la penetro mientras ella sale a mi encuentro.

¡Sí!

La sujeto de las caderas mientras se la saco y la penetro de nuevo, disfrutando de cada puto centímetro de mi mujer. Ella gime con fuerza y echa las caderas hacia atrás, y yo lo interpreto como una señal y aumento el ritmo, embistiendo con ganas.

Más fuerte. Más rápido.

Una y otra vez. Disfrutando de su cuerpo a mi alrededor. Mientras los dos vamos ascendiendo. Cada vez más alto.

De repente, siento que sus músculos internos se tensan y apoyo una mano en la pared por encima de las suyas.

—¡Ah! —chilla antes de estallar en un orgasmo, llevándome con ella. Grito su nombre y la abrazo mientras me corro…

Después nos dejamos caer al suelo bajo el torrente de agua.

Qué te ha parecido? —pregunta Maxim mientras le aparta el pelo mojado de la cara antes de besarla en la sien.

—Bien. Muy bien. —Alessia sonríe.

—Sí. Lo mismo digo. Creo que hacerte el amor se ha convertido en mi pasatiempo preferido.

—Es…, hum…, digno… ¿Se dice así? Un pasatiempo digno.

Él se echa a reír.

—Se entiende. Muy digno. —La rodea con los brazos y la pega contra su cuerpo—. Me alegro muchísimo de que estés aquí, a salvo conmigo.

—Yo también me alegro.

—Cuando pienso en lo que podría haber pasado… —Maxim deja la frase en el aire.

Alessia se vuelve para besarlo.

—Estoy aquí. Estoy a salvo. Contigo.

La besa en la frente.

—Bien.

Sin querer, la imagen de Bleriana, una de las chicas víctimas de la red de trata de personas como Alessia, acude a su mente. Se hicieron amigas en la parte trasera del camión que las llevó al Reino Unido. Creían que iban a trabajar.

O, Zot. *Bleriana solo tenía diecisiete años.*

Alessia frunce el ceño mientras intenta calmar su ansiedad y su sentimiento de culpa.

¿Bleriana también había escapado?

¿La habían atrapado Dante e Ylli?

La idea es aterradora.

—Oye, ¿qué pasa? —pregunta Maxim.

Ella menea la cabeza, intentando desprenderse de esos pensamientos. Ya le dará vueltas a eso más tarde cuando esté a solas y así no preocupará a Maxim en este momento.

Ya ha hecho bastante.

—Creo que vuelvo a estar limpia. —Sonríe.

Él se echa a reír.

—¿Tienes hambre?

Alessia asiente con la cabeza.

—Bien. Salgamos a comer.

11

Es domingo por la mañana bien temprano. El aire es frío y cortante. Los árboles siguen hibernando y sin hojas mientras corro por Battersea Park. Es esa hora del día en la que el parque solo pertenece a los paseadores de perros y a los corredores. El cielo está plomizo y amenaza lluvia, pero el aire frío crepita de energía. El parque está despertando tras el largo invierno y la primavera se atisba en el horizonte. Mientras encuentro mi ritmo, poniendo un pie tras otro, se me despeja la mente. Es genial estar fuera con el rápido ritmo de lo-fi house sonando en los auriculares mientras respiro el aire de Londres a grandes bocanadas. Lo he echado de menos.

He dejado a Alessia acurrucada en la cama, y disponemos de todo el día para disfrutarlo. Solo tenemos que deshacer el equipaje y acomodarnos de nuevo en el apartamento.

Mientras corro, me doy cuenta de que durante las últimas semanas no he pensado en nada que no fuera encontrar a Alessia, después en la boda y luego en nuestra luna de miel. Ahora tengo que averiguar cómo va a ser nuestra vida de casados.

Y no tengo la menor idea.

No creo que Alessia la tenga tampoco.

¿Nos quedamos en Londres?

Vamos a necesitar una casa aquí. Pero podríamos mudarnos a Cornualles o a Oxfordshire, aunque no tengo claro que a

Alessia le guste Angwin, ya que la propiedad cuenta con más personal que Tresyllian Hall porque está abierta al público.

A lo mejor deberíamos tener niños.

Un heredero y un suplente.

¿Un niño como Alessia?

¿Una niña como Alessia?

Joder. Todavía no.

Somos todavía jóvenes.

Mañana iremos a ver al abogado que nos ayudará con el tema del visado. Después podremos tomar decisiones.

Sí.

Mañana será el momento de tomar decisiones. Pero disfrutaremos del día de hoy.

A lessia se despierta sola. Hay una nota de Maxim en la almohada.

> *He salido a correr.*
> *Vuelvo pronto.*
> *Te quiero, Mx*

Alessia sonríe al recordar que tenía que recoger la ropa sudorosa de deporte del suelo después de que saliera a correr. Y luego estaban las notas que encontraba arrugadas en el suelo. Normalmente eran números de teléfono. ¿De mujeres?

O, Zot. Frunce el ceño e intenta pasar del tema.

No le des vueltas, Alessia.

Se despereza, sintiéndose muy descansada, y se levanta de la cama. Es hora de deshacer las maletas y de limpiar el apartamento.

Lo de siempre, lo de siempre.

Sonríe, otra vez de buen humor.

Y puede prepararle el desayuno a Maxim, quizá hornear un

pan tierno, siempre y cuando la señora Blake no mintiera cuando aseguró que había comprado los básicos que pidieron mientras estaban de luna de miel. Feliz, entra en el cuarto de baño para ducharse.

Maxim regresa cuando ella está deshaciendo su maleta en el dormitorio de invitados. Sonriendo porque por fin ha vuelto, se queda quieta y aguza el oído mientras él entra en su dormitorio, pero luego lo oye correr por el pasillo con cierta urgencia hacia la cocina antes de mirar en la sala de estar.

—¡Alessia! —grita con evidente pánico.

O Zot! *¡No!*

—Maxim, ¡estoy aquí! —Sale del dormitorio de invitados y lo ve al final del pasillo. Él deja caer los hombros, aliviado, y se pasa una mano por el pelo húmedo.

—No me hagas esto. Creía…, creía que no estabas. —Se le apaga la voz mientras echa a andar hacia ella, con una expresión cautelosa en la cara.

—Yo… —Alessia no sabe qué decir. No tenía intención de preocuparlo, y el corazón se le derrite al verlo tan alterado. Pero ¿por qué ha creído que no estaba? Se siente desconcertada, pero él no le pide explicaciones y la estrecha entre sus sudorosos brazos con fuerza.

—No vuelvas a hacerme esto —insiste, enfatizando cada palabra, y la besa en la coronilla—. La última vez que no te encontré, ese cabrón te había secuestrado.

¡Oh!

Maxim suelta el aire como si estuviera liberándose de la tensión, pero sigue con los labios apretados, así que ella sospecha que también se siente un poco molesto.

—Voy a ducharme —dice, enfurruñado, y echa a andar hacia el dormitorio, dejándola presa del sentimiento de culpa en el pasillo.

O Zot. O Zot. O Zot.

Lo último que quiere hacer es alterarlo, pero ha actuado sin pensar.

—Joder —masculla y decide dejar la maleta para meterse en la cocina.

Con la ayuda de una botella de vino porque no hay rodillo, extiende la masa que había preparado antes y la corta para formar bolitas que coloca en la única bandeja de horno que encuentra. Tendrán que comprar más utensilios de cocina si va a cocinar ahí. Frunce el ceño, porque no sabe si Maxim estará dispuesto a pagar por eso. No han hablado nada de dinero. Ella tiene el que ganó limpiando, nada más, y va menguando. Durante su luna de miel, Maxim lo pagó todo. Sabe que tendrá que sacar el tema en algún momento, pero no cómo hacerlo.

Sumida en sus pensamientos, mete la bandeja en el horno; lava y seca el cuenco que ha usado y después pone la mesita redonda para dos personas. Cuando vuelve al horno para comprobar cómo va el pan, se sobresalta al ver que Maxim la está observando. Está apoyado en el marco de la puerta, con una camiseta blanca de manga larga y unos vaqueros negros con un roto a la altura de la rodilla. Sus preferidos. Tiene el pelo alborotado y mojado, y sus ojos brillan con un verde primaveral en contraste con su bronceada cara. Toma aire, absorbiendo su imagen.

Es guapísimo.

Y suyo.

Maxim le quita el aliento, pero tiene una expresión impenetrable y permanece callado mientras la inmoviliza con la mirada.

Ella traga saliva.

—¿Estás enfadado conmigo?

—No. Estoy enfadado conmigo mismo.

—¿Por qué?

—Porque me he pasado. —Le levanta la barbilla mientras la

mira a los ojos—. Estaba… nervioso. —La besa con dulzura en los labios—. No es una sensación que me guste.

—Lo siento. No lo pensé. —Lo rodea con los brazos con tiento y pega la mejilla a su torso. Él le apoya la barbilla en la cabeza, estrechándola con fuerza y aspirando su aroma.

—Hueles de maravilla —susurra él.

—Tú también. Limpio.

Nota que Maxim sonríe y se relaja cuando la besa en el pelo. Le toma la cara entre las manos y se la levanta para besarla en los labios.

—Necesito saber que estás a salvo.

—Estoy a salvo. Contigo.

La besa, un beso tierno, húmedo y cálido, y ella se rinde a su habilidosa lengua. Maxim apoya la frente en la suya y suelta el aire.

—¿Lo que huelo es pan haciéndose en el horno?

Sonríe al oírlo.

—Sí. Es pan de burbujas.

La sonrisa que esboza la deslumbra.

—Tu padre me advirtió.

—¿Mi padre?

—Sí. Me dijo que me harías engordar.

—Solo lo prepararé los domingos.

Maxim se echa a reír, recuperado el buen humor.

—Buena idea.

Alessia toma una honda bocanada de aire.

—Pero voy a tener que salir. A comprar comida.

—Lo sé. Lo sé. Claro. Estoy haciendo el tonto. —Del bolsillo trasero se saca la llave que le dio no hace tanto tiempo—. Pero dime dónde estás. Por favor.

Alessia acepta la llave.

—Gracias. —Examina el llavero de cuero—. ¿Qué es este sitio…, Angwin House?

—Es nuestra propiedad en Oxfordshire. Iremos a finales de

semana si te apetece. Hoy mismo. Podemos plantarnos allí en nada de tiempo si quieres.

Se sienta a la mesa y Alessia coge un paño de cocina para sacar el pan del horno mientras asimila la información.

—¿Qué estabas haciendo en el dormitorio de invitados?

—Estaba deshaciendo el equipaje. Mi ropa. No hay sitio en tu vestidor.

—Oh, entiendo. —Aprieta los labios—. Deberíamos buscar un sitio más grande para los dos.

Alessia lo mira boquiabierta.

—Tengo unas cuantas propiedades —dice, en respuesta a su pregunta implícita—. Hablaré con Oliver para ver qué está disponible.

¿Otra casa? ¿Así sin más?

Alessia frunce el ceño, consternada.

—¿Qué pasa?

—¿Cuánta tierra…, hum…, propiedades posees?

—Personalmente, no muchas. Todo está ligado a la Sociedad Patrimonial Trevethick, y eso quiere decir que las tres grandes propiedades, y todas las inversiones, forman parte de un fideicomiso. El fideicomiso es el propietario legal de todo, y Kit, Maryanne y yo éramos los fideicomisarios. Ahora que Kit ya no está, solo somos Maryanne y yo…, pero, dado que soy el conde, se me considera como dueño y beneficiario. ¿Tiene sentido?

Alessia me mira sin comprender.

—Es complicado —admito, a sabiendas de que cuesta entenderlo—. Básicamente, la sociedad patrimonial posee muchas propiedades y percibe rentas por el alquiler de todas las residencias, los locales comerciales y los edificios de oficinas que tiene.

—Oh… —dice Alessia—. ¿Y tu trabajo es…, hum…, dirigirlo?

—Oliver, a quien conociste a través de la ventanilla de un coche, es el director ejecutivo de la Sociedad Patrimonial Trevethick. Él se encarga de todo en el día a día. Yo soy su… jefe. Era el trabajo de mi hermano, y Kit tenía los conocimientos empresariales para el papel. Yo sigo aprendiendo.

Se me agria el buen humor. Este es el problema que tengo con ostentar el título. No me han educado para hacerlo, mientras que a Kit se le daba muy bien. No solo eso, sino que tenía la sagacidad financiera para aumentar también nuestras fortunas individuales.

Joder, no quiero pensar en esto ahora.

—Oye, es nuestro último día de vacaciones —añado—. Disfrutémoslo. Podemos ir en coche a Angwin. Está a unas dos horas. Echaremos un vistazo. Mañana comenzará el trabajo. —Cojo una de las bolitas de pan que Alessia ha puesto en la mesa—. Tenemos que encontrar otra casa. Conseguirte un visado para que puedas quedarte aquí. Volver al trabajo.

Esas son tres palabras que jamás me he imaginado pronunciando.

Meneo la cabeza medio disgustado conmigo mismo y unto la bolita con mantequilla que veo derretirse, tras lo cual le añado un poco de mermelada de grosellas negras y le doy un bocado.

Dios, qué bueno está esto.

Alessia me pone una taza de café delante y se sienta.

—Vale. Me encantaría ver Angwin.

Sonrío.

—Que sepas que podría acostumbrarme a esto. —Y levanto una bolita del pan para saludar a mi mujer.

—No te queda alternativa. —Alessia sonríe, ufana.

—Pero a ti sí. Sabes que no tienes que hacer esto. Podríamos salir a comer o contratar a alguien para que nos eche una mano.

—Quiero hacerlo. Por ti. Es mi trabajo.

Y ahí está, su mentalidad y nuestras diferencias culturales.

No conozco a ninguna mujer como ella. Ha servido a los hombres de su vida durante años y eso limita sus expectativas. Nunca creí que me casaría con una mujer tan dócil. ¿Lo superará alguna vez?

A ver, me gusta que quiera cuidarme.

Colega.

Vale, me encanta que quiera cuidarme.

Sin embargo, deseo que Alessia tenga alternativas. Cuanto antes nos mudemos a un lugar más grande, mejor. Podemos contratar a alguien que eche una mano y ella no tendrá que hacer esto. Además, hay casas que organizar, propiedades que supervisar y personas a las que dirigir.

Colega, es mucho.

—No sé qué haría si no cocino ni limpio para ti —añade mientras le da un bocado a una bolita que ha untado de mantequilla.

—Seguro que estarás muy ocupada en cuanto te acomodemos en el papel de condesa.

Alessia pone los ojos como platos.

—¿Qué quiere decir eso?

—Personal que dirigir, casas que administrar, eventos que organizar y a los que asistir.

Jadea y a sus ojos oscuros asoma una expresión alarmada.

—Lo siento. —Me encojo de hombros—. Va con el puesto. No pongas esa cara. Lo harás bien.

—¡Creo que necesito clases! —exclama ella.

—¿Clases? —Y el desdeñoso ofrecimiento de mi madre de la «escuela de protocolo y etiqueta» me viene a la cabeza sin querer.

—Sí. Tiene que haber algo que pueda leer o… una academia a la que pueda… —Deja la frase en el aire.

—¿Lo dices en serio?

—Sí —contesta con rotundidad.

—En fin, seguro que encontramos algo. Si quieres. Si hace que te sientas más segura.

Sonríe.

—Sí. Eso es justo lo que necesito.

—¿Estás convencida?

—Sí. No nací en esta… vida. No quiero decepcionarte.

Me echo a reír.

—Eso debería decírtelo yo a ti. Eres perfecta tal como eres, pero podríamos buscar algún centro donde impartan clases si es lo que quieres.

Alessia sonríe con los ojos brillantes.

Clases de protocolo.

¿Cómo lo sabía mi madre?

—Desharé el equipaje. —Cambio de tema, molesto por el hecho de que mi madre tuviera razón—. Después podemos ir a Angwin. Ir de compras, salir a comer, lo que te apetezca.

Alessia asiente con la cabeza.

—Sí, eso me gustaría. Y ya he deshecho tu equipaje.

—Ah, gracias.

—Me gustaría ir a comprar. Necesitamos…, hum…, utensilios de cocina.

—No había caído en eso. Sí, supongo que es verdad. No se me da muy bien cocinar.

—Preparas buenos desayunos.

Sonrío al recordar el tiempo que pasamos en Hideout.

—Pues sí. Vale. Seguramente Peter Jones sea el mejor sitio. Nunca he comprado nada de eso. Podríamos mirar en internet. También podríamos comprarte ropa nueva. Lo que me recuerda…

Maxim se pone de pie y sale de la cocina para volver poco después con cuatro sobres dirigidos a Alessia Trevelyan. Alessia los mira y los hace girar en sus manos.

¿Qué puede ser?

—Pedí que lo arreglaran todo mientras estábamos fuera.

Tarjetas bancarias. Y sus códigos PIN. Vas a necesitarlas. Una es de débito. La otra es de crédito.

—¿Dinero? —pregunta mientras lo mira—. ¿Para mí? —No se lo cree.

—Sí, para ti. Tarjetas mágicas, una vez dijiste que era cosa de magia. No lo son, eso lo tengo que recalcar. Así que no te vuelvas loca. —La mira con una sonrisa torcida.

Y así sin más se resuelve el problema del dinero.

—Gracias —dice ella.

—No tienes por qué agradecérmelo. —Maxim frunce el ceño—. Eres mi mujer.

Y una vez más Alessia intenta contener el pánico que le provoca su buena suerte…, cuando piensa en lo que pudo haber pasado. Una imagen de Bleriana aparece en su cabeza de nuevo, y sus pensamientos se vuelven más truculentos.

¿Dónde está?

¿Está bien?

¿Podría encontrarla?

—Yo recojo los platos —dice Maxim, interrumpiendo sus pensamientos.

—No. No, de eso nada. Lo hago yo.

Maxim se echa a reír.

—No pienso discutir. Puedo recoger los platos. Y meterlos en el lavavajillas. Hagamos una visita sorpresa a Angwin cuando termine. —Se pone en pie con el plato de su desayuno y la taza en las manos.

Angwin está situada en las colinas de Cotswold, cerca de Chipping Norton. Abandono la carretera para atravesar el portón principal de entrada y el Jaguar recorre el majestuoso camino flanqueado de hayas que lleva hasta la mansión.

—Guau —murmura Alessia cuando ve la casa en todo su esplendor palladiano, con sus cuatro columnas corintias y el impresionante frontón. Entre las hayas con sus ramas desnudas, domina el paisaje domesticado con su piedra de color miel.

—Sí, eso es Angwin.

Me sonríe con una expresión asombrada en la cara muy apropiada.

Dejo el coche en el aparcamiento de visitantes, que me complace ver que está bastante lleno. Normalmente, aparcaría en la parte posterior de la casa, cerca de los establos, pero quiero que nuestra visita pase desapercibida. No he advertido a nadie de que vamos a ir y no quiero abrumar a mi flamante condesa.

—¿Lista? —le pregunto al apagar el motor. La sonrisa de Alessia es respuesta más que suficiente. Una vez fuera del coche, la cojo de la mano y echamos a andar por el camino hasta la mansión—. Mira allí. —Le señalo el punto en el que el camino se bifurca a la izquierda, hacia el bullicioso jardín botánico construido donde se alzaba el extenso huerto de la cocina original tras el cual hay un parque infantil y una granja en la que se puede tocar a los animales, todo muy popular con los lugareños y sus hijos. Y también es un destino para turistas durante las vacaciones escolares. Uno de nuestros arrendatarios proporciona las ovejas, las vacas y los cerdos para la granja, y se unen a nuestras tres alpacas y cuatro burros. Todos animales rescatados, una de las pasiones de Maryanne.

—¿No hay cabras? —pregunta Alessia, con los ojos chispeantes por la risa.

Suelto una carcajada.

—No creo. Si quieres, vamos a comprobarlo. A lo mejor podríamos conseguir alguna solo para ti.

Nos detenemos en la pequeña taquilla, que está ocupada por alguien a quien no conozco.

—Buenas tardes —saluda el muchacho.

—Dos entradas, por favor. —Parece más fácil comprar las entradas que explicar que soy el dueño de la casa.

Me las da y yo paso la tarjeta por el datáfono.

Alessia sonríe.

—¿Tienes que pagar?

Me echo a reír.

—Normalmente no. Pero no conozco a este chico.

Paseamos con tranquilidad por el camino hacia la mansión. A través de los árboles podemos ver la orilla del primero de los dos lagos, y, entre las vegetación silvestre, atisbo dos fochas y algunos patos que se dirigen a la orilla.

—¡Cisnes! —exclama Alessia, encantada, al ver a nuestra pareja de cisnes mudos, que cruzan con porte majestuoso las calmadas aguas, con las níveas alas plegadas como velas.

—Sí. La pareja lleva con nosotros unos diez años o así. Creo que Kit los llamaba Triumph y Herald, aunque no sé cuál es cuál.

—Nombres grandiosos. Son preciosos.

—Sí que lo son. Kit estaba obsesionado con los coches, sobre todo con los clásicos. De ahí los nombres. —Me río de lo que acabo de decir. Alessia no tiene ni idea de coches británicos antiguos—. Que sepas que se emparejan de por vida —añado al tiempo que me vuelvo hacia ella con una sonrisa deslumbrante.

Ella sonríe y levanta la barbilla, de buen humor, pero altiva.

—Sé de cisnes.

Pues claro que sí.

—Esta pareja cría sus polluelos aquí cada año.

Y algún día nosotros también criaremos aquí a nuestros hijos.

La idea me sorprende y me complace.

Algún día.

Me da un apretón en la mano y me pregunto si está pensando lo mismo.

En la parte delantera de la casa se encuentra el impresionante prado, que tiene alrededor de una hectárea. La hierba de la mitad más cercana está cortada a rayas. Está rodeado de vetustos robles, álamos, hayas y el lago. Es un entorno espectacular, ahora que lo observo.

—Bueno, ¿cualquiera puede venir? —me pregunta Alessia mientras contempla el paisaje desde los escalones de entrada a la mansión.

—Sí, siempre que paguen. No es mucho dinero si solo quieres hacer uso de los jardines. Es muy popular en verano. Para hacer pícnics. Detrás de la casa hay establos. Les proporcionamos caballerizas a los lugareños con caballos y una amiga de Caroline dirige una academia de equitación desde aquí. Maryanne y Caroline tienen aquí a sus caballos. Vamos, te enseñaré el interior.

Alessia sigue a Maxim mientras él sube a paso vivo los escalones de piedra y atraviesa la puerta de doble hoja que da a un impresionante vestíbulo. Hay estatuas en pequeñas hornacinas y recargadas molduras de escayola por toda la estancia, incluso en el techo. Alessia siente una opresión en el pecho mientras intenta asimilar la grandiosidad de un espacio que solo es la simple entrada a la enorme casa.

Tras el mostrador de recepción, hay dos mujeres y la más joven levanta la cabeza y los saluda.

—Hola, ¿han venido para hacer la visita? —les pregunta.

Maxim se echa a reír, y la mujer de más edad levanta la cabeza.

—¡Ay, por favor! ¡Maxim! —exclama—. Quiero decir, milord.

—Hola, Francine, ¿cómo estás?

—No me va mal, milord. —Rodea el mostrador para sorpresa de su compañera.

—Por favor, llámame Maxim. Es mi nombre. Ya te lo dije la última vez que estuve aquí.

—Lo sé, milord, pero estoy chapada a la antigua. —El afecto que siente por Maxim es evidente mientras lo mira con una sonrisa.

Maxim rodea a Alessia con un brazo y la pega a su cuerpo.

—Francine, quiero presentarte a mi esposa, Alessia.

—¡Su esposa! —exclama la mujer—. ¡Vaya, lady Trevethick! Es un placer conocerla.

Alessia le tiende la mano y Francine se la estrecha con ganas.

—Lady Caroline dijo que se había casado. Mi enhorabuena a los dos, milord.

Caroline. ¿Ha estado aquí?

—Gracias.

—Ojalá nos hubiera avisado de que venían…

Maxim levanta una mano para interrumpirla.

—Ya vendremos para hacer las presentaciones como es debido más adelante. Solo quería que mi mujer echara un vistacillo por la casa. Que pudiera hacerse una idea de en lo que se ha embarcado.

Francine suelta una carcajada amable y mira a Alessia con un brillo risueño en los ojos.

—Conozco a Su Ilustrísima desde que era un adolescente.

Maxim la interrumpe rápidamente.

—Tú eres nueva —le dice a la más joven, que sigue detrás del mostrador.

—Es el conde. El dueño —le masculla Francine a su compañera—. Le presento a Jessica. Lleva con nosotros unas tres semanas.

La mujer más joven se pone en pie, aturullada.

—Lo siento, señor. Maxim. Esto…, milord.

—Bienvenida a Angwin, Jessica. —Maxim le tiende la mano y Alessia hace lo mismo, estrechando la mano lacia y sudorosa de Jessica y dándole un apretón para tranquilizarla.

Jessica agacha un poco la cabeza a modo de breve saludo, y Alessia se pone colorada.

—Vamos a dar una vuelta —dice Maxim.

—Por supuesto, señor —contesta Francine con una sonrisa enorme—. Avisaré a la señora Jenkins de que está aquí.

Atraviesan una puerta que hay en un lateral del vestíbulo y que da a un pasillo atestado de cuadros.

—¡No me dijiste que era tan guapo! —oyen que le reprocha Jessica a Francine.

Alessia mira a Maxim con una ceja levantada, y él se encoge de hombros y se echa a reír.

Alessia guarda silencio mientras conduzco por Chipping Norton, de vuelta a Londres, a casa. Extiendo un brazo y le tomo una mano con la mía.

—Es mucho. Lo sé.

Ella asiente con la cabeza.

—No me había imaginado que sería tan… grande. Más grande que…, hum…, Tresyllian Hall, en Cornualles.

—Sí. Es la propiedad de más tamaño que poseemos en cuanto a la extensión de la casa y de las tierras. La mayor parte es tierra de labor…, agricultura ecológica, por supuesto. Mi padre fue un adelantado a su tiempo. Y un activista de la ecología a finales de la década de los setenta.

Siento que el corazón se me hincha y que se me forma un nudo enorme en la garganta. Lo echo de menos.

A mi padre.

Y a Kit.

Carraspeo.

—Angwin se administra prácticamente solo porque el personal a cargo es excelente.

—Pero no vives allí.

—No. Pasamos una temporada de vez en cuando. Como has visto, tenemos un apartamento en la mansión. Pero nada más. Siempre he pensado en Angwin como en un monumento histórico y un servicio para la comunidad. Está abierto al público, y los visitantes pueden recorrer la casa y ver cómo vivía la nobleza en el campo. Y pueden disfrutar de la colección de arte...

Alessia asiente con la cabeza.

—Hay muchísimas habitaciones...

—Sí, lo sé. El mantenimiento de la mansión cuesta un dineral. Pero hemos conseguido conservarla y no dejarla morir.

Me mira con una sonrisilla, y siento un cosquilleo en la cabeza mientras me pregunto qué está pensando.

¿Nos está juzgando? ¿A mi familia?

¿La riqueza?

Mierda.

—¿Estás bien? —le pregunto.

—Sí. Sí, claro. Estoy un poco..., hum..., abrumada. Pero te agradezco que me hayas enseñado tu... otra casa. Queda claro que tu personal te admira.

¿Qué?

No me esperaba esas palabras.

—¿Tú crees?

Sonríe con más calidez.

—Sí. Todos. Son... leales. ¿Es la palabra correcta?

Resoplo.

—Sí. Supongo, pero no sé si pienso lo mismo. Creo que todavía no se han decidido.

—Creo que quieren que tengas éxito.

Una calidez desconocida se expande por mi pecho. Elogios por parte del personal, eso es nuevo. Normalmente reservaban los halagos para Kit.

—Yo era el réprobo de la familia —mascullo mientras sigo dándole vueltas al comentario de Alessia—. Kit era el hermano equilibrado, maduro y trabajador, pero, claro, él no tuvo alternativa.

—¿Réprobo? —pregunta ella.

—Sin duda. —La miro con mi sonrisa más traviesa con la esperanza de aligerar el ambiente y es un alivio comprobar que funciona.

Se echa a reír.

—Pon música. —Señalo la radio, y Alessia empieza a cambiar de emisora.

A la luz del pequeño dragón, Alessia observa a Maxim mientras duerme. Parece más joven cuando duerme. Le aparta con cuidado el pelo de la frente y le da un beso. Se vuelve y se tumba de espaldas, con la mirada clavada en los cambiantes y desdibujados reflejos del techo, y solo atina a pensar en cómo es posible que una única familia pueda poseer tantas propiedades.

Y ahora forma parte de ella.

Tiene tanto cuando otros muchos… no.

Cierra los ojos para no ver los reflejos del techo y para aplastar el insistente sentimiento de culpa.

12

¡Bleriana! La dulce y joven Bleriana está al otro lado de las puertas cerradas del recargado vestíbulo de Angwin House. Intentando entrar. Sacude la puerta.

Golpea con los puños el cristal de la puerta de doble hoja.

El cristal.

Romperá el cristal.

Está gritando. Pero Alessia no puede oír una sola palabra.

Alessia intenta sin éxito abrir la puerta.

Y detrás de Bleriana..., Dante e Ylli salen de la oscuridad.

Con bolsas negras de plástico abiertas y preparadas.

Alessia cae en una oscuridad asfixiante.

Bleriana grita.

—¡Alessia! ¡Alessia! ¡Despierta! —La voz aterrada de Maxim penetra el terror de Alessia y la lleva hacia la luz desde las profundidades de su pesadilla. Con el corazón desbocado, abre los ojos mientras el miedo asciende desde el pecho y le provoca un enorme nudo en la garganta para ahogarla.

Maxim.

Su salvador.

Maxim.

Esos brillantes ojos verdes la miran a la cara, rebosantes de preocupación.

—¿Estás bien?

—Era un sueño, un mal sueño —murmura Alessia, que se estremece cuando Maxim la estrecha entre sus brazos.

—Estás conmigo —susurra él, que la abraza con más fuerza y la envuelve con gesto protector con el cuerpo. La besa en la frente.

Su desbocado corazón se va calmando mientras se aferra a su querido querido esposo y aspira su reconfortante olor: gel, sueño y Maxim.

—Mmm —murmura.

—Tranquila —susurra él en la penumbra y se tumba con ella en los brazos—. Duérmete, cariño.

Alessia cierra los ojos y, mientras su miedo se abate, se queda dormida una vez más.

Es mi primer día en el trabajo después de los tumultuosos sucesos de las últimas semanas. Cuando el taxi se detiene delante de la puerta principal, me pregunto qué deparará esta jornada. Sigo inquieto por el grito angustiado de Alessia en mitad de la noche, su grito pidiendo auxilio en mitad de la pesadilla. Parecía bien esta mañana y no recordaba qué había soñado, pero me preocupa que el trauma vivido empiece a mostrar sus efectos. Siempre parece estoica, pero, quizá ahora que está a salvo, empiece a pasarle factura todo lo que ha soportado de un tiempo a esta parte.

Tío, que solo es una pesadilla.

Inspiro hondo, aparto estos pensamientos, le pago al taxista y subo los escalones de entrada del edificio de oficinas.

La recepcionista me saluda con una sonrisa alegre.

—Buenos días, lord Trevethick.

—Buenos días, Lisa.

—Y enhorabuena, milord. Por su boda.

—Gracias.

Atravieso la zona de oficinas, llamo a la puerta de Oliver y entro. Sonríe de oreja a oreja; si no me equivoco, se alegra de verme.

—Maxim. Bienvenido y enhorabuena. —Se pone en pie y me tiende la mano.

—Gracias, Oliver. —Nos damos un apretón, y me alegro de que él haya estado cuidando el fuerte—. Y gracias por restaurar las fotografías de mi apartamento.

—¡Se ha dado cuenta! Ha sido un placer. Tiene buen ojo. ¿Ha disfrutado de una luna de miel relajante?

Sonrío.

—Pues sí, gracias.

—Tenemos una agenda muy apretada, así que creo que deberíamos ponernos manos a la obra.

—Sí, claro. Pero antes quiero tomarme un momento. He decidido que ya es hora de trasladarme al despacho de Kit.

—Muy bien, señor —dice Oliver con tiento y señala hacia la puerta de la sagrada estancia que era el dominio de mi hermano y de mi padre—. Si necesita algo —añade—, aquí me tiene.

—Gracias.

Cruzo la estancia, aferro el pomo de latón y abro la puerta del santuario. Inspiro hondo para calmarme y entro mientras me asalta una oleada de nostalgia. El olor, el ambiente, la decoración…, es todo típico de Kit.

Es un mazazo de recuerdos.

Una pared está llena de libros y de varios objetos: una pelota de polo y trofeos; una maqueta de un Bugatti Veyron; el escudo de armas familiar y algunos trofeos de los rallies en los que había participado. En la pared detrás de la mesa hay cuadros, fotos, diplomas y bocetos, incluido un enorme daguerrotipo de Tresyllian Hall, en Cornualles. A su lado está mi recreación fotográfica en blanco y negro, que hice con la Leica. Extiendo un brazo para enderezar mi imagen y me acuerdo de que Kit siempre apoyó que me dedicase a la fotografía.

La mesa es muy recargada, tallada y con un tapete de cuero negro grabado. Sobre ella hay más fotos con marcos dorados de nosotros, de Caroline y de Jensen y Healey, sus queridos setters irlandeses. Deslizo un dedo por la fría y pulida madera antes de intentar abrir los cajones. Están todos cerrados.

Alguien llama a la puerta, tras lo cual entra Oliver.

—Va a necesitarlas. —Me enseña un juego de llaves, que deja sobre la mesa.

—Gracias.

Echa un vistazo por el despacho.

—Hace bastante que no entro. —Mira la foto en la que Kit le estrecha la mano a algún dignatario que no conozco y después me mira a mí.

—También lo echas de menos. —Es una afirmación que me provoca una opresión en el pecho.

—Sí —confirma y carraspea—. Esas llaves deberían abrir los cajones de la mesa y de aquel archivador.

—¿Empezamos con la reunión? Podemos tenerla en la preciosa mesa de estilo Reina Ana aquí.

Oliver se echa a reír.

—Iré a por mi cuaderno.

Suelto el aire mientras me quito el abrigo y lo cuelgo en el perchero, pensando en cómo la muerte de Kit ha afectado a tantas personas, Oliver incluido.

—¿Cuál es el primer punto de la agenda? —le pregunto cuando vuelve.

—Tal vez debería emitir un comunicado de prensa sobre su matrimonio. Los tabloides no dejan de molestar a nuestro director de comunicaciones.

—¿En serio?

Oliver asiente con la cabeza.

No quiero que la prensa desmenuce los detalles de mi matrimonio.

—Me lo pensaré. Una cosa: ¿podemos conseguir un ordenador para el despacho?

—Por supuesto. Me encargaré hoy mismo.

—¿Qué es lo siguiente?

Alessia está en el apartamento sentada a la mesa de Maxim, usando su iMac para navegar por internet. Intenta encontrar cómo localizar a una persona víctima de trata. Es una tarea imposible, sobre todo porque el telefonillo no deja de sonar. Hay periodistas fuera, a la espera de hablar con Maxim. Ella ha fingido no saber nada y ahora está escuchando la interpretación de Angela Hewitt de los preludios y las fugas de *El clave bien temperado* de Bach con los auriculares. Le sorprende que haya tan pocas mujeres entre los álbumes de música clásica de Apple Music. Los diferentes colores que suenan en su cabeza la mantienen cuerda mientras lee un informe tras otro de víctimas que han escapado de sus secuestradores y maltratadores, y que han encontrado un refugio en Inglaterra gracias a varias organizaciones benéficas.

Es una lectura que hace reflexionar.

En el fondo de su mente no deja de repetir un mantra: «Podría haber sido yo».

Se estremece.

Si no hubiera escapado de las garras de Dante y de Ylli, también tendría una historia aterradora que contar y, casi con toda seguridad, se habría convertido en otra espantosa estadística.

Un retazo de su pesadilla vuelve a su mente.

Bleriana golpeando las puertas de Angwin.

Su cara empapada por las lágrimas. Su miedo desatado y perturbador en la mirada.

O Zot. O Zot. *Pobre Bleriana.*

Cuando levanta la cabeza para mirar el reloj, se da cuenta de que las lágrimas le caen por las mejillas. Se las seca a toda prisa, más decidida que nunca a encontrar a su amiga. De alguna manera.

Oliver y yo terminamos la reunión. La remodelación de Mayfair está casi terminada y ha llegado el momento de contratar a un diseñador de interiores. Necesito que Caro decida si quiere el trabajo o no.

Le he pedido a Oliver un listado completo de los gastos que mi madre cargó a la sociedad patrimonial durante el año pasado, lo que quiere decir que me enteraré del acuerdo de divorcio de mis padres. Y también preparará una lista con las casas de mayor tamaño que nos pertenecen y que están libres para alquilar o lo estarán en breve.

Eso está en la agenda de mañana.

Durante toda la reunión, he pasado del móvil. Cuando miro la pantalla, me quedo de piedra al ver que está llena de notificaciones de mensajes de texto y de llamadas perdidas.

> ¡Qué coño! ¡¡¡¡¡Te has casado!!!!!

> ¿Cuándo vamos a conocer a tu MUJER?

> ¿Qué es eso de que te has casado?

> Por fin te han cazado.
> ¡Se me ha roto el corazón!

> Maxim. ¡¡¡Te han pillado!!!

> ¿Qué cojones? ¡Te has casado!

> ¿Quién es la afortunada?

> ¿Puedo entrevistaros a tu mujer y a ti?

¡Mierda!

El último mensaje es de una periodista de una revista del corazón. Me la follé en tiempos.

¿Cómo se han enterado todos?

—Tenías razón en lo de que todo el mundo se ha enterado de mi boda —le digo entre dientes a Oliver, que está recogiendo sus cosas.

—No es demasiado tarde para emitir un comunicado de prensa —responde.

Pongo los ojos en blanco, negándome a pensar siquiera en relacionarme con la prensa mientras sigo leyendo mensajes hasta llegar a unos cuantos que Caroline me mandó hace dos horas.

> ¿Podemos vernos hoy?
> Necesito que veas lo que he descubierto.
> Puede afectarte.

¿Qué cojones pasa ahora?

> ¿Puede esperar?

> No.

Alguien llama a la puerta del despacho mientras Oliver se pone en pie.

—Adelante —digo.

Lisa entra.

—Siento interrumpirlo, milord. Lady Trevethick está aquí.

¡Alessia!

El corazón me da un vuelco, y me levanto de la mesa, con una sonrisa de oreja a oreja en la cara para recibir a mi mujer.

—Hazla pasar.

Lisa se aparta, y entra Caroline mientras se mete el móvil en un bolsillo.

Oh.

—¿Esperabas a otra persona? —pregunta con retintín—. Te has quedado con cara de espanto, querido.

—Hola, Caro. —Paso de su pulla y la beso en la mejilla—. Qué sorpresa.

—Oliver —saluda ella, a lo que él responde con un rápido asentimiento de la cabeza antes de salir. Caroline lo ve marcharse, con el rostro impasible, y después se gira para examinar la estancia—. Ha pasado bastante desde la última vez que estuve aquí. —Me mira con una expresión triste en la cara.

—Qué curioso, Oliver ha dicho lo mismo —susurro.

La nariz se le pone de un bonito color sonrosado, y menea la cabeza, haciendo acopio de valor.

—Pasaba por aquí y se me ha ocurrido preguntarte si quieres almorzar conmigo.

—Acabo de volver y estoy ocupado, Caro.

Suelta una carcajada, un sonido triste y apenado.

—Nunca lo habrías dicho antes.

—Cierto. ¿En qué puedo ayudarte?

—¿Puedo sentarme? Tengo que enseñarte una cosa.

—Claro. —Señalo la mesa de estilo Reina Ana y saco la silla de la que me acabo de levantar para que se siente. Mientras me siento a su lado, ella se pone el bolso en el regazo y rebusca en su interior, sin mirarme a la cara.

—Sabes que he estado repasando las pertenencias de Kit y sus documentos.

—Sí.

¿Adónde quiere llegar?

—En fin, he encontrado un montón de cosas. Es increíble lo que puede aparecer. —Parece nerviosa.

—¿De qué se trata, Caro?

—En fin. —Traga saliva—. Puede que esto os afecte a Maryanne y a ti. —Saca un par de cartas de su bolso y las deja encima de la mesa, delante de mí.

Las miro y después la vuelvo a mirar a ella, con la cabeza ladeada.

—¿Qué son?

—Creo que deberías leerlas. —La expresión atormentada de sus ojos me provoca un escalofrío en la columna, de modo que cojo las cartas y las ojeo. Se me pone el vello de punta.

—Asesoramiento gen... ¿cómo? —Se me seca la boca y la miro—. ¿Por qué iban a derivar a Kit a una clínica de asesoramiento genético?

—Eso mismo —susurra ella.

—¿No lo sabes?

Menea la cabeza con los ojos como platos y brillantes por la duda.

—No. También me han sorprendido a mí.

¿De qué coño va esto?

Con cuidado, releo ambas cartas y compruebo las fechas. Su médico de familia lo derivó en octubre del año pasado y la clínica de asesoramiento genético le mandó una cita en noviembre.

—¿Has encontrado más cartas? ¿Los resultados?

Caroline niega con la cabeza.

—¿Fechas en su agenda?

—No. —Caroline parece tan desconcertada como yo.

—Si derivaron a Kit a una consulta genética, fue por algo.

Oh, mierda.

Siento que la sangre me abandona la cabeza.

Si Kit se enfrentaba a un problema médico genético, eso quiere decir que... sin duda yo también.

Y Maryanne.

Joder.

¿Podría pasarme algo malo?

Me devano los sesos en un intento por recordar algún problema médico en mis antepasados. No se me ocurre nada.

—A lo mejor yo también debería hacerme análisis.

—¿Para qué? No tenemos ni idea del motivo —replica Caroline.

Es verdad.

—Igual solo era una prueba por precaución —añade Caro—. Ya sabes lo meticuloso que puede ser el doctor Renton. Siempre prefiere pecar de precavido. También abulta la factura.

—¿Kit estaba enfermo? —le pregunto.

—No que yo sepa. Tenía dolores de cabeza, cosa que ya sabías.

—Siempre los tuvo.

Joder.

¿Qué podría ser? No tengo la menor idea.

—¿Has llamado a la consulta de Renton?

—Sí. Se niegan a darme información. —Caro parece frustrada.

Más joder.

Me pregunto si mi madre lo sabe.

—¿Se lo has dicho a Rowena?

—No. Volvió a Nueva York en cuanto aterrizamos de Tirana.

—¿Lo sabías en la boda? —Mi voz ha subido varios tonos.

Caroline pone los ojos como platos, y ya tengo la respuesta.

Joder, ¿y no me lo dijiste?

La fulmino con la mirada, lívido de repente. Podría pasarme algo, ¡y acabo de casarme!

Joder, ¿a qué he condenado a Alessia?

Sin embargo, antes de que pueda cabrearme de verdad, me interrumpen unos golpecitos en la puerta y Lisa entra con una bandeja con café. Me da la oportunidad de controlar el genio.

—Me he tomado la libertad de preparar café —anuncia Lisa con una sonrisa deslumbrante.

—Gracias —mascullo mientras lo deja en la mesa.

—Gracias, Lisa —dice Caro, y Lisa se queda de pie un momento, mirándonos con incomodidad.

—Eso es todo. Gracias. —Me obligo a sonreír y es un alivio cuando se marcha—. ¿Has llamado a este sitio? —le pregunto a Caro al tiempo que le doy unos golpecitos a la carta de la clínica de asesoramiento genético.

—Sí. También se negaron a darme información, aunque soy familiar directa.

Me cago en la puta.

—No creo que te vayan a decir nada a ti —añade Caroline en voz baja.

—En fin, a lo mejor puedo conseguir respuestas de Renton. Al fin y al cabo, también es mi médico de familia. De hecho, tengo que incluir a Alessia. Joder, puede que incluso tenga que llamar a Rowena.

—Maxim, estoy segura de que no es nada —dice Caroline.

—¿Cómo narices lo sabes? —pregunto a voz en grito mientras me levanto, y me avergüenzo al ver que Caro se encoge.

Joder. Joder. Joder.

Quiero gritar.

Estoy tan furioso con ella ahora mismo como en Albania cuando descubrí que le había contado a Alessia lo nuestro. Me paso una mano por el pelo y empiezo a andar de un lado para otro sobre la puta alfombra persa antigua que hay en el suelo.

Tío, contrólate.

—Investigaré un poco antes de decirle nada a Maryanne —mascullo.

—Puede que ella tenga información que aclare las cosas. Al fin y al cabo, es médico.

—Primero averigüemos a qué nos enfrentamos.

Es mi hermana y es mi puto deber protegerla.

Caro suelta el aire.

—Vale. Lo otro de lo que tenemos que hablar es de la misa en recuerdo de Kit.

—Ahora no.

—Bueno, he hablado con el deán de Westminster.

—¿Y?

—Sugieren una fecha en abril.

—¿No es demasiado pronto?

—¿Lo es? —pregunta ella.

—Joder, Caro, no lo sé. Déjame pensarlo. Es… mucho.

—Lo es —admite—. ¿Seguro que no puedo invitarte a comer?

—Tengo que irme en breve. Alessia y yo vamos a reunirnos con un abogado para hablar de su situación con Inmigración.

—¿Oh?

—Eso.

Caroline aprieta los labios, pero se le suaviza la expresión.

—Lo siento —susurra—. Por no decírtelo. En la boda.

Me dejo caer en el sillón al otro lado de la que ahora es mi mesa.

—A lo mejor algo que haya aquí arroja luz sobre las cartas. —Cojo las llaves y uso la primera que parece la más apropiada para encajar. La cuarta llave funciona y abro el primer cajón. Contiene unas carpetas archivadoras.

Caroline se sienta en la silla que hay al otro lado de la mesa y estira el cuello para ver si encuentro algo. Reviso con rapidez los archivos, pero parece que son documentos personales: recortes de revistas de coches; una carpeta con cartas de la Escuela de Economía y Ciencias Políticas de Londres; unos currículos; y una gruesa agenda de cuero del año pasado. La saco, la dejo en la mesa y la hojeo a toda prisa, buscando las fechas mencionadas en las cartas. Por desgracia, en la agenda no hay pistas.

Mierda.

—¿Hay algo? —pregunta Caroline.

Niego con la cabeza.

Tampoco hay pistas en los otros cajones. Solo utensilios de papelería bonitos y algunos recuerdos de Kit de sus viajes por el mundo. Mi búsqueda no da resultados, pero se me ocurre algo.

—¿Dónde está el portátil de Kit? ¿O su móvil, ya que estamos? ¿Su diario?

—No tengo ni idea.

—¿Qué quieres decir? ¿No están con sus pertenencias? A lo mejor está aquí. O en la caja fuerte de Trevelyan House o de Tresyllian Hall.

Caroline levanta la barbilla.

—No lo sé.

—¿Puedes comprobarlo?

Se encoge de hombros con indiferencia, un gesto muy raro en Caro.

—¿En serio?

Menea la cabeza con expresión avergonzada y un poco tímida.

—Puedo intentarlo —susurra.

—Voy a llamar al doctor Renton para concertar una cita y también a probar suerte con la clínica de asesoramiento genético.

—Ojalá tengas más suerte que yo. —Se pone en pie—. Será mejor que me vaya. Seguro que no es nada, Maxim.

Me levanto, nos miramos a la cara y me pregunto de nuevo qué hacía Kit corriendo con la moto por los senderos de la propiedad en mitad de un gélido invierno. ¿Está pensando ella en lo mismo? ¿Tan malas eran las noticias que se suicidó?

Joder.

Ninguno dice nada. Caroline contiene el aliento y se le dilatan las pupilas al tiempo que se le oscurecen los ojos. No me gusta lo que eso insinúa, pero, antes de poder asegurarme, ella aparta la mirada y la clava en la puerta.

—Lo siento —susurra antes de salir del despacho, dejándome totalmente a la deriva: solo, furioso y... asustado.

Miro el reloj y me doy cuenta de que tengo tiempo para volver a casa andando y aclararme las ideas. Cojo el abrigo y salgo del despacho.

Oliver levanta la cabeza y frunce el ceño.

—¿Se encuentra bien, Maxim?

—Sí, tengo que irme.

—¿Le ha hablado del diseño de interiores a lady Trevethick?

¡Mierda!

—No. Pero lo haré. A menos que tú quieras hacerlo...

A Oliver se le descompone la cara y parece un poco incómodo.

—Preferiría que lo hiciera usted, Maxim —dice al cabo de un rato.

—Vale. Lo haré. Hasta mañana.

Con el alma en los pies, recorro los callejones de Chelsea de vuelta al apartamento. De momento, el día está siendo frustrante. Tengo la sensación de que me ponen trabas en todas partes. He llamado a nuestro médico de familia, el doctor Renton, y tengo cita para verlo mañana. Con suerte, conseguiré respuestas. La clínica de asesoramiento genético no suelta prenda, y la encargada del caso de Kit está de vacaciones, pero tengo una cita con ella dentro de dos semanas. Incluso he llamado a mi madre y le he dejado un mensaje para que me devuelva la llamada... sin éxito.

No puedo creer lo desconcertante que ha sido la noticia.

Puede que no sea nada malo.

Claro que también podría pasarme algo horroroso cuando envejezca.

Mierda.

Lo más frustrante es la ignorancia.

Cuando doblo la esquina de Tite Street con el Embankment, veo a varias personas —casi todos hombres— merodeando en la entrada de mi bloque.

Un momento. ¡No son personas normales y corrientes!

Tres de los desharrapados llevan cámaras.

¡Paparazzi!

Por un nanosegundo, me pregunto a quién están esperando, y después un hombre mayor con una bufanda del Arsenal FC me ve.

—¡Allí está! —grita.

Joder.

¡Me buscan a mí!

«¡Lord Trevethick! ¡Lord Trevethick! ¡Maxim!».

«Enhorabuena».

«¿Puede hablarnos de su matrimonio? ¿De su mujer? ¿Dónde la conoció?».

Paso de tener un mal día a tener un día de perros cuando me rodean como cucarachas. Agacho la cabeza y paso entre ellos sin decir nada.

Joder, lo que me faltaba.

Entro en la seguridad del edificio mientras dos reporteros me gritan sus preguntas. Los dejo en la puerta y corro escaleras arriba mientras maldigo a la persona que le haya hablado a la prensa de nuestro matrimonio. A Alessia no le va a gustar la atención, lo tengo claro.

La prensa no me había acosado desde que estuve con Charlotte, una exnovia. A ella le encantaba la atención —como actriz…, no, perdón, como artista, tal como le gustaba definirse—, vivía de ella, sobre todo de la prensa. Pongo los ojos en blanco al recordarlo. Tenía ambiciones de escalar socialmente y era muy pretenciosa. Menos mal que se buscó a otro. Salvo por el tiempo que estuve con ella, he conseguido evitar ser carne de tabloide, pero me mencionan de vez en cuando en las columnas de sociedad de las publicaciones más serias.

Abro la puerta principal, entro en el vestíbulo y me detengo.

Alessia está tocando el piano, y reconozco la melodía de inmediato: *Claro de luna*, una pieza que soy capaz de tocar, pero ni mucho menos con su elegancia. Mientras la escucho maravillado, las últimas y frustrantes horas desaparecen y me transporto a un lugar mucho más calmado y esperanzado. Avanzo en silencio por el pasillo, me asomo a la sala de estar y la observo.

Con los ojos cerrados y la cabeza agachada, está rendida a la música mientras fluye sin cortapisas a través de ella, mientras brota de ella. De alguna manera, percibe mi presencia y se vuelve con una sonrisa, iluminándosele la cara al verme.

—No pares —le pido mientras me acerco a ella.

Se mueve en la banqueta del piano sin saltarse una sola nota, de modo que me siento a su lado y le rodeo la cintura con un brazo mientras la música nos acaricia y nos envuelve.

Esto es maravilloso.

Y se me ocurre una cosa: coloco la mano derecha sobre la suya, y ella entiende de inmediato lo que intento hacer. Aparta la mano y yo empiezo a tocar esa parte. Nos atascamos un poco en las primeras notas, pero observo su mano izquierda, sigo sus instrucciones y tocamos la pieza.

Juntos.

Me emociona ser capaz de seguirle el ritmo sin la partitura delante. Ella hace que sea fácil porque está muy en sintonía con la música y con su lánguido ritmo.

Seguir sus instrucciones me convierte en un mejor pianista.

Es aleccionador.

Es excitante.

Cuando las últimas notas se pierden en el aire hasta desaparecer, nos sonreímos como dos tontos.

—Ha sido increíble —susurro.

Alessia se echa a reír al tiempo que me rodea el cuello con

los brazos y tira de mí para acercar nuestros labios. Nos besamos. Su boca es cálida, húmeda, acogedora e incitante, todo a la vez. Me la subo al regazo y la beso con más pasión, mientras nuestras lenguas se celebran de tal modo que estamos sin aliento cuando por fin nos separamos.

Apoya la frente en la mía. Cierra los ojos.

—Te he echado de menos —murmura.

—Ay, nena. Te he echado de menos. Y me encantaría llevarte a la cama, pero tenemos una cita con el abogado de inmigración.

Hace un puchero, pero se levanta, renuente a abandonar la seguridad de mi regazo.

—Estoy lista.

Me da nuestros pasaportes, nuestro certificado de matrimonio y la Apostilla redactada por el notario de Tirana para confirmar que nuestro certificado de matrimonio es legal. Me lo guardo todo en el bolsillo de la chaqueta. Luego frunzo el ceño.

—Hay un problemilla. Nos asedia la prensa en la calle.

—Lo sé.

—¿En serio?

—Han estado llamando al timbre. Preguntando por ti. Haciéndome preguntas.

—¿Qué has hecho?

—Les he dicho que soy tu limpiadora y que no estabas aquí. Y luego he dejado de contestar. —Se muerde el labio inferior con un gesto travieso.

Suelto una carcajada.

—Genial. Al parecer, nuestro matrimonio es de interés público.

—¿Siguen en la puerta del edificio?

—Eso me temo.

—Podemos escapar por el cuarto de la limpieza y marcharnos.

—¡Pues claro! Vamos.

De pie en la escalera de incendios, Maxim cierra la puerta del cuarto de la limpieza y mira a Alessia con una sonrisa.

—¡No recuerdo la última vez que estuve aquí!

Ella se ríe, pero después se pone seria. La última vez la usó para escapar de Dante y de Ylli cuando fueron al apartamento. Y la usó a menudo para tirar la basura de Maxim.

—Te sigo —dice él, y bajan despacio los seis pisos para llegar al callejón.

Mientras pasan junto a los contenedores, Alessia recuerda haber vomitado junto a ellos. Maxim la coge de la mano y entrelaza sus dedos.

—¿Qué pasa? —le pregunta.

Ella menea la cabeza, renuente a contárselo y con ganas de olvidar el espantoso recuerdo. Aparece una imagen de la dulce cara de Bleriana en su mente. Pobrecilla. ¿Escapó de sus captores? ¿Lo hicieron las demás?

Maxim no dice nada, la deja tranquila, y juntos llegan a la verja que cierra el callejón lateral. Maxim la abre y echa un vistazo. La calle está vacía.

—Así fue como escapaste cuando esos matones aparecieron.

—Sí.

—Qué miedo debiste de pasar. Vamos. Tenemos vía libre. Paremos un taxi.

Cogidos de la mano, caminan a paso vivo por la acera, sin que la prensa los acose, y Maxim para el primer taxi que ve.

Las oficinas de Lockhart, Waddell, Mulville y Cavanagh están en Lincoln's Inn Fields. Un asistente nos acompaña a una sala de reuniones.

—¿Les traigo té o café? —pregunta mientras parpadea con rapidez.

—Por mí no. ¿Alessia?

—No, gracias.

—Muy bien, lord Trevethick. Lady Trevethick. Ticia Cavanagh vendrá enseguida. —Cuando sale, llevo a Alessia a una silla junto a la mesa. La señora Cavanagh es socia del bufete y me la recomendó Rajah: es una experta en su campo.

La puerta se abre antes de que pueda sentarme y Ticia Cavanagh entra. Lleva un caro traje negro con una blusa de seda blanca. En la mano tiene un bloc de notas, y las uñas de color rojo resaltan contra el amarillo canario de las hojas.

Ay, mierda.

Nos miramos un segundo, reconociéndonos. La última vez que la vi, acababa de desatarla de mi cama.

¿Puede depararme más sorpresas este día?

Carraspeo.

—Leticia, me alegro de volver a verte.

13

—Lord Trevethick —dice Leticia con su suave acento irlandés, subrayando mi título—, ¿cómo está? Y su esposa —añade con retintín—, lady Trevethick. —Se acerca a nosotros con el desdén pintado en la cara y la mano tendida para saludarnos, y al notar la fuerza con la que aferra la mía siento la necesidad de defenderme.

—Reciente. Esposa, me refiero. Nos casamos hace muy poco.

Alessia frunce el ceño, me mira al instante y después mira de nuevo a Ticia Cavanagh mientras se dan la mano.

—¿Qué tal está? —murmura como si tuviera la garganta seca y me mira de nuevo con los ojos abiertos de par en par, consciente de la situación.

Joder. Lo sabe.

Se me cae el alma a los pies y cierro los ojos un momento en busca de un poco de valor, porque soy consciente de que tendré que explicárselo luego.

De haberlo sabido…, ¡en fin!

El uso del diminutivo de Leticia me confunde.

—¿Ticia?

—Aquí. Sí —contesta con voz seca, y deduzco que no va a ofrecerme ninguna explicación; algo que por supuesto es su prerrogativa. Me pregunto si nos pedirá que nos marchemos o le pasará nuestro caso a un colega—. Bueno, ¿en qué puedo ayudarlos a usted y a su… reciente esposa? —En sus labios aparece una sonrisa profesional que es más bien una mueca mientras toma asiento a la cabecera de la mesa, aunque la expresión de sus ojos sigue siendo gélida.

Me siento junto a Alessia.

—Alessia y yo nos casamos hace poco en Albania, y necesita un permiso indefinido para quedarse aquí.

Leticia tamborilea sobre la mesa con sus uñas de color rojo, y recuerdo cuando las blandió a modo de arma.

¡Colega! Aparto ese pensamiento. Al instante.

—Dígame, ¿cómo se conocieron? ¿Y cuándo?

Miro a Alessia con lo que espero que sea una sonrisa tranquilizadora, pero no me la devuelve. En cambio, traga saliva y agacha la cabeza para clavar la mirada en las manos, que tiene entrelazadas en el regazo. Suspiro y vuelvo a mirar a Leticia.

—Alessia trabajó para mí.

Mientras Maxim le resume los acontecimientos de los últimos meses a la atractiva abogada, Alessia intenta mantenerse a flote. Se siente como un bloque de cemento hundiéndose bajo el peso de las conquistas pasadas de Maxim y está luchando por respirar.

«Querida, pero si se ha acostado con casi todas las mujeres de Londres».

Parece que Caroline no exageraba.

Ticia, Leticia —o como se llame— es mayor. Una mujer madura y elegante con ojos verdosos de mirada inteligente que no delatan nada mientras escribe algo en un bloc de notas. Habla con voz suave y tiene un acento que Alessia no reconoce. Parece una mujer poco dispuesta a aguantar tonterías y posee algo parecido al carácter de su abuela —una fuerza subyacente— que resulta atractivo.

¿Eso fue lo que atrajo a Maxim?

Alessia intenta desterrar el pensamiento. No le gustaría tener a esa mujer como adversaria, sino como aliada…, aunque se acostara con su marido y le arañara la espalda con esas uñas rojas.

O Zot. *No pienses en eso.*

Maxim se lo cuenta todo a la abogada.

La red de trata de personas.

La detención de Dante e Ylli.

Anatoli. El secuestro.

Su viaje a Albania.

La rapidez con la que se casaron y la dudosa legalidad de su matrimonio.

Leticia levanta una mano para interrumpirlo.

—¿La obligaron a casarse? —le pregunta directamente a Alessia. Maxim frunce el ceño y abre la boca para hablar, pero ella lo silencia con una mirada—. Deje hablar a su esposa, lord Trevethick.

—¡No! —exclama Alessia—. En absoluto. En todo caso… es más bien…, hum…, al revés.

—¿Lo coaccionaron? —pregunta Leticia con un deje burlón, mirando a Maxim.

—No —se apresura él a contestar—. Su padre tiene una escopeta muy intimidante, pero fui a Albania para casarme con Alessia. Por amor.

A lessia levanta la cabeza, y es un alivio enorme ver que me ofrece el asomo de una sonrisa. Leticia se da cuenta y se acomoda en su silla, un tanto más relajada.

—Así que se casaron en una semana.

—Sí.

Levanta las cejas.

—Entiendo. ¿Tiene el certificado de matrimonio?

Saco los documentos del bolsillo interior de la chaqueta.

—Sí. Y una Apostilla.

Leticia les echa un vistazo.

—Bien —murmura—. Necesitaré una copia para poder traducirlos. Además de una copia de sus pasaportes.

Se los entrego.

Leticia revisa sus notas.

—Para dejarlo claro —dice, mirando a Alessia—, ¿entró usted en el país de forma ilegal secuestrada por traficantes de personas?

—Sí. Con otras chicas.

—¿Otras? ¿También escaparon?

—No lo sé —contesta Alessia en voz baja, con un tono rebosante de culpa.

—Lady Trevethick, esto no es culpa suya —le dice Leticia con voz firme—. A ver, ¿hay alguna prueba que lo demuestre?

—Los hombres que detuvieron —responde Alessia.

—El caso sigue abierto —añado.

—Ah. ¿Ha salido hace poco en la prensa? ¿Forma parte de una red?

—Sí —respondo.

—Lo he leído.

—Me lo quitaron todo. El pasaporte… —La voz de Alessia se desvanece.

Leticia la mira con expresión compasiva.

—Bueno, si su antiguo pasaporte sale a la luz, podríamos tener problemas, pero ya nos ocuparemos de eso si llega a suceder.

—¿Cuál es el peor escenario? —le pregunto.

—Bueno, supongo que existe el riesgo de que lady Trevethick pueda ser deportada.

—¿¡Cómo!? —Miro a Alessia, que se ha quedado blanca.

—Lord Trevethick, el riesgo es mínimo, pero creo que tenemos lo suficiente para conseguir que se quede en el país.

Además, no hemos llegado a ese punto ni mucho menos —dice con los ojos clavados en mí antes de mirar a Alessia. Parece haberse ablandado un poco—. La validez de su matrimonio podría ser un problema si alguien descubre que no se han seguido los protocolos oficiales.

—Por eso nos gustaría casarnos de nuevo. Aquí. Para que no haya dudas —replico.

—Eso es imposible. Según la ley inglesa, solo hay una ceremonia matrimonial válida que establece el estatus del matrimonio, y, según parece, tiene un certificado de matrimonio legítimo que además está validado por esta Apostilla. Si se casa de nuevo, su segundo matrimonio carecerá de validez legal.

—Ah, no lo había pensado.

—Tendrían que anular el matrimonio original para casarse de nuevo. Podría celebrar la ceremonia aquí si es tan importante. Pero… —examina de nuevo el certificado de matrimonio y la Apostilla— creo que debemos confiar en las autoridades albanesas y en el certificado que les han dado. Parece todo correcto.

—Vale —digo sin disimular el escepticismo. Eso no me lo esperaba—. Mi único problema es el considerable interés de la prensa —sigo—. No quiero que ningún periodista entusiasta investigue y averigüe lo rápido que nos casamos.

—¿Es posible que suceda?

—Hoy nos hemos encontrado a un grupo en la puerta de casa.

—Ah. Entiendo. Vale, pues ya lo solucionaremos si llegamos a ese punto. —Se vuelve hacia a Alessia y le dice—: En primer lugar, tenemos que cambiar su visado de turista antes de empezar a pensar siquiera en solicitar el familiar. A menos que considere la idea de regresar a Albania y solicitar el visado allí como cónyuge.

No —dice Maxim al instante.

Ticia aprieta los labios.

—Lord Trevethick, estoy hablando con su esposa.

Maxim frunce el ceño, pero aprieta los labios y guarda silencio.

—¿Cuánto tiempo tendría que estar allí? —pregunta Alessia.

—Bueno, si todo va bien, lo normal es que no se tarde más de un mes en conseguir el visado. Tendría que hacer una prueba para demostrar que habla nuestro idioma, y lord Trevethick debe contar con unos ingresos mínimos. —Ticia lo mira—. Creo que podemos asumir que ese es el caso y que también cuenta con una vivienda adecuada en el Reino Unido.

—Sí —le dice Maxim.

—Entonces ¿quiere volver a Albania?

—No, prefiero quedarme con Maxim.

—Vale. En ese caso, la alternativa podría ser un permiso de estudiante. ¿Lo había pensado?

Alessia está muy pensativa mientras volvemos en taxi a Chelsea. No ha dicho nada desde que salimos del despacho de Leticia. Hay mucho tráfico en Westminster, y miro la hora. Son las 17.30, justo la hora punta. Tengo más llamadas perdidas y varios mensajes, incluyendo uno de Caro, que paso por alto. Joe ha enviado un breve artículo de uno de los tabloides vespertinos de Londres. Se especula sobre nuestro matrimonio y va acompañado por una fotografía en la que se me ve entrando en el edificio esta mañana. ¿Desde cuándo me he vuelto tan interesante? Me está cabreando.

Mi madre sigue sin contestarme.

Y Alessia no me habla.

¿Algo más para que el día vaya a peor?

—¿Quieres salir a comer? —le pregunto, con la esperanza de conseguir que hable.

Alessia está mirando el Big Ben mientras rodeamos la plaza.

—No tengo hambre —contesta.

—Alessia. Mírame.

Se vuelve y me mira con esos ojos oscuros de expresión dolida que me atraviesan el alma.

—¿Qué te pasa? No sé en qué estás pensando y eso me desquicia.

—¿Tuviste una relación con la abogada?

—No. Solo fue un rollo de una noche. Sexo. Una vez.

Bueno, más de una vez esa noche para ser exactos.

Alessia mira al taxista.

—No puede oírnos.

—Maxim, estoy tratando de… ¡Uf! El idioma. —Cierra los ojos, frustrada.

—Dime.

Cuadra los hombros, y esos ojos oscuros vuelven a atravesarme.

—Tienes un pasado… colorido, con muchas amantes. Y no sé por qué me duele tanto. Creo que…, hum…, me preocupa no ser suficiente para ti. O que te aburras de mí.

Ahí estaba. Lo había dicho. Su miedo más profundo había salido a la luz. Maxim se desliza por el asiento trasero del taxi y le agarra la barbilla, de manera que queda atrapada por esa intensa mirada verde. Se inclina hacia ella.

—Jamás —asegura con tal convicción que le provoca un escalofrío—. Te pertenezco. En cuerpo y alma. ¡Joder, Alessia! —La suelta y se inclina hacia delante, enterrando la cabeza en las manos.

Ella suelta el aire, sorprendida por su vehemencia.

—Estás enfadado conmigo.

—No, estoy enfadado conmigo mismo, pero creo que no me merezco eso.

227

—No —reconoce ella en voz baja—. No lo mereces. Lo siento.

Levanta la cabeza y la mira con una sonrisa torcida.

—No necesitas disculparte. Ya te dije que tengo un pasado. Mira, vámonos a casa. Ha sido un día asqueroso. Para olvidar.

Alessia le pone una mano en el brazo.

—No es tan malo.

—Ah, ¿no? —Maxim se echa hacia atrás en el asiento.

—Esta mañana, hablé con mi madre. Está…, hum…, disfrutando, ¿se dice así?, de los efectos de la boda. En Kukës no se habla de otra cosa. Es feliz. Mi padre es feliz.

—Sí, se dice así. Me alegra que tus padres estén contentos. Y parece que no necesitamos casarnos de nuevo, aunque no me importaría. Si pudiera, me casaría contigo una y otra vez hasta el fin de los tiempos.

Alessia suelta el aire, asombrada por sus palabras, y le regala una trémula sonrisa.

—Yo también me casaría contigo. Pero es un alivio no tener que organizar otra boda tan pronto. Ya hemos pasado por eso una vez.

Maxim le coge la mano.

—Pues sí. Y fue una boda preciosa. Es oficial. Estamos casados. Lo ha confirmado nuestra abogada.

—Y hemos hecho un dueto.

Los labios de Maxim esbozan una sonrisa deslumbrante.

—Eso ha sido muy emocionante. Tienes mucho talento y es fácil seguirte. —Hace una pausa—. No has recibido educación musical reglada, ¿verdad? —Le da un apretón en la mano y la suelta.

—No. Aprendí en casa. Ya lo sabes.

—Bueno, no es que lo necesites, pero ¿has pensado alguna vez en matricularte en un conservatorio? Aquí. En Londres. Así puedes obtener una titulación que confirme todo lo que sabes.

Alessia lo mira fijamente, desconcertada, mientras trata de sopesar sus palabras.

—Podrías estudiar. Podríamos conseguirte un visado de estudiante.

Estudiar. Música. En Londres.

El corazón de Alessia se acelera de repente por la emoción.

—Eso sería caro.

Maxim resopla.

—Creo que podemos permitírnoslo —dice con sequedad.

Lo ves? No es un día tan malo. —Me sonríe de oreja a oreja, contagiándome su alegría.

—Cierto. —Le devuelvo la sonrisa—. Vamos a investigar un poco cuando lleguemos a casa. Protocolo y música. Seguro que encontramos algo.

Y así, sin más, se me pasa el bajón y el ambiente entre nosotros se transforma.

Cuando llegamos a casa, solo vemos a dos tíos desharrapados con cámaras en la acera. Le pido al taxista que nos deje en Tite Street, ya que se me ha ocurrido un plan ingenioso.

Una vez que bajamos del taxi, Alessia dobla la esquina y sigue andando hasta la entrada del bloque. Los paparazzi no tienen ni idea de quién es y apenas si le prestan atención, aunque creo que uno de ellos le mira el culo al verla pasar a su lado con los vaqueros ajustados.

Cabrón asqueroso.

Después de que ella entre, echo a andar y paso frente a ellos con la cabeza gacha, haciendo caso omiso de sus preguntas. Entro a la carrera en el vestíbulo y me reúno con Alessia en el ascensor.

—No sabes la gracia que me ha hecho ver eso. —Me río—. Ni se han enterado de que mi misteriosa mujer ha pasado por delante de sus narices.

Las puertas se cierran y nos quedamos solos en el reducido espacio. Nuestros ojos se encuentran, y me mira con los párpados entornados y el asomo de una sonrisa en los labios. Me la está poniendo dura.

—¿Estás más contenta?

Ella asiente con la cabeza y levanta los brazos para aferrarme la chaqueta y acercarme a ella. Me toma la cabeza entre las manos y se apodera de mis labios. Nos besamos. Sin parar. Con brusquedad. La empujo contra la pared y presiono mi ansiosa polla contra su abdomen mientras nuestras lenguas se acarician.

—Maxim —susurra antes de moverse y bajar una mano con la que me acaricia por encima de la cremallera de los vaqueros.

¡Ah!

El ascensor se detiene, las puertas se abren y la levanto en brazos.

—Rodéame con las piernas, nena. —Ella me obedece y me entierra los dedos en el pelo mientras nuestros labios se encuentran de nuevo y recorro la corta distancia que hay del ascensor hasta la puerta del apartamento.

Alessia se ríe mientras Maxim le rodea un muslo con una mano para sacarse las llaves que lleva en el bolsillo.

—Queda poco espacio en los vaqueros —se queja mientras saca la llave y abre la puerta con ella en brazos. Se oye el pitido de la alarma, pero él introduce el código, enfila el pasillo y la deja en el suelo—. Aunque estoy deseando llevarte a la cama, vamos a mirar conservatorios de música.

—No. Vamos a la cama.

Maxim se aparta, con cara de sorpresa.

—Pero...

—No. A la cama —insiste Alessia.

Él frunce el ceño y le toma la cabeza entre las manos, de

manera que esos intensos ojos verdes la atraviesan. Por un momento, parece perdido y confuso, pero cierra los ojos.

—¿Qué he hecho para merecerte? —susurra justo antes de apoderarse de sus labios y meterle la lengua mientras la obliga a caminar de espaldas para entrar en el dormitorio. Siguen besándose hasta que Alessia nota la cama contra las piernas. Maxim se detiene en ese momento y, con una sonrisa perversa y sensual, la empuja con suavidad para tirarla sobre el colchón, donde cae boca arriba y con un mechón de pelo sobre la cara.

Maxim se quita la chaqueta y la tira al suelo. Con una mirada ardiente, se saca la camisa de la cinturilla de los vaqueros y empieza a desabrochársela. Botón a botón. Despacio. Tiene los labios separados, carnosos y sensuales, y la respiración se le ha acelerado un poco.

Alessia se humedece los labios por la expectación.

Una vez que se ha abierto los botones de la camisa, revelando el torso bronceado y tonificado que ocultaba, levanta una mano para desabrocharse el puño... y luego hace lo mismo con el otro.

Se está desnudando para ella.

A un paso tranquilo y sensual.

Alessia lo observa. Cautivada. Comiéndoselo con la mirada: ese torso ancho, salpicado de vello; esos abdominales marcados con la línea de vello que desaparece por debajo de la cinturilla de los vaqueros.

Los ojos de Maxim no se apartan de los suyos. Ni siquiera la ha tocado y ya la ha seducido. El deseo se acumula entre sus muslos, obligándola a retorcerse. Se quita la camisa, tal como hace siempre, pasándosela por la cabeza, de manera que le alborota el pelo como a ella le gusta. Acto seguido, arroja la prenda al suelo sin preocuparle dónde caiga.

Se desabrocha los vaqueros.

Y se detiene.

¡No!

Se inclina hacia delante y la agarra por un tobillo, quitándole con gran habilidad el botín y el calcetín a la vez. Después repite el proceso con el otro pie y le acaricia el empeine con el pulgar, haciéndole cosquillas.

A continuación, se inclina para quitarle los vaqueros. Con gran habilidad. Tanta que en un abrir de ojos se los ha pasado por los tobillos. Los deja en el suelo junto con su ropa.

—Tú. Tus vaqueros —le dice ella al tiempo que lo señala.

Maxim sonríe y se baja la cremallera poco a poco, aunque no se quita los vaqueros. Antes se deshace de los zapatos y de los calcetines. Después se baja los vaqueros y los calzoncillos y se queda allí de pie, en todo su esplendor.

Alessia jadea, y él se sube a la cama y le planta un delicado beso entre los muslos, por encima de las bragas de algodón. El roce le provoca una descarga eléctrica que la recorre por entero y le arranca otro jadeo mientras le entierra los dedos en el pelo. Maxim empieza a frotárselo con la nariz, arriba y abajo, y siente la aspereza de su barba en la cara interna de los muslos.

—Tienes las bragas mojadas, preciosa. Me gusta. Muchísimo.

Le da un mordisco en la cara interna del muslo, aunque no llega a rozarla con los dientes porque la protege con los labios, y ella le da un tirón en el pelo.

Maxim se arrodilla entre sus piernas, la incorpora hasta que se sienta y no tarda nada en quitarle la chaqueta y la camiseta de manga larga, que acaban con el resto de su ropa, así que se queda solo con el sujetador y las bragas.

Alessia levanta un brazo para acariciarle el áspero mentón.

—¿Quieres que me afeite? —le pregunta él.

—No, me gusta. Muchamente. —Le pasa las uñas con suavidad por una mejilla, y él cierra los ojos.

—Me hago una idea —susurra él, que la besa de nuevo tras tomarle la cabeza entre las manos. Su lengua es insistente, y la domina sin problemas mientras la invita a tumbarse otra vez en la cama. Le baja una de las copas del sujetador, liberando su dolorido pecho, y abandona sus labios para dejarle un húmedo reguero de besos en el cuello hasta llegar al endurecido pezón.

Alessia siente el deseo correr por sus venas, y sus ojos oscuros se clavan en esos iris verdes resplandecientes mientras él le frota el sensible pezón con la barbilla.

¡Oh!

—¿Seguro que no quieres que me afeite? —bromea y repite el movimiento, sin dejar de mirarla a los ojos.

—¡No! —grita ella, que siente que el pezón se endurece hasta lo indecible bajo sus caricias.

—¿Te gusta?

—Sí. —El corazón le va a mil, enviando sangre a sus pechos para endurecerle los pezones hasta el extremo de que cualquier caricia le resulta dolorosa y a esa zona tan sensible entre los muslos—. ¡Por favor!

Maxim lo hace de nuevo, y ella arquea la espalda para acercarse más.

Él sonríe, le baja la otra copa y repite la tortura, acariciándole el delicado pezón con la barbilla.

Alessia se agarra al nórdico mientras esos labios y esa áspera barbilla empiezan a descender por su cuerpo, hasta detenerse entre sus muslos. Y la besa, ahí…

Acto seguido, le baja despacio las bragas y la besa ahí. *Otra vez.*

En esta ocasión, le acaricia el clítoris hinchado con la lengua.

O Zot!

Alessia cierra los ojos y arquea la espalda, mientras el asalto de esa lengua continúa. La acaricia despacio, trazando círculos a su alrededor. Y luego se lo lame y se lo chupa.

¡Ah!

De repente, se detiene y se lo frota con la barbilla, causando estragos en sus terminaciones nerviosas.

—*Të lutem!*

—Traducción —le dice antes de repetir la caricia.

—Por favor, Maxim.

Él se sienta, le quita las bragas, le da media vuelta y le desabrocha el sujetador.

Acto seguido, se tumba sobre ella y se frota contra sus nalgas.

—¿Te la meto así?

—¡Sí!

—Pareces necesitada.

—Lo estoy.

Ella siente su sonrisa en la oreja justo antes de que le dé un suave mordisco en el lóbulo.

—Dios, te quiero, Alessia. Esposa. Mi mujer. —Le separa las piernas con las rodillas y tira de ella para dejarla a gatas. Después la acaricia entre las nalgas, y Alessia se tensa cuando pasa sobre el ano—. Algún día, Alessia —susurra justo antes de bajar un poco más y penetrarla con el pulgar, presionando en esa zona tan erógena de su interior. Sus otros dedos le acarician el clítoris. En círculos. Torturándola. Jugando con ella.

Ella emite un gemido estrangulado mientras su cuerpo se estremece en torno al pulgar. El orgasmo la sorprende y los espasmos la recorren por entero.

Maxim retira el pulgar y la tumba de nuevo de espaldas en la cama. Mientras lo observa con expresión aturdida, él la penetra despacio, notando sus últimos estremecimientos.

Gime a modo de aprobación y empieza a moverse. Con brusquedad. Rápido. Excitándola de nuevo. Sin dejarle opción a bajar a la Tierra. Flota de nuevo, impulsada por él. Maxim se cierne sobre ella. Tiene la frente cubierta de sudor. Se muestra implacable. El placer aumenta y aumenta. Vuelve a sentir la tensión en las piernas y grita al alcanzar un segundo orgasmo. Más intenso y arrollador que el primero. Tanto que hasta cree ver las estrellas.

—Menos mal —masculla Maxim entre dientes y se corre de forma imparable mientras se deja caer sobre ella y la abraza.

Alessia abre los ojos mientras Maxim sale de ella, dejándole un suave y denso rastro de semen en el muslo. No le importa. Al contrario, le encanta.

La besa en la frente y le aparta el pelo húmedo.

—¿Estás bien? —le pregunta.

—Más que bien —susurra ella.

Él le acaricia una mejilla con los nudillos de una mano.

—Nunca pienses que no eres suficiente. Por favor. Se me parte el corazón cuando dices eso. Te quiero. No lo olvides. Este sentimiento es nuevo para mí también. Eres la única con la que lo he sentido.

Ella se inclina y lo besa.

—Lo sé.

—¿Y tú? —De repente, parece perdido.

Se apresura a asentir con la cabeza.

No ha cambiado nada, Alessia.

Te quiere.

Maxim esboza una sonrisa cautelosa.

—Bien. Mira. Puedo tocarte las dos tetas con una sola mano. Las tienes separadas justo una octava —afirma al tiempo que extiende los dedos y le roza los pezones con el pulgar y el meñique. Sonríe y ella suelta una risilla, disfrutando de ese gesto tan infantil—. Podría quedarme el día entero aquí mirándote, pero necesito ir al baño. —Le da un breve beso en los labios, se levanta y echa a andar hacia el cuarto de baño.

Alessia lo sigue con la mirada mientras él se aleja con su habitual elegancia, disfrutando de la imagen de ese duro trasero, tan blanco en comparación con lo morena que tiene la espalda.

Suspira mientras flota de regreso a la Tierra.

Es un amante excepcional.

Claro que tampoco tiene mucha experiencia y muchos hombres con los que compararlo…, pero las palabras de Caroline la atormentan. «Decir que es promiscuo se queda muy corto. Maxim es la prueba viviente de esa famosa frase: "La práctica hace la perfección"».

Alessia se envuelve en el nórdico.

Maxim es su amante. Su marido. Suyo y de nadie más.

Él mismo lo asegura.

Eso debería ser suficiente.

Sin embargo, la vocecilla insiste. *¿Durante cuánto tiempo?*

14

El reflejo del Támesis parpadea en el techo, burlándose de mí tal como lleva años haciéndolo. No puedo dormir, aunque Alessia está como un tronco a mi lado. Envidio su facilidad para dormir, pero hemos hecho el amor dos veces esta noche; mi desesperación me lleva a hacerla mía, y está agotada. Quiero que esté a salvo y feliz, y quiero que sepa que adoro el suelo que pisa.

Joder, si supiera lo de Kit, ¿me dejaría?

Por mucho que intente calmar mis pensamientos, el cerebro insiste en analizar la información que me ha dado Caro hoy y no me deja tranquilo. Con cuidado para no despertar a Alessia, salgo de la cama, cojo el móvil y los pantalones de deporte del sofá y me traslado a la sala de estar. Una vez allí me los pongo y miro hacia la oscuridad del exterior.

He llamado a mi madre. Otra vez. Y no me ha contestado.

Esa mujer no me ayuda en nada, joder.

Es la única capaz de arrojar luz sobre esta situación. ¿Hablaría Kit con ella? ¿Confiaría en ella? Rowena lo adoraba, así que estaban muy unidos.

Por desgracia, cuando era joven fui incapaz de encontrar la manera de complacer a Rowena.

Tío, pasa página.

Estoy tentado de llamar a Maryanne, pero no quiero preocuparla, y comentó que esta semana tenía turno de noche; así que ahora mismo estará ocupada. Trabaja demasiado, considerando que no tiene por qué hacerlo.

Coloco un puño contra el frío cristal y apoyo la frente en él mientras clavo la mirada en la oscuridad y reflexiono sobre el día, comenzando con el mal rato que pasó Alessia mientras dormía. ¿Cómo voy a cargarla con la revelación de Caroline cuando todavía tiene pesadillas? No necesita saber nada de eso... De momento, en todo caso. Sobre todo porque tiene dudas sobre mí y mi..., ¿cómo lo llamo?, mi colorido pasado.

Las mujeres.

Espero haberla tranquilizado. No sé qué más puedo hacer.

Aunque al principio me negó la palabra, mi dulce esposa ha acabado siendo lo mejor del día. Unirme a ella mientras interpretaba *Claro de luna*. Hacer el amor. Y su comida. Preparó la cena, un plato riquísimo de cordero y berenjena. En la cocina hace magia, pero creo que su padre tenía razón: va a hacer que engorde. Aunque esta noche hemos quemado unas cuantas calorías, así que... igual compensa.

De repente, me imagino a Alessia encima de mí, agarrándome las muñecas, con la cabeza hacia atrás y gimiendo de placer. La imagen despierta mi libido y me provoca una erección inmediata. Contemplo la idea de volver a la cama, despertarla y perderme en ella otra vez.

Colega, déjala dormir.

Sin embargo, esos fugaces sentimientos de alegría se evaporan con rapidez. Mientras miro por encima del río que reluce en la oscuridad en dirección a Battersea Park, siento que me entumezco por entero al recordar las noticias sobre Kit.

Objetivamente, nunca me he sentido mejor desde el punto de vista físico.

Pero ¿y si me espera algo horrible en el futuro? ¿O quizá ese problema genético, sea lo que sea, fue algo que solo afectó a Kit?

Sigo volviendo a la misma teoría deprimente. ¿Por eso salió a montar en moto por los caminos helados? ¿Tan terrible fue la noticia que lo mandó todo a la mierda y pensó en irse del mundo en su Ducati, esa bestia poderosa que era su orgullo y alegría?

No tengo ni idea.

Y si tan malas eran las noticias, ¿eso significa que sufriré mucho? ¿Que Maryanne sufrirá?

Joder.

Menos mal que existen los anticonceptivos.

Hasta que averigüemos lo que está pasando, no puedo pensar en hijos. ¿O sí?

Mierda. Esta incertidumbre. Esta falta de información. Esta impotencia. Es una tortura.

Nada ha cambiado.

Mi parte racional intenta tranquilizarme.

Aunque eso no es cierto. El camino por el que creía transitar ha cambiado por completo.

Colega, todavía no lo sabes.

Joder.

Abro los mensajes y veo el que Caroline me envió antes.

Te veo bien, Maxim.
Como siempre.
Estoy segura de que no necesitas
preocuparte por esto.

Paso por alto su cumplido.

No puedo dormir.
Sigo pensando en Kit.

Yo también.

Siento lo de hoy.

No hace falta q te disculpes.
¿Dónde está la albanesa?

¡Vete a la mierda, Caro!
Lo dices como un insulto.
Mi querida esposa Alessia está dormida.

¡Joder! Relájate. ¡Es albanesa!

Buenas noches.

Maxim, no seas así.
Me ha alegrado verte hoy, pese al motivo.
Te echo de menos.
Bss

¿Qué significa eso? Asqueado, arrojo el móvil hacia el sofá, poco dispuesto a lidiar con las gilipolleces de Caro y preguntándome por qué se me ha ocurrido contestarle. Vuelvo con Alessia y me meto en la cama.

Al hacerlo, ella se da media vuelta.

—Maxim —susurra dormida.

—Chis. Duérmete otra vez, nena.

Ella se acerca, así que me veo obligado a rodearla con el brazo para que apoye la cabeza en mi pecho.

—Estoy aquí, contigo —murmura, luchando contra el sueño.

La emoción me provoca un nudo en la garganta mientras noto que ella vuelve a dormirse. Nunca me he sentido tan agradecido de tenerla como esposa.

Amor mío. La beso en la cabeza y cierro los ojos, mientras el nudo de la garganta se transforma. Ahora es miedo y arrepentimiento. ¿Lo superaremos? ¿Sea lo que sea?

Inhalo su olor, que es un bálsamo para mi inquietud.

Estoy aquí, contigo. Sus palabras, con su acento, flotan en mi cerebro, relajándome, y me dejo llevar.

Al día siguiente la mañana es fría mientras camino en dirección a la consulta de mi médico, situada a un par de calles del piso, para la cita concertada con la esperanza de obtener algunas respuestas. La eficiente recepcionista me conduce a la consulta en cuanto llego.

El doctor Renton lleva su típico traje elegante con la pajarita roja. Es un sesentón que se está quedando calvo, y se pone en pie en cuanto me ve entrar, al tiempo que hace un gesto con una mano para que tome asiento frente a su mesa.

—¿Qué puedo hacer por usted, lord Trevethick? —me pregunta con su sonrisa amistosa mientras se sienta de nuevo.

—Mi hermano. Asesoramiento genético. ¿Qué sabe?

—¡Ah! —Levanta las pobladas cejas grises hacia la frente. Parece sorprendido. Después se inclina hacia la mesa, devolviendo las cejas a su lugar, coloca los codos sobre ella y apoya la barbilla en las manos—. No puedo ayudarlo, milord.

—¿Cómo dice?

—Su hermano, por un motivo que desconozco, decidió no compartir esa información con usted, y, como su médico, no puedo violar su privacidad. El deber me lo impide.

Abro la boca por la incredulidad. Abrumado, observo atónito que une las manos en el regazo y se acomoda en su sillón, a la espera de que yo diga algo.

—Su respuesta es inaceptable. Mi hermano ya no está con nosotros.

—Lo siento, Maxim. No puedo hacer nada. Como parte de su asesoramiento genético, antes de someterse a las pruebas, su hermano debió de discutir las implicaciones y si la información se compartía o no con sus seres queridos.

—Pero seguramente…

—No puedo hacer nada.

—Acabo de casarme.

—Enhorabuena.

—Joder, no me venga con esas, Renton.

Entrecierra los ojos azules y me dice con aspereza:

—Ese lenguaje sobra, milord.

Me siento frustrado, y es como si hubiera vuelto al despacho del director de Eton para regañarme por alguna travesura.

Renton suspira.

—¿Tiene algún problema de salud? —me pregunta de repente.

¿Qué?

—No.

—Pues ahí lo tiene. Le sugiero que olvide todo esto y respete la decisión de su hermano.

—¿Kit se suicidó por su diagnóstico?

Renton se queda blanco.

—Maxim, el difunto lord Trevethick murió a causa de un terrible accidente.

—Exacto. ¡No se enterará de que me lo ha dicho! ¿Y qué hay de su deber de cuidar de mí? También soy su paciente.

—Pero no está enfermo —me recuerda con delicadeza.

Lo miro, con la esperanza de intimidarlo para que cambie de opinión, pero lo veo apoyarse de nuevo en el respaldo de su sillón con una sonrisa benévola y comprendo que es imposible.

¡No me jodas!

Una parte de mí admira que esté dispuesto a cumplir con la palabra que le dio a mi hermano, así que controlo mi temperamento y cambio de tema.

—Quiero que sea usted el médico de mi esposa también. La traeré —digo con voz petulante.

—Estoy deseando conocerla —contesta Renton amablemente—. ¿Algo más, milord?

Me pongo en pie para irme.

—Me decepciona que no pueda ayudarme.

—Siento haberlo decepcionado, Maxim.

Mi estado de ánimo es sombrío mientras me uno al tráfico en un taxi negro de camino a la oficina. Estoy furioso con Renton. Tal vez sea hora de buscarme otro médico…, alguien más joven.

¿Alguien menos ético?

Joder.

Me vibra el móvil, anunciando la llegada de un mensaje. Es mi madre. ¡Por fin!

> Acabo de aterrizar en Heathrow.
> Necesito dormir.
> Te llamo luego.

¡Joder! No.

La llamo y salta el dichoso buzón de voz.

—Rowena. Llámame. Y no te lo estoy pidiendo por favor, joder.

Corto la llamada y miro por la ventanilla del taxi. La mañana brillante y soleada parece burlarse de mi estado de ánimo.

Mi madre me está volviendo loco.

¿Por qué no me habla?

Mientras el taxi se detiene al llegar a la oficina, respiro hondo y controlo la irritación. Le pago al taxista y subo los escalones de entrada.

Oliver me ha enviado detalles de tres propiedades que están vacantes o que pronto lo estarán, para que Alessia y yo les echemos un vistazo. Lo hago sentado a mi mesa y encantado con la distracción mientras me bebo un café solo. Una es una antigua caballeriza reformada, más pequeña que mi piso…, así que la descarto de inmediato.

Las otros dos tienen potencial como casas familiares.

Joder.

Quiero hijos, algún día. Parte de mi trabajo es proteger el legado familiar. Pero, si me pasa algo malo, ¿cómo voy a pensar siquiera en tener familia?

Sin embargo, Renton me ha preguntado que cómo me siento.

Tal vez esa era su forma de decirme en clave que no tengo motivos para preocuparme.

Colega, contrólate.

Destierro mis temores sobre los hijos y decido aferrarme a la esperanza.

Ha llegado la hora de que me mude. Necesitamos el espacio. Mis días de soltero juerguista se han acabado.

¿Quién iba a pensar que me conformaría con quedarme en casa, disfrutando de la comida casera y haciendo el amor con mi esposa?

También será bueno para Alessia.

En un nuevo lugar, seremos capaces de forjar nuestro propio camino, donde no haya recuerdos de mi pasado colorido y disoluto. Es una idea inquietante, sobre todo porque va acompañada de una punzada de culpa.

¿Por qué?

No he hecho nada malo.

¿O sí?

Descarto el pensamiento.

Ojeando los detalles de las propiedades, la casa de Cheyne Walk tiene una ventaja. En el otro extremo del jardín trasero cuenta con las antiguas caballerizas convertidas en un garaje con espacio para dos coches y una vivienda en la planta alta. Podríamos usarla para el personal de servicio. Todavía no le he planteado a Alessia la idea de contratar a alguien, pero eso significará que esa parte de su vida será historia. Siempre recordaré con cariño las bragas rosas y la bata azul, pero estará ocupada con otras cosas: con sus estudios de música, con suerte. La ventaja adicional de la casa de Cheyne Walk es que está entre mi piso y Trevelyan House, donde vive Caroline.

Tal vez debería decirle a Caro que se mude. Podría quedarse en mi piso o en otra propiedad más pequeña. Al fin y al cabo, Trevelyan House es mía.

No. Es demasiado pronto desde la muerte de Kit como para abordar ese tema. Cojo el teléfono y la llamo.

—Hola, Maxim —me dice con voz estirada y distante. A lo mejor porque ayer la puse en su sitio con el último mensaje.

Finjo no captarlo.

—Hola, ¿qué pasa?

—Sales en toda la prensa. Y han llamado aquí. Preguntando por ti. Y por Alessia.

—Mierda. Lo siento. Pasa de ellos.

—Eso he hecho. Pero deberías solucionarlo. Organiza una especie de fiesta de «presentación» o similar para tu mujer, invítalos a todos y verás como acabas con este interés.

Solo me faltaba que la prensa empiece a investigar sobre nuestro apresurado matrimonio.

¡Pero no puedo dejar que Caro lo sepa!

—No es una mala idea —digo, para despistarla.

—¡Podría organizarlo yo! —se ofrece con entusiasmo.

Hum…, no sé qué opinaría Alessia al respecto.

—Déjame pensarlo. Te llamo porque ha llegado la hora de acabar la remodelación de la mansión de Mayfair. ¿Quieres encargarte de diseñar los interiores?

Caroline respira hondo.

—Sí. Así tendré algo en lo que concentrarme y podré volver a ese mundo. Lo he echado de menos.

—Bien. Me alegro.

—Además, tal vez necesite el dinero —añade, y su voz parece más animada, como de costumbre.

—Caro, tienes un enorme fondo fiduciario, además de la asignación que te corresponde.

La oigo resoplar, como si le restara importancia, pero no mencionamos el testamento de Kit ni el hecho de que la haya dejado al margen.

Tío, ni se te ocurra.

—Le diré a Oliver que te llame para darte todos los detalles.

—¡Oliver! —exclama, como si estuviera sorprendida.

—Por supuesto. Él te pondrá en contacto con la promotora, ¿vale? —¿Qué problema hay con él?

—Sí. Sí. Tienes razón. ¿Le has hablado a Alessia de las cartas?

—Todavía no. ¿Has hablado con Rowena?

—No. ¿Por qué?

—Me está evitando. Le he dejado un montón de mensajes de voz y no me devuelve las llamadas.

—Rowena... es como es.

—Cierto. ¿Ha habido suerte con el portátil de Kit? De momento yo no he tenido ninguna.

—¿Ni con el doctor Renton?

—No me ha dicho nada.

—¡Será cabrón el viejo carcamal!

—Exacto.

—No he tenido suerte con el portátil. Kit nunca me dio las contraseñas de las cajas fuertes. Ni de estas ni de las de Tresyllian Hall. ¿Por qué crees que no lo hizo? —Se le quiebra la voz al hacer la pregunta, y me doy cuenta de que está molesta.

—No sé. Kit era como era..., un poco como su madre.

—Sí, es cierto —replica Caroline con un hilo de voz apenas audible, y me dan ganas de darme cabezazos contra la pared.

—Pensaré lo de la fiesta.

—Hazlo —me dice, más animada—. Deberías dejarme que lleve a Alessia de compras.

No estoy seguro de que sea una buena idea.

—Maxim, ya te lo he dicho, se viste como una universitaria.

—Es curioso que digas eso. Espero que se matricule en la universidad. Eso la ayudará a conseguir el visado. Y eso me recuerda…, tu madrastra…

—Mi Puercastra —me corrige.

—¿No es mecenas del Royal College?

—Sí. Ah. Música. ¿Por Alessia?

—Sí. ¿Qué opinas?

—Creo que es una buena idea. Es evidente que tiene mucho talento.

—Bueno, es posible que necesite el apoyo de la Puercastra.

Caroline resopla.

—Que tengas buena suerte. Nunca la he visto ser servicial ni agradable. No sé lo que mi padre ve en ella.

Caro siempre se queja de la mujer de su padre.

—¿Fuiste a clases de protocolo? —Cambio de tema.

—Por supuesto que sí. Kit insistió. Me dio bastante la tabarra, de hecho.

Contengo el aliento, sorprendido.

¿Kit? ¿Le dio la tabarra?

—Sí. Justo después de casarnos.

Kit insistió en que su esposa recibiera clases de protocolo y etiqueta.

Qué esnob. No tenía ni idea.

—Alessia quiere ir.

—Es una buena idea. Le dará confianza. A mí me ayudó. La academia a la que yo fui es estupenda. Está en Kensington. Te enviaré los detalles.

—Gracias. Y para dejarlo claro, la idea es de Alessia, no mía.

—Eres demasiado moderno, Maxim —protesta Caro—. Mi oferta sigue en pie. Me encantaría llevarla a Harvey Nicks. Con tu tarjeta de crédito. —Se ríe a carcajadas.

Descubro que sonrío a regañadientes.

—Hablaré con ella.

—Vale. Necesito redimirme.

—Pues sí.

Oliver llama a la puerta y entra.

—Tengo que dejarte. —Corto la llamada y lo miro—. He hablado con Caroline. Le parece bien encargarse del diseño de los interiores.

—Me alegra que ese tema esté resuelto. Aquí están los detalles de los gastos de su madre cargados a la sociedad patrimonial. —Me entrega una hoja de cálculo, y la escandalosa cifra de la parte inferior parece saltar de la página.

Pero ¿qué coño es esto?

Lo miro, escandalizado.

—Sí —me dice con los labios apretados en señal de desaprobación.

—¿Esto forma parte de su acuerdo de divorcio?

—Aquí tiene. —Me entrega otro documento—. He resaltado las cifras que necesita.

Lo ojeo rápidamente.

¡Guau! Siento un inquietante vacío en el estómago al entrometerme en los asuntos privados de mis padres. El divorcio acabó con la vida de mi padre. Murió porque se le partió el corazón, y jamás le he perdonado a mi madre su muerte.

—Esto es más del doble de lo que le corresponde.

—Sí, milord.

—De acuerdo. Me ocuparé de esto.

—Que tenga suerte, milord. —Me ofrece una sonrisa compasiva y se marcha.

Llamo a mi madre y salta de nuevo el buzón de voz.

—Rowena. Estoy a punto de cortarte el acceso a los fondos

familiares. Llámame. —Cuelgo y acto seguido llamo al banco para hablar brevemente con mi asesor sobre mi madre.

A continuación, le envío un mensaje de texto a Maryanne.

> Por favor, dile a tu madre que me llame.
> Le he dejado un montón de mensajes.
> No me hace ni caso.

Necesito respuestas. Y me sorprende que mi propia madre no tenga la cortesía de devolverme las llamadas. La vida que yo conocía pende de un hilo; mis esperanzas y mis sueños están en la cuerda floja.

Joder.

Si esta táctica no funciona, ya no sé qué hacer.

Alessia ha deshecho las maletas, ha limpiado y ha guardado todos los nuevos utensilios de cocina que Maxim y ella compraron online en John Lewis. Ha limpiado. Ha pulido. Ha hecho la colada. Todo está como los chorros del oro. Ha preparado la cena. Ha practicado varias piezas en el piano. Y ahora está sentada a la mesa de Maxim, usando su ordenador para comparar cursos de música y tomar notas. Mientras sopesa los méritos de la Royal Academy y los del Royal College, sus ojos se desvían hacia la tarjeta de visita de Ticia Cavanagh que sigue en la mesa. Recuerda la asombrada pregunta que hizo la abogada el día anterior.

«¿Otras? ¿También escaparon?».

La dulce cara de Bleriana, riéndose de uno de sus chistes mientras estaban en la parte trasera de aquel horrible y apestoso camión, le cruza por la mente. Tal vez Ticia pueda ayudarla a encontrarla. Es abogada. Ella debe de saber cómo. ¿Verdad?

Pasando por alto los sentimientos encontrados —esa mujer conoció a su marido en el sentido bíblico de la palabra—coge el móvil y marca su número.

—Despacho de Ticia Cavanagh —responde una voz masculina.

—Hola. Hum…, soy Alessia Trevelyan. Quería hablar con Ticia Cavanagh.

—Veré si está disponible.

La línea se queda en silencio, pero un momento después oye la voz de Ticia.

—Lady Trevethick, ¿en qué puedo ayudarla?

—Por favor, llámeme Alessia. Hum…, estoy… Es que…

—¿Se trata de su marido? —se apresura a preguntarle la abogada.

—No. No se trata de él. Creo que…, que su… relación con él sucedió antes de que me conociera. —No acaba de creerse que esté hablando de Maxim de esa forma. Se produce un incómodo silencio durante el cual Alessia la oye tomar una honda y brusca bocanada de aire.

—Yo también lo creo —dice al final y su respuesta es un alivio.

Al grano, Alessia.

—La llamo por las otras chicas que cayeron en la red de trata de personas conmigo. Quiero encontrarlas. Bueno, al menos a una de ellas. Si puedo encontrar a las demás, sería estupendo.

—Entiendo. No estoy segura de que esté en mi mano ayudar, pero ¿qué puede decirme?

Alessia se acomoda en el sillón de Maxim y mira sus notas. Ticia le ha dado el número de una empresa de investigadores privados con la que trabaja su bufete. Son discretos, pero caros. Quiere llamarlos; al fin y al cabo, ahora se lo puede permitir.

Pero ¿debería preguntarle a Maxim primero? En realidad, el dinero es suyo. ¿Aprobaría el plan? No lo sabe. Tal vez pensaría que es imposible, igual que Ticia, ya que Bleriana y las demás podrían estar en cualquier parte del país.

Sin embargo, tiene que intentarlo.

Además, eso le dará algo que hacer.

Por más que le guste estar en el apartamento, empieza a sentirse un poco atrapada. Tiene que salir.

Pero ¿no debería decírselo a su marido?

Su móvil vibra y es como si hubiera invocado a Maxim con el pensamiento.

—Hola —la saluda él, y el cariño de su voz le derrite el corazón.

—Hola. ¿Cómo va el trabajo? —Esa mañana salió temprano y estaba preocupado por algo. Supuso que se trataba de algo del trabajo.

—Va bien. Tengo una sorpresa para ti. Voy a enviarte una dirección. Está a poca distancia del apartamento. Nos vemos allí dentro de media hora —le dice él, y Alessia sospecha que lo hace con una sonrisa. Está emocionado por algo.

—De acuerdo —contesta, sonriendo a su vez.

—Dentro de media hora. —Maxim corta la llamada y al instante recibe un mensaje. Es una dirección en Cheyne Walk, lo que significa que tiene tiempo suficiente para hacer la llamada y empezar su misión de encontrar a Bleriana.

M e paseo de un lado para otro a fin de mantener el frío a raya mientras espero delante de la casa de Cheyne Walk, sin dejar de mirar hacia la calle para ver si veo a Alessia. Nuestro potencial nuevo hogar está situado detrás de la zona verde de Chelsea Embankment Gardens, lo que significa que —siempre que a Alessia le guste este lugar— ya no tendré que sufrir los molestos reflejos del río en el techo del dormitorio.

Espero que le guste. Creo que es fantástico para lo que necesitamos.

A través de los arbustos, veo el Támesis. Me detengo y respiro hondo, detectando el familiar olor de las aguas del río.

Mi hogar.

Cuando miro de nuevo, veo que Alessia camina hacia mí. Su rostro se ilumina al verme y corro a su encuentro.

—Hola. —La cojo de una mano—. Ven. Me hace ilusión enseñarte una cosa.

La sonrisa que esboza a modo de respuesta me anima y la llevo hacia una puerta de hierro. Me mira con expresión interrogante, y su curiosidad aumenta al verme teclear el código de acceso en la cerradura electrónica. La puerta se abre con un chirrido de protesta, y enfilamos el camino de losas en dirección a la reluciente puerta negra rematada con un espléndido montante semicircular.

Maxim se saca unas llaves del bolsillo y abre la puerta.

—Esto podría ser nuestro si te gusta —dice y la invita a pasar.

¿Toda la casa?

¡Debe de tener cuatro plantas!

Se encuentran en un amplio pasillo por el que se accede a un elegante comedor, tras el cual hay una enorme cocina moderna, con placa de inducción, similar a la del apartamento de Maxim. A través de las puertas correderas emplazadas al otro lado de la estancia, se ve un pulcro y cuidado patio trasero, en cuyo extremo se levanta lo que parece otra casa.

—Sí. Dos casas. Podríamos convertir esa en las estancias del personal de servicio —dice Maxim, señalando hacia el exterior.

¡Personal de servicio!

—¡Oh! —exclama Alessia.

Una planta más arriba descubre un espacioso salón recibidor que abarca toda la planta de la casa, decorado de forma elegante en suaves tonos crema, beis y tostados.

—Podemos redecorar —dice Maxim con el ceño fruncido, un gesto que Alessia interpreta como preocupación.

—Es precioso —replica ella de forma automática.

Está intimidada por el tamaño de la casa. Hay cinco dormitorios, todos con su propio cuarto de baño. El dormitorio principal cuenta con un cuarto de baño con dos lavabos de mármol, más una bañera ovalada, una ducha lo bastante grande como para dar cabida a cuatro personas y dos vestidores que cubrirán de sobra sus necesidades y las de Maxim.

—¿Qué opinas? —La está mirando, nervioso.

—¿Quieres que nos mudemos?

—Sí. Necesitamos espacio.

—¿Cinco dormitorios?

—¿Preferirías algo más pequeño? —Frunce el ceño.

—No había pensado en un lugar tan grande… Supongo que algún día tendremos niños. —Se pone colorada al pensarlo, aunque no sabe por qué.

—Sí. Algún día —repite él en voz baja y cierra los ojos como si fuera una idea dolorosa.

—Algún día —replica Alessia, preguntándose por qué le resulta doloroso pensar en eso—. Quieres tener hijos, ¿verdad?

Él asiente con la cabeza, pero su mirada le dice otra cosa. Tiene miedo.

¿Por qué?

—¿Podemos poner un piano aquí? —pregunta Alessia con alegría para distraerlo.

Maxim se ríe.

—Por supuesto. No pienso dejar atrás el piano de cola pequeño. Ven y te enseño el sótano.

Volvemos al apartamento cogidos de la mano.

—¿Has vivido allí antes? —pregunta Alessia.

—No, no había pisado esa casa hasta hoy.

—¿Te gusta?

—Sí. —Le aprieto la mano—. ¿Y a ti? Podemos crear nuestros propios recuerdos en ella.

Alessia me mira con… asombro o alivio, no lo sé. Pero me regala una preciosa sonrisa.

—Sí. Nuestros nada más.

Volvemos la esquina, y me alivia descubrir que no hay paparazzi. Ya no somos noticia.

Mientras entramos en el apartamento, me llaman por teléfono. Es mi madre. *Por fin.*

15

—Es Rowena. Tengo que contestar —murmuro, y tras dejar a Alessia para que sea ella quien cierre la puerta, echo a andar hacia la privacidad de nuestro dormitorio y contesto—. Rowena. Muchas gracias por devolverme la llamada —digo, rebosando sarcasmo con cada palabra.

—Maxim, tus mensajes no pueden ser más groseros. ¿Cómo esperas que quiera hablar contigo? ¿Y qué coño significa que me has cortado los fondos?

¡Soltando tacos y todo! Mi madre está cabreada.

—Pues justo eso. Te llamé hace días, y no me has contestado. Tú sí que has sido grosera.

—Cuando aprendas a demostrar más educación mandando mensajes, te contestaré más rápido. Se atrapan más moscas con miel que con hiel, Maxim. Un hombre con tus apetitos seguro que lo entiende.

¡Qué!

—Menudo futuro tiene la sociedad patrimonial si te pones a gritarle a todo el mundo por teléfono —sigue.

—Eso te convierte en la mosca de la analogía —señalo—. Ese tipo de mensajes solo los recibes tú, madre. ¡Y no creo que seas las más apropiada para sermonearme sobre mis apetitos!

La oigo tomar aire con brusquedad.

—Entonces ¿me has dejado sin fondos para controlarme?

—No. Te he dejado sin fondos porque estás superando la cantidad estipulada en tu acuerdo de divorcio. —Silencio al otro lado de la línea, por eso sé que está que trina—. ¿Pensabas que no me daría cuenta? A lo mejor Kit dejó que te salieras con la tuya. —Tampoco obtengo respuesta para eso... y esta discusión no me ayuda en absoluto. Respiro hondo en un intento por controlar mi genio—. Pero no te he estado llamando por esto. ¿Sabías que Kit estaba viendo a un asesor genético?

Oigo a mi madre contener el aliento al otro lado de la línea.

—¿Cómo? —susurra, y su tono de voz me dice que se ha llevado un sorpresón.

—Sí. Esperaba que pudieras explicarme por qué.

—No —dice y debe de haber apretado los labios para contener un grito que me pone los pelos de punta y me hace cambiar de actitud.

—¿Qué quieres decir con «no»? ¿Qué sabes? —le pregunto con un hilo de voz.

—Esto no tiene nada que ver contigo, Maxim. Nada. Olvídalo. —El pánico la hace ser borde.

—¿Qué quieres decir?

—¡Olvídalo! —grita, y se hace el silencio.

¡Me ha colgado!

No lo ha hecho en la vida y, además, ha gritado, algo impensable en ella, tan fría y distante. Presiono la rellamada y salta directamente el buzón de voz. Llamo de nuevo, con el mismo resultado.

Algo va mal. Muy mal. Miro el móvil, sumido en la más absoluta confusión.

Pero ¿qué coño está pasando?

Llamo a Maryanne y también salta el buzón de voz.

—M. A., llámame. La Matriarca parece más irracional de la cuenta. —Hago ademán de guardarme el móvil en el bolsillo, y en ese momento me llaman. Miro la pantalla y respondo—. M. A.

—Maxie. ¿Qué coño le has dicho a tu madre? Acaba de salir dando un portazo.

Mierda. Tengo que ser sincero con mi hermana.

—¡Mi madre! También es la tuya. Y no quería molestarte con esto, Maryanne. —Le explico brevemente lo de las cartas que Caro encontró del médico de Kit y de la clínica de asesoramiento genético, lo de la negativa del doctor Renton a arrojar luz sobre el tema, y la negativa de nuestra madre.

—¿Y no pensabas decírselo a la única persona con estudios de Medicina en la familia? —me suelta Maryanne.

—No quería preocuparte. Sé que estás ocupada.

—¡Maxim! A veces eres imbécil. ¿Qué ha dicho exactamente tu madre?

—Así, resumiendo, tu madre me dijo que no era asunto mío.

—Qué raro.

—Exacto.

—¡Ah! —exclama Maryanne en voz baja, como si se le hubiera ocurrido algo desagradable.

—¿Qué?

—Luego te llamo.

—Maryanne…

Me ha colgado.

Pero ¿qué coño es esto?

Las mujeres de mi familia van a volverme loco.

A lessia trata de controlar la ansiedad, pero se expande por su pecho, haciendo que el corazón se le acelere. ¿Qué ha pasado? ¿Por qué ha contestado Maxim una llamada de su madre en privado? No es un hombre dado a secretismos. ¿O sí? Pero ¿qué es lo que no quiere que oiga? ¿Qué quiere ocultarle?

Echa a andar hacia la cocina para evitar la tentación de pegar la oreja a la puerta del dormitorio. Con la intención de distraerse, se dispone a preparar la cena. Sin embargo, su mente empieza a analizar lo preocupado que ha estado Maxim durante los últimos días.

Menos en la cama.

Frunce el ceño al pensarlo. Había supuesto que estaba distraído por el inesperado encuentro con Ticia Cavanagh y su reacción posterior. Pero tal vez no. La noche anterior, mientras buscaban conservatorios superiores donde estudiar música, se distrajo tanto que acabó preguntándole si quería continuar. Él le aseguró que sí, pero era evidente que algo lo preocupaba. Todavía lo hacía. Ella lo sentía.

Cuando levanta la mirada después de rallar el queso parmesano, descubre a Maxim apoyado en el marco de la puerta, observándola. Parece nervioso. Desconcertado incluso.

Oh, no.

—¿Qué pasa? —le pregunta Alessia.

Maxim entra en la cocina y se pasa una mano por el pelo, alborotándoselo tal y como a ella le gusta. Sin embargo, tiene los ojos abiertos de par en par por la incredulidad y la confusión, como si estuviera librando una batalla interior.

—¿Qué te ha dicho tu madre? —le pregunta para incitarlo a hablar.

—Me ha colgado. —Levanta las manos consternado—. Y necesito que me responda ciertas preguntas… —Guarda silencio, pero se acerca a ella y le acaricia una mejilla con los nudillos. El roce reverbera de forma seductora por todo su cuerpo—. Nada de lo que necesites preocuparte.

—Pero tú sí estás preocupado —murmura ella.

Maxim cambia de postura, aprieta los dientes y vuelve a pasarse una mano por el pelo, claramente frustrado.

—¿Quieres ir a verla?

—La idea me tienta. Rowena vive con Maryanne cuando está en Londres. Comparten una casa en Mayfair. Se pasa la vida entre Londres y el apartamento de Manhattan. Ahora está aquí. —Mira la hora en su reloj—. Tal vez podría ir a pedirle explicaciones. —Sin embargo, tuerce el gesto y menea la cabeza.

—¿Qué respuestas necesitas?

Suelta el aire de golpe.

—En serio, no te preocupes por eso. Es un tema que me comentó Caroline el lunes.

—¿Caroline? —Alessia se pone en alerta de inmediato.

Maxim frunce el ceño y abre los ojos de par en par, como un conejo sorprendido por los faros de un coche.

—Sí. Fue a verme al despacho, con unas cartas relacionadas con Kit.

—Ah.

Caroline.

¿Por qué va a ver a Maxim a su despacho cuando ella no ha puesto todavía un pie en el edificio? Y sabe que no son los celos los que la molestan. No quiere que su marido esté a solas con su cuñada.

Con su antigua amante.

Porque, en el fondo, no confía en Caroline.

¿Confía en su marido? En fin, se está enterando con retraso de que fue a verlo al despacho…

Alessia hace caso omiso de la insistente vocecilla de su cabeza mientras ve que Maxim aprieta los labios, enfadado, y cierra los ojos. Cuando los abre de nuevo, parece irritado.

—Alessia —dice—, no es nada de lo que debas preocuparte. Vamos a salir. Necesito cambiar de aires. Vamos a comer fuera. —Su voz tiene un deje exasperado.

—Vale. —Alessia cede de inmediato. Ya horneará la lasaña mañana. O también puede congelarla.

Maxim la mira con los ojos entrecerrados.

—Podemos quedarnos si quieres. Pero tienes que decirme lo que quieres hacer. Esta sociedad es de los dos. —Agita una mano entre ambos con voz lacónica.

¿Está enfadado con ella?

De repente, Alessia siente que están al borde de un precipicio y no sabe qué decir ni qué hacer.

¿Por qué está tan alterado? No le ha hablado de Caroline. Ni de las cartas relacionadas con Kit.

¿Cómo debe sentirse al respecto?

No obstante, es evidente que está angustiado por algo, y no cree que tenga que ver con Caroline. No quiere que también se preocupe por ella.

—Podemos hablar de la casa —añade él en un tono más suave.

Alessia asiente con la cabeza y lo coge de una mano.

—Ya descubrirás lo que sea que esté pasando. Siempre lo haces. —Se acerca a él y lo estrecha entre sus brazos.

L a confianza de Alessia me conmueve, aunque creo que no la merezco. Sin embargo, su contacto y sus palabras me calman. La calidez de su abrazo se extiende por mi pecho mientras me relajo poco a poco. La estrecho con fuerza y le beso la coronilla, agradecido de que esté conmigo.

—Tanto mi madre como mi hermana están muy raras.

—Eso parece… frustrante —contesta Alessia—. Comeremos fuera. Voy a cambiarme de ropa.

—Con los vaqueros estás bien. —Guardo silencio, la agarro por las manos y le levanto los brazos como si estuviéramos a punto de bailar alguna danza tradicional. Dejo que mi mirada le recorra el cuerpo, haciendo caso omiso de la habitual tensión que se apodera de la parte inferior de mi cuerpo.

Caro tiene razón.

Alessia necesita ropa adecuada para una condesa. No es una universitaria.

—Vamos de compras. Necesitas ropa. Ropa apropiada —digo, y Alessia me mira boquiabierta—. Eso es. Vamos ahora mismo.

—Miro la hora—. Harvey Nicks no cierra hasta dentro de dos horas por lo menos.

—Pero…, pero… No sé ni por dónde empezar.

—Tienen servicio de asesor de compras personal. Lo usaremos.

Y será una maravillosa distracción de todas estas chorradas genéticas.

A Alessia le da vueltas la cabeza. En menos de hora y media es la orgullosa dueña de un «armario cápsula» con «prendas básicas» que podrá repetir durante los próximos meses. El precio es desorbitado, pero Maxim parece encantado y, en el fondo, ella también lo está. Ya no se sentirá como una limpiadora cuando esté al lado de Caroline.

Maxim escribe la dirección de entrega en el bloc de notas de la asistente personal de compras.

—Lo tendrá todo mañana por la mañana, señor Trevelyan.

La chica pestañea mientras mira a Maxim, pero él pasa de ella y no le corrige el error en el tratamiento.

—¿Vamos a comer? —le pregunta a Alessia, cogiéndola de la mano.

—Sí. Y gracias. Por todo esto. —Mira las bolsas que contienen su ropa y sus zapatos nuevos.

—No hace falta que me lo agradezcas. —Frunce el ceño como si se le hubiera ocurrido un pensamiento importantísimo—. Quiero cuidar de ti. —Se inclina y le da un pico en los labios—. Cruzaremos la calle para cenar en el Mandarin Oriental.

Alessia coge su nuevo bolso de Saint Laurent, y salen de la tienda de la mano, mientras las palabras de Maxim se repiten una y otra vez en su mente.

«Quiero cuidar de ti».

No está segura de lo que sentir al respecto. Quiere ser algo más que un objeto que ha pasado de manos de su padre a manos de su marido. Su breve apuesta por la libertad nada más llegar al Reino Unido fue un intento por trabajar para sí misma. Por desgracia, le salió mal. Pero encontró a Maxim. Aunque a estas alturas se siente un poco perdida.

Él quiere una sociedad igualitaria entre ellos.

¿Cómo puede contribuir ella?

Maxim le da un apretón en la mano, distrayéndola de sus pensamientos, y juntos cruzan la calle, esquivando el tráfico de camino al magnífico edificio del hotel Mandarin Oriental Hyde Park.

—Por aquí —dice Maxim, mientras echan a andar hacia el restaurante The Aubrey.

La lengua de Alessia asoma entre sus labios mientras se concentra en el uso de los palillos y recuerdo la primera vez que los usó, en Mustique. El chef nos preparó un exquisito plato de sushi y sashimi, y tras ponérmela en el regazo le rodeé una mano para enseñarle cómo debía usarlos. Como en todo lo demás, aprendió rápido.

—Recuerdas cómo se usan los palillos.

Ella parpadea y me sonríe encantada mientras atrapa una porción de hamachi.

—¿Te gusta la casa?

—¿Cómo no me va a gustar, Maxim? Es preciosa.

—Bien. Haré los preparativos para la mudanza. Pero, si quieres redecorar, deberíamos hacerlo antes.

—Me gusta como está ahora. Tal vez deberíamos vivir un tiempo antes de decidir si necesitamos cambiar la decoración.

—Me parece sensato.

Me vibra el móvil. Es un mensaje de Maryanne.

Mamá está en el aeropuerto.

Se vuelve a Nueva York.

Miro a Alessia con cara de disculpa antes de responder al mensaje.

¿Cómo? ¿Por qué?

No me lo ha dicho.
Me mandó un mensaje
antes de embarcar.

Y ya está. ¿Sin más explicación?

¡Ninguna!

Pero ¿qué coño es esto?
Acaba de llegar de Nueva York y ya va de regreso.

—Perdona —le digo a Alessia en voz baja. Me levanto de la mesa y llamo a mi madre mientras echo a andar hacia el vestíbulo. Tal como me temía, salta el buzón de voz—. Mamá, por favor. ¿Qué está pasando? ¿Qué sabes? ¿Es grave? Acabo de casarme. Yo…, yo… ¡Queremos tener niños! Llámame. Por favor. —Me tienta la idea de ir a Heathrow y seguirla hasta Manhattan, pero sé que ya no llego al último vuelo de la noche. Tal vez mi súplica despierte un mínimo de instinto maternal, si es que le queda algo.

Colega.
Mi madre no es famosa por sus sentimientos ni por su instinto maternal.

Joder.
¿Y si Alessia y yo vamos a Nueva York a verla?

Mierda. Alessia necesitará un visado.
Vuelvo a la mesa y ella levanta la mirada.

—¿Todo bien?

—Sí. He llamado otra vez a Rowena y le he dejado un mensaje en el buzón de voz. Ha vuelto a Nueva York, así que esta noche ya no sabré nada de ella. Vamos a disfrutar. —Bebo un sorbo de sake, y Alessia levanta el pequeño cuenco de porcelana.

—*Gëzuar*, Maxim —dice.

—A tu salud, querida esposa.

—En Japón, tienen sake; en Albania, raki. ¿Qué tienen los ingleses?

—Ginebra, supongo. No paran de surgir destilerías para saciar la sed de ginebra inglesa de la nación.

Ella sonríe.

—Me gustaría probarla.

No tengo ninguna reunión por la mañana.

—Vale. Lo haremos.

Es medianoche y mi esposa ha bebido demasiado. Ya la vi achispada cuando estuvimos en Cornualles y se cayó al mar, pero ahora está borracha.

Por mi culpa.

Alessia no está acostumbrada al alcohol, y debería haberla vigilado mejor. Estoy seguro de que mañana tendrá resaca.

—Vamos, princesa. Te tengo. —La sostengo con fuerza contra mi costado mientras salimos de Loulou's entre un mar de flashes de cámaras y entramos en el taxi dando tumbos. Una vez sentados, le indico la dirección al taxista sin apartar el brazo de mi esposa.

Alessia me regala una sonrisa torcida.

—*Maxshim.*

—Creo que te has pasado con el sake y la ginebra, cariño.

—Ajá. Me gusta la ginebra. Pero es divertido. Ha sido divertido —se corrige—. Ha estado bien conocer a tus amigos.

—Creo que los has deslumbrado.

—Tienes muchos amigos. Muchas amigas también. ¿A cuántas te has… llevado a la cama?

¡Vaya!

—¿Cómo?

—¿A cuántas? —Me mira, con esos ojos oscuros vidriosos y desenfocados. Cierra uno y me mira un poco bizca, intentando parecer seria.

A dos. Creo.

—Ya hablaremos de esto cuando lleguemos a casa.

Cuando empezamos la noche, no sabía que acabaríamos en Hertford Street. Pero después de los días tan asquerosos que hemos pasado, parece que ambos queríamos desahogarnos.

¿Tanto?

Acerco a Alessia y la beso en la frente. Ella levanta la cara y me ofrece los labios, frunciéndolos.

¿Cómo voy a resistirme?

Le doy un pico.

—¿Por qué tantas amantes, *Maxshim*? No lo entiendo —dice Alessia.

—¿Podemos hablar de esto cuando se te pase la borrachera?

Ella sopesa mi pregunta.

—Ajá. No lo olvidaré.

Espero que sí.

Me preocupa que me interrogue sobre el tema. Pensé que lo habíamos zanjado el otro día. Pero parece obsesionada con mi vida sexual de antes de conocerla, y no sé por qué. No me he pasado de la raya con ninguna de las mujeres que hemos visto esta noche. ¿O sí? Creo que mi comportamiento ha sido amistoso. Pero solo eso, amistoso. Incluso con Natasha y Sophie, dos antiguos rollos de una noche. Suspiro y le froto la cabeza a Alessia con la nariz, mientras me pregunto cómo puedo tranquilizar a mi esposa.

Maxim sienta a Alessia en el borde de la cama.

—Vamos a desnudarte. —Se pone de rodillas y le quita las botas.

Alessia extiende los brazos y le pasa los dedos por el pelo.

—Qué suave —susurra.

Maxim le quita los calcetines, se pone en pie y le quita la chaqueta como puede.

—Las fotografías —dice Alessia, que se tambalea mientras se vuelve hacia los desnudos—. ¿Conoces a estas mujeres?

—Sí. —Arroja la chaqueta al sofá.

—En el sentido..., hum..., bíblico.

Joder.

Maxim la agarra de la barbilla y la obliga a mirarlo. Ella entorna los párpados para enfocar la mirada.

—Alessia, tienes que dejar de pensar en eso. Por tu cordura y por la mía. Quitaré las fotos. Ha sido muy desconsiderado por mi parte dejarlas aquí. Lo haré mañana. —Se inclina para besarla, su lengua húmeda y cálida, y ella le pasa los brazos por el cuello y acaban en la cama. Maxim cae de costado, sin apartar los brazos de Alessia.

Ella lo observa a la luz de la lamparita.

Su marido.

Su amante.

Su casanova.

Le brillan los ojos como si fueran dos esmeraldas, con las pupilas dilatadas. Le pasa las manos por el mentón, áspero por la barba, y recorre sus suaves labios, que él separa mientras inspira.

—Te quiero —susurra—. Pero no quiero ser un objeto.

—¿Un objeto? —La mirada de Maxim se enfría. Las dudas apagan el fuego.

—Quieres que esto sea una sociedad. ¿Qué aporto yo?

Él jadea.

—Todo. —Pronuncia la palabra como si fuera una oración.

Alessia le coloca una mano en la mejilla y, de repente, siente un nudo en la garganta.

—Oye, ¿a qué viene esto? —Maxim la mira a los ojos y ese rostro tan querido empieza a disolverse por culpa de las lágrimas—. Alessia, ¿qué pasa?

Ella menea la cabeza mientras la pregunta agita el torbellino ebrio de su mente.

Tantas mujeres.

—Contéstame —le suplica y añade al ver que no lo hace—: Amor mío, lo arreglaremos. Todo saldrá bien. Confía en mí. —La besa en la frente—. Te quiero. —Tira de ella para pegarla a su cuerpo y abrazarla.

El nudo de la garganta de Alessia se disuelve poco a poco, y la preocupación desaparece al sumirse en el sueño inducido por el alcohol.

La respiración de Alessia se relaja, y sé que se ha quedado dormida, pero no me muevo. No quiero molestarla. En cambio, clavo la mirada en el techo, desconcertado. ¿Qué ha provocado su estallido emocional? ¿El alcohol? Creía que era feliz. ¿Me habré engañado? He estado tan pendiente de mis propios problemas que ni se me ha pasado por la cabeza pensar en si se ha adaptado bien a su nueva vida en Londres. Ella me ha apoyado en todo momento, siempre tan generosa, consolándome mientras me ocupo del misterio genético de mi madre y de Kit, aunque no sabe nada al respecto. Y no quiero decírselo, porque eso aumentará su nerviosismo.

Y podría replantearse lo nuestro.

Tío, ni lo pienses.

Estar encerrada en el apartamento tal vez le esté pasando factura. Lo tiene impecable —en eso sí me he fijado—, pero necesita más. Necesita amigos. Está aquí sola, aislada, y solo me tiene a mí.

Joder, colega.

Mañana recorreremos los conservatorios de música de Londres para ver si puede matricularse en alguno y buscaremos un centro donde pueda recibir clases de protocolo y etiqueta. Así se sentirá menos sola y estará más ocupada. Si ese es el problema, eso la ayudará.

Eres tú, tío. La estás molestando.

Con tus putas gilipolleces.

Suspiro. Que Caroline descubriera el pastel tampoco ayudó. Entiendo que Alessia no quiera oír hablar de ella. Al revelar nuestro pasado sexual, Caro sembró la duda en su mente sobre mi fidelidad, y luego nos encontramos con Leticia, y eso ya fue el remate. Me froto la cara con las manos mientras intento olvidar el incómodo momento. Alessia ha tenido que enfrentarse a mis antiguas aventuras sexuales desde que me conoce.

Suelto el aire y se me ocurre una cosa. Quizá nuestras diferencias culturales le resulten difíciles. Algo que me llamó la atención de la vida en Kukës fue la segregación entre hombres y mujeres.

Tal vez se deba a eso. No entiende que aquí hombres y mujeres pueden follar y ser amigos.

¿Por qué tantas amantes?

Es una buena pregunta, y creo que esa es la respuesta. El sexo aquí es una actividad recreativa para muchos, incluyéndome a mí. Lo sigue siendo, pero con mi esposa es mucho más satisfactorio.

¿Por qué?

¿Se debe al amor?

Sí. Al amor.

Evitar la intimidad ha sido una forma de vida para mí, y nunca ha supuesto un problema hasta que encontré a Alessia y me enamoré.

Ya está. Eso es todo. Y ella no lo entiende. Sonrío. Aliviado.

Creo que he descifrado el motivo de su preocupación.

Me aparto despacio de mi chica, me pongo de pie y me desnudo. Antes de dirigirme al baño, quito las dos fotografías de la pared y las llevo al vestidor.

Qué pena. Me gustan estas fotografías.

Unos de mis mejores trabajos.

Y sí, las conocí a ambas en el sentido bíblico, ¿o debería decir sentido recreativo?

Cuando salgo del cuarto de baño, me siento mucho más tranquilo. Le quito a Alessia los vaqueros con cuidado. La arropo con el nórdico, me acuesto y me acurruco a su lado para dormir.

—¿En qué estás pensando, cariño? —La beso en la cabeza, y ella murmura mi nombre.

¿En mí?

La idea me gusta más de la cuenta.

Tal vez se siente abrumada por estar aquí. Una nueva vida con un exmujeriego. Con un libertino.

Tal vez se trata de eso.

Necesita entender que he dejado atrás todo eso.

Sí. Exacto.

Cierro los ojos y me dejo llevar por el sueño con el olor de Alessia invadiéndome los sentidos.

16

El olor a café recién hecho me despierta de un sueño seductor.

Alessia.

Una bata azul.

Pantalones de pijama de Bob Esponja.

Bragas rosas.

Abro los ojos y la descubro de pie al lado de la cama, vestida de seda color crema y tan guapa como siempre…, salvo por la titubeante sonrisa.

—Buenos días —me saluda mientras deja una taza en la mesita de noche.

—Buenos días, amor mío. Gracias por el café.

—Son más de las nueve y media.

—¡Uf, se me han pegado las sábanas! —Me froto la cara con las manos y me incorporo para sentarme mientras ella se sienta a mi lado—. ¿Cómo estás?

—Bien. Antes me dolía la cabeza.

—¿Ya estás mejor?

Asiente con la cabeza en silencio.

—Lo siento. No quería emborracharme tanto. Espero no haberte avergonzado.

—Cariño, no necesitas disculparte. No hiciste nada malo.
—Me horroriza que sienta la necesidad de expresar sus remor-

dimientos—. Conquistaste a mis amigos. Sería imposible que no lo hubieras hecho.

—Me alegro de haberlos conocido.

—Espero que te cayeran bien. Debo confesar que antes era yo quien se emborrachaba todas las noches. Conocerte probablemente me ha salvado el hígado.

Su mirada se ablanda.

—Me gustaron tus amigos. Son simpáticos. Y me gustó la ginebra. Quizá muchamente. —Agacha la mirada hacia sus manos, que tiene en el regazo.

—Ah, ¿sí? Bien. La próxima vez, serán amigos y ginebra con moderación. —Le acaricio la barbilla con los dedos y le vuelvo la cara para que me mire—. Anoche dijiste algunas cosas. He estado preocupado con mis propios problemas y no te he preguntado si todo va bien o si puedo hacer algo para ayudarte a que esta nueva vida te resulte más fácil.

—Hace pocos días que volvimos de la luna de miel.

—Lo sé. Pero aun así.

Traga saliva y la veo enderezar la espalda como si hubiera reunido fuerzas para decir algo que desconozco. De repente, se me encogen las tripas por el miedo, como si se retorcieran.

—Maxim, quiero intentar encontrar a una de las chicas que cayó conmigo en la red de tráfico de personas.

Mi alivio es instantáneo.

—Oh. De acuerdo —replico con cautela—. Pero ¿cómo vas a buscar a alguien que puede estar en cualquier lugar?

—He hablado con Ticia Cavanagh.

Mierda. El miedo vuelve con todas sus fuerzas.

—¿Y?

Ella sonríe, y creo que me está leyendo como el libro abierto que soy.

—No hablamos de ti. Aunque tal vez deberíamos… ¿comparar notas?

¡Se está riendo de mí!

—¡Alessia! —No sé si lo digo a modo de advertencia para que deje el tema de una puta vez o para alabarla por su ingenio.

—Me dio el número de una agencia de investigación —me explica de forma apresurada— que a lo mejor puede ser de ayuda. Necesito encontrarla.

La miro fijamente, presa de la ansiedad.

Eso parece algo imposible.

—Bleriana solo tiene diecisiete años —dice en voz baja.

—Por Dios. Qué espanto. —Cierro los ojos, renuente a pensar en el horror que han soportado Alessia y su joven amiga—. ¿Se escapó contigo?

—Creo que sí. Eché a correr para salvar mi vida, no me dio tiempo a comprobar si… —Deja la frase en el aire, como si hubiera fracasado.

¡No!

Me la coloco en el regazo y la rodeo con mis brazos.

—No quería insinuar… Por Dios, Alessia. Me alegra que hayas escapado. Sabrá Dios qué habría… —Guardo silencio mientras pienso en un sinfín de espantosas posibilidades—. A ver, no creo que sea buena idea que vuelvas a involucrarte en ese mundo tan espantoso. Ni siquiera desde la distancia. No me perdonaría si llegara a pasarte algo por buscarla. —Siento que se tensa entre mis brazos—. No estoy dispuesto a volver a perderte. —La estrecho con más fuerza y le entierro la nariz en el pelo—. Por favor.

—Pero…

—No, Alessia. —Inhalo su olor—. Mi respuesta es no. Es demasiado arriesgado. Hablaré con Tom. Su empresa también hace trabajos de investigación privada. No sé si se dedican a buscar personas desaparecidas, pero tal vez él pueda ayudar.

Se aparta de mí con un brillo reluciente en esos ojos tan oscuros, y no sé si quiere discutir por esto.

—Gracias —dice y me echa los brazos al cuello—. Si Tom puede encontrarla… —Siento la calidez de su aliento en el cuello. Se le quiebra la voz—. Yo…, yo tuve suerte. Y me siento culpable. Conseguí escapar.

Se me hiela la sangre en las venas.

—Por Dios, no. No pienses eso, Alessia. —Si esos matones la hubieran atrapado… Cierro los ojos de nuevo, imaginando todos los círculos del infierno… y a Alessia en el centro, en el peor de todos—. No pienses eso, cariño. Nunca. No te estoy suplicando. Te lo estoy ordenando. Esos hombres eran monstruos. —Le tomo la cabeza entre las manos, y ella me mira a los ojos.

—Vale —susurra y, al cabo de un instante, me tira del pelo y me besa en los labios.

—El café está frío. —Froto la nariz de Alessia con la mía, mientras me tumbo a su lado, agotado.

Ella se ríe.

—Puedo hacer más. Y preparar el desayuno.

—No, no te vayas. Yo lo hago. Y para ti también. —La beso en la mejilla.

—¡No! —Me agarra del pelo, arañándome la cabeza—. No te vayas. —Me pega esas fantásticas tetas al pecho y me pasa una pierna por la cadera.

Uf, allá vamos… ¡otra vez!

Estoy debajo de la ducha, dejando que el agua se lleve la resaca, sintiéndome más espabilado.

Es el sexo.

Dos veces en una mañana. Me apunto.

Alessia es voraz. *¿Quién iba a imaginarlo?* Sonrío con la cara hacia la cascada de agua que me cae encima.

Hoy parece mucho más feliz, y empiezo a analizar el estado mental que tenía anoche. Creo que está sufriendo por estar encerrada, por la falta de amigos y por la culpa del superviviente. Quizá sea un recordatorio de mi antigua vida.

Alessia y yo seguimos conociéndonos, pero normalmente es tan autónoma y estoica que su arrebato me sorprendió por completo. Me alegra que hayamos hablado, y hoy llamaré a Tom y pondré en marcha lo que seguramente sea una búsqueda inútil, pero, por el bien de Alessia, y por el de su amiga, podemos intentarlo.

Cierro el grifo y salgo de la ducha para examinarme la barbilla, listo para afeitarme.

No. Hoy no.

Me dejo la barba, a mi mujer le gusta, y vuelvo al dormitorio con una toalla alrededor de la cintura. La cama ya está hecha.

Aunque saques a la chica de Albania… Sonrío.

Me alegra que haya salido de allí.

Conmigo.

Aunque no sé qué pensar de su misión. ¿Es inteligente? Supongo que será inútil. ¿Cómo dar con una inmigrante que entró en el país sin documentación, víctima de una red de tráfico de personas?

Podemos intentarlo desde la seguridad de la distancia, porque no voy a permitir que nadie la acerque de nuevo a ese espantoso submundo.

Necesito mantenerla a salvo.

Oliver está haciendo el repaso del balance mensual de pérdidas y ganancias de cada una de las propiedades. Nos va sorprendentemente bien, y sé que lo mejor fue dejarme llevar por el instinto de no meterle mano a nada hasta entender cómo funcionaba todo.

—Así que no obtenemos grandes beneficios de las casas, pero es suficiente —anuncia Oliver.

—He estado pensando en una manera de invertir esos beneficios en las propiedades.

Oliver levanta la cabeza, tan sorprendido por mi rara muestra de espíritu emprendedor que casi suelto una carcajada.

—Ginebra, Oliver. Ginebra Trevethick.

—Ah, esa es una idea interesante.

—Hablaré con Abigail Chenoweth sobre la cosecha de patatas de Rosperran. Y con Michael sobre el granero de la zona norte de Tresyllian Hall.

Oliver asiente con la cabeza.

—Ese podría ser un buen lugar para una destilería.

A lessia pulsa el botón del portero automático de una puerta anodina en un callejón de Covent Garden donde se lee un discreto cartel: MPPI. Es la agencia de investigación privada de Maddox Peacock.

—¿Quién es? —responde una voz gruñona.

—Hola. Me llamo Alessia Dem… Trevelyan. Tengo una cita. —No había tenido el valor de decirle a Maxim que ya había concertado una cita con la agencia.

¿Qué daño podría hacer?

Si buscan a Bleriana por dos cauces distintos, tal vez obtengan mejores resultados.

Sabe que está desafiando a su marido, y se siente culpable, pero como el mismo Maxim le dijo una vez: es mejor pedir perdón que permiso.

Ella le ha pedido permiso.

Él le ha dicho que no.

Con rotundidad.

O Zot. Oye el zumbido de la puerta cuando se abre y entra en un pasillo mugriento. Sube las escaleras sin pérdida de tiempo. En la parte superior hay una sala de espera con sillones y una mesita. La puerta de una de las oficinas se abre, y sale a saludarla un hombre alto y de constitución atlética, de pelo rubio.

—Alessia Trevelyan, soy Paul Maddox. —Sus brillantes ojos azules la evalúan con frialdad mientras una de sus grandes manos envuelve la de ella para saludarla con un firme apretón.

Alessia traga saliva, intentando no sentirse intimidada.

—Por favor, por aquí. —La guía hasta un despacho pequeño y desordenado, que parece reducirse por el tamaño de sus hombros, y la invita a sentarse en una silla emplazada delante de una mesa de madera llena de papeles. Alessia toma asiento y espera a que él también lo haga—. ¿En qué puedo ayudarla, señora Trevelyan? —pregunta mientras mira su alianza, y sabe que la está evaluando. Se alegra de haberse puesto sus nuevos pantalones a medida, la blusa de seda color crema, la chaqueta negra y los mocasines de Gucci.

—Estoy buscando a una persona desaparecida y quiero localizar a una familia.

—¿Es el mismo caso?

—No. Estoy intentando encontrar a una chica que trajeron a Inglaterra desde Albania a través de una red de tráfico de personas y también me gustaría localizar a la familia de una mujer inglesa. Se llamaba Virginia Strickland. —Saca del bolso una pequeña foto en blanco y negro de su abuela de joven, vestida con un jersey oscuro de manga corta, pendientes de perlas y la cabeza ladeada mientras le sonríe a la cámara. Se la entrega a Maddox.

—Entiendo, señora Trevelyan. Dos casos. Déjeme tomar algunas notas.

Después de mi reunión con Oliver, llamo a Tom y le pregunto si la intención de Alessia de encontrar a su amiga es ridícula o si es posible localizar a alguien después de haber entrado en el país de manera ilegal.

—Bueno, es un desafío —dice Tom después de haberle explicado la situación, y casi oigo que los engranajes de su cerebro chirrían al girar—. ¿Cuántas mujeres? —pregunta.

—Creo que había seis, incluyendo a Alessia.

—Qué horror.

—Sí. Alessia intentó que las demás huyeran con ella.

—¿Dónde fue eso?

—En el área de servicio de una autopista, no sé más.

—Es posible que podamos seguir el rastro de las chicas; pero, eso sí, va a ser difícil. Necesito más información. Puedo hacer averiguaciones con la policía. Tengo un contacto. Lo conoces. ¿Recuerdas a Spaffer, del colegio?

—¿Cómo iba a olvidarlo? —Todo el mundo le tenía miedo a Charlie Spafford. No me extraña que se haya unido a la policía.

—Es un mandamás. Lo llamaré. Creo que está en una unidad contra el crimen organizado. Quizá sepa algo de la red que descubriste en Cornualles. Veré si hay alguna pista que nos ayude a localizar a las chicas.

—Parece un buen plan, pero no quiero que tu investigación lleve a alguien a reconocer a Alessia. Solo me faltaba que aparezca el sargento Nancarrow.

—Entendido, amigo. No sabía que la pobre Alessia había sufrido una experiencia tan traumática.

—Debemos mantenerla al margen de todo esto. Entró en el país de forma ilegal.

—Entendido. Pero quiero hablar con ella. Si recuerda algo del lugar, tal vez podamos localizar la estación de servicio y es posible que algunas de las chicas sigan por la zona.

—Hablaré con ella.

—Recibido.

Pongo los ojos en blanco. Es imposible que deje de comportarse como un militar.

—Gracias, Tom. —Corto la llamada y miro el teléfono por

enésima vez en busca de algún mensaje. Sigo sin noticias de mi madre.

¿Qué coño le pasa?

En el fondo sé que lo hace porque me desprecia. Siempre lo ha hecho. Siempre fue Kit. Kit. Kit y ella.

Antes no me importaba, pero ahora se me clava en el alma y me pregunto qué hice cuando era pequeño para provocar semejante desprecio.

A la mierda. Que le den.

Sin embargo, tengo mensajes de Caroline.

¡Fuiste a Loulou's sin mí!

¿Cómo lo sabes?

Sales en el Daily Fail.

¡NO ME JODAS!

Sí. Borracho y por la noche.
El conde borracho y su misteriosa esposa.

Joder.

Ni caso.

Siguen llamando.
Blake les está dando largas.

Bien.

Echo de menos salir.
¿Cuánto tiempo tengo que guardar luto?

Eso depende de ti.

Me han invitado a la fiesta de Dimitri Egonov.
Es el sábado.
¿Vas a ir?

Nunca me ha dado buena espina.
Y su padre menos.
¿Estás lista para enfrentarte de nuevo al mundo?

Me llaman por teléfono. Es Caro.

—¿Qué? —pregunto.

—Creo que estoy lista. Qué tierno que te preocupes por mí.

Mierda. ¡Es un interés fraternal, Caro! No quiero que piense lo que no es.

—No estoy segura de poder soportar otra noche en casa —sigue—. Y Dimitri sabe organizar fiestas. Todo el mundo va a ir.

—Lo pensaré.

—De hecho —dice con el entusiasmo de una nueva idea—, podría ser el lugar perfecto para botar a Alessia.

—¡No es un barco!

Caroline se ríe.

—Hazme caso, Maxim. Irá todo el mundo. Es perfecto. Y necesitará un vestido nuevo. Algo superglamuroso. ¡Por favor, déjame llevarla de compras!

—Caro, no voy a dejar que la agobien.

—No le pasará nada. O se hunde o nada, para mantener la analogía del barco.

—Los barcos no nadan. Flotan.

—Ella flotará. ¡Volará! Es divina. Te lo aseguro.

Desde luego que lo es. No es una mala idea. Y Alessia necesita amigos; es un lugar perfecto para hacer contactos.

—Hablaré con ella.

—No puedes mantenerla escondida para siempre. No te avergonzarás de ella, ¿verdad?

—Vete a la mierda, Caro. Por supuesto no.

—Será divertido. Y necesito un poco de diversión. ¡Y dile lo de ir de compras!

—Bueno, creo que se siente sola. Así que lo pensaré. Tengo que irme.

Estás bien? —pregunta Alessia al ver a Maxim recostado como si tal cosa en el marco de la puerta de la cocina. Es una costumbre que a ella le encanta. Verlo allí apoyado mientras la mira, porque así también puede mirarlo a placer. Tiene el pelo alborotado y no se ha afeitado. Una alegría para la vista. Acaba de volver del trabajo y parece tenso, con los dientes apretados.

—Sí. Un día más en la oficina. —Sonríe, y Alessia lo rodea con los brazos y le ofrece los labios para que la bese. Maxim lo hace encantado y le da un beso exigente y voraz—. Esto está mejor —susurra.

Ella sonríe.

—La cena está en el horno.

—¿Qué tal tu día?

—Empezó muy bien. Estupendamente, de hecho.

—¿Por qué, lady Trevethick, a qué se refiere?

El rubor se extiende por las mejillas de Alessia, que pestañea varias veces.

—Creo que lo sabes.

—Pues sí. —Maxim la besa de nuevo. En esa ocasión el beso se alarga, y ambos están sin aliento cuando se separan, tras lo cual le frota la nariz con la suya—. En serio. Cuéntame qué tal te ha ido el día.

Díselo.

Alessia no tiene claro si debe hablarle de Paul Maddox, pero como está claro que Maxim está preocupado por algo y no sabe cómo reaccionará si descubre que ha ido en contra de sus deseos, lo distrae con una pregunta.

—Bien. ¿Has tenido noticias de tu madre?

Su expresión se vuelve inescrutable de repente y Alessia deduce que esa es la fuente de su irritación.

—No —contesta y después suspira—. Pero sí he hablado con Tom. Quiere hablar contigo. Sobre tu amiga.

—¿Bleriana?

—Sí. Llámalo después de cenar.

—Puedo llamarlo ahora.

—Te paso su número.

Son poco más de las nueve de la noche y Alessia y yo estamos sentados a mi escritorio, mirando el ordenador. Tengo la impresión de estar haciendo de nuevo las pruebas de acceso a la universidad, pero agradezco la distracción. Alessia se ha matriculado en un curso intensivo de una semana de duración en la academia que me recomendó Caroline.

—¿Caroline también hizo este curso? —me pregunta Alessia sin dar crédito.

—Sí, por insistencia de Kit —contesto y me encojo de hombros, asombrado todavía por la actitud de mi hermano.

Hemos cumplimentado la solicitud de plaza en cuatro conservatorios de música de Londres. Su preferido es el Royal College of Music porque está a poca distancia.

—No sé si mi nivel del idioma será lo bastante bueno —dice Alessia.

—Todo irá bien. Esperemos que puedas empezar en el trimestre estival, después de Pascua. Dijiste que tu madre te iba a enviar tus certificados académicos.

Se ríe.

—Sí. Mi *Matura Shtetërore*. Debería habérmelos traído en la maleta. No se me ocurrió que pudiera necesitarlos.

—Sacaste la mejor nota en inglés, eso te ayudará. —Suelto el aire y siento una agradable satisfacción—. Ahora que hemos terminado con esto, ¿qué te apetece hacer?

—Es tarde.

—No tanto. Y sé lo que quiero hacer.

Él sonríe, con ese encanto tan juvenil que tiene, y la toma de la mano mientras se pone en pie para alejarse del ordenador y acercarse a la mesa del sofá, de donde coge un mando a distancia. No lo ha visto tan animado desde la luna de miel.

—Siéntate —dice, y Alessia se coloca en el sofá a su lado.

¿Vamos a ver la televisión?

Está sorprendida. Nunca han visto la televisión juntos, ni siquiera en Kukës. La enorme pantalla plana cobra vida, pero, en vez de un programa de televisión, hay un extraño logo blanco en un fondo negro.

—Toma. —Maxim le entrega el mando de una consola de videojuegos.

Ella frunce el ceño.

—¿*Call of Duty?*

Ella sonríe.

—¿No es eso lo que hacemos siempre, cumplir con el deber?

Maxim se ríe.

—¿Con el deber? —repite y finge estar horrorizado antes de abalanzarse sobre ella, de manera que de repente se descubre tumbada sobre los mullidos cojines del sofá, con su peso encima. Sonríe—. ¿Con el deber, lady Trevethick?

A Alessia se le escapa una risilla.

—Bueno, deber y placer.

Maxim le da un beso fugaz y vuelve a sentarse.

—Ya hablas mi idioma mucho mejor. No. Me apetece jugar a algo que sé que puedo ganar. Es lo que necesita mi ego ahora mismo.

Alessia se ríe y se sienta a su lado.

—¿Cómo sabes que puedes ganarme?

—No vi que tuvieras una PS4 en Kukës. Y estás sosteniendo el mando del revés. Así, voy a enseñarte.

¡Juegos! ¡Le gustan los videojuegos! Esa es una faceta de Maxim que desconocía.

—¿Te parece bien? —le pregunta, con esos ojos verdes brillantes, pero un tanto inseguros.

—¡Sí! —contesta Alessia con entusiasmo porque no tiene la menor experiencia con los videojuegos.

—Muy bien. ¡Pues vamos! —Y se pone serio.

A ver, ¿cómo va lo de cumplir con el deber? —susurro contra la suave piel de la cara interna de su muslo.

—Maxim, por favor. —Me tira del pelo, intentando alejarme de donde estoy.

Le agarro las manos y se las inmovilizo.

—Ah, no. —Soplo con suavidad sobre su clítoris y después se lo lamo, excitando aún más la pequeña protuberancia. Ella grita mi nombre, y solo de oírla se me pone más dura. Me pone muchísimo excitar a mi apasionada mujer. Me detengo porque creo que está a punto de caramelo y dejo un reguero de besos sobre su monte de Venus depilado.

—Por favor, Maxim —grita con desesperación.

Le muerdo el hueso de una cadera, le beso el ombligo y sigo recorriendo su cuerpo con los labios en dirección ascendente hasta llegar a sus endurecidos pezones, que suplican mis caricias.

—Oh, Alessia —susurro asombrado mientras les presto atención primero a uno y luego al otro, chupándolos y lamiéndolos hasta que se le ponen bien enhiestos y ella se retuerce bajo mi cuerpo. Me coloco sobre ella y me mira a los ojos con expresión un tanto aturdida por el deseo y el amor. Libero una de sus manos y la penetro despacio con dos dedos.

¡Ah! Está empapada y lista para mí.

—Nena —murmuro mientras ella levanta la pelvis hacia mis dedos. Está muy cerca. Retiro los dedos y, en un abrir y cerrar de ojos, le doy media vuelta y la dejo boca abajo en el colchón. Tras aferrarla por las caderas, se la meto sin más.

—¡Ah! —grita ella, empujando contra mí para aceptarme por completo.

Oh, siempre tan cachonda.

Cumpliendo con su deber.

Me pierdo una y otra vez en mi esposa, y el tiempo y el espacio quedan suspendidos. Solo existimos nosotros. En este momento. En este instante de amor. Ella suelta otro grito entrecortado y se tensa debajo de mí cuando se corre. Su cuerpo se estremece a mi alrededor durante el orgasmo. No me detengo. Lo quiero todo. Sigo follándomela, metiéndosela hasta el fondo y tirando de ella para no bajar el ritmo hasta que no puedo aguantar más.

Y me corro. A gritos. Grito su nombre y me derrumbo sobre ella.

Envolviéndola con mi cuerpo.

Abrazándola mientras ambos regresamos al presente.

Deber cumplido.

Estoy pegajoso por el sudor. *Sí.* Y también estoy agotado.

Joder, menudo polvo.

Le beso la mejilla mientras ella jadea debajo de mí.

—Guau —le digo al oído.

Sus labios esbozan una sonrisa cansada.

—Sí. Guau.

—Deber cumplido, cariño. —Se la saco, disfrutando de la fricción y de la humedad. De su espalda. De su culo. De su sexo.

Sí.

Guau.

Alessia suspira y me regala una sonrisa somnolienta.

—Tú también has cumplido con tu deber.

Le mordisqueo la oreja.

—Me alegra oírlo. Y te he ganado al *Call of Duty*. Eso es lo que yo llamo un buen día.

—Mañana practicaré. Y verás luego.

Me río.

—Dios, te quiero. —Y, a la luz de su pequeño dragón, Alessia cierra los ojos con una sonrisa muy satisfecha en la cara que me hace sentir que, después de todo, valgo para algo.

17

Alessia tiene los dedos apoyados sobre las teclas, con el final de la fuga de Bach resonando en la habitación; los intensos azules se disipan a la vez que las notas se apagan. Si consigue, y eso es mucho suponer, una entrevista en alguna de las escuelas de música de Londres, tendrá que hacer una prueba de ingreso. Ha estado tocando todo su repertorio durante los dos últimos días con la intención de decidir qué es lo más apropiado. Maxim cree que con el tercer movimiento de la *Sonata del claro de luna* de Beethoven «lo va a bordar». Sonríe al recordar lo emocionado y sincero que parecía al pronunciar esas palabras.

Alessia lo quiere bordar.

Del todo.

Nunca antes se había planteado la idea de estudiar en Londres. Está emocionada y sus padres entusiasmados, pero no quiere fallar; quiere que Maxim se sienta orgulloso de ella. La semana que viene va a empezar el curso de protocolo que Caroline le recomendó. A Alessia la desconcierta que Caroline, que es tan serena y elegante, tuviera que asistir también a un curso así. Siempre se había imaginado que la finura era innata. Alessia espera aprender también ese decoro que le permita moverse sin problemas por los círculos que frecuenta Maxim.

Su sonrisa se apaga.

Desearía saber qué puede hacer por ayudar a su marido.

Maxim sigue mostrándose distraído y frustrado porque su madre no le devuelve las llamadas. A ella le ha asegurado que no tiene por qué preocuparse, pero sí que se preocupa. Alessia lo ama y quiere ayudarlo. La relación que él tiene con su madre le parece incomprensible. Está segura de que Maxim quiere a su madre, pero ¿le gusta? No lo cree. Y su instinto le dice que Rowena siente la misma antipatía hacia Maxim.

¿Por qué?

Quizá su madre hable hoy con él y acabe con su sufrimiento.

Alessia mira su teléfono para ver si Maxim le ha enviado un mensaje. No hay nada, aparte de un correo electrónico de Paul Maddox que aparece en su bandeja de entrada. Siente un hormigueo en la cabeza y mariposas en el estómago.

Tiene información sobre la familia de su abuela.

¿Ya?

Con dedos temblorosos, marca el número.

Maxim. ¡Max!

—Perdona. ¿Qué? —Levanto los ojos de la mesa y veo a Oliver en la puerta.

—¿Puedo pasar?

—Claro.

Joder, tío. Presta atención.

—He traído algunos folletos de equipos de destilería, como me pidió. Tengo un favorito. Dígame qué le parece. Hay que cumplir con muchísimas normas y reglamentos, pero nada que sea insalvable. Mi segunda pregunta es con relación a la casa de Cheyne Walk y si quieren decorarla antes de mudarse.

—Da la impresión de que la han decorado hace poco.

—Así es. Está lista para los siguientes inquilinos.

—A Alessia le parece bien, aunque creo que con el tiempo quizá quiera algo menos… beis.

Oliver se ríe.

—Cierto. ¿Tienen fecha para la mudanza?

—Todavía no. Supongo que pronto.

—Cuando le venga bien, Maxim.

—Hablaré con Alessia. Debería traerla aquí para que os conozca a todos.

—Sí que debería —asiente Oliver—. Estaremos todos encantados de conocer a la nueva lady Trevethick. A propósito, la prensa sigue llamando.

—Se terminarán aburriendo.

—Han estado insistiendo todos los días.

Me encojo de hombros.

—Quiero mantener a Alessia alejada del foco. Estoy seguro de que se sentirá incómoda con el escrutinio de la prensa.

—Hum, quizá sí. O podría presentarla a todo el mundo y, después, tal vez la prensa les deje en paz.

—Es probable —murmuro, consciente de que Caro es de la misma opinión.

—Maxim, ¿se encuentra bien? —pregunta él mientras deja los folletos sobre mi mesa.

—Sí. Bien. Gracias, Oliver.

Asiente, pero al salir frunce el ceño con gesto de preocupación.

Miro mi teléfono. Aún nada de mi madre. ¿Cómo puede ser tan insensible?

Le envío otro mensaje, cambiando a un tono mucho más servil.

> Por favor, mamá.
> Llámame.
> Te lo suplico.

No voy a ver al asesor genético al que consultó Kit hasta dentro de una semana y necesito saber. *¿Soy una bomba de relojería con patas o no?*

El único pariente de Virginia Strickland ha sido fácil de encontrar. Tiene un hermano. Sigue vivo. Le enviaré a usted un correo electrónico con toda la información —dice Paul Maddox.

—Gracias —contesta Alessia con cierta sensación de mareo. No se había esperado que fuera tan rápido—. ¿Sabe algo sobre Bleriana?

—No, señora Trevelyan. Su búsqueda es mucho más complicada. Pero, como sus tratantes de blancas están detenidos y hay una investigación criminal en curso, esperamos poder conseguir alguna pista de nuestros contactos en la policía.

Alessia recuerda que Tom mencionó que también tenía un contacto en la policía. Se estremece.

Dante e Ylli.

Siguen detenidos.

Gracias a Dios.

Suelta un suspiro.

—De acuerdo.

—Voy a cerrar el caso de Virginia Strickland. Pero continuaremos con la búsqueda de su amiga. Le enviaré una factura detallada, pero tenemos fondos suficientes del anticipo que nos dio como para una o dos semanas, dependiendo de cómo vaya la investigación.

—Gracias.

—Me pondré en contacto cuando tenga novedades. —Cuelga y Alessia mira su correo electrónico. Efectivamente, hay uno de Maddox con un PDF adjunto. Lo abre y lee. Hay información sobre los padres de su nana pero, lo que es más importante, sobre el hermano mayor de su abuela.

TOBIAS ANDREW STRICKLAND

Fecha de nacimiento:	4 de septiembre de 1952
Edad:	66
Domicilio:	The Furze House, Kew Green, Kew, Surrey, TW9 3ZJ
Estado civil:	Soltero
Empleo:	Catedrático emérito de música. Worcester College. Oxford

¡Alessia tiene un tío abuelo que era catedrático de música! Las aptitudes musicales deben venirle de familia. Virginia enseñó a Shpresa a tocar el piano y las dos la enseñaron a ella. Alessia busca rápidamente en Google Maps y ve que Kew se encuentra a pocos kilómetros de Chelsea. Mientras consulta el plano, un escalofrío le recorre la espalda.

Kew está al otro lado del río desde Brentford.

Donde ella vivió durante un par de meses.

¡Qué cerca estaba!

Se queda pasmada.

Durante todo ese tiempo le ha preocupado dónde podría vivir, y él estaba apenas al otro lado del río.

Debería ir a visitarlo. Presentarse. Hablarle de su sobrina de Albania. Su madre estaría encantada. Seguro. Se abraza a su teléfono.

¿Debería contárselo a Maxim?

Quizá debería ir ella antes a conocer a Tobias.

Alessia se acerca al piano, se sienta en el taburete y empieza a tocar su preludio favorito para celebrarlo.

C aroline me envía un mensaje cuando voy en un taxi de camino a casa.

Voy a llevar a Alessia de compras mañana.
No hay pero que valga.
Avísala.

> ¡Quizá ella no quiera
> ir de compras!

Maxim, es una mujer.
Querrá ir de compras.
Y no le voy a dar opción.
Vais a venir a la fiesta de Dimitri.

Mierda. Caro no va a ceder. Pero, por otra parte, Alessia necesita salir más y conocer a gente y, sinceramente, después de la semana pasada, yo también. Sería una buena distracción ver a todos. Sin duda, Tom y Joe estarán allí. Oliver me ha sugerido que la presente a todo el mundo. Esta sería una buena ocasión.

> ¡Vale!
> Iremos.

¡Genial!
Estaré ahí por la mañana.
Díselo a Alessia.

Caro es muy mandona y yo no sé si a Alessia le va a apetecer. Después del comportamiento de Caroline antes de la boda en Kukës podría pasar cualquier cosa. Pero Caro tiene una fuerte personalidad, así que terminará imponiéndose. Tengo que advertírselo a mi mujer.

Mi teléfono vuelve a sonar con un número que no reconozco.

—Aquí Trevethick —respondo.

—Lord Trevethick. Soy Donovan Green. Periodista del *Weekend News*.

—¿Cómo ha conseguido este número?

—Lord Trevethick, ¿es cierto que se ha casado con su asistenta, Alessia Demachi?

Su pregunta me impacta como si me hubiese dado un puñetazo en el plexo solar. Cuelgo sin hacer ningún comentario. ¿Cómo narices ha conseguido mi número ese cabrón baboso? ¿Y cómo ha sabido el nombre de Alessia?

Mi teléfono vuelve a sonar, pero bloqueo el número.

Hay que joderse.

¿Qué voy a hacer con esto? Será mejor que avise a los padres de Alessia de que algún periodista podría presentarse en su puerta en busca de una noticia. Sé que Shpresa guardará silencio, pero mi suegro, al que, reconozcámoslo, le gusta el espectáculo y ser el centro de atención, podría no ser tan discreto.

Quizá debería lanzarles algún hueso a estos buitres.

Mañana por la noche, Alessia y yo asistiremos como invitados a la fiesta anual de primavera de Dimitri Egonov, en la que estarán los más ilustres y los no tanto, así que no quedará ninguna duda. Todo el mundo sabrá que estamos casados y esos sucios babosos de *Weekend News* pueden irse a la mierda.

El taxi se detiene delante de mi edificio y es un alivio ver que no hay reporteros ni paparazzi en la puerta. Pago al conductor y entro rápidamente, ansioso por ver a mi mujer.

Alessia me rodea con sus brazos lánguidos y los dos regresamos a la realidad. Acaricio la nariz contra el punto especial por debajo de su oreja y tiro de ella hacia mi lado.

—Lo eres todo para mí —susurro mientras la atraigo hacia mí. Es sábado temprano y quiero pasar toda la mañana perdiéndome en mi mujer.

Suena el telefonillo del edificio.

—¿Quién narices es? —gruño.

¿Es la prensa?

—¿Y si no les hacemos caso? —susurra Alessia sobre mi cuello, con su aliento haciéndome cosquillas sobre el vello. El telefonillo vuelve a sonar, y esta vez una voz distorsionada y descar-
nada resuena por el pasillo.

—Mierda. —Me incorporo.

¿Quién narices es?

—¿Crees que será ese reportero? —Alessia me mira con los
ojos abiertos de par en par, preocupada.

—No lo creo.

El telefonillo vuelve a sonar y yo me levanto de la cama y
voy desnudo hasta la entrada para responder.

—Sí —gruño por el auricular.

—Hola. Soy yo.

—Caro, ¿qué pasa? —*¡Mierda!* Olvidé comentarle anoche a
Alessia el plan de Caroline. Estaba demasiado distraído con lo
del periodista.

—He venido para llevarme a Alessia de compras. Te lo dije.
Ábreme.

Mierda. No he hablado de esto con Alessia. Pulso el botón
de la puerta y vuelvo al dormitorio, donde Alessia está de pie y
envuelta con el edredón.

—Caroline está subiendo —murmuro mientras busco mis vaqueros—. Se ha empeñado en llevarte de compras. ¿Quieres ir?

—¿A comprar qué?

—Ropa.

—Tengo ropa.

—¿Para la fiesta de esta noche?

—¿Fiesta?

Maldita sea. ¡También me he olvidado de esto!

—Vamos a una fiesta. De un conocido. Si es que quieres.

—Vale —responde, pero sus ojos me miran llenos de inseguridad.

—Será divertido. Ve a ducharte. Yo entretengo a Caroline.
—Me subo la cremallera de los vaqueros.

Suena el timbre de la puerta y Alessia me lanza una mirada vacilante e ilegible mientras entra rápidamente en el baño. Yo salgo descalzo hacia la puerta con una camiseta en la mano.

—Buenos días, Maxim —dice Caro con tono alegre a la vez que me ofrece la mejilla para un rápido beso. Obedezco y, a continuación, me pongo la camiseta para que deje de mirarme el torso—. ¿Te estás vistiendo ahora? ¿He interrumpido un polvo?

—Vete a la mierda, Caro.

—Sí. Me gustaría tomar un café. Yo lo hago. —Entra en la cocina y me deja de pie, descalzo, en el pasillo.

La sigo.

—¿Dónde está Alessia? —pregunta.

—Duchándose. Y solo. Sin azúcar, por favor.

—Ya sé cómo tomas el café —me reprende.

Alessia se ducha en un tiempo récord. No se fía de Caroline y no quiere dejar a su cuñada a solas con Maxim, que resulta que es un antiguo amante de Caroline. Caroline sigue enamorada de Maxim, o eso cree Alessia.

Envuelta con una toalla, Alessia va corriendo a la habitación de invitados, donde guarda toda su ropa, para secarse y vestirse.

Maxim y Caroline están en la cocina. Los oye reírse de algo que dice ella. Y Alessia aumenta la velocidad. Tres minutos después, está vestida con pantalones negros y una camiseta blanca de manga larga con mocasines de Gucci.

—Buenos días, Alessia —la saluda alegre Caroline cuando Alessia entra en la cocina—. Estás muy guapa.

—Gracias —responde Alessia, sorprendida por el cumplido—. Tú también. —Caroline va vestida con unos vaqueros oscuros, botas altas y una chaqueta de tweed ajustada. Da a Alessia un abrazo rápido y un beso en la mejilla.

—Siento haber interrumpido vuestro polvo matutino —dice Caroline con un guiño.

Alessia se sonroja y dirige su atención a Maxim. Él le da un café.

—Toma. No le hagas caso.

Alessia sonríe y coge el café.

¿Por qué es tan descarada esta mujer? ¿Todas las inglesas son así?

¿O es que resulta incómodo porque Caroline conoce a Maxim íntimamente y solían «echar polvos»?

—¿Quieres ir de compras? —pregunta Caroline, sin alterarse en absoluto por lo que acaba de decir—. Podemos buscarte algo bonito para la fiesta. ¡Y para mí también!

—Vale —responde Alessia.

—Estupendo —dice Caroline sonriendo.

Caroline intimida a Alessia. En todos los aspectos. Pero esta Caroline simpática y alegre es una novedad.

Alessia se bebe el café de un trago.

—Voy a por mis cosas. —Se escapa a la habitación de invitados para recoger su chaqueta y el bolso.

¿A la habitación de invitados? ¡No me digas que ya estáis durmiendo en camas separadas! —se burla Caro—. Porque no es lo que parece si estás a medio vestir.

La miro con un exagerado resoplido, molesto por sus burlas.

—No. Armarios separados.

—Ah. Oye, que lo entiendo. Es un bocadito tentador, ¿no? —Habla con tono nostálgico y yo inclino la cabeza con gesto de advertencia—. Eh, tranquilo, Maxim. Os acabáis de casar. Debéis estar haciéndolo como conejos.

Me paso una mano por el pelo.

—Eso no es asunto tuyo, joder. ¿Adónde la vas a llevar?

—A Knightsbridge o a Bond Street. Aún no estoy segura. Pero he estado pensando en lo que dijiste.

—¿Qué?

—En lo de que está sola. —Caroline baja la mirada, evitando el contacto visual—. Sé lo que se siente. Yo tengo amigos, pero lo eran también de Kit y resulta increíble ver cómo la pena los ha ahuyentado. —Se pone seria y, por un momento, parece destrozada.

—Oh, Caro. Lo siento. —Sin pensar, extiendo las manos y la abrazo.

Ella me mira con una sonrisa llorosa y agradecida.

—Quizá pueda forjar una amistad con tu mujer.

—Eso me gustaría. Espero que sea así.

A lessia oye su conversación desde el pasillo. Él quiere de verdad a la mujer de su hermano. Sus palabras son amables y dulces.

Pero no como quiere a Alessia.

«Lo eres todo para mí».

Y él desea que sean amigas. Suspira. Lo va a intentar, por Maxim.

Alessia se cuelga el bolso y entra en la cocina y los dos se separan. Sin sentimiento de culpa porque, ahora mismo, no tienen por qué sentirse culpables. Alessia se da cuenta, pero, aun así…, desea que Caroline mantenga las manos alejadas de su marido.

—¿Nos vamos? —pregunta.

—¡Sí! —exclama Caroline con exagerado entusiasmo.

—No os volváis locas —les advierte Maxim y se inclina sobre Alessia para darle un fuerte y rápido beso en los labios.

—Por supuesto que nos vamos a volver locas. Es la fiesta de Dimitri. —Caroline guiña un ojo a Alessia de nuevo, la agarra de la mano y salen juntas por la puerta.

A lessia con Caroline. No estoy seguro de qué pensar al respecto. No quiero que Caro vuelva a enfadar a Alessia.

Aunque parecía realmente arrepentida tras la última vez, Caro es como un elefante en una cristalería en lo que respecta a los sentimientos de los demás. No me había dado cuenta antes de…, antes de Alessia.

Mierda.

Alessia sabe cuidar de sí misma.

¿De verdad?

La sensación de temor que se ha convertido en algo familiar desde que perdí a Alessia reverbera en mi pecho y, de repente, me siento un poco abrumado, de pie en medio del silencio atronador de mi pasillo. Es la primera vez que me quedo solo en el piso desde que Alessia desapareció.

Joder, colega.

Tranquilízate.

Saco el teléfono y envío un mensaje a Joe.

¿Un combate?

¡Tío! ¿La señora te deja salir?

¡¡¡Colega!!!
Mi señora ha salido
de compras con Caro.

¡Eso suena a ruina!
Voy a por mi espada.
Te veo en el club.

Alessia cierra los ojos mientras Jimmy, uno de los jóvenes del salón de belleza, le masajea el pelo con el acondicionador. Le sorprende que la mayoría de los trabajadores del salón sean hombres y es la primera vez que uno le lava el pelo. Sonríe. En teoría, fue Maxim el primer hombre que le lavó el pelo. Pero estaban los dos desnudos en la ducha. Esta experiencia es completamente distinta y este joven de dedos fuertes le está dando un buen masaje. La sensación es maravillosa y, tras una mañana frenética, supone un agradable descanso tras las compras con su intensa cuñada.

Caroline ha estado más que simpática, sin parar de parlotear y dando su opinión sobre todo. Ha convencido a Alessia de que se comprara dos conjuntos, bueno, vestidos de fiesta, que eran escandalosamente caros.

Cariño, vas a tener que acostumbrarte a gastar dinero. Es cuestión de calidad, no cantidad. Estas prendas son clásicas y te van a durar años y estás fabulosa con las dos.

A Alessia le encantan y espera que a Maxim también.

Cariño. ¡Le van a encantar!

También ha comprado unos zapatos de tacón alto a juego y un bolso de noche negro de Chanel.

Son los accesorios perfectos para esos vestidos.

Después, han comido algo rápido en una champañería, donde Caroline ha estado preguntando a Alessia sobre su vida en Albania.

Caroline estaba fascinada y ha continuado con su simpático interrogatorio en el salón de belleza mientras les cortaban, limaban y pintaban las uñas de las manos y los pies de un llamativo color escarlata.

Pero lo cierto es que Alessia se siente indolente. Esta no es una vida a la que haya aspirado nunca: gastar una escandalosa cantidad de dinero en ropa de lujo y en arreglarse. Sin embargo, su apartamento está impoluto, la ropa de Maxim y de Alessia limpia y planchada… y, de vez en cuando, una mujer tiene que darse un capricho, o eso dice Caroline.

—Mmm. —Sonríe y se va quedando dormida mientras Jimmy continúa con su masaje, agradecida por unos cuantos minutos de paz.

Colega, eres un blanco fácil. Estás peleando fatal. ¿Te encuentras bien? —pregunta Joe mientras se quita la máscara de esgrima tras conseguir el punto de la victoria.

Le miro boquiabierto a través de la malla de mi máscara. Mi madre se ha ido sin previo aviso. Mi hermano pudo haberse suicidado por culpa de un trastorno genético que quizá pueda sufrir yo, y un gacetillero despreciable está investigando mi boda.

—Están pasando muchas cosas —murmuro, sin aliento, mientras me quito la máscara—. Además, tú estás peleando demasiado bien para mi gusto.

—Práctica. Eso es todo. Entre que tú te has casado y Tom anda todo enamorado de Henry, me he quedado solo.

—Me muero de pena, tío.

Se ríe y me da una palmada en la espalda.

—¿Vais a casa de Dimitri esta noche?

—Sí.

—Tomémonos algo rápido y después dejo que te vayas.

—Vale. Pero tiene que ser rápido. Debo recoger unas joyas de la caja fuerte.

—¿Para tu condesa?

—Sí.

Joe sonríe.

—¿Necesitas que te eche una mano para elegirlas?

—¡No te pases, colega!

—Solo preguntaba.

Alessia y Caroline van en el asiento trasero de un taxi volviendo a Chelsea desde Knightsbridge. Suena el teléfono de Alessia. Tiene un mensaje de Maxim.

¿De qué color es tu vestido?
Mx

Uno es negro.
El otro es rojo.
¿Por qué?

¡Ya lo verás!
Mx

—¿Es Maxim?

Alessia asiente.

Caroline sonríe.

—Creo que va a quedarse encantado con las compras de hoy.

—Eso espero.

—Ha sido divertido.

—Es verdad —reconoce Alessia, sorprendida.

—Y, por supuesto, esta es mi despedida por una temporada —dice Caroline.

—¿Despedida?

—Sí. Empiezo a trabajar la semana que viene en un proyecto para Maxim.

—Ah. —Alessia mira a Caroline, que parece no darse cuenta de su expresión de alarma.

—En mi antigua vida era diseñadora de interiores —continúa—. Y están rehabilitando una de las propiedades de los Trevethick en Mayfair. Quiere que yo le añada mi toque especial.

Toque especial. ¿Qué quiere decir eso?

Caroline trabaja para Maxim. Eso es una novedad.

¿Tendrán una relación laboral muy estrecha? Alessia siente un escalofrío en el pecho al recordar cómo se abrazaban esta mañana.

—¿Y te gusta? ¿Trabajar? —pregunta tratando de mantener un tono neutro.

—Sí y no. Depende del cliente. Con Maxim irá bien, pero algunos pueden ser una verdadera pesadilla. —Caroline hace una mueca y Alessia no puede evitar reírse por lo inesperada—. Sí. He tenido en el pasado clientes espantosos, exigentes y locos. Pero he echado de menos estar en acción. Y ahora, en fin, necesito volver desde que..., desde que Kit...

Caroline desprende una seguridad que Alessia envidia, pero con solo mencionar a su difunto marido su seguridad se desmorona..., los hombros se le encorvan y el rostro se le nubla. De forma instintiva, Alessia extiende una mano y le agarra la suya. Caroline la mira con sus ojos azules enrojecidos, que brillan con lágrimas sin derramar, y le responde con el mismo gesto.

—Gracias —susurra.

La compasión de Alessia reluce en su amable sonrisa y continúan el trayecto en silencio durante unos momentos.

Alessia mira por la ventanilla del taxi y se pregunta cómo será tener un trabajo de verdad.

—A mí me gustaría trabajar, pero no puedo porque no tengo visado —dice, casi para sí misma.

—¿Sí? —Caroline se sorprende.

—Es frustrante. Me gustaría..., hum..., colaborar.

—Entiendo. —Caroline parece pensativa—. Estoy segura de que colaboras de otras maneras. —Mira a Alessia con una rápida sonrisa y esta se pregunta si se refiere al sexo, como es habitual en ella, pero no parece que haya ninguna malicia ni vulgaridad en su expresión.

—Sí. Puedo terminar volviéndome un poco loca en el apartamento.

—Bueno, tendrás bastante que hacer una vez que os hayáis mudado. Como condesa, hay dos propiedades que deberás supervisar. Por cierto, Maxim me ha preguntado por las clases de protocolo. Le he recomendado la escuela a la que yo asistí. Fue justo lo que necesitaba. Es una buena idea que tú vayas.

—Me sorprendió que tú las necesitaras.

Caroline se ríe.

—Kit quería que fuera. Querida, yo no soy de la aristocracia. Él era muy especial con respecto a cómo había que hacer las cosas.

—Ah. —Alessia está sorprendida.

—Sí. Era un poco esnob, si te soy sincera. Todo tenía que ser impecable. Maxim no es así.

—No. —Y Alessia está esperando a que diga: «Se ha casado contigo», como ejemplo de que no lo es.

Pero no lo hace.

—En cuanto hayas terminado, tendrás la confianza necesaria para ocupar tu lugar y, después, deberías ser presentada como es debido a esas dos casas como condesa de Maxim.

—Esa es la razón por la que necesito el curso. Mi confianza.

—Lo superarás.

Sorprendida por la sinceridad y amabilidad de Caroline, en la cara de Alessia aparece una sonrisa y su cuñada se la devuelve.

Caroline inclina la cabeza a un lado y la observa.

—Te han dejado el pelo muy bonito al secártelo con esas suaves ondas, Alessia. —Suspira—. Envidio tu pelo tan denso. Parece muy sano. Deberías ir un par de veces por semana a que Luis te lo peine. En las clases de protocolo incluyen el arreglo personal. Es divertido. Uñas. Pelo. Todo. Esta noche vas a deslumbrar, querida. Vas a conocer a todo el mundo y todos estarán deseando conocerte. Una vez que acabe la noche, la prensa debería dejar de molestarte.

Alessia está perpleja ante la franqueza de Caroline y el hecho de que envidie a Alessia, cuando es al revés. Alessia espera emular la elegancia de Caroline, su desenvoltura y su seguridad. Es su único modelo a seguir con respecto al aspecto y la conducta que Alessia debería tener. El hecho de que vaya a asistir a las mismas clases de protocolo le da esperanzas de conseguirlo.

—Sé muy poco sobre la fiesta a la que vamos a ir.

—¿No te ha hablado Maxim de Dimitri?

Alessia niega con la cabeza.

—¿Quién es Dimitri?

—Es el hijo de un oligarca ruso. Un poco mujeriego. Le gusta celebrar fiestas fastuosas. Se gasta montones de dinero. Ya lo verás. Kit le conocía bien, Maxim menos. A Dimitri le gusta rodearse de gente guapa, influyente y glamurosa.

Vaya. Normal que a Maxim le inviten a una fiesta así.

Y a Caroline.

Alessia espera no decepcionar a Maxim.

—Se está congraciando con la alta sociedad. Todo el mundo lo sabe. Y corre el rumor de que su padre es un exagente del KGB. De lo más emocionante. Y domina el arte de celebrar fiestas. Será divertido. —Sonríe a Alessia, sin poder intuir que tiene ahora los nervios a flor de piel.

Lo de la fiesta le parece a Alessia absolutamente intimidante.

—La verdad es que eres muy guapa. —Caroline cambia de tema y hace una pausa durante un momento mientras Alessia trata de pensar qué decir como respuesta a tal declaración—. Él se muestra diferente contigo. Protector. Ya sabes. —Caroline suaviza el tono y deja patente su cariño por Maxim—. Está perdidamente enamorado. Debe de ser bonito.

Es todo un cambio de marcha sobre lo que estaban hablando.

—Lo es —se apresura a responder Alessia con firmeza. Sabe que está reivindicando a su propio marido.

—Es admirable lo que has hecho. Él ha evitado intimar con la gente durante toda su vida. Has conseguido lo imposible.

Alessia se remueve en su asiento, incómoda por la dirección que está tomando la conversación.

—Gracias —murmura, porque no sabe qué otra cosa decir. Pero, por dentro, quiere gritar a los cuatro vientos.

Es mío. Mantén las manos alejadas de él.

—¿Necesitas parar para alguna otra cosa? —pregunta Caroline.

—Debería volver a casa. Aunque he disfrutado hoy. Gracias. —A Alessia le sorprende estar diciéndolo de verdad, a pesar de todas las observaciones íntimas de Caroline y sus preguntas personales. Ha sido divertido salir del apartamento y pasar un rato con su cuñada.

Quizá no sea una rival.

Quizá.

—Tengo que preparar la cena —añade Alessia.

—¿Qué? ¿Tú cocinas? ¿Para él?

—Sí.

—Guau. —Caroline está perpleja—. Supongo que no me debe sorprender. Te vi preparando un banquete con tu madre en Albania. Fue bonito. Íntimo. Tienes una buena relación con ella.

—Sí. ¿Tú tienes buena relación con tu madre?

Caroline suelta un bufido de burla.

—Mi madre vive en el sur de Francia. No la veo muy a menudo. —Se pasa el pelo por detrás de la oreja, como si tratara de ahuyentar un pensamiento desagradable, y continúa—: Y la comida de tu boda estaba deliciosa. Yo no cocino. Pero, claro, tengo a la señora Blake. —Baja la voz como si hubiese vuelto su tristeza y Alessia recuerda haber escuchado a escondidas su conversación con Maxim.

Caroline también está sola.

—Puedes venir a cenar con nosotros. Prepararé algo ligero.

Caroline se ríe.

—Normalmente, aceptaría encantada, pero tengo que prepararme para esta noche. Y tú también. ¿Puedo pedirte…? ¿Te importaría que fuera con Maxim y contigo a la fiesta? No quiero ir sola.

—Por supuesto —responde Alessia automáticamente, consciente de que a Maxim no le importará.

—Gracias —dice Caroline entusiasmada—. Estoy deseando ir. No he salido desde vuestra boda. Y necesito un poco de emoción. De hecho, ¿por qué no venís los dos a tomar un cóctel antes de la fiesta?

—Claro. —Alessia sonríe, pero sus nervios se vuelven a desatar. Está emocionada por esta fiesta, aunque también aterrada. ¿Y si mete la pata… o dice algo mal…, o…, o…? Traga saliva para controlar el creciente pánico y une las dos manos.

Alessia, tranquila. Será divertido.

¿Qué podría salir mal?

18

Tengo la boca seca. Bajo la lámpara de la entrada, con la luz bruñendo su pelo moreno, Alessia es una diva de la gran pantalla. Lleva puesto un vestido de seda que le llega a los tobillos, ajustado por la cintura y abrochado por el cuello, dejando a la vista unos hombros torneados. La falda le esculpe la cadera, se estrecha por las rodillas y, después, le cae con franjas de rojo rubí hasta los pies. Lleva sus ojos oscuros enmarcados con lápiz kohl, los labios del mismo escarlata que su vestido y el pelo le cae con unas suaves y ligeras ondas alrededor. Es una diosa. Afrodita. Y es mía. Me aclaro la garganta.

—Estás impresionante. —Mi voz suena ronca.

Ella sonríe, consciente, tímida y dulce al mismo tiempo, y yo lo noto en mi polla.

Joder.

—Tú estás para comerte —responde.

Me río.

—Esta cosa vieja es mi traje de la suerte.

—Puede que tengas suerte —ronronea Alessia, provocándome. Acerco la mano y le agarro un mechón de pelo entre mis dedos.

—Eso espero, pero solo contigo. Tienes el pelo precioso.

—Hemos ido a una peluquería de los grandes almacenes donde un hombre me lo ha lavado y otro me lo ha secado.

Un momentáneo pellizco de lo que no puedo más que iden-
tificar como celos me atraviesa el cuerpo.

—Ah, ¿sí? —La atraigo hasta mis brazos—. No estoy seguro
de qué pensar al respecto.

Alessia se ríe.

—También para mí ha sido una novedad.

Con ternura, agarro su cara entre mis manos y acerco mis
labios suavemente a los de ella.

—Entonces, no doy mi aprobación.

—¿A mi pelo?

—No. A los hombres. Pero, quienesquiera que fueran, han
hecho un estupendo trabajo. Ven conmigo, deja que te enseñe
una cosa.

En la mesa del comedor, he colocado tres cajas de terciopelo. Las abro y muestro sus centelleantes secretos. Alessia ahoga
un grito de asombro.

—Sí. El botín de Trevethick. Forman parte de una amplia
colección.

A lessia está deslumbrada. Sobre la mesa, rodeadas de terciopelo, están algunas de las joyas más bellas que ha visto
jamás.

Diamantes.

Diamantes que parpadean bajo la suave luz de la lámpara de
araña.

—Yo creo que estos —susurra por fin Maxim antes de coger un par de pendientes de diamantes con forma de estrella—.
Veamos cómo te quedan. —Suavemente, le esconde el pelo
tras las orejas y le inserta el primer pendiente y, después, el
otro—. Estás preciosa. No necesitas ningún adorno, pero estos
pendientes son dignos de una diosa. Y, con ese vestido, eso es
lo que eres. ¿Te gustan?

Alessia mira en el espejo dorado de la pared a la mujer irreconocible que le devuelve la mirada. Parece y se siente… distinta. Segura. Poderosa.

—Me encantan —susurra, mirando a su marido en el espejo y empapándose de su belleza. Sus ojos esmeralda centellean y sus labios esculpidos se abren al tomar aire. Lleva puesto un traje negro ajustado y una camisa blanca.

Tiene un aspecto viril. Elegante. Hermoso.

Él la mira con una sonrisa deslumbrante.

—Bien. Deja que guarde esto en la caja fuerte.

—¿Tienes una caja fuerte?

—Los dos tenemos una caja fuerte. Está en mi armario.

Cogidos de la mano, Alessia y Maxim suben por Cheyne Walk en dirección a Trevelyan House. Alessia trata de sofocar sus nervios al recordar la tan poco entusiasta bienvenida de la señora Blake el fin de semana pasado.

¿Cómo la recibirá hoy?

—Esta casa ha sido de mi familia desde hace varias generaciones. De hecho, desde que la construyeron —dice Maxim a la vez que abre una verja de hierro que da a un corto camino de piedra entre un arreglado jardín. Se detienen ante un impresionante edificio antiguo con una reluciente puerta negra que guarda un notable parecido con la puerta de la casa de Cheyne Walk—. Yo me crie en este lugar.

Alessia sonríe.

—¿Hay aquí fotografías tuyas de niño?

Maxim se ríe.

—Sí, muchas. —Extiende una mano y toca el timbre, que suena con estridencia en algún lugar del interior de la casa—. Ya conoces a la señora Blake. —La boca de Maxim forma una línea seria—. Lleva años con la familia, desde que mi padre era conde. El señor Blake, su marido, es el mayordomo de la familia.

—Vale. —En silencio, Alessia se prepara.

Un hombre rechoncho y medio calvo sale a la puerta. Dirige sus ojos astutos y marrones a Alessia y, después, a Maxim.

—Lord Trevethick —dice y, con una inclinación de la cabeza, abre del todo la puerta.

—Blake. —Maxim guarda silencio mientras toma a Alessia de la mano y la lleva al interior del vestíbulo—. Esta es mi mujer, lady Trevethick.

—Enhorabuena a los dos —responde él con simpatía—. Lady Trevethick, bienvenida a Trevelyan House. ¿Me dan sus abrigos?

—Caroline nos está esperando —le informa Maxim mientras le pasa su abrigo. Imitándolo, Alessia se quita también el suyo.

—Lady Trevethick —murmura a la vez que lo coge, con sus ojos brillantes de admiración. Alessia le devuelve la sonrisa—. Lady Trevethick está en el salón, milord. Prepárense. Creo que les esperan unos cosmopolitan.

Maxim se ríe entre dientes.

—Gracias.

Blake inclina la cabeza a los dos y se gira sobre sus zapatos negros y brillantes para alejarse por el largo vestíbulo de baldosas negras y blancas. Alessia le sigue con la mirada. Las paredes están decoradas con fotografías y cuadros. Dos grandes lámparas de araña cuelgan del techo, muy parecidas a la del apartamento de Maxim, pero estas son más grandes. Hay un ornamentado espejo dorado apoyado en una antigua consola de madera sobre la que dos recargadas lámparas con pantallas doradas proyectan una luz del mismo tono en todo el vestíbulo.

—El salón está arriba —dice Maxim sonriéndole.

Sus pasos repiquetean por la amplia escalera de rica madera rojiza. Por encima de ellos, en las paredes, hay más cuadros y fotografías. Alessia se fija en una de Maxim. Se le ve más joven y está posando con un hombre de pelo rizado y rubio que parece un poco mayor que él. Van vestidos de uniforme: pantalones de montar blancos, botas altas de piel y camisetas más oscuras con LAURENT PERRIER estampado en la delantera. Sobre el hombro de Maxim descansa un largo mazo mientras que el otro hombre, que tiene un aire arrogante e imponente, apoya la mano en un mazo similar.

—Somos Kit y yo vestidos con nuestro equipo de polo. Será de hace cinco años.

—Los dos estáis muy guapos.

Maxim sonríe con una mirada entre infantil y encantada a la vez.

—Gracias. —La hace pasar a través de una puerta del rellano al interior de un salón grande donde les espera Caroline. Está impecablemente vestida con un vestido largo y negro con un escote bajo, una perla en cada oreja y un largo collar anudado de perlas que le cae entre los pechos. Se acerca y agarra las manos de Maxim y Alessia.

—Bienvenida, Alessia, estás impresionante. Hola, Maxim. —Da un beso a Alessia en la mejilla y ofrece la suya a Maxim.

—Caro. Estás preciosa. —Maxim le da un breve beso.

—Espero que los dos vengáis con ganas de un cosmo. —Les aprieta las manos y, después, se gira y pulsa un botón de la pared—. Sentaos.

Alessia mira alrededor de la habitación, admirando su opulencia y sus antigüedades. Es agradable pero imponente. Una chimenea de mármol con impresionantes columnas domina la estancia y hay varios sofás muy mullidos y con dibujos rojos. Hay cuadros de paisajes y bodegones pero también fotografías de Caroline y su marido, varias de un hombre mayor al que Alessia reconoce como el padre de Maxim por el retrato de Cornualles y unas cuantas de Maxim, Kit y Maryanne de niños.

—¿Puedo ver las fotografías?

—Claro, Alessia —responde Caroline—. Por favor, estás en tu casa.

Se oye un enérgico golpe en la puerta y entra Blake, que se acerca hasta un carrito plateado que está lleno de botellas de alcohol, centelleantes vasos de cristal y una coctelera.

—Ese vestido te sienta muy bien —dice Caroline—. ¿Das tu aprobación, Maxim?

—Sí. Mucho. —La expresión de Maxim se enciende al mirar a Alessia.

Alessia sonríe.

—Gracias —susurra, acalorada por su mirada. Se gira, algo ruborizada, para mirar una de las fotografías de la familia. Maxim debe de tener nueve o diez años, guapo incluso de niño, con la mano de su padre apoyada en su hombro. Maryanne está entre Maxim y su hermano, que es más alto y tiene una mata de rizos rubios, mientras que Rowena está de pie detrás de Kit, rodeando con el brazo a su hijo mayor. Hay en su mirada un velo acerado, como si estuviese retando al fotógrafo a revelar la verdad.

¿Qué verdad?

—Tengo esas cosas de Kit —dice Caroline a Maxim mientras señala una elegante caja de madera que está sobre la mesita.

—Ah. —Maxim mira la caja con los ojos repentinamente abiertos de par en par y expresión de duda—. Hum…

—Puede que ahora no sea el mejor momento —añade ella en voz baja.

El ambiente de la habitación se enfría, pero vuelve a cobrar vida con el fuerte repiqueteo de la coctelera. Todos los ojos miran a Blake, que levanta la coctelera plateada en el aire con una floritura. Sonríe con satisfacción, divertido. Maxim sonríe también mientras Caroline suelta una carcajada y se acerca a Blake y la bandeja de las copas.

—Deja que te ayude.

Blake sirve con destreza el alcohol en tres copas de cóctel y Caroline añade un trozo de piel de naranja a cada una.

—Ahí tenéis —dice a la vez que le pasa una copa a Alessia

y, después, a Maxim—. Es un cosmopolitan. O, como decimos nosotros, un cosmo.

—Cosmo —repite Alessia.

—Salud —dice Caroline sonriendo a Maxim.

—*Gëzuar*—responden al unísono Alessia y Maxim y Caroline reacciona con una carcajada. Alessia da un sorbo. El sabor agrio e intenso le resulta delicioso.

—Mmm…, ¿qué tiene?

—Vodka, una pizca de Cointreau, zumo de lima y arándano —responde Maxim con voz ronca mientras mira a Alessia a los ojos.

—¡Por el amor de Dios, buscaos un hotel los dos! —exclama Caroline. Maxim guiña un ojo a Alessia y Caroline continúa—: He pensado que un cóctel con base de vodka nos vendría bien para ir a casa de Dimitri.

Maxim asiente.

—Sí. Esta noche habrá vodka en abundancia. Terminemos la copa y nos vamos.

Dimitri vive en una casa recién rehabilitada de Mayfair. Es de ladrillo rojo, achaparrada y decorada por el diseñador de interiores de moda. La decoración, los muebles y las obras de arte son de vanguardia y de lo más impersonales. Nunca me he sentido del todo cómodo en su compañía, tampoco es que le haya frecuentado mucho, pero su casa es el lugar ideal para ser visto y, si voy a presentar a Alessia como mi esposa, no hay mejor lugar donde hacerlo público. Por la mañana estaremos en todos los tabloides.

—¿Estás preparada para esto? —pregunto a Alessia cuando nuestro taxi se detiene cerca de la casa. Asiente, con sus ojos oscuros y resplandecientes a la luz de las farolas—. ¿Caro?

—Sí. Ya es hora de volver a las andadas —contesta Caroline.

—Vale. Vamos. No respondáis a ninguna pregunta.

Cuando bajamos del taxi veo que hay una cola de ricachones entrando en la casa. Los paparazzi se acercan entre gritos y con sus cámaras preparadas.

«¡Lord Trevethick!».

«¡Maxim!».

«¡Mire aquí!».

Rodeo a Alessia con el brazo y agarro a Caroline de la mano y atravesamos un mar de flashes de cámaras y preguntas a gritos. Se hace eterno, pero probablemente solo tardamos unos segundos en atravesar la reluciente puerta negra y estar dentro de la relativa seguridad del patio.

Aunque aún es pronto, la casa está ya repleta de gente.

Una joven atractiva con el pelo engominado hacia atrás y vestida toda de negro nos coge los abrigos y entramos en el patio. A continuación, nos sirve a cada uno un chupito de vodka una camarera que parece una copia de la encargada del guardarropa.

—Gracias. —Alessia mira el brebaje con recelo.

—Bienvenida a casa de Dimitri —murmuro con un tono lo más tranquilizador posible antes de tomarme el chupito. Una cosa sí reconozco de él: tiene un buen vodka. Alessia se bebe el suyo y también Caroline.

—¡Vaya! ¡Ah! ¡Es fuerte! —farfulla Alessia.

—Sí…, quizá sea mejor no beber demasiado, ¿eh? Vamos a buscar a Joe y a Tom. Deberían estar ya aquí.

—¡Trevethick! —La estruendosa voz de Dimitri Egonov nos interrumpe—. Me alegra mucho que hayas venido. ¿Y quién es esta preciosa y joven dama? —Su acento es leve, pero se nota. ¿Podría ser más empalagoso? Y lleva una chaqueta de esmoquin blanco como si fuese Gatsby o Bogart.

—Esta es mi mujer, Alessia Trevethick. Alessia, nuestro anfitrión, Dimitri Egonov.

Él le coge la mano y se la lleva a los labios, atravesándola con sus ojos oscuros.

—Los rumores son ciertos —murmura—. Mi querida lady Trevethick, es usted bellísima.

—Señor Egonov. —Alessia sonríe, pero incluso yo me doy cuenta de que esa sonrisa no se refleja en sus ojos.

—Tendrás que andarte con cuidado con esta —me advierte Egonov—. Es un diamante poco común.

—Lo es —asiento, deseando que le suelte la mano.

Aleja tus manos de mi mujer.

Nunca me he sentido más posesivo que ahora.

—Por favor, disfrutad de mi hospitalidad. Hay todo tipo de entretenimientos con los que divertirse. Quizá la próxima vez podrías hacer de DJ para mí.

Jamás.

—Creo que mi época de DJ ya ha pasado, Dimitri. —Sonrío cortés, pero estoy deseando que suelte a mi mujer. Por fin lo hace y mira a Caroline.

—Lady Trevethick, qué encantadora está esta noche.

—Dimitri, querido. —Da un beso al aire junto a cada una de sus mejillas, pero él la atrae y la abraza con fuerza.

—Mi más sentido pésame —dice sin soltarla.

Caro me mira con expresión de pánico, pero es Alessia quien la agarra de la mano.

—Caro, por favor, enséñame todo esto —le pide Alessia con tono dulce.

—Gracias, Dimitri —murmura Caro con una sonrisa deslumbrante y cómplice y él la suelta y se va.

Joder.

—¿Estás bien? —pregunto a Caro, cuya mano sigue agarrada a la de Alessia.

—Sí. Es… excesivo.

—Sí que lo es. Vamos a por una copa.

Alessia está deslumbrada por lo espectacular del evento que se exhibe ante ella. El patio está cubierto por una carpa de seda negra engalanada con diminutas bombillas centelleantes. En el centro, sobre un pedestal negro, hay una escultura de hielo de altas llamas talladas que se extienden en todas direcciones. Está iluminada con luces rojas y naranjas parpadeantes de modo que las llamas parecen reales. Hay tres camareros delante de ella sirviendo chupitos del vodka que cae por sus heladas llamas.

¿Cómo funciona?

—*Luge* de vodka —murmura Maxim—. Saltémonos eso y vamos a por champán.

—Yo voy a tomar otro chupito —dice Caro y, dejándolos, se acerca a la barra y saluda a una joven alta que está al lado. Maxim se gira de repente hacia el lado opuesto, como si evitara a la otra mujer, coge dos copas de champán de un camarero que pasa junto a ellos y le da una a Alessia.

—Vamos para allá, así podremos ver y ser vistos —dice.

Esa zona está abarrotada de hombres y mujeres vestidos con sus mejores galas. Alessia reconoce a algunos actores de cine, algún famoso y un par de políticos británicos que recuerda del periódico gratuito que leía en el tren cuando iba y venía de Brentford. En los márgenes del gentío, varios hombres llamativos y fornidos con trajes oscuros y auriculares vigilan a todo el mundo.

¿Seguridad? ¿Para qué? Alessia no sabe qué pensar.

Varias personas abordan a Maxim para mostrarle sus condolencias por el fallecimiento de su hermano y para conocer a Alessia. Ella estrecha una mano tras otra, consciente de que unas cuantas mujeres guapas a las que saluda la miran con una envidia poco disimulada. Se pregunta si habrán tenido relaciones íntimas con Maxim.

Alessia, no vayas por ahí.

Se aferra con más fuerza al brazo de su marido.

Un fotógrafo les pide una foto y Maxim la atrae hacia él.

—Sonríe —susurra—. Esto va a estar mañana en los tabloides y quiero que todos vean que eres mía.

Alessia le sonríe, desaparecidas sus dudas, y el fotógrafo toma unas cuantas instantáneas, les da las gracias y se va.

—¡Trevelyan! —Se oye un grito y Tom, con corbata negra, se acerca hacia ellos arrastrando a Henrietta detrás de él entre la multitud—. Querida Alessia, estás impresionante. Maxim, madre mía, menuda convocatoria. ¡Claro que todos los que han venido quieren conocer a tu nueva esposa!

Henrietta se ilumina al ver a Alessia.

—Estás preciosa —dice con adulación.

Alessia le sonríe.

—¡Gracias, tú también!

Maxim y Tom inician una intensa conversación. Alessia oye las palabras «periodistas entrometidos», «seguridad» y *«kompromat»*, lo que sea que eso signifique.

—Nunca he estado aquí. ¿Quieres que vayamos a explorar? —Los ojos marrones de Henry brillan con curioso deleite y cierta malicia.

—Vale —contesta Alessia, inspirada por el entusiasmo contagioso de Henry y, por supuesto, por su propia curiosidad. Nunca ha estado en una mansión propiedad de un oligarca ruso.

—¿Adónde vais? —pregunta Maxim en cuanto ve que se alejan.

—A explorar. —Henry sonríe y Maxim lanza una mirada alegre que se agranda llena de preocupación al dirigirla a Alessia.

—Tened cuidado —murmura, y Alessia sabe que a él no le parece bien, pero no va a detenerla.

—Lo tendremos —contesta ella con una dulce sonrisa. Él responde asintiendo, Henrietta coge dos copas de champán de otro camarero que pasa y las dos atraviesan la muchedumbre de acaudalados y entran en la casa.

La residencia es impresionante, decorada en tonos beis, marrones y crema con toques dorados por todas partes. Es lujosa; el mobiliario es de satén y seda. De cada pared cuelgan obras de arte abstracto y figurativo. Es elegante pero algo aséptico, para el gusto de Alessia. En cada habitación hay invitados que se relacionan, hablan, ríen y beben. En la primera, una sala de estar, una pareja de magos entretiene al público apiñado. Uno saca una moneda de oro de detrás de la oreja de Henry. Es más, para su absoluto deleite, deja que se la quede.

Continúan por un comedor donde han dispuesto un fastuoso banquete. Alessia reconoce el caviar y las huevas de salmón rosa, pero hay dumplings y pequeños pasties. *Pirozhok*, le informa Henry. La mesa, donde cabrán veinte personas, está abarrotada de comida. Unos camareros altos y atractivos con el pelo engominado y vestidos con uniforme negro esperan de pie listos para servir. Henry y Alessia se deciden por caviar con blinis, dumplings y pasties.

—Esto nos dará fuerzas —sentencia Henry, y entran con sus platos a la siguiente habitación, otro espacio aséptico lleno de gente guapa. Henrietta presenta a Alessia a todos los que se le acercan. Una mujer joven y delgada vestida de negro las aborda, con un vestido suelto que parece quedarle un poco grande.

—Así que tú eres la mujer que ha cazado a Maxim Trevelyan —dice arrastrando las palabras mientras mira de arriba abajo a Alessia con sus ojos marrones.

—Maxim es mi marido —responde Alessia con frialdad, consciente de que ha sido objeto de especulación y de miradas furtivas mientras Henry y ella se paseaban entre la gente. Nadie ha sido tan directo como esta mujer.

—Qué monada, ¿no? —dice, y Alessia sospecha que ha bebido demasiado.

—¿Y tú eres?

—Arabella Watts. Maxim y yo estuvimos saliendo. Hace una eternidad. Debo felicitarte por haber cazado a uno de los hombres más deseados del Reino Unido…

—Gracias, Arabella —la interrumpe Henry—. Tenemos que buscar a Maxim. —Agarra a Alessia de la mano y pasan a otra habitación. Susurra—: Una ex de Maxim. Una verdadera adicta y también un mal bicho. Aunque no estoy segura de si una cosa lleva a la otra.

—Ah. ¿Una exnovia?

—Sí. ¿No te lo ha contado?

—Brevemente. Pero no…, hum…, con… mucho detalle.

—Probablemente es lo mejor —contesta Henry—. Es decir, no nos gusta que nos hablen de las antiguas amantes de nuestras parejas, ¿no?

Alessia niega con la cabeza sin tener ningún deseo en absoluto de obsesionarse con las ex de Maxim.

Son demasiadas.

Henry se detiene junto a una ventana para que puedan terminarse su comida. Cuando no las interrumpen con nuevas presentaciones, Henry habla de cómo le ha ido el día. Es enfermera y conoció a Tom cuando trabajaba en el hospital para veteranos de Londres. Alessia la escucha con atención y se siente más relajada y de lo más cómoda en presencia de Henrietta. Se pregunta por un momento dónde puede estar Maxim.

Cuando terminan de comer, y con más champán en la mano, avanzan por el pasillo. El ambiente entre los juerguistas se ha caldeado. El parloteo es más alto y relajado. Pasan junto a una espléndida escalera de madera que lleva al piso de arriba y baja al sótano, desde donde unas luces de colores parpadean en las paredes y se puede oír una música aporreante.

Henry hace una mueca.

—Mejor no bajamos ahí —le advierte, y continúa hasta el interior de la sala principal.

Se trata de otra estancia lujosa, decorada igual que las otras, pero esta tiene una moderna chimenea de gas en la que parpadean unas llamas, añadiendo algo de color y vida al espacio. Se oye por toda la espaciosa sala un zumbido excitado del adinerado gentío acompañado del tintineo de las copas de champán y de los chupitos.

Por encima de ellas hay una entreplanta.

—Mira —dice Henry cuando ve el magnífico piano que se exhibe sobre ellas. Sonríe—. Vamos a subir. —Se bebe el champán de un trago, coge otras dos copas de un camarero y sube la primera por la escalera de caracol. Alessia es muy consciente de que su excursión es seguida por las miradas curiosas de los invitados que se entremezclan por la sala. Alessia se termina una de sus copas de champán y sigue a Henry escaleras arriba hasta la entreplanta. En ella hay una biblioteca impresionante, con sus libros ordenados por colores y tamaño, y el resplandeciente piano negro. Alessia ahoga un grito. Es un Bechstein.

—Eh, hola. ¿Sabéis tocar? —Un joven de pelo negro y algo revuelto, como el de Maxim, sale desde detrás de uno de los estantes de la biblioteca. Su acento es parecido al de Dimitri.

—Yo no —responde Henry—. Pero Alessia sí.

Se acerca. Sus ojos azul claro examinan el rostro de Alessia y, a continuación, bajan por su cuerpo, de tal modo que ella levanta el mentón con gesto desafiante.

Él sonríe con satisfacción ante su intento de intimidarle y extiende la mano.

—Grisha Egonov. ¿Y tú eres?

Alessia le estrecha la mano y una señal de alarma resuena en su cabeza. Aprieta la mano con demasiada fuerza y su sonrisa es demasiado cálida. Ella retira su mano y resiste el deseo de limpiársela con el vestido.

—Egonov. ¿Familia de Dimitri…? —pregunta.

—Su hermano. Bueno, hermanastro. Del mismo padre.

—Alessia Trevethick.

—¡Ah! La nueva condesa. —Inclina la cabeza con gesto bastante formal, vuelve a cogerle la mano y le besa los nudillos—. Milady.

Un escalofrío le recorre la espalda.

—Esta es mi amiga Henrietta Gordon. —Alessia aparta la mano y presenta a Henry, que está mirando a Grisha con el mismo recelo que ella.

Él saluda con la cabeza a Henrietta y dirige de nuevo su atención a Alessia.

—Tienes acento. Al igual que yo, no eres de por aquí.

—Soy albanesa.

—Ah. Interesante. Por favor. —Señala al piano—. Estás en tu casa.

—No quiero…, hum…, interrumpir la fiesta.

Los ojos de él relucen con una intensidad desagradable.

—Puede que sea exactamente lo que esta fiesta necesita. O quizá el comentario de tu amiga de que sabes tocar es… ¿exagerado?

Henry se ríe, de él, no con él, y Alessia mira a su amiga.

—Demuéstraselo —le dice Henry en voz baja. Los ojos de Grisha se deslizan de la una a la otra, con expresión arrogante y divertida.

—Por favor. —Señala una vez más el piano y, como Alessia no sabe si alguna vez volverá a tener la oportunidad de tocar un Bechstein, accede con un elegante movimiento de cabeza. Se sienta en el taburete, apoya los dedos en el regazo y se queda mirando la belleza que tiene ante ella. El piano reluce bajo los focos empotrados y las letras doradas de C. BECHSTEIN centellean irresistibles en la tapa, tentándola para que toque. Alessia pulsa el do central y la nota resuena con un tono profundo, intenso y más dorado que lo que les rodea.

Perfecto.

Alessia levanta los ojos hacia Grisha, que está con el teléfono en la mano y mirándola con curiosidad.

Se va a enterar este gilipollas arrogante.

Alessia sonríe y guiña un ojo a Henry. Mira al teclado, coloca las manos sobre las teclas y comienza el *Preludio n.º 2 en do menor* de Bach…, su música de la rabia.

La música resuena por la sala en tonos naranjas y rojos, más cálida y candente que los colores del fuego helado de la escultura de vodka de fuera, y a Alessia le encanta. Y, como ha bebido un poco, se siente libre y ligera, dejando que la música la invada y oculte al imbécil arrogante que está a su lado.

He dejado a Tom y Joe inmersos en una conversación sobre las ventajas del rugby sobre el fútbol para ir en busca de Alessia. Sin hacer caso del creciente pánico que siento en el pecho, me muevo por cada habitación mientras los invitados de Dimitri me muestran sus condolencias o me felicitan por mi matrimonio con mi preciosa esposa… ¡a la que acaban de conocer!

¿Dónde narices está?

Entonces, lo oigo. Los sonidos de Bach se elevan sobre el zumbido de las conversaciones.

Alessia.

Está en el salón principal. Sigo el sonido y, con la multitud que invade la sala, levanto los ojos y la veo en la entreplanta con Henry y el gilipollas del hermano menor de Dimitri, Grisha.

Ahora que la tengo a la vista, me tranquilizo y escucho. Sé que esta es su música de la rabia y me pregunto qué le habrá dicho Grisha para cabrearla.

—¡Maxim! —Me giro y veo a Charlotte acercándose hacia mí.

Mi ex.

Mierda.

Están las dos aquí, aunque he conseguido evitar a Arabella. Caroline estaba hablando antes con Charlotte y me pregunto sobre qué.

—Hola, Charlotte. —Me coloco el dedo índice en los labios para que guarde silencio, porque quiero escuchar la exquisita interpretación de Bach que hace mi mujer. Charlotte levanta los ojos hacia Alessia sin dejar de hablar.

—Te he echado de menos. —Me agarra la mano—. ¿Quieres venir abajo conmigo? —La invitación de Charlotte es clara, pero tiene la mirada desenfocada y se mece sobre sus tacones altos ante mis ojos.

Está borracha o colocada, o las dos cosas, y yo estoy un poco estupefacto.

¿No sabe que me he casado?

Alessia termina el preludio y, cuando las notas finales se apagan por la sala, la multitud congregada empieza a aplaudir. Yo aparto la mano de Charlotte para aplaudir con ellos, pero Charlotte me agarra de las solapas, sorprendiéndome, y posa con firmeza sus labios sobre los míos y mete su lengua mojada en mi boca. Soy levemente consciente de un destello de luz.

Qué… coño…

Giro la cabeza y la agarro por las manos para apartarla con suavidad y soltarme.

—¡Charlotte! ¿Qué narices estás haciendo?

Alessia oye el aplauso que llega hacia ella desde lo que parece el otro extremo de la sala.

—Brava, lady Trevethick —dice Grisha—. No estaba seguro, pero ha sido impresionante.

—Gracias —responde Alessia y mira a una sonriente Henry antes de bajar la mirada hacia el público de la sala de estar y desviar los ojos hacia su marido.

Está besando a otra mujer.

Y el mundo de Alessia se detiene de repente.

¿Qué?

19

Alessia aparta la mirada, pues es una visión demasiado dolorosa para poder soportarla, a la vez que la cabeza le da vueltas y la bilis le sube por la garganta. Traga su amargo sabor y se siente mareada. De repente, hace demasiado calor y la habitación es demasiado pequeña como para seguir en ella. La idea de que está inmiscuyéndose en la intimidad de su marido cristaliza en su mente.

Quizá se comporta siempre así.

Alessia no puede saberlo, pues no han estado nunca en un evento social tan grande como este.

Así es él. Esto es lo que hace. Caroline me había advertido.

Alessia se queda de pie, balanceándose ligeramente por el impacto de lo que ha visto y negándose a mirar de nuevo hacia él. Se gira hacia Grisha.

—Tengo que salir de aquí.

—¿Estás bien? —pregunta Henry.

Alessia niega con la cabeza.

Grisha mira con extrañeza y evidente preocupación.

—¿Te estás mareando?

Alessia asiente. Solo quiere salir de ahí. *Ya.*

—Necesito aire.

Con el ceño fruncido, Henry se gira para mirar a la ahora desinteresada congregación.

—Voy a buscar ayuda —dice acercándose a la barandilla para ver a la gente.

—Ven. —Grisha agarra a Alessia de la mano y la lleva hacia las estanterías, donde pulsa un botón oculto y uno de los estantes se abre para mostrar un pasadizo oculto—. Sígueme.

Alessia se tambalea por detrás de él y oye el clic de la estantería al cerrarse a su espalda.

Siéntate, Charlotte. Estás borracha. Y, por si no te has enterado, estoy casado. —Sorprendido por el comportamiento de Charlotte la llevo para que se siente en un sillón vacío y así tenga menos posibilidades de caerse de cara. Me mira con expresión de desprecio.

—Me han dicho que te has casado con tu asistenta.

—Me he casado con la mujer que amo.

Suelta un bufido.

—¿Le has hecho un bombo? Pareces salido del siglo XVIII, Maxim.

—Vete a la mierda, Charlotte —murmuro y me giro para alejarme.

Me agarra de la mano.

—No me puedo creer que te hayas casado por fin —dice.

—Pues créetelo. —Levanto la mano izquierda con los dedos abiertos para que pueda ver mi anillo de boda. Nunca se ha comportado así. Me pregunto si habrá venido sola o con su novio. Miro a mi alrededor pero no veo a nadie que le esté prestando atención—. ¿Has venido sola?

—Con un amigo.

—¿Dónde está?

Mueve la mano hacia la gente del patio.

—Caroline ha dicho…

—¿Qué? —Se me eriza la piel—. ¿Qué ha dicho Caroline?

Charlotte niega con la cabeza.

—Que te follarás a cualquier mujer que se te ponga por delante.

Joder con Caro.

—Incluso a mí. Él me ha dejado —dice con un gemido.

—Charlotte, muestra un poco de dignidad, joder. Piensa que hay más peces en el mar y esas cosas. Y ahora, si me perdonas, voy a buscar a mi mujer. —La dejo, un poco afectado tras nuestro encuentro. Levanto los ojos hacia la entreplanta y veo a Henry mirando hacia una de las estanterías. Una sensación de alarma me baja por la espalda.

¿Dónde está Alessia?

¿Y dónde está Grisha?

Me abro camino entre la gente, sin hacer caso de las miradas curiosas y las muestras de condolencia y felicitaciones, y subo disparado por la escalera de caracol.

—¡Henry! ¿Dónde está Alessia? —le espeto.

—Maxim. Hola. Ha desaparecido con Grisha por esta estantería.

¿Qué? ¿Por qué?

Empiezo a tocar por la estantería y encuentro el botón oculto. Lo aprieto y la estantería se abre.

—¡Estaba buscándolo! —exclama Henry.

—Venga. Vamos a encontrarla.

El pasadizo está iluminado con un par de luces led empotradas y termina en una puerta que da a una amplia terraza al aire libre sobre la sala de estar. En un rincón oscuro entre las frondosas macetas hay una pareja que está teniendo sexo contra la pared. Consigo entrever un cabello rubio y siento alivio al saber que no es mi mujer. Pero me distrae un cambio de la luz. Una cortina cierra la entrada a una habitación al otro lado de la terraza.

¿Ha metido Grisha ahí a mi mujer?

Con una furia repentina, atravieso la puerta de la terraza, giro a la derecha y entro rápidamente por la puerta de un dormitorio. Tres hombres en distintos estados de desnudez y excitación se giran para mirarme en toda su gloria. Un cuarto se está metiendo una raya de coca.

Mierda.

—Lo siento. —Retrocedo de inmediato y casi tiro al suelo a Henry, que va justo detrás de mí—. No entres ahí. Es la sede central de Ganímedes.

Se oye un grito ahogado desde el interior de la habitación.

—¡Creía que habías cerrado esa maldita puerta!

—Las fiestas de Dimitri nunca decepcionan —dice Henry con voz entrecortada.

—Creo que uno de ellos era un ministro. Vamos. Alessia debe de haber ido abajo.

Grisha lleva a Alessia a la cocina, donde ladra una orden a alguien del personal en lo que Alessia supone que debe de ser ruso. La joven va corriendo a por un vaso de agua y vuelve con Grisha segundos después.

—Aquí tienes. —Le da a Alessia el vaso de cristal tallado y ella da un largo trago, agradecida.

Quizá Grisha no sea tan malo.

—¿Quieres bajar al sótano para desahogarte un poco? —le pregunta él con cierto destello en los ojos.

—No. Me gustaría irme a casa ya —responde Alessia, aún recelosa.

—Voy a llamar a mi chófer. —Saca el móvil y hace una llamada—. ¿Adónde?

Alessia le da la dirección de Chelsea Embankment y él da por teléfono las órdenes en el mismo idioma extranjero y, a continuación, cuelga.

—Mi chófer estará en la puerta en un momento. Puedes salir por detrás, como solemos hacer, para evitar las cámaras de delante. —Del bolsillo se saca una tarjeta—. Llámame. Cuando llegues a casa.

—¿Por qué eres tan amable? —pregunta Alessia.

Grisha esboza una sonrisa.

—Sería una descortesía por mi parte no ayudar a una mujer tan guapa y de tanto talento.

—Gracias —susurra ella, pero no da crédito a su suerte... De hecho, no cree que la tenga y un escalofrío de miedo le sube por la espalda.

Quizá se haya precipitado demasiado.

Maxim se va a poner furioso.

Levanta el mentón.

Bueno, ella sí que está furiosa. ¿Cómo se atreve a traerla a esta lujosa fiesta para «anunciar» su matrimonio y, después, besar a otra?

—El coche ha llegado. Deja que te acompañe fuera —dice Grisha ofreciéndole el brazo.

No encuentro a mi mujer. He estado en el sótano, donde la diversión se va caldeando. Hay varias personas desnudas en la piscina y cuerpos que se retuercen en el suelo del estudio poco iluminado. Una mujer se lanza sobre mí y me rodea el cuello con los brazos, con polvo de cocaína en el labio superior. La aparto con suavidad.

—Estoy buscando a mi mujer —digo con un gruñido. Con un rápido vistazo por la horda orgiástica del estudio sé que Alessia no es ninguna de las participantes.

Tampoco es que esperara que estuviera aquí. No mi dulce e inocente mujer.

Pero esta gente... *Es como si volvieran a ser adolescentes.*

Y probablemente los están grabando.

Joder. ¿Dónde está?

Voy arriba, saco mi teléfono y llamo a Alessia una vez más. «¿Dónde estás?», pregunto tenso cuando vuelve a saltar su buzón de voz, e intento pensar en qué habrá sido lo que ha hecho que salga corriendo.

¿Alguien de su pasado reciente?

Quizá los tratantes de blancas.

Quizá se la hayan llevado. Otra vez.

Joder. Me encuentro a Tom y a Joe.

—Joe, por favor, busca a Caroline y asegúrate de que llega a casa de una pieza. Tom, no encuentro a Alessia.

—Me lo ha contado Henry. Ha ido a buscarla por las demás habitaciones. Vamos a organizar una búsqueda. —Me agarra del brazo y me da un breve apretón—. La encontraremos. No te preocupes, Trevethick.

¡Preocuparme! Joder, me voy a volver loco.

Asiento con gesto agradecido, incapaz de hablar porque corro el riesgo de perder la cabeza. La última vez que ella desapareció... la habían secuestrado, joder.

Suena mi teléfono y el pecho se me inunda con una sensación de esperanza.

Joder, es Oliver. No contesto.

Alessia se deja caer en el suntuoso cuero del SUV Bentley. La puerta de atrás es superpesada y sospecha que el coche será blindado. El conductor le lanza una mirada rápida por el espejo retrovisor y, sin decir una palabra, se adentra en la noche.

Es ahora, en la privacidad del vehículo, cuando Alessia se permite recordar lo que ha visto.

Maxim besando a otra mujer.

Besando. A. Otra. Mujer.

Las lágrimas le inundan los ojos.

Caroline se lo había advertido.

«Querida, pero si se ha acostado con casi todas las mujeres de Londres».

Maryanne había tratado de tranquilizarla.

«Los libertinos reformados son los mejores maridos».

¿Es eso verdad? Quizá sigan siendo siempre unos libertinos. Pero ¿significa eso que él la quiera menos?

«Quiero que todos vean que eres mía».

¿Eso no debería ser igual para ambas partes?

«Los cónyuges tienen los mismos derechos y obligaciones el uno con el otro. Deben amarse y respetarse, mantener la fidelidad conyugal».

No deja de pensar en sus votos. ¿No significan nada para él?

O Zot. ¿Era esto inevitable? Su marido es demasiado promiscuo. Demasiado guapo. Demasiado encantador.

Siente un nudo en la garganta.

Su mister. Su hombre.

En el fondo, sabía que esto pasaría.

Ella nunca ha sido suficiente.

Alessia, te has estado engañando.

¿Qué puede hacer? ¿Aceptarlo? ¿Marcharse? Alessia tiene la mirada perdida hacia la oscuridad que hay al otro lado de la ventanilla entre las luces de Londres.

¿Siempre va a estar así? ¿Decidiendo entre quedarse o marcharse? Por un momento, Alessia piensa en su madre y en cómo eligió quedarse…, y su padre es mucho peor que Maxim. Quizá esta ha sido siempre la suerte de las mujeres. Le viene a la mente el dicho albanés del *Código de Lekë Dukagjini*: «*Gruaja është një thes, e bërë për të duruar*».

La mujer es un saco hecho para aguantar.

V eo a Grisha saliendo de una de las salas y me dirijo hacia él.

—¿Y mi mujer? ¿Dónde está?

—Se ha ido a casa, Trevethick. Deberías cuidar mejor de ella.

¿Qué narices está diciendo? Quiero preguntarle por qué se ha ido, pero no es asunto suyo, aunque parece que sí, joder.

—¿A qué te refieres con que se ha ido?

—Quería irse a casa. La he mandado en mi coche. —Su pavoneo hace que me den ganas de dar un puñetazo en la cara a este estúpido arrogante—. No se encontraba bien. En serio, tienes que…

Me alejo antes de que le tumbe de un golpe y encuentro a Tom.

—Se ha ido a casa. Pídele a Joe que vigile a Caro. La última vez que la vi iba haciendo eses.

—Lo haré, amigo. Me alegra que hayas localizado a Alessia. Voy a buscar a ese periodista que has dicho.

—Gracias.

En el guardarropa, entrego mi tíquet y recojo no solo mi abrigo, sino también el de Alessia. Se ha ido sin su puto abrigo. Y no se ha molestado en avisarme.

¿Qué narices pasa?

¿Qué he hecho?

Quizá esté pensándoselo mejor. La he traído a este antro de inmoralidad y depravación y se ha enfadado. Afrontémoslo, Alessia no ha visto cómo puede llegar a comportarse la gente forrada.

Joder. No se me había ocurrido.

Salgo rápidamente, paso junto a una llamarada de flashes de los paparazzi y bajo por la calle a coger un taxi.

Para alivio de Alessia, el Bentley se detiene en la puerta del edificio de Maxim. El conductor se baja y le abre la portezuela a la vez que extiende la mano hacia ella.

—Gracias —dice Alessia agarrándose a ella.

Él asiente y la acompaña al edificio. De su bolso de noche, ella saca las llaves y abre la puerta de la calle. Una vez dentro, el conductor se gira y vuelve a subir a su vehículo.

Cuando llama al ascensor se da cuenta de que no había ningún paparazzi ante el edificio. Probablemente estén todos en casa de Dimitri y Grisha.

Menos mal.

En el ascensor, busca su teléfono y envía un mensaje a Grisha para darle las gracias y decirle que ha llegado bien. Hay un par de llamadas perdidas de Maxim. Escucha su mensaje mientras el ascensor sube hasta la sexta planta.

«¿Dónde estás?». Parece enfadado. Herido. Confundido.

¡Ese hombre ni siquiera sabe que se ha portado mal!

¡Quizá no crea que lo ha hecho!

Alessia sale del ascensor y, con su llave, abre la puerta del apartamento y la cierra de golpe al entrar.

La alarma está apagada.

¿No la conectaron al salir?

Nota en el aire el familiar y empalagoso olor a perfume caro y a Alessia se le eriza el vello del cuello. El sonido de unos tacones al fondo del pasillo la alerta y, en la puerta de la sala de estar, aparece la madre de Maxim.

Rowena.

En el asiento trasero del taxi mi rabia va en aumento. ¿Qué narices se ha creído ella, abandonándome en una fiesta? Pero ¿por qué? No entiendo qué ha pasado. ¿Le ha dicho algo Grisha? ¿O Caroline?

Miro el teléfono. Hay una llamada perdida de Oliver, pero todavía nada de Alessia.

¿Ha conocido a Arabella o a Charlotte?

Siento un hormigueo en la cabeza.

Joder con Charlotte. Ese beso.

Alessia debe de habernos visto. Es la única razón que se me ocurre que pueda explicar por qué se ha ido sin siquiera despedirse.

Siento un enorme alivio.

Eso es. Apoyo la espalda en el taxi con la sensación de entender por fin qué está pasando.

Pero…, un momento. Charlotte me ha besado a mí. No al revés. Yo no pretendo nada con mi ex. No pretendo nada con ninguna otra mujer. Alessia debería saberlo… ¿Por qué va a dudar de mí? Y el hecho de que sí dude de mí me molesta. Me está castigando por algo que no es culpa mía. Y me castiga con el peor de mis temores.

Es exasperante.

De hecho, estoy furioso, joder.

¿Por qué narices va a pensar que estoy interesado en ninguna otra?

Y de repente, alto y claro, el pensamiento resuena en mi cabeza como un claxon.

Por tu pasado.

Por tu reputación.

Joder.

Mis ánimos se vienen abajo aún más. Voy a tener que convencer a mi mujer, otra vez, de que mi pasado ha quedado atrás.

A lessia se queda sorprendida e inmóvil en el pasillo mientras Rowena la mira embobada.

¿Por qué está aquí? ¿Cómo es que está aquí?

Su suegra aprieta los labios.

—Tú sola, con los diamantes Trevethick, por lo que veo. No has tardado un segundo en meter tus manitas en nuestros abalorios. Esos pendientes fueron mis favoritos hace tiempo. Ahora son un poco exagerados, ¿no crees?

Alessia recupera la voz.

—Hola, Rowena. ¿Te puedo ayudar en algo? Si buscas a Maxim, no está aquí.

La madre de Maxim se cruza de brazos mientras sigue en la puerta, inmóvil, inquebrantable, nada cordial.

Hostil.

O Zot.

—Estás muy… guapa, querida. Pero nunca parecerás una condesa. Tenemos un dicho en este país: aunque la mona se vista de seda, mona se queda. ¿Cuánto dinero quieres por salir de la vida de mi hijo?

Alessia siente como si le hubiesen dado un puñetazo en el estómago.

—¿Qué?

—Ya me has oído. —Despacio, Rowena se acerca a Alessia—. Mi amigo Heath ha estado investigando un poco. Resulta que no has seguido el procedimiento adecuado en esta farsa de matrimonio con mi hijo. Se puede anular fácilmente.

No es la primera vez esta noche que Alessia se siente un poco mareada.

¿Heath? ¿El amante de su suegra?

Rowena sonríe. Es una sonrisa tan fría que Alessia siente un escalofrío en la espalda.

—Te extenderé un cheque y podrás irte. Llevar la vida para la que estás hecha. No esta. Esto no es para ti. Y tampoco para Maxim. Él va a necesitar a alguien con una elegancia y refinamiento que es imposible que tú puedas alcanzar. Alguien con educación que no traiga el desprecio y la vergüenza al legado de los Trevethick. Necesita a alguien digno. Alguien que pueda ofrecerle algo más. Y esa no eres tú, querida. ¿Qué podrías ofrecerle tú?

»Solo se ha casado contigo para hacerme daño. Es un hombre al que le gusta pasarlo bien; estoy segura de que sabes a qué me refiero. No tardará mucho en sacar los pies del plato. Él no desea el trabajo del título de conde y se ha predispuesto al fracaso casándose contigo. Lo entiendes, ¿verdad?

»Así que ¿cuánto?

—Yo no quiero nada de ti —susurra Alessia, sintiendo que el corazón le late de forma frenética—. Y quizá, si hubieses sido mejor madre, tu hijo podría tener mayor respeto por las mujeres y haber elegido a alguien con las virtudes que tú deseas en una nuera. Pero quizá, por ser tú su madre, no ha sido así. Me ha elegido a mí. Y me alegra decir que no me parezco en nada a ti.

Rowena ahoga un grito, estupefacta.

Alessia se acerca a la puerta.

—Creo que ya es hora de que te vayas.

Se oye la llave en la cerradura y aparece Maxim en la puerta.

Cuando abro la puerta, me encuentro con mi madre y mi mujer mirándose en la entrada, en una atmósfera tan glacial que se me podrían congelar las pelotas. Mi alivio por que Alessia esté en casa sana y salva se ve atemperado por mi preocupación.

¿Qué diablos está pasando aquí?

20

Rowena y Alessia se quedan mirándome, mi madre fría y crispada con su Chanel negro, mi mujer espectacular con su Alaïa rojo, y estoy seguro de que han tenido una conversación acalorada. Los ojos de Alessia brillan inundados de lágrimas sin derramar y sospecho que mi madre se ha portado como una verdadera zorra.

Pero, espectacular o no, lo cierto es que estoy muy enfadado con Alessia ahora mismo. Más de lo que lo he estado nunca.

—Luego hablaremos —le murmuro levantando un dedo a modo de advertencia—. Aunque me alegra que estés en casa. A salvo.

Y lo que de verdad deseo hacer es agarrarla, besarla y follármela hasta que se olvide de todo menos de mí, pero ahora no es el momento. Miro a Rowena.

—Madre, ¿a qué debemos el placer?

Frunce sus labios escarlata y me mira con sus ojos miopes entrecerrados, irradiando tensión y fastidio. Suena el timbre de la puerta y nos sobresaltamos todos; como yo estoy justo al lado, abro la puerta mientras me pregunto quién narices viene de visita a medianoche. Maryanne está en la puerta, languideciendo y agotada con su bata de médico. Me lanza una mirada cansada y recelosa con una expresión de «me puedo imaginar qué está pasando pero no estoy segura» y entra cuando yo me aparto.

—Una reunión familiar. Después de medianoche. Curioso.

—Mi sarcasmo oculta mi absoluta sorpresa por el hecho de que las dos estén aquí. Joder, es de madrugada, estoy a punto de tener una tremenda discusión con mi mujer, y creía que mi madre estaba en Nueva York, evitándome.

Maryanne va detrás de la estela de perfume caro de nuestra madre y avanzan por el pasillo hacia la sala de estar.

—Por favor. Pasad. Estáis en vuestra casa —les digo a sus espaldas, completamente perplejo por que las dos estén aquí. La Matriarca ha venido desde Manhattan. Yo solo quería que me devolviera la llamada. No que se presentara en mi maldita puerta.

Cuelgo los abrigos y, al girarme, veo que Alessia me mira recelosa. No ha dicho nada. Extiendo una mano hacia la suya, pero ella la aparta.

Vale. Está cabreada.

—Luego hablaremos de lo que sea que te haya molestado y de por qué has salido corriendo sin decirme nada, cuando me haya encargado de la Matriarca.

Alessia levanta los ojos y me fulmina con la mirada.

Vale, sí que está cabreada, joder.

—Estaba aquí cuando he llegado a casa —dice.

—¿En el piso?

—Sí.

¿Cómo narices ha entrado?

—Veamos qué es lo que quiere. —Con gesto frío y formal, le hago una señal a mi mujer para que venga conmigo a la sala de estar—. Tú primero. —Me tranquiliza ver que lo hace cuando se lo pido. Estoy deseando saber qué tiene que decir mi madre y qué ha hecho que sienta la necesidad de venir en persona.

Esto no es propio de ella.

Rowena está en el centro de la habitación y, por el desdén que muestra en su rostro, sospecho que la está examinando y que la encuentra insuficiente. Me mira de la cabeza a los pies y llega a la misma conclusión.

—Hola, Maxim. —Su voz suena entrecortada y, si no me equivoco, cansada.

Nada de formalidades.

Nada de ofrecerme la mejilla para que le dé un beso.

Ni siquiera nada de su habitual sarcasmo.

—¿Has pasado una bonita velada, con o sin tu… mujer? —Pronuncia la palabra mujer con tono de burla.

Ah. Ahí está. La Rowena que conozco. ¿Qué narices le ha dicho a Alessia?

Miro a Alessia, que está inmóvil a mi lado, con sus ojos de oscura obsidiana clavados fijamente en mi madre con una hostilidad apenas disimulada.

—Lo que yo haya hecho con mi mujer no es asunto tuyo. ¿Y cómo has entrado en el piso?

—He intimidado a Oliver para que me diera una llave y el código de tu alarma. Me ha dicho que te iba a enviar un correo electrónico.

Ah. Me acuerdo de su llamada perdida. Ya hablaré con él el lunes, aunque me puedo imaginar el altercado que han tenido para que él le diera mis llaves. Maryanne, que no ha dicho nada, se encoge de hombros, su rostro un reflejo de la confusión y el cansancio, y se deja caer en el sofá.

—Tú y tu dudoso casamiento estáis por toda la prensa. —Rowena aprieta los labios con desagrado.

—¡Madre, tú eres la puta prensa! —replico.

¿Por esto es por lo que ha venido? ¿Por mi matrimonio? ¿O por Kit?

Mira con esa expresión suya tan fastidiosa y altanera.

—Soy la editora de una de las principales revistas de moda femenina de este país. No de ninguna prensa sensacionalista.

Alessia se mueve y recupera en parte la compostura.

—¿Me permites tu chaqueta? ¿Quieres un café? —interviene rápidamente.

—Por favor —dice Maryanne entre suspirando y jadeando desde el sofá. Es evidente que está agotada—. Y luego podremos acabar con este espectáculo y podré dormir un poco.

—Basta, Maryanne —la reprende Rowena con los labios fruncidos—. Me quedaré con la chaqueta. Y sí, quiero café. Café de verdad. —Su tono es el de una mujer que tiene el control, pero ahora me doy cuenta de que está agarrándose a su delicado pañuelo como si le fuera la vida en ello.

Alessia endereza la espalda y levanta el mentón.

—Es el que tenemos. —Y mira a su suegra con una leve sonrisa fingida, se gira sobre sus zapatos de Jimmy Choo y sale de la habitación con su sensacional vestido.

—Bueno, ¿y a qué debemos el honor, Rowena?

Dirige sus ojos azules claros hacia mí y, en ellos, veo... verdadero dolor e inseguridad. Resulta absolutamente desconcertante. Toda la hostilidad que normalmente siento en su presencia desaparece y me deja indefenso.

Una desgarrada bandera blanca en medio de una tormenta.

Joder, tío.

—Por favor, siéntate —susurro haciendo un leve gesto hacia el sofá.

Respira hondo.

—No. Siéntate tú. Lo vas a necesitar.

Como un autómata, hago exactamente lo que me pide y me siento en el sofá a la espera de la devastadora noticia que tenga que darnos a Maryanne y a mí.

Porque algo va mal.

Muy mal.

Se recompone, como siempre hace, con su pose de editora, antigua condesa y antigua icono de moda, y levanta el mentón, igual que mi mujer.

—He pensado que tu último mensaje concerniente a Kit y a su enfermedad requería una respuesta en persona. —Empieza a pasearse mientras sigue agarrando su pañuelo bordado con sus iniciales y Maryanne y yo la observamos expectantes, sin atrevernos a mirarnos el uno al otro mientras nuestra madre continúa actuando de ese modo tan extraño en ella—. Respondiendo a tu mensaje, no tienes por qué preocuparte, Maxim. Ninguno de los dos tenéis por qué preocuparos. Por nada.

Maryanne asiente como si estuviese confirmando un diagnóstico.

¿Qué narices sabe ella que yo no sepa?

—Mamá, por favor. Acabo de casarme. Queremos tener hijos.

Aprieta los labios.

—Presta atención. Lo repito. No tiene nada que ver contigo ni con Maryanne.

Miro con el ceño fruncido mientras sigo sin establecer ninguna conexión entre lo que está diciendo y lo que podría pasarle a Kit y por qué no tiene nada que ver conmigo ni con mi hermana.

—¡Joder, Maxie, qué lento eres! —estalla Maryanne.

¿Qué?

—Papá no era el padre de Kit. —Cada palabra es un improperio entrecortado que sale de la boca de Maryanne.

Hay ocasiones en las que el mundo se sale de su eje y empieza a dar vueltas con una trayectoria distinta y nunca vista. Cuando el mundo que conoces deja de ser el que era y comienza de nuevo.

Como cuando mi madre dejó a mi padre.

Como cuando mi padre murió.

Como cuando Kit murió.

Y, con mejor fortuna, como cuando conocí a Alessia.

Y, ahora, todo lo que he conocido y he dado por sentado desde mi infancia ha desaparecido con siete devastadoras palabras.

—Ya ves. No tienes de qué preocuparte —dice Rowena con su tono quedo teñido de la pena de una madre que ha perdido a su hijo favorito.

No a un hijo de la familia.

A su hijo.

A su hijo de ojos azules.

Alessia aparece en la puerta con una bandeja con delicadas tazas y platillos de café y una elegante cafetera que yo no sabía que tuviéramos. La coloca en la mesa de centro, delante del sofá, y me mira con recelo antes de sentarse a mi lado.

Nadie se mueve.

—¿Lo sabía papá? —La pregunta de Maryanne resuena con una justificada indignación a través de la atmósfera del interior de la sala de estar.

—Sí. —Mi madre cierra los puños.

—Y se llevó tu deshonra a la tumba —continúa Maryanne con el mismo tono.

Rowena cierra los ojos.

—Sí.

Me mira y una lágrima se desliza por su mejilla.

Joder. Jamás he visto a mi madre llorar y las emociones se agolpan en mi garganta y se quedan ahí. Expandiéndose y asfixiándome.

—Di algo —susurra.

Pero me siento vacío. Sin saber qué decir ante su traición y deslealtad, soy un mero observador ocasional ante una tragedia familiar.

Mi pobre padre.

Mi campeón.

Ahora todo tiene sentido.

—Entonces, para dejarlo claro —dice Maryanne poniéndose de pie—. Era el padre biológico de Kit el que tenía un problema.

—Sí. Murió el año pasado por esa enfermedad.

Joder.

Lo que debería sentir… es alivio. Pero no siento nada.

Salvo quizá una rabia insondable en nombre de mi padre.

En nombre de Kit.

—¿Lo sabía Kit? —Las palabras han salido de mi boca.

Rowena emite un extraño sonido entrecortado.

—¿Lo descubrió durante la Nochevieja? —La voz de Maryanne suena baja y llena de reproche a la vez que las lágrimas le inundan los ojos. Mi infiel madre cierra una vez más los ojos, aprieta su pañuelo y suelta un grito sobrenatural y escalofriante, como si la estuvieran destripando.

Joder. Sí que lo sabía.

Por eso es por lo que se fue con su moto, a toda velocidad por los fríos caminos de Trevethick.

Maryanne emite un sollozo igual de sonoro, con sus ojos verdes resplandeciendo con el horror de esta trágica noticia; se levanta y sale disparada de la habitación, avanza por el pasillo y se marcha, cerrando la puerta de la calle con fuerza.

—¿Lo sabe Caroline? —pregunto.

Mi madre hace un gesto de negación.

—Bien. Deberíamos dejarlo así. Gracias por la aclaración. Ahora creo que será mejor que te vayas. —He vuelto. He recuperado el personaje indiferente que he cultivado a lo largo de los años para enfrentarme a mi madre.

Ella asiente, incapaz de hablar.

—¿Necesitas algo? —pregunta Alessia.

Rowena parece recuperarse y mira con desprecio a mi preciosa y compasiva mujer.

—No. No necesito nada de gente como tú.

Mi indiferencia desaparece y tras ella hay una hirviente olla a presión llena de rabia.

—Rowena, no te atrevas a hablarle así a mi mujer —le advierto con los dientes apretados.

—Maxim, ahora ya lo sabes. Digno hijo de tu padre. Un caballero de reluciente armadura que siente debilidad por las doncellas en apuros. Bueno, pues esta doncella —se señala a sí misma con una elegante uña escarlata— estuvo a la altura del legado de los Trevethick. Dudo que tu... asistenta lo esté. Necesitas a alguien de tu misma clase, una inglesa que comprenda la presión del título y tu lugar en la sociedad. Alguien que pueda ayudarte a desempeñar el papel para el que has nacido y que te ayude a proteger nuestro legado. Además, tampoco es que tu matrimonio sea legal. Heath ha estado investigando.

Alessia se encoge como si la hubieran atacado físicamente. *¡Qué narices está diciendo! ¿Heath? ¡Heath!*

V ete. Vete ahora mismo. —Maxim está de pie y Alessia se levanta también.

Son una demostración de fuerza. Juntos.

Su madre lanza una mirada de superioridad y desprecio a los dos, pero Alessia ve a través de su velo de indiferencia que Rowena traga saliva y tiene la mandíbula tensa; está herida y sufriendo, rechazada por sus dos hijos, y se defiende atacando, especialmente a Alessia, que es un blanco fácil. Ya ha estado sometida a la lengua despiadada de Rowena esta noche.

—Y por fin te has dirigido a mí como mamá —susurra Rowena mirando a su hijo—. Era demasiado esperar que pudieras mostrar algo de compasión por mí. —Se gira y sale tranquilamente de la habitación, con el ruido de sus tacones sobre el suelo de madera, resonando por el pasillo hasta que sale en silencio por la puerta.

C ompasión? ¿Por ella?
¡Y lo sabe! ¡Sabe lo de nuestro matrimonio por Heath! ¡Su amante! *¡Mierda!*

Alessia gira su delicado rostro hacia mí, con los ojos increíblemente abiertos, y yo suelto un suspiro que no sabía que estaba conteniendo.

—¿Estás bien? —pregunto con el corazón latiéndome a un ritmo acelerado, bombeando adrenalina por todo mi cuerpo, de tal modo que estoy listo para pelear o para salir huyendo.

Estoy listo para pelear. Pero Rowena se ha ido. ¿Alessia va a pelear?

Asiente.

—¿Y tú?

—No sé cómo se supone que debo sentirme después de ese… bombazo. Lamento mucho que hayas tenido que presenciarlo y soportar el embiste de su ataque. —Me paso una mano por el pelo mientras trato de asimilar lo que acaba de ocurrir.

Kit era mi hermanastro.

Joder.

—He oído lo que ha dicho. ¿Lo sabías?

—No. Estoy pasmado. Mi madre, un pilar de la sociedad. —Agarro la mano de Alessia y la atraigo hasta mis brazos.

Nos quedamos aturdidos y confundidos, abrazados el uno al otro durante varios segundos…, minutos, no sé, mientras trato de recalibrar mi vida desde este nuevo prisma. Lo único que tengo son preguntas que mi aturdimiento me ha impedido formular antes de que ella se fuera.

¿Lo sabía mi padre cuando se casaron?

¿Quién era el padre de Kit?

Mierda.

Alessia se aparta y recuerdo que ella y yo aún tenemos cosas que aclarar.

Es por esto por lo que estabas tan distraído? —pregunta Alessia mientras trata de recobrar el equilibrio.

—Sí. Caroline vino al despacho con las cartas del médico de Kit y de un servicio de asesoramiento genético.

A Alessia se le eriza el vello del cuello, pierde la compostura y se pone en tensión. Por mucho que se esfuerce, Alessia no se fía de Caroline. Aun después del rato agradable que han pasado hoy juntas. Sabe que Caroline está enamorada de Maxim. Quizá siempre haya estado enamorada de él pero se casó con su hermano por el título, el dinero y el estatus social.

Maxim la mira con recelo.

—Tenía que enseñarme las cartas. Ya te lo conté.

—Me ha dicho que está trabajando contigo. Eso no me lo has contado.

Maxim frunce el ceño.

—No, no conmigo. Para mí, supongo. Bueno, para la sociedad patrimonial. En serio, Alessia —suelta un bufido de frustración—, Caroline no es importante. Es el menor de nuestros problemas ahora mismo. Lo importante es que yo pensaba que podría tener alguna enfermedad invalidante. Le envié un mensaje a mi madre para ver si ella sabía algo sobre Kit. No quería hablar conmigo. Hasta ahora.

—Y eso tampoco me lo has contado.

Maxim cierra los ojos y se frota la frente.

—No. Pensé que me dejarías.

Es la tercera vez esta noche que Alessia siente que le falta el aire.

Vaya. ¿Cómo puede pensar eso?

—Yo nunca te dejaría…

Pero sí que te has ido, joder! —casi grito—. De la fiesta, esta noche. Sin despedirte siquiera. ¿Por qué?

Sus ojos se nublan y su expresión se entristece, su angustia queda bien patente en la tensión de su mandíbula.

—Pero tú…, tú… —susurra, sin poder o sin querer decirlo en voz alta.

El pecho se me encoge.

—¿El beso? —En el fondo, sé que es eso lo que está tratando de decir. Alessia me mira a los ojos y me lanza la misma mirada altiva que mi madre nos ha brindado antes de marcharse. Se oculta tras esa mirada, protegiéndose. Ahora lo entiendo y me duele en lo más hondo—. Charlotte estaba borracha —explico—. Es una exnovia mía y, por alguna estrambótica razón, se ha lanzado sobre mí. Me ha pillado por sorpresa. Me ha besado ella a mí, no al revés. Yo me la he quitado de encima, la he sentado y he ido a buscarte. ¡Y tú has desaparecido con el puto Grisha! ¡Grisha! —La rabia vuelve a bombear de nuevo calor por mis venas. Me aparto de ella y me paso una mano por el pelo mientras intento mantener la calma.

El puto Grisha Egonov. Conocido por ser un cabrón. Un posible criminal de los bajos fondos.

—He visto el beso —dice Alessia en voz baja—. He tenido que irme. Grisha me ha ayudado. Me ha enviado a casa. Ha sido amable.

—¡No es amable! No puedes fiarte de él —contesto tajante a la vez que extiendo las manos y la atraigo hacia mis brazos. Quiero zarandearla, pero no lo hago—. Te has metido tú sola en lo que podría haber sido una situación de peligro. ¿Por qué actúas así? ¿Por qué sales corriendo? Tienes que aprender a enfrentarte a mí. Yo no he hecho nada malo. Y podríamos haber solucionado esto allí mismo.

—Creía… Creía que quizá era así como te comportabas siempre —se apresura a responder.

¿Qué? No.

—Son muchas —susurra Alessia, y en esas dos palabras hay todo un mundo de dolor que no consigo imaginar y no puedo hacer nada al respecto.

—Alessia. Estamos casados. Tengo un pasado. Lo sabes. Pero solo te deseo a ti. A nadie más. No me importa lo que diga mi madre. No me importa lo que diga todo el mundo. La prensa…, que se vayan todos a la mierda. Solo te quiero a ti. Y me has dejado allí, joder, cuando sabes lo que me preocupa tu seguridad. —Apoyo la cabeza contra la de ella y cierro los ojos.

Joder. Menuda noche.

—Oye, es muy tarde. Ya hemos tenido suficiente drama por esta noche. Vámonos a la cama. —Le doy un beso en la frente.

Alessia se siente como una niña a la que han regañado. Ojalá no hubiese apartado la mirada cuando estaba en la entreplanta, y así poder verificar la versión de Maxim. Suena tan verosímil que probablemente sea verdad. Quiere creer que es verdad. Después, descubre que él ha estado enfrentándose a todos estos problemas que no había compartido con ella.

¿Cree que es incapaz de enfrentarse a esta noticia?

¿Cree que es una niña?

Es joven e inexperta. Pero no es ninguna niña.

—¿Qué? —pregunta él, con sus luminosos ojos verdes mirándola incandescentes.

—Deberías haberme contado lo de tu hermano. —Su tono es malhumorado incluso para sus propios oídos.

—No quería preocuparte hasta saber con seguridad a qué me estaba enfrentando. Por favor. Estoy cansado. Han sido unas horas de mierda. Vamos a acostarnos. —La suelta, vuelve a separarse de ella y se quedan mirándose.

Están sensibles. Y tristes. Y uno a cada lado de una enorme barrera que Alessia no termina de comprender.

¿Siempre ha estado ahí o esa barrera ha aparecido de repente?

Maxim cierra los ojos y, cuando los vuelve a abrir, están apagados con una expresión de derrota.

—Estás preciosa. Toda una condesa, por mucho que mi madre te haya dicho lo contrario. Y sé que te ha dicho algo más y lo siento. Estoy aquí. Te quiero, pero, si eso no es suficiente, no sé qué más puedo hacer. Estoy cansado y me voy a la cama. —Se gira y sale de la habitación, con sus pasos resonando por el pasillo en dirección a su dormitorio, dejando a Alessia tambaleándose y completamente sola.

21

En nuestro dormitorio, me quito la chaqueta y la lanzo sobre el sofá. Se acabó lo del traje de la suerte. Creo que lo voy a quemar. Como un tonto, me giro hacia la puerta cerrada con el deseo de que Alessia venga conmigo. Si no lo hace, no sé qué va a ser de nosotros, y, si lo hace, podrá quitarme los gemelos y desvestirme y nos meteremos en la cama, follaremos, haremos la cucharita y nos abrazaremos. Me fijo en el pequeño dragón, sin luz y sin vida. Parece estar como yo me siento: apagado y triste. Pero, donde sea que Alessia duerma, lo va a necesitar, así que quizá venga a por él.

Espero.

No sé cuánto tiempo me quedó ahí, aturdido y confundido, mirando la figurita de plástico moldeado, pero no hay rastro de mi mujer. Nos ha abandonado tanto a mi amigo el dragón como a mí.

Me quito cada uno de los gemelos y empiezo con los botones a la vez que la fatiga me envuelve como un sudario. Me hundo en la cama, apoyo la cabeza en las manos y trato de asimilar el último par de horas.

Esta noche ha sido... intensa.

Me he tenido que enfrentar a una exnovia borracha, a la desaparición de mi mujer, a mi desleal madre y sus revelaciones, y a su entrometido juguete sexual. Me pregunto si ha sido Heath quien ha puesto en aviso a la prensa. Tiene contactos.

Qué cabrón.

Y luego, está Kit. *Mi hermanastro.*

¿Lo sabía? Rowena no ha respondido a la pregunta. Mi mente viaja hasta el día de Año Nuevo, cuando estábamos en Tresyllian Hall. «¡Ahora no, Maxim!», espetó mientras salía hecho una furia por la puerta trasera de la cocina y se adentraba en la oscura y gélida noche. Y yo me di la vuelta para ver cómo mi madre se alejaba enfadada por el pasillo, con el rápido golpeteo percutor de sus tacones tras salir con gesto frío del despacho de Kit.

¿Habían estado hablando? ¿Discutiendo? No recuerdo haber oído voces elevadas.

Pero puede que no me diera cuenta, como era habitual.

Si ella se lo había contado, él habría sabido que era un impostor y que podría perderlo todo. Se habría quedado impactado, perplejo y furioso y probablemente fue eso lo que le hizo subir a su Ducati.

La rabia. Hacia Rowena.

Y ahora ella tiene que cargar con esa culpa.

Su muerte pesa sobre ella.

Kit lo había perdido todo. Pero no. En realidad, no, pues solo Rowena y él lo sabían.

Hay que joderse.

Eso es. Ella se siente responsable de su muerte. Su hijo favorito. El sonido estremecedor que ha emitido esta noche, a medias entre un sollozo y un grito, es prueba suficiente. Yo no la había visto derramar una lágrima por él hasta esta noche, cuando por fin ha salido la verdad a la luz.

Quizá, antes, había llorado en privado.

Nunca lo sabré.

A menos que ella y yo hablemos.

Y eso no va a pasar próximamente.

¿Cómo narices vamos a recuperarnos de esto?

Alessia se deja caer en el sofá con los ojos inundados de lágrimas.

¿Qué ha hecho?

De algún modo, durante su discusión, se ha visto como la mala.

¿Cómo? Ha visto a su marido besando a otra mujer y se ha ido porque no quería presenciar su traición. ¿Tan ilógico es? Después, ella ha vuelto a su apartamento y ha sufrido la represión de su suegra, que la consideraba absolutamente insuficiente.

¡Y me ha insultado también!

¡Como si la motivación de Alessia fuera el dinero!

Ha necesitado de toda su determinación para no arrancarse los pendientes de las orejas y lanzárselos a Rowena.

Lo único que Alessia desea es el amor de Maxim.

«¡Eso ya lo tienes!», le recuerda la vocecita de su conciencia. Él se lo ha dicho ya en varias ocasiones. ¡Y otra vez! Justo ahora.

¿Qué ha hecho él para que ella piense que no la ama?

Le ha explicado lo del beso. No puede evitar la forma en que las mujeres reaccionen ante él. Probablemente ha tenido que enfrentarse a ese tipo de atención desde que era un adolescente. ¿Y qué hombre apasionado no se aprovecharía de eso?

No cambió hasta que conoció a Alessia.

Ella vio la prueba… o la falta de ella, en la papelera de su dormitorio.

«Con nadie desde que te vi en mi pasillo con la escoba entre las manos».

«Eres la única con la que lo he sentido».

Su ira se desvanece y le deja un agujero abrasador en el pecho.

Él no tenía por qué casarse con ella. Podría haberse marchado. Se enfrentó a su madre por ella y eso no es algo que suelan hacer los hombres albaneses.

Maxim se lo ha dado todo.

¿No es eso suficiente?

¿Por qué se siente tan insegura?

Por las otras mujeres.

Todas. Incluidas las que ya ha conocido. Caroline. Ticia. Arabella.

Alessia. Alessia. Alessia.

¡Ya basta!

Debe dejar de compararse con todas las mujeres con las que él se ha acostado.

Tiene que aprender a confiar en él. Y, ahora que le ha explicado lo del beso, no le quedan motivos para no hacerlo. Si duda de él, tiene su permiso para preguntarle. Se lo ha pedido. «Discute conmigo. Habla conmigo».

No es la primera vez que se lo ha indicado… «Tienes que decirme lo que quieres hacer. Esta sociedad es de los dos».

El agujero de su pecho se vuelve más profundo y oscuro. Maxim había recibido una noticia muy preocupante y creyó que no podría compartirla con ella por temor a que se pudiera marchar.

¿La considera tan poco leal y falta de compasión?

¿En qué parte de su reacción está aquello de que son una sociedad?

La culpa le atraviesa el corazón como una guadaña. Ha estado tan obsesionada con sus recelos que no ha sabido ver todas estas pistas sobre el estado anímico de Maxim.

El de Maxim es un rol nuevo y exigente que él no se esperaba; se ha enamorado, la ha rescatado de sus secuestradores, se acaba de casar y ha estado ocultando la noticia de que podría tener una enfermedad que posiblemente le afectaría a su vida.

La ha protegido de esto.

Y Alessia no ha hecho otra cosa que obsesionarse con el número de mujeres con las que se ha acostado y con sus exnovias. Una sensación de remordimiento se une a la guadaña que le atraviesa el corazón, inundándole el enorme agujero y haciendo que casi se ahogue.

O Zot. *¡Idiota! ¡Ve con él!*

Y yo tengo que ocuparme de las inseguridades de mi esposa. Una esposa hermosa, estoica y con un talento extraordinario, que cree que no está a la altura de las mujeres que la precedieron. A veces Rowena puede ser una verdadera bruja. ¿Le habrá dicho algo que esté provocando que ahora Alessia se replantee nuestra relación?

Espero que no.

Pero no me voy a rendir. Solo necesito un momento para reorganizar mis ideas.

Mi dulce, pero triste esposa.

Se me hace un nudo en la garganta por la emoción. Tal vez nunca logre superar mi pasado. La agobia de una forma que no entiendo. Tal vez es la diferencia cultural; en mi defensa solo puedo decir categóricamente que no he mirado siquiera a otra mujer desde que la conocí y que ahora estoy tan embelesado con ella como entonces.

Pero no esperaba sentirme tan… vulnerable.

O tan… triste.

¿Y si me deja?

¡Joder! Eso no puedo ni pensarlo.

Me quedaría destrozado.

Recuerdo cuando el Cabrón se la llevó, lo devastador que fue. Me froto la cara intentando alejar esa sensación, pero de repente me llega una leve ráfaga de su perfume y oigo el sutil roce de la seda. Una chispa de esperanza se enciende en la caverna que es ahora mi corazón y abro los ojos. En el suelo, donde tengo clavada la mirada, hay unos pies descalzos con las uñas pintadas de rojo. Levanto la vista y la encuentro delante de mí. Ver su cara manchada por las lágrimas me parte el alma.

—Oh, amor —murmuro y me levanto rápido.

—Lo siento. —Su voz es casi inaudible.

—Oh, nena, yo también. —La abrazo, inhalo su olor y la aprieto contra mi cuerpo. Ella se deja caer sobre mí y sus lágrimas me mojan el cuello—. Amor, no llores.

Ella me abraza más fuerte y empieza a sollozar.

Joder. Es culpa mía. Yo le he hecho esto. Me asalta el recuerdo de cómo lloraba en la habitación que había al lado de la mía en Hideout. Entonces estaba abrumada, y seguramente ahora también.

Y, con franqueza, yo también lo estoy. No la suelto y la dejo llorar. Tal vez eso es lo que necesita. Me vuelvo a sentar en la cama, la encaramo en mi regazo y la acuno lentamente. Es relajante. Tal vez es lo que necesitamos los dos: exteriorizar toda la frustración que hemos acumulado en las últimas horas.

Resulta catártico.

Me tranquilizo solo con tenerla así entre mis brazos. Mi hermosa y estoica mujer me necesita. *A mí.*

Mi madre tenía razón.

Siento debilidad por las doncellas en apuros… o tal vez es solo por Alessia.

Al final se calma y yo extiendo la mano hasta la mesita de noche para coger un pañuelo.

—Toma. ¿Estás mejor? —pregunto.

Ella asiente, se suena la nariz y se limpia los ojos, que tiene cubiertos de kohl y rímel corridos, pero aun así… está guapísima.

Más que antes incluso.

—Bien. Yo también me encuentro mejor. —Le beso la frente—. Ven que te quite ese vestido y nos vamos a la cama.

La bajo de mi regazo y la dejo en el suelo. Me quedo de pie detrás de ella, le aparto el pelo para pasárselo por encima del hombro y le desabrocho el vestido. Me inclino, le doy un beso en la nuca, respiro su aroma y después me giro para desvestirme.

Ella va al baño mientras yo me desnudo y me meto en la

cama. Cuando sale, unos minutos después, tiene la cara limpia y solo lleva puesta una de mis camisetas. Enciende la lamparita con forma de dragón y yo le abro el edredón. Ella se mete en la cama a mi lado y se acurruca con la cabeza en mi pecho y el brazo cruzado sobre mi cuerpo.

—Te quiero —susurra. Sus palabras estallan en mi corazón y llenan el vacío que me ha dejado mi traicionera madre.

—Lo sé. Yo también te quiero.

Le beso la coronilla, cierro los ojos y me quedo dormido al instante de puro agotamiento.

Mis pasos resuenan con un compás de urgencia sobre el suelo duro y brillante y entrecierro los ojos bajo la implacable luz de los fluorescentes.

Ya he estado aquí antes.

—Por aquí. —La médico de urgencias se detiene y me hace pasar a una sala fría y austera que es el depósito de cadáveres del hospital.

No quiero entrar. No quiero verlo.

La médico de urgencias se me queda mirando. Con los labios rojos fruncidos.

¿Rowena?

—Adentro —dice con su tono cortante. Es una orden que no se puede contradecir.

Dentro, sobre una mesa, bajo una sábana, está mi hermano.

Kit.

¡No! No es él.

Soy yo, ahí tumbado, magullado…, roto…, frío…, muerto.

¿Qué?

Estoy yo en la mesa… tumbado, lleno de magulladuras y roto…, frío…, muerto.

Desde mi posición postrada veo que Kit se inclina sobre mí y me besa en la frente. «Adiós, cabrón», dice con voz áspera por la pesada tensión de las lágrimas sin derramar en su garganta. «Tú puedes. Para esto es para lo que naciste». Me mira con la sonrisa torcida y sincera que se reserva para esos pocos momentos en los que está jodido.

¡Kit! ¡No! No lo has entendido.

¡Espera!

«Tú puedes, Suplente», dice otra vez y entonces desaparece.

Y yo bajo los ojos una vez más, inclinándome sobre él mientras duerme. Solo que su cuerpo maltrecho lo desmiente. No está dormido sino... muerto.

¡No! ¡Kit! ¡No! Las palabras se me quedan atascadas en la garganta. No puedo hablar. Esto no está bien.

Me encuentro fuera de la sala y veo a mi madre alejarse caminando muy erguida, con los tacones dibujando un lacónico tatuaje en el suelo embaldosado mientras se aleja cada vez más.

¡Rowena! ¡Madre! ¡Mamá!

Me despierto bañado en sudor, con el corazón martilleándome en el pecho con un ritmo furioso, la sangre acelerada en las venas, y estoy seguro de que tengo que estar moviendo la cama por los temblores. Inspiro hondo para tranquilizarme y el latido de mi corazón se va ralentizando.

Está oscuro y reina el silencio. No se ven ni siquiera los reflejos del agua en el techo.

Alessia murmura algo ininteligible, pero sigue durmiendo.

Gracias a Dios que ella está aquí.

Me giro para mirarla, apoyo la cabeza en el brazo y la contemplo dormida. Me quedo maravillado observando sus facciones bellas y delicadas a la suave luz de la lamparita con forma de dragón.

Solo es un sueño.

No. Una pesadilla. Una pesadilla profética.

Me froto la cara y me tumbo boca arriba, intentando apartar las imágenes de Kit y de mí sobre esa fría mesa metálica.

¿La revelación de mi madre ha supuesto un shock tan grande para mí? ¿Puede ser que yo ya lo supiera? Maryanne y yo tenemos un aspecto similar; somos una mezcla evidente de nuestros padres. Pero Kit no era así. Él era rubio y de ojos azules, decidido y orgulloso. Era más duro, más arrogante y algo más mezquino tal vez que Maryanne y yo. Ha sido una revelación enterarme de que obligó a Caro a ir a clases de etiqueta. Siempre fue un poco esnob y ahora me pregunto si en el fondo él sabía algo.

Joder. Eso no cambia nada. No hace falta que nadie más lo sepa, nunca.

Debería hablar con Maryanne y ver qué tal está.

Puedo conseguir que esto no salga de la familia (siempre y cuando mi madre no se lo haya contado ya a Heath).

Cuando me vuelvo para mirar a Alessia, ella me está observando. Sus ojos oscuros brillan con la suave luz de la lamparita con forma de dragón.

—¿Te he despertado?

—No —susurra y me coloca la palma de la mano sobre el pecho para ayudarme a recuperar el rumbo en la tormenta. Cierro los ojos, disfrutando de su contacto y agradecido de que sirva para distraerme de mis frenéticos pensamientos—. ¿Estás bien? —pregunta—. ¿Puedo hacer algo?

La miro fijamente e intento explicarle cómo me siento, pero estoy perdido en medio de mi propia conmoción.

Alessia asiente, como si entendiera, y me roza los labios con los suyos.

—Lo arreglarás. Y, hasta entonces, estoy aquí. Siento no haber estado aquí para ti antes…, hum…, entonces. —Se acurruca contra mi cuerpo, me apoya la cabeza en el pecho y yo la rodeo con un brazo y la aprieto contra mí.

—No pasa nada, nena —respondo—. Debería habértelo dicho.

Si no está enfadada conmigo, es la luz que me guía. Así, tan cerca de mí, su olor me inunda los sentidos y me calma.

Cuando la respiración de Alessia recupera el ritmo pausado inducido por el sueño, yo cierro los ojos y me duermo también.

22

Me despierto sobresaltado. Al abrir los ojos encuentro una clara mañana de primavera y cuando miro a mi lado veo que estoy solo.

¡Joder! ¿Está aquí?

Salto de la cama, cojo los vaqueros, me los pongo y salgo del dormitorio. Alessia está en la cocina haciendo pan, descalza y con una expresión de furiosa concentración en la cara. Está inclinada sobre la encimera, trabajando la masa como si la hubiera ofendido profundamente o como si su vida dependiera de ello, no sé cuál de las dos. Desde luego está lejos de ser una mujer florero, pienso distraídamente mientras observo un mechón que se escapa de su coleta y le cae por la mejilla hasta la barbilla. Ella lo aparta, levanta la vista y se queda helada cuando me ve.

—Buenos días —saludo en voz baja.

—Hola —contesta y se yergue. Lleva unos vaqueros ajustados y una camiseta ceñida y está muy sexy, pero su mirada de ojos oscuros transmite cautela.

¿Será por la resaca de la debacle de ayer?

—¿Estás bien?

Ella aprieta los labios, se lava las manos y coge el teléfono que tenía sobre la encimera.

—Mi madre. Me ha enviado esto. Tiene una alerta en Google.

Se me cae el alma a los pies cuando me da el teléfono. Como

no podía ser de otra manera, veo en la pantalla un artículo de un tabloide titulado «El conde, su ex y su esposa», al que acompañan una serie de fotografías de anoche: Alessia, Caroline y yo llegando a la fiesta, los tres juntos allí y una fotografía de Charlotte besándome. En ella es evidente que estoy sorprendido y que no estoy participando de buena gana. Me puede servir de justificación, pero seguro que no es lo que pretendía el editor de fotografía que la eligió. Miro a Alessia.

—Me encanta esa en la que estamos tú y yo. —Le devuelvo el teléfono—. ¿Y tu madre te ha enviado esto?

Alessia asiente y vuelve a dejar el teléfono en la encimera.

—Se preocupa.

—¿La has tranquilizado?

—Sí.

—Bien. ¿Y tú, estás tranquila?

Se muerde el labio y veo que le brillan los ojos porque los tiene llenos de lágrimas; ahí tengo mi respuesta. Me acerco y le acaricio con el pulgar el labio inferior, que le tiembla.

—Tú no te casaste conmigo para esto, ¿verdad?

Ella resopla y me da miedo lo que va a decir a continuación. Pero lo que hace es lamerme el pulgar y después frunce los labios y me da un beso en la yema del dedo. El deseo viaja hasta mi entrepierna como un relámpago, dejando una estela de calor a su paso, y tengo que contener un gemido. Me ha pillado totalmente por sorpresa.

Los ojos de Alessia, fijos en los míos, se abren un poco más.

Y no es por el miedo, ni por el enfado.

Es por el mismo relámpago de deseo que he sentido yo.

Su respiración acelerada me seca el punto exacto en el que su beso me había humedecido el pulgar y hace que se me acelere la sangre.

Hacia abajo.

Sus ojos siguen mi mano mientras va bajando y mi polla responde al contacto.

—Alessia —susurro y no sé si es una súplica o una advertencia.

Levanta la vista y fija sus ojos oscuros en los míos. Han desaparecido las lágrimas que se acumulaban en ellos y ahora lo que veo es una mirada ardiente de promesa carnal. Me acerco para quedar envuelto por su aroma y el calor de su cuerpo. No hay nada que desee más que agarrarla, quitarle los vaqueros y follarla sobre la encimera de la cocina. Pero quiero que ella dé el primer paso.

—¿Qué quieres, mi amor?

Ella levanta la mano, vacilante, y me acaricia el labio inferior con el pulgar.

—No, no me casé contigo para eso. Pero sí me casé contigo por ti.

Dice las palabras en voz muy baja.

Y en ellas… hay esperanza… para nosotros.

Tengo todos los sentidos agudizados y noto el aire cargado entre nosotros, vibrando por la anticipación febril.

Y por el calor.

Y las expectativas.

Nunca me había sentido así con nadie. Mi dulce esposa, mi sirena. No tiene ni idea del poder de la magia que posee, ni del hechizo al que me tiene sometido.

O tal vez sí.

—¿Qué quieres, Alessia?

—A ti —dice con un hilo de voz y recorre mi esternón con las yemas de los dedos, provocando sinapsis por todo mi cuerpo en respuesta.

Después sigue por mi pecho y los pezones se endurecen con su contacto. Baja por el estómago, el vientre y la línea de vello y llega hasta el botón de la cintura de mis vaqueros. Sin apartar sus ojos de los míos, desabrocha el botón con un movimiento hábil. Y los dedos siguen bajando hasta envolver mi erección cubierta por la tela vaquera.

—A mí ya me tienes.

Proyecto la pelvis hacia delante, buscando algo de fricción contra su palma, y cierro los ojos y los puños para contenerme y no abrazarla.

Alessia mira a su marido con los párpados entornados.

«Vas a tener que luchar por él». Las palabras que le ha dicho su madre cuando la ha llamado esa mañana resuenan en su cabeza. Y ella va a luchar. Y lo hará con todas las armas que tenga a su alcance.

Lo quiere.

Sabe que es así.

Lo desea.

Y quiere que él la desee. Una vez más pasa suavemente los dedos sobre su durísima erección. La contundente prueba que nota ahí le hace entender que lo ha conseguido.

Seducir a su marido le resulta muy embriagador.

O tal vez es él quien la está seduciendo a ella...

No le importa.

No se casó con él para ver por todas partes a las demás mujeres.

Pero ya están fuera de su vida. Él se lo ha asegurado y ella ha elegido creerlo. Aunque haya pruebas que lo ponen en duda en todos los periódicos. Sin embargo, se da cuenta, por lo que se ve en esa foto, de que él no está participando por propia voluntad.

Y ahora lo desea. Pero él no la ha tocado desde que le acarició el labio con el pulgar.

Es frustrante.

«Discute conmigo. Habla conmigo».

Esas fueron sus palabras.

—Hazme tuya —pide, porque eso es lo que ella quiere. Aquí. Y ahora.

Maxim gruñe y da un paso para pegar su cuerpo caliente al de ella, le coge la cara entre las manos y acerca sus labios a los de él. Su lengua feroz busca y encuentra la suya y se dedica a provocarla. Entierra las manos en su pelo mientras ella disfruta al máximo de su beso, pidiendo más y dándolo también. Cuando los dos están sin aliento, él se aparta bruscamente y se deja caer de rodillas. Se deshace rápidamente de los vaqueros, tras desabrochárselos con gran habilidad y deslizárselos por las piernas, junto con las bragas, para por fin quitárselos. La agarra por los muslos y tira de ella para acercarla a su nariz y su boca ansiosas.

—¡Ah! —gime Alessia y se agarra a la encimera para mantener el equilibrio. La lengua de Maxim ya ha entrado en contacto con su piel.

Y se lo está pasando en grande.

Provocándola.

Rodeándola.

Excitándola aún más.

Haciendo que esté cada vez más mojada.

Ella deja caer la cabeza, tirándole del pelo con una mano y sujetándose a la encimera con la otra, y gime y se rinde a sus magistrales atenciones.

Me parece que estoy a punto de reventar. Me pongo de pie, listo para enterrarme en el cuerpo de mi mujer, la agarro de su fantástico trasero y la subo a la encimera.

—Nunca lo he hecho aquí —comento mientras me bajo la cremallera de los vaqueros y libero mi polla de su confinamiento. A Alessia le parece bien, porque me rodea con las piernas, acercándome a ella, y me clava los talones en el culo. Apoya los brazos en mis hombros y los dos nos paramos un momento, nuestro alientos mezclándose y los ojos fijos en los del otro. Me besa. Y se aparta.

—Sabes a mí —susurra.

—El mejor sabor del mundo.

Ella sonríe y toda su cara se ilumina como un bonito día de primavera, me rodea la cara con las manos y acerca mi boca a la suya. Nos besamos, con los labios de ambos cubiertos de una embriagadora combinación de su excitación y mi saliva.

Es húmeda y resbaladiza.

Y maravillosa.

Entonces, muy despacio, voy entrando en el interior de mi esposa.

—Ah —grita, echa atrás la cabeza y se golpea con un armario—. ¡Ay!

Se ríe. Le acaricio la cabeza porque sé que no se ha hecho mucho daño… y empujo con más fuerza para llegar más adentro. Ella se aferra a mí cuando establezco un ritmo enérgico que me hace olvidar todo lo demás. Me muerde el lóbulo de la oreja, noto su respiración caliente y acelerada junto a mi oreja y me pierdo en ella.

Y siento que se está acercando. Cada vez más y más.

Continúo, olvidando todo lo de anoche; ahora estamos solo ella y yo.

Alessia.

Ella parece estar en una montaña rusa y me arrastra a mí también.

—Maxim —grita cuando llega al orgasmo y el poder de su clímax me empuja a mí al límite. El mío es potente y rápido mientras sigo enterrado en el cuerpo de mi increíble esposa.

Tengo harina en el culo —dice Alessia.

Maxim aparta la cara de su cuello y sonríe.

—Esa es una frase que nunca pensé que llegaría a oír. —Le acaricia la nariz con la suya y le da un beso dulce. Todavía están unidos íntimamente y ninguno de los dos parece querer moverse.

—Te quiero, lady Trevethick.

—Y yo a ti, lord Trevethick —responde Alessia.

—Bien.

Lo abraza con más fuerza para mantenerlo unido internamente a ella.

—Si besas a otra, te quedarás sin orgasmos así —amenaza, clavándole los talones en el culo desnudo.

Maxim ríe y sale de su interior.

—Entendido, milady.

Alessia sonríe.

—Lucharé por ti —asegura mientras él se sube los vaqueros.

Él le acaricia la cara con las dos manos, recorriéndole el contorno de los labios con los pulgares y mirándola intensamente con sus ojos verdes.

—Oh, mi amor, no tienes que luchar por mí. Soy tuyo. Siempre. Y seré tuyo mientras tú me quieras.

Alessia se queda sin aliento por esa declaración tan contundente y apasionada a la vez.

Él la estudia desde donde está, de pie entre sus piernas.

—¿Qué puedo hacer para convencerte?

Ella frunce el ceño. ¿A dónde quiere llegar con eso?

—Ya sé —contesta él y su cara se ilumina por la inspiración repentina—. Tengamos un bebé.

23

Alessia da un respingo y mira fijamente esos ojos verdes, totalmente alucinada.

—¿Un bebé? —repite con voz aguda.

Él le da un suave beso en la comisura de la boca.

—Sí. Un niño. —La besa de nuevo—. Y después una niña. —Otro beso—. Y luego otro niño. —Un beso más—. Y otra niña. —Y termina dándole un último beso en la otra comisura de la boca.

Alessia suelta una risita.

—¡Cuatro hijos! No sé si eso funciona así.

—Ya sé cómo funciona —contesta él, divertido.

—¿Una partida de *Call of Duty*?

Maxim suelta una carcajada.

—Oh, mi amor. Eres graciosa y tienes talento. No cambies nunca. —Y le vuelve a acariciar la nariz con la suya.

—Tengo el culo cubierto de harina y tú quieres bebés.

Él asiente.

—¿Puedo ducharme primero?

Él sonríe y mira la parte de la encimera que queda detrás de ella, donde la masa, olvidada, está creciendo.

—La verdad es que yo esperaba desayunar.

Le da otro beso, pero ella agita la mano para apartarlo.

—Ayúdame a bajar y yo te preparo el desayuno.

—Solo si me prometes que no te vas a volver a poner los vaqueros ni las bragas.

La levanta con cuidado de la encimera, la baja muy pegada a su cuerpo hasta que sus pies tocan el suelo y le rodea la cara con las manos.

—Quiero bebés. Muchos. Creía… —Traga saliva—. Creía que tal vez con lo de Kit… y su… enfermedad… eso…

—Oh, Maxim —responde Alessia y se da cuenta de que esa es otra de las cosas que lo han tenido preocupado. Se inclina hacia delante, acerca sus labios a los de él y lo besa, un beso dulce y lleno de cargo de conciencia.

Él ha estado muy preocupado y ella ni se ha dado cuenta.

—Vamos a desayunar y hablamos de ello.

—Podemos desayunar fuera —sugiere Maxim.

—Me gusta hacerte el desayuno, Maxim. Quiero cuidar de ti, igual que tú quieres cuidar de mí. Esto es una sociedad.

Los dedos de Alessia juguetean con mi pelo mientras estamos los dos tumbados en la cama, agotados, satisfechos. Juntos. Tengo la cabeza sobre su estómago. Me giro, le beso la suave piel del vientre y me permito fantasear un poco con verlo convertido en una barriga que lleva dentro a nuestro hijo.

A Alessia no le corre tanta prisa como a mí. Ella no se da cuenta de que lo que pretendo es afianzar nuestra unión por todos los medios posibles, pero hemos hablado y razón no le falta. Es joven y quiere ver un poco de mundo antes de tener bebés.

Tío, ¿en qué estabas pensando?

Me pregunto qué le parecería a mi madre convertirse en abuela.

Suspiro. No sé cómo reparar la relación con ella.

¿De verdad quiero hacerlo?

—¿Qué te pasa? —pregunta Alessia.

—Estaba pensando en mi madre.

Alessia se tensa debajo de mí.

Mierda.

—¿Te ha dicho algo horriblemente espantoso?

Alessia no dice nada, pero ha dejado de juguetear con mi pelo, así que levanto la cabeza.

Con los ojos llenos de lágrimas, traga saliva.

—Me preguntó cuánto dinero quería para dejarte.

Pero… ¿qué… coño…?

Me siento en la cama, con la espalda apoyada en las almohadas, y la rodeo con mis brazos.

—Lo siento mucho.

—Yo estaba dolida y enfadada, pero ella solo estaba haciendo lo que cree que es mejor…, hum…, para tus… hum…

—¿Intereses?

—Sí. Eso.

—No tiene nada que ver con mis intereses. Ella no conocería mis intereses aunque se tropezara y acabara aterrizando con su maldito culo justo sobre ellos. No mereces que te hablen así. Más bien… —Me interrumpo, porque lo que estoy a punto de decir de mi madre es… muy inapropiado, joder—. ¿Quién demonios se cree que es? —Sacudo la cabeza, incrédulo, y le doy un beso en la coronilla.

—Ella ha venido hasta aquí y ha tenido el coraje de deciros a tu hermana y a ti, en la cara, lo de vuestro hermano.

—Eso es arrojar una luz muy positiva sobre lo que ha pasado. Pero supongo que tienes razón. —Le sonrío—. Y se dice «a la cara».

Alessia sonríe también.

—Ahí está otra vez… mi profesor de lengua.

—Durante todo el tiempo que me necesites.

—Siempre te voy a necesitar.

La total sinceridad y el amor que destila cada sílaba de esa frase me llena el alma. Le envuelvo los dedos con los míos y me los llevo a los labios. Y pensar que anoche estábamos peleando... Me pregunto qué habría pasado si mi madre no hubiera aparecido de esa forma tan inoportuna.

—Me gustaría saber por qué ha venido desde Manhattan para contarnos eso de una forma tan hostil.

—Tal vez se está castigando —aventura Alessia.

Guau.

—Qué profundo. ¿Eso crees?

Ella sacude la cabeza y me queda claro que es solo una hipótesis, pero resulta creíble. Tal vez mi madre se esté muriendo de la vergüenza.

¿Quién sabe? ¿Será capaz de sentir vergüenza?

—¿Vamos a comer fuera? —pregunto y Alessia sonríe—. Después de ese artículo horrible, seguro que tenemos que esquivar a la prensa —añado.

Alessia se encoge de hombros.

—No les vamos a decir ni una palabra.

Yo sonrío.

—Exacto.

El lunes por la mañana, Alessia y Maxim salen por la escalera de incendios para evitar al enjambre de periodistas que hay en la puerta del edificio. Maxim para un taxi y los dos, orgullosos de sí mismos, se acomodan en el asiento de atrás y se dirigen a la London Academy of Social Etiquette and Graces, la academia de etiqueta y buenas maneras.

—¿Qué es ese sitio? —pregunta Alessia, señalando con la barbilla un edificio gótico enorme y muy ornamentado.

—Es el Museo de Historia Natural. Deberíamos ir a verlo. Al lado está el Museo de la Ciencia. Nosotros hemos pasado muchas tardes de sábado ahí. Nuestra niñera de entonces sentía pasión por la ciencia. Además tiene una excelente zona para que los niños jueguen y exploren.

Alessia sonríe.

—Algún día llevaremos a nuestros hijos.

Maxim se queda mirándola.

—O lo hará la niñera. —Le pone la mano sobre la rodilla y se la acaricia.

—¿La niñera? —A Alessia no se le había ocurrido que podría tener ayuda para cuidar a los niños.

—Es una idea. Yo tenía niñera. Bueno, tuve varias, en realidad. Y mira qué bien he salido.

Alessia ríe y Maxim frunce el ceño y finge ofenderse.

—¿Qué pretendes decir? ¿Es que no soy un perfecto caballero de buena cuna?

—Claro que sí. —Deja escapar una risita—. Tienes unos modales impecables. Y, después de esta semana, yo también los tendré. —Ella le da una palmadita en la rodilla y contiene la risa.

El taxi se detiene frente a un impresionante edificio blanco en Queen's Gate, South Kensington.

—Ya hemos llegado. —Maxim abre la puerta del taxi y sale mientras el coche espera. Alessia sale después y levanta la vista para mirar ese lugar tan imponente.

—¿Quieres que entre contigo? —pregunta Maxim.

Alessia intenta ocultar su sonrisa. Maxim lleva toda la mañana revoloteando a su alrededor como una mamá gallina. Es un lado de él que no ha visto antes.

—Me apañaré.

—Mándame un mensaje si necesitas cualquier cosa.

Le da un beso rápido y vuelve al taxi. Alessia sube los escalones de piedra hasta la brillante puerta negra.

Hay muchas puertas negras brillantes en Londres.

Llama al timbre de latón, ignorando las mariposas que siente en el estómago por los nervios, y alguien abre la puerta de forma automática. Alessia accede a un recibidor amplio, pintado de un blanco reluciente. Detrás de un mostrador de recepción hay una mujer joven con un traje gris, que levanta la vista con una expresión abierta y expectante en la cara.

—¿La London Academy…? —pregunta Alessia.

—En la primera planta. Para inscripciones, la puerta de la izquierda.

—Gracias —responde Alessia, sorprendida de que no le haya dejado acabar la frase.

Sube hasta el primer piso por la amplia escalera que cruje bajo sus pies y gira a la izquierda, hacia una puerta con un discreto cartel que dice: L A S E G. Dentro, en una habitación blanca con techos altos, encuentra a una mujer mayor vestida muy elegante, con perlas en las orejas y el cuello y un portapapeles en la mano.

—Buenos días —saluda la mujer muy educada y la sonrisa se refleja en los bonitos ojos marrones.

—Hola —contesta Alessia.

—Me llamo Belinda Donaldson. Soy la responsable de administración y la persona que se va a ocupar de su inscripción. Aquí, en la Academia, solo usamos los nombres de pila para referirnos a nuestras alumnas, con el fin de proteger la identidad de todas ellas.

—Alessia —se presenta.

—Excelente. Bienvenida, Alessia. Es usted la primera en llegar. La puntualidad es cortesía de reyes… y reinas. Puede servirse un té o un café y tomar asiento.

Alessia se sirve café en una de las delicadas tazas y se sienta. Desde ahí ve llegar al resto de mujeres, a las que Belinda recibe de forma similar. Todas van elegantes, algunas llevan vestidos y otras pantalones como ella, y la mayoría son jóvenes, como Alessia, pero hay una mayor, que tendrá unos cincuenta años. Alessia se alegra de haberse puesto sus pantalones negros nuevos, la camisa blanca y una chaqueta sastre; saber que va bien vestida aumenta su confianza. Por primera vez siente que encaja entre esas mujeres.

Una chica joven pelirroja, con una llamativa melena suelta, entra bruscamente, jadeando.

—Hola —saluda mientras boquea para coger aire—. Creía que llegaba tarde.

Belinda la mira con frialdad.

—Buenos días. Tómese un momento para recuperar la compostura. Tenemos tiempo.

—Genial, gracias. Me llamo Tabitha, lady...

—Suficiente, Tabitha. Aquí utilizamos solo nombres de pila. Por favor, entre y siéntese. Sírvase un té o un café. Empezaremos en unos minutos.

Ayer a mediodía, tras tomar una deliciosa comida en un pub, Alessia y Maxim fueron a una exposición de arte prerrafaelista en la Tate Britain, una galería que no está lejos de su apartamento. Con el pelo largo y pelirrojo y el vestido de chifón suelto, Tabitha le recuerda a Alessia a una de las protagonistas de los cuadros.

Las mujeres allí reunidas retoman las conversaciones en voz baja que estaban manteniendo antes de la llegada de Tabitha y ella se acerca y se sienta al lado de Alessia.

—Hola, soy Tabitha —se presenta—. ¡Creí que llegaba tarde! —Hace una mueca y Alessia sonríe y se siente un poco más relajada. Se presenta. Le gusta la sonrisa abierta de Tabitha.

—Yo he llegado demasiado pronto —confiesa Alessia—. Estoy nerviosa.

Tabitha sonríe cómplice, como si acabara de encontrarse con una amiga con la que perdió el contacto hace mucho.

—Te va a ir bien —asegura y Alessia se siente menos agobiada, animada por la buena actitud de Tabitha.

El domingo, mi teléfono estaba a tope de mensajes que hablaban de la fiesta de Dimitri y las fotos de Alessia y la maldita Charlotte. Ignoré los mensajes, porque preferí pasar todo el tiempo posible con mi mujer. Y qué día más increíble pasamos; creo que hemos superado un momento decisivo. Hemos sobrevivido a nuestra primera pelea importante, a las injerencias de mi madre, a sus revelaciones y a una atención extremadamente indeseada por parte de la prensa.

Y Alessia parece que se está reivindicando, por fin.

«Si besas a otra, te quedarás sin orgasmos así».

Sacudo la cabeza, sonriendo ante esa advertencia de mi celosa y posesiva mujer.

Me siento en mi mesa e intento estudiar la normativa para destilar alcohol en el Reino Unido, pero me resulta imposible concentrarme. Mi cerebro sigue cebándose con la revelación de mi madre como si fuera carroña. He llamado a Maryanne y le he dejado mensajes para que compartamos impresiones sobre el drama, pero ella no me ha contestado ni a las unas ni a los otros.

¿Está enfadada conmigo?

Supongo que es culpa mía por no contarle a Maryanne lo del asesoramiento genético de Kit.

Joder.

Y no sé cómo debería sentirme después de enterarme de la impactante noticia de Rowena.

¿Aturdido?

¿Distraído?

¿Enfadado?

Sí, todo eso.

Tío, céntrate.

La segunda reunión del día es con Oliver y Caroline, en los edificios señoriales de Mayfair que estamos reformando. Vamos a repasar el diseño y los planes de decoración para los vestíbulos, las zonas comunes y el apartamento piloto. Caroline y Oliver ya están en el vestíbulo, manteniendo lo que parece ser una conversación educada pero incómoda. No sé por qué, pero Oliver parece un poco nervioso, mientras que Caroline lo mira con una fría indiferencia.

—¡Maxim! —Caro sonríe y me saluda con un besito en la mejilla.

—¿Qué te parece? —pregunto.

—Es un espacio luminoso y amplio, podemos hacer muchas cosas con él. Aunque, bueno, eso depende de ti. ¿Qué quieres que transmita este espacio? ¿Qué pretendes lograr con él?

No sé si se está burlando de mí o no; nunca hemos tenido una conversación profesional antes.

—Lo que quiero es algo clásico que no envejezca. Que no tengamos que redecorar cada año.

Oliver sonríe con aire de aprobación.

—Sí. Pragmático —aporta.

—Suenas como Kit. —Caroline resopla y se me hace un nudo en la garganta por la acumulación de emociones contradictorias. Kit. Mi medio hermano.

Y Caro no lo sabe.

—Gracias —logro decir—. Me lo voy a tomar como un cumplido.

Ella sonríe.

—Esa era mi intención.

—Vamos a ver las zonas comunes para que se haga una idea del alcance del trabajo necesario —propone Oliver, mirando fijamente a Caroline.

Ella responde con una sonrisa educada y fría.

—Puedo hacer unos bocetos y unas cuantas fotos mientras las vamos viendo.

Alessia está prestando mucha atención a Jennifer Knight, su profesora de etiqueta social y propietaria de la academia.

—Y nuestra misión es empoderarlas a todas ustedes para

que desplieguen su mejor yo. Así tendrán la confianza suficiente para saber exactamente cómo comportarse en cuanto entren en cualquier lugar, tanto si es en una sala de reuniones como en un salón de celebraciones. Estarán preparadas para afrontar cualquier situación profesional o social. Empezaremos con lo básico: presentaciones, tanto formales como informales, los tratamientos que deben usarse y, aunque nos centraremos principalmente en la etiqueta británica, hablaremos también de las diferencias culturales que es necesario que dominen para conseguir que las personas que conozcan por primera vez o saluden se sientan respetadas y cómodas en su presencia. —Jennifer mira a la clase con una gran sonrisa—. Si hacen el favor de abrir el cuadernillo por la primera página, podremos empezar.

Alessia sigue al instante la indicación, mientras Tabitha intenta, con poco éxito, que nadie se dé cuenta de que se aburre.

Creo que ya tengo todo lo que necesito —anuncia Caroline.

—Excelente. —Oliver esboza una extraña sonrisa de alivio.

—¿Tienes en mente un presupuesto? —pregunta Caro, dirigiéndose a mí.

—Haz los diseños y danos opciones —respondo y Oliver asiente, aprobando de nuevo (al menos eso creo), lo que me resulta alentador.

—Bien. Eso no supone un problema. Si ya hemos terminado aquí, ¿tomamos un café, Maxim?

—Claro. Hay una cafetería enfrente. Oliver, te veo en el despacho.

—Por supuesto. Espero sus noticias, Caroline —dice, tenso.

Pero ¿qué les pasa a estos dos?

—¿Te preocupa algo? —pregunto mientras Caroline se sienta en una banqueta alta.

—Sí. Rowena. ¿Has conseguido localizarla y preguntarle?

Me acomodo frente a Caro mientras busco desesperadamente algo que contestarle.

—¿Preguntarle qué?

—¡Lo de Kit! Eso de la genética.

Carraspeo.

—Sí, claro. Se lo he preguntado. Y me ha dicho que no hay nada de que preocuparse.

Caro entorna los ojos y me atraviesa con su mirada más impertinente. Por dentro estoy muy agobiado. No pensaba que tendría esta conversación tan pronto. Todavía estoy intentando digerir la bomba de mi madre.

—¿Qué es lo que no me estás contando? —El tono de Caro es seco. Está enfadada.

—Nada.

—Maxim, estás mintiendo. Lo veo. Se te queda la cara completamente inmóvil mientras tu cerebro se pone a trabajar a toda velocidad para encontrar algo que responder.

—¡No es verdad! Y ya te lo he dicho. Ella asegura que no hay nada de que preocuparse.

—¿Era todo una falsa alarma?

Emito un sonido gutural que espero que pase por una confirmación. No quiero mentirle.

—Estoy intentando organizar el funeral de Kit y tú no acabas de confirmarme la fecha y Rowena no me coge el teléfono.

—Oh.

Joder. Se me había olvidado por completo lo del funeral de Kit.

—No es propio de ella —continúa Caro—. No sé si la he ofendido de alguna forma. Pero tiene que haber algo. ¿Puedes hablar con ella?

—Tampoco habla conmigo.

—¿De verdad? ¿Por qué? ¿Estará bien?

—No lo sé.

—¿Cuándo hablaste con ella por última vez?

—El fin de semana.

Caroline resopla.

—Maryanne también ha desaparecido. Tal vez las dos han encontrado algún sitio donde disfrutar del sol de finales del invierno.

—Tal vez. ¿Tienes una lista de invitados al funeral?

—Sí. Te la mandaré y puedes añadir a quien te parezca oportuno. Estoy esperando que tu madre también me diga a quién quiere añadir.

—Le dije a Rowena que voy a escribir el panegírico.

—¿Podemos hablar de las lecturas?

—Claro. Cuando quieras. Nos vamos a quedar por aquí estos días. Alessia está haciendo ese curso de etiqueta esta semana.

—Bien. Tendrá mucha más confianza cuando lo termine. Y seguro que hace amigas.

—Sí.

—¿Estás preocupado? —Caroline frunce el ceño—. Por Dios, Maxim, es una mujer adulta.

—Lo sé, lo sé. Pero tras el secuestro yo…, yo… —Me encojo de hombros.

¿Qué puedo decir? La seguridad de Alessia es mi prioridad.

—Lo entiendo. Pero ahora está aquí. Contigo. No le va a pasar nada.

—Por cierto, ¿qué le dijiste a Charlotte Hampshire en la fiesta de Dimitri?

—¡Nada! —responde muy rápido, puede que demasiado, y después me sostiene la mirada. No sé si creerla…

—Caro… —La miro con una ceja enarcada en señal de advertencia.

¿Qué le dijiste?

—¿Es por la foto? Está por todas partes. ¿Te ha causado problemas?

—¿Esa era tu intención? ¿Causar problemas entre Alessia y yo? —La atravieso con la mirada y de repente la temperatura ambiental se desploma.

Caroline abre mucho los ojos.

—¡No! ¿Por qué iba a hacer eso? —protesta en un ataque de falsa indignación—. ¿Es lo que crees?

—Caro, no sé qué creer. Pero Alessia y yo estamos bien. Deja de interferir, joder, o habrá consecuencias.

Ella se molesta, pero no replica nada, y en ese momento sé con seguridad que le dijo algo a Charlotte.

—¿Y qué mosca os ha picado a ti y a Oliver? —pregunto para cambiar de tema.

—¿A qué te refieres?

—No sé, pero hay una energía extraña entre vosotros.

—Oh, por todos los santos. Te veo muy místico. Será mejor que me vaya y me ponga a trabajar en lo tuyo. —Se levanta—. Avísame si sabes algo de Rowena.

Y con eso terminamos por hoy, señoras —concluye Jennifer—. Mañana trataremos el tema de la comunicación, todo desde mandar mensajes de texto a escribir cartas. Gracias por su tiempo y su atención. —Sonríe y Alessia está a punto de soltar un suspiro de alivio, pero se contiene porque ya ha soportado toda una tarde de clases de buenas maneras y de cómo mantener la postura correcta.

—Me muero por una copa —murmura Tabitha a su lado—. Dime que me acompañas, por favor.

—Hum… —duda Alessia.

Es la primera vez que una extraña la invita a tomar una copa. Pero le cae bien Tabitha. Y es una chica de su edad. A Maxim no le importará.

¿O sí?

—No me digas que tienes que volver con tu marido, Alessia.

—¿Cómo sabes...?

—La alianza. He supuesto que estabas casada. Aunque me pareces jovencísima para el matrimonio.

Alessia sonríe.

—En mi país es normal casarse joven.

—¡Cuéntamelo tomando una copa! Por favor...

M i teléfono vibra. Es un mensaje de Maryanne. *Por fin.*

> Estoy en Seattle.
> Te escribo cuando vuelva a casa.

> ¿Estás bien?

> No. Sigo dándole vueltas a las
> revelaciones de nuestra querida madre.
> He venido para descansar y relajarme.

> ¿Cómo has conseguido vacaciones?

> ¡Tengo mis trucos!

¿Qué? Su respuesta me hace reír. Es un mensaje muy poco propio de Maryanne. Pero me alegro de que todavía me hable y que esté descansando. ¿Habrá ido a ver a ese tío que conoció cuando fue a esquiar? No me atrevo a preguntar.

> Pásatelo bien.

> No lo dudes.
> ¿Tú estás bien?

Claro.

Maxie, has sido siempre tú.
No Kit.

¿Qué?

El conde.
Eras tú.

Se me eriza la piel de la cabeza.
Siempre fui yo.
Yo era el vizconde. Después el conde.
No Kit.

Es difícil de aceptar.

Lo sé ♥.
Pero eras tú, Maxie.
Siempre fuiste tú.
Recuérdalo.
Pobre Kit. Enterarse así.
Estaría furioso.

Sí. No puedo dejar
de pensar en eso.

Me gustaría saber qué tenía.

¿Qué tenía?

La enfermedad genética.

Algo horrible, sospecho.
No quiero saberlo.
Pobre hombre.

Sí, seguramente tengas razón.
Lo queríamos.

Sí.

Volveré a final de semana.
Hablaremos entonces.
Tengo que levantarme temprano.
Nos vamos a navegar en un catamarán
impresionante.

Ten cuidado.
Mx

Suspiro. Maryanne sí me habla, no como mi madre. Y ella está dándole vueltas a algo que yo no había pensado. Mi familia lleva obsesionada con el linaje desde que se creó el título en el siglo XVII. También mi madre lo ha hecho todo por el legado. Cada uno de nosotros lo hemos tenido grabado a fuego.

Kit el que más.

Qué ironía.

Y, con su muerte, también se ha ido a la tumba el secreto de mi madre. Y no hace falta que lo sepa nadie, nunca.

No hacía falta que nos lo dijera a nosotros.

Podría haber dicho que lo de los problemas genéticos de Kit solo fue una falsa alarma. Tal vez Alessia tiene razón. Está expiando sus pecados.

Sus mentiras.

Joder. Necesito hablar con ella. Pero después de lo que le ha dicho a mi adorada esposa, no sé si la quiero en nuestras vidas.

Me vibra el teléfono otra vez y pienso que será Maryanne con más perlas de sabiduría, pero es Alessia.

> Voy a un bar con una mujer que he conocido en el curso.
> Intentaré no acabar tarde.

Una alarma se dispara en mi pecho. No sé cómo me hace sentir que Alessia esté de copas por Londres con una extraña. Recuerdo las palabras que me ha dicho Caroline antes.

«Por Dios, Maxim, es una mujer adulta».

Sí, pero ha llevado una vida muy protegida y claustrofóbica. Lo he visto con mis propios ojos. Y la he vivido durante una semana.

> Genial. Ya he acabado aquí.
> ¿Puedo unirme?

> ¡Sí! 😀
> Estamos en el Gore.
> Bss

A Alessia le fascina Tabitha. Mientras las dos beben gin-tonics, Tabitha le cuenta que vive en un castillo en Escocia, aunque Alessia no le nota acento escocés. Tabitha terminó su carrera de Historia del Arte el año pasado en la universidad de Bristol y después pasó un año sabático recorriendo a pie Kenia y Tanzania con una amiga. Suena emocionante y no tiene nada que ver con lo que Alessia ha vivido. Aparte de su angustioso viaje a Inglaterra... Pero Alessia decide no contarle esa historia.

—Oh, mira, acaba de llegar Maxim Trevelyan. Aunque creo que ahora debería decir Trevethick.

—Oh. —Alessia se gira y ve a Maxim buscando por el bar.

—No lo conozco personalmente. Pero mis hermanas sí que lo «conocen». En el sentido bíblico, ya sabes.

A Alessia se le cae el alma a los pies.

—Son gemelas —añade Tabitha.

¡Gemelas!

—He oído que se ha casado, pero no sé nada de la afortunada que lo ha cazado.

Maxim ve a Alessia y su cara se ilumina, ella cree que por el alivio.

—Oh, Dios mío. ¡Viene hacia aquí!

Alessia vuelve a mirar a Tabitha.

—Maxim Trevethick es mi marido.

Tabitha se atraganta con la bebida.

—Oh, Dios mío.

—Yo soy la afortunada que lo ha…, hum…, cazado.

—Oh, no. Lo siento mucho. Perdona por lo que acabo de decir.

Alessia la mira con una sonrisa conciliadora.

—Su reputación es… demasiado.

—¡Sí que lo es! —responde Tabitha, ruborizada.

Alessia se pone de pie cuando Maxim se acerca y él la saluda con un beso dulce y casto, adecuado para todos los públicos.

—Hola, cariño. ¿Qué tal estás? ¿Cómo ha ido el primer día? —El tono ronco de Maxim hace que parezca que le está preguntando algo indecente.

—Bien, gracias. —A Alessia le falta un poco el aire—. Te presento a lady Tabitha.

—¿Cómo estás? —saluda Maxim.

—Hola, lord Trevethick. —Tabitha le tiende la mano y Maxim se la estrecha—. Sentí mucho lo de tu hermano.

—Lo echamos mucho de menos. ¿Os importa que me siente con vosotras?

—Por supuesto que no.

Tabitha llama al camarero y Maxim pide un Old Fashioned.

—¿Qué habéis aprendido hoy entonces? —Maxim fija su intensa mirada en Alessia y en su cara solo hay curiosidad.

—A sentarnos, caminar y saludar. —Alessia sonríe.

—Ah, lo básico. —Él sonríe también y la deja sin aliento. Tiene un brillo lujurioso en los ojos.

—Me temo que debo irme —dice Tabitha.

—No te vayas por mi culpa, por favor —interviene Maxim.

—Debo volver al piso.

Maxim se levanta a la vez que Tabitha y Alessia se da cuenta de que él no necesita clases; sus buenas maneras son innatas.

—Yo me ocupo de la cuenta —asegura.

—Gracias. Alessia, te veo mañana. —Tabitha se despide con la mano con un poco de vergüenza.

Él vuelve a sentarse.

—¿Gemelas? —pregunta Alessia.

Él frunce el ceño y después mira a Tabitha mientras se aleja.

—Ah. Esa Tabitha. —Vuelve a mirar a Alessia—. ¿De verdad quieres saberlo?

Alessia siente que se sonroja, pero pone los ojos en blanco.

—No.

Él ríe.

—Una reacción muy apropiada. Y una perfecta ejecución de los ojos en blanco.

Alessia sonríe y, a pesar sus recelos, se acerca a él y le da otro beso.

Está aprendiendo. Esto es una evolución. Su pasado ha quedado en el pasado.

—¿Cenamos fuera? —sugiere Maxim—. Podemos comer algo aquí, si quieres.

S entados en la parte de atrás del taxi, veo que Alessia me estudia.

—¿Cómo estás?

Resoplo.

—¿La verdad? Un poco aturdido. La cena de hoy me ha venido bien para distraerme. Maryanne me ha contestado a los mensajes por fin. Está en Seattle, pero dice que hablaremos cuando vuelva.

—¿Sabes algo de tu madre?

Río entre dientes.

—Creo que es poco probable que aparezca en una temporada.

Alessia extiende la mano y me coge la mía.

—Es tu madre…

—Lo sé. —Trago saliva—. Pero llevará tiempo.

Asiente, comprensiva.

—¿Quieres hablar de ello?

—¿Qué hay que hablar que no hayamos dicho ya? Mi madre es tan retorcida como creía que era. Y mezquina además. Y una esnob terrible.

—Es… humana.

Río, pero con una risa vacía.

—Creo que es la primera vez que alguien acusa a Rowena de ser humana.

Alessia sonríe.

—¿Qué quieres hacer?

—Creo que tengo que ponerme al día con las destilaciones.

—¿Destilaciones? ¿Eso es algo de fotografía?

Me río.

—No. Destilación de alcohol. Para fabricar ginebra.

Alessia sonríe, feliz.

—Sí. Quiero fabricar ginebra. A mi mujer le gusta.

El taxi se detiene frente a su edificio y al instante lo rodean los fotógrafos.

—Joder —gruño entre dientes—. ¿Estás lista?

Alessia asiente.

—No digas nada. Salgo yo primero y vengo a abrirte la puerta.

—Vale.

Así lo hago y, mientras nos dirigimos a la entrada del edificio, rodeo a Alessia con el brazo.

«¡Trevethick! ¡Trevethick!».

«¿Qué pasa con su relación con Charlotte Hampshire?».

«¿Qué tiene su esposa que decir de ella?».

Los ignoramos. Pero Alessia se detiene al llegar a la puerta principal del edificio.

—¿Qué? —pregunto.

Entonces me agarra de las solapas, desliza las manos hacia mi nuca y tira de mí para que la bese. Bajo una andanada de flashes pega su cuerpo contra el mío y me da un beso de verdad, con su lengua insistente y posesiva.

Es… excitante.

Y me coge por sorpresa.

Cuando nos separamos, los dos estamos sin aliento. Ella empuja la puerta para abrirla y, sin mirar al grupo enfervorecido, tira de mí para que entre en el edificio.

Guau.

Ya en el ascensor me lanzo sobre ella, deseándola, y nos besamos todo el trayecto hasta la sexta planta.

—Podríamos jugar al *Call of Duty* otra vez —murmuro contra la comisura de su boca.

Ella echa atrás la cabeza y ríe.

Alessia juega con el pelo de Maxim mientras están los dos tumbados en la cama, justo después de hacer el amor. Nota las extremidades flojas mientras su corazón se va calmando y recuperando un ritmo regular, satisfecho. Maxim tiene la cabeza sobre su estómago, su postura favorita después del sexo, y le hace círculos con la yema de un dedo alrededor del ombligo.

—Mi padre fue siempre mi defensor. —Maxim interrumpe

el silencio cómodo que reina entre ellos—. Ahora todo tiene sentido.

Alessia deja de jugar con su pelo y él gira la cabeza para mirarla con sus ojos verdes.

—Me pregunto si mi madre trataba de compensar a Kit por la... indiferencia que mi padre mostraba hacia él. No, indiferencia es una palabra demasiado fuerte. En su momento yo no lo noté. Estaba demasiado enfrascado en mi mundo, pero ahora, pensándolo, tal vez él me favorecía más a mí.

—¿Y nadie sospechó?

—No. No lo creo... —Se interrumpe—. No. Espera. Mi madre y mi padre tuvieron una pelea tremenda con mi tío Cameron. Quizá él sí lo sabía.

—¿Y nunca dijo nada?

—No. Nunca. —Maxim vuelve a apoyar la cabeza en su vientre—. Huyó a Los Ángeles a finales de los ochenta. No fuimos a visitarlo cuando estuvimos en el Caribe las últimas Navidades. Y ahora sé por qué.

Los dos se quedan en silencio, digiriendo esa información. Alessia se da cuenta de que la única persona que puede arrojar luz sobre todo eso es Rowena.

—¿Vas a hablar con tu madre? —pregunta Alessia.

Maxim ríe entre dientes.

—Ya teníamos una relación disfuncional. No sé si hay vuelta atrás después de esto.

Alessia guarda silencio, pero vuelve a juguetear con su pelo. Quiere decirle que, a pesar de cómo se sientan ambos en relación con Rowena, él debería escuchar la versión de su madre de la historia. No conocen todos los detalles, pero le parece que Maxim no está preparado para oírlos todavía.

Algún día.

Pronto.

Después de todo, Rowena sigue siendo su madre.

24

En cuanto entra en la clase, Tabitha va directa adonde está Alessia.

—Buenos días, Alessia. Siento lo de ayer.

Alessia niega con la cabeza.

—No te preocupes.

—¿Sabes que te has hecho viral? —dice Tabitha, sin poder contenerse.

—No. ¿Por qué? ¿Dónde?

—Mira. Te busqué en Google anoche, después de mi terrible metedura de pata. Y me encontré con esto.

Le muestra la pantalla del teléfono y en ella se reproduce un vídeo en el que Alessia está tocando el piano en la fiesta de Dimitri. Es un *reel* de Instagram colgado con el nombre de usuario GrishaEgonov.

—Eres muy buena —elogia Tabitha.

—Gracias —responde Alessia de forma automática.

Está estupefacta. No recuerda que él estuviera grabando, aunque estaba demasiado perdida en la música. El post tiene más de ochenta mil likes y miles de comentarios. El texto que lo acompaña dice: «Lady Alessia, condesa de Trevethick. Guapa y con talento».

Mira a Tabitha con la boca abierta y ella sonríe.

—Es verdad lo que dice Grisha.

—Buenos días a todas. —Jennifer Knight reclama la atención de la clase y tienen que terminar su conversación—. Hoy vamos a tratar el tema de la comunicación escrita y las formas correctas de realizarla, tanto si hablamos de e-mail como de correo tradicional.

Abigail Chenoweth, nuestra arrendataria de la granja Rosperran, y Michael Harris, el administrador de la finca de Tresyllian Hall, están emocionadísimos por el proyecto de la fabricación de ginebra. Cuelgo tras una llamada conjunta con ellos y me siento contento porque, si conseguimos que funcione, le aportaremos unos ingresos a la finca que serán bien recibidos y además daremos empleo a los habitantes de los pueblos de alrededor. Todavía queda mucho trabajo por hacer para obtener las licencias necesarias y necesitará de mucha planificación y todas esas mierdas, pero tengo que decir que estoy exultante: el primer proyecto que aporto a los negocios familiares… y ha sido gracias a la inspiración de mi mujer.

Me vibra el teléfono. Es Caroline.

—Hola, Caro.

—Hola, ¿has visto el vídeo de Alessia?

¿Qué será ahora?

—¿Un vídeo? No.

—Está en el Instagram de Grisha.

—Vale, luego lo veo, pero, ya que estoy hablando contigo ahora, dime, ¿qué hace en el vídeo?

—¿Qué crees que hace? Está tocando ese enorme piano que tiene. Y no te preocupes, querido, no es un eufemismo. —Caro se ríe entre dientes por ese chiste de mal gusto.

—¿Y? —Ya sé lo del piano. ¡Yo estaba allí!

—La Puercastra lo ha visto. Quiere saber si Alessia ha solicitado plaza en el Royal College of Music.

¡Vaya!

—Sí, lo ha hecho.

—¿Y qué nombre ha utilizado?

—Alessia Trevelyan.

—Bien. Se lo diré.

—¿Ahora os habláis?

—Me ha llamado. Pensé que podía ser porque papá se había puesto enfermo, o algo peor, así que he respondido. Pero no, ella solo quería saber cosas de Alessia y preguntarme por tu trabajo de DJ.

—¿Por qué?

—La Engendro del Demonio va a cumplir dieciocho este año y quiere montar un fiestón en los terrenos de Horston.

—¡Tu hermana pequeña va a cumplir dieciocho! Pero ¿cómo es posible?

—¡Hermanastra! —exclama—. Y sí. Cordelia ya tiene edad para ir por ahí esparciendo su maldad demoniaca. Que tiemble el mundo.

—Caro, mis días como DJ han quedado atrás, a menos que tu madrastra consiga que Alessia ingrese en el Royal College. En ese caso, lo reconsideraría. Es la única forma de que le den el visado sin que tenga que volver a Albania.

—Ah, ya veo. ¿Así que has dejado definitivamente la mesa de mezclas? —Caro suena sorprendida.

—No tengo tiempo. Además, los cabrones que trajeron a Alessia ilegalmente me robaron mis mesas de mezclas y no he tenido ni un minuto libre para comprarme unas nuevas.

—Oh. —Caro se queda un momento en silencio, pero antes de que me dé tiempo a decir nada, continúa—: Vale. Se lo diré. Pero el Engendro del Demonio estará muy decepcionada. Ya sabes que está enamoradísima de ti.

—Ah, ¿sí? —*¿Qué demonios se supone que voy a contestar a eso?* Caroline suspira y no sé por qué.

—Dejémoslo —concluye—. Creo que debería tener algunos bocetos listos para mediados de la semana que viene.

—Perfecto. Gracias, Caro. —Cuelgo, aliviado de que haya cambiado de tema y no haya seguido con lo del enamoramiento de Cordelia, y abro la app de Instagram en el móvil.

¡Alessia! Viral…

¿Lo sabe ella?

Busco a Grisha y encuentro su perfil. Hay varias fotos de la fiesta: él posando, cómo no, con muchos de los actores famosos, las personalidades televisivas y las modelos que había en la fiesta, pero en los *reel* está mi mujer tocando a Bach como si hubiera nacido para hacer eso.

Guau. El vídeo tiene cientos de miles de likes.

Grisha tiene razón, aunque me cueste decirlo: Alessia es preciosa y tiene mucho talento.

Y es mía.

Saco un momento a lo largo del día para ver el vídeo otra vez. Y otra. Cuando lo estoy reproduciendo por cuarta vez, unas siluetas que se mueven al fondo me llaman la atención.

Sonrío. Ya tengo algo que enseñarle a mi esposa.

Las clases terminan pronto y Tabitha invita a Alessia a tomar el té. Pero Alessia rechaza la invitación educadamente y le pide que lo dejen para otro momento porque tiene planes. Mira el reloj: las 15.30. Tiene tiempo; ha buscado el trayecto en internet unas cuantas veces. En la calle se despide de Tabitha, para un taxi que pasa, como hace Maxim, y se sube.

—¿Adónde, bonita? —pregunta el taxista.

—Kew Green, por favor. —Alessia se acomoda en el asiento y saca el teléfono. Le escribe un mensaje a Maxim.

> Hola, milord.
> Hemos acabado pronto hoy.
> Voy a salir.
> A. Bss

Alessia quiere ver dónde vive su tío abuelo. Tal vez incluso conocerlo. Hoy, durante las clases, le ha escrito una carta y espera poder pasársela por debajo de la puerta. Cuando establezcan algún contacto, ya le contará a su marido que lo ha localizado, pero solo entonces. Al fin y al cabo Maxim no quería que hablara con el investigador privado.

Pero ella lo ha hecho.

Se oye el sonido de su teléfono.

Es un mensaje de su marido.

> Buenas tarde, milady.
> Me encanta que me escribas.
> ¿Salir adónde? Las mentes curiosas necesitan saber.
> Voy contigo, si quieres.
> Mx

Oh, no.

> Voy a Kew.
> No tardaré.
> Te veo luego.
> Bss

Qué demonios tiene que hacer Alessia en Kew? La última vez que yo pasé por esa parte del mundo fue cuando fui en coche hasta Brentford, después de que aquellos cabrones aparecieran en mi piso y Alessia saliera huyendo. «Digno hijo de tu padre. Un caballero de reluciente armadura que siente debilidad por las doncellas en apuros».

El recuerdo de las palabras de mi madre me estropea el buen humor y la preocupación que siento por Alessia crece.

> ¿Qué vas a hacer en Kew?

A lessia resopla. Su marido se preocupa demasiado; sabe que eso es lo que le pasa por el tono brusco del mensaje. Creía que lo tranquilizaría diciéndole adónde va, pero parece que solo ha aumentado su ansiedad. Le contesta.

> Es una sorpresa.
> ¡¡¡No te preocupes!!! :D
> Bss

E l mensaje de Alessia es moderadamente tranquilizador. «Por Dios, Maxim, es una mujer adulta».

> Ok.
> Ten cuidado.
> Escríbeme cuando vengas de vuelta.
> Mx
> PD: ¡No sé si me gustan las sorpresas! 😑

A lessia suspira, aliviada. Eso está mejor. Parece que Maxim ha recuperado su sentido del humor. Más tranquila, mira por la ventanilla del taxi y ve a una madre que empuja un cochecito de bebé. Se pregunta cómo se comportaría Maxim si ella estuviera embarazada. Seguro que se pondría mucho peor.

Un hijo de Maxim.

Le encanta la idea.

Pero todavía no. Se quedó en shock cuando él saco el tema durante el fin de semana, aunque le alegra saber que desea tanto tener niños. Sin embargo, la posibilidad de estudiar en una de las mejores escuelas de música del país es una gran tentación.

La maternidad puede esperar.

Pero si él insiste, ella cederá. También quiere tener hijos. *Sí.* Se ve a sí misma con ellos.

Sus padres estarían encantados y también Maxim.

Pero él ha accedido a esperar. También quiere enseñarle un poco de mundo.

Suena mi teléfono y es un número que no conozco.

—Trevethick —contesto.

—Lord Trevethick, soy Ticia Cavanagh.

—Hola, Ticia. Llámame Maxim, por favor. —*Dios, pero si hemos follado de una forma bastante sucia, no fastidies*—. ¿Qué ocurre?

—Le llamo para hacerle saber que, como suponíamos, todos los documentos relativos a su matrimonio son totalmente válidos. Hemos hecho la investigación correspondiente. Están ustedes legalmente casados.

Me río, más por el alivio que por la situación.

—Son buenas noticias.

Al final, el plan de Demachi y Tabaku funcionó.

—Me preguntaba si había hecho alguna gestión para buscar un lugar en el que lady Trevethick…

—Alessia, por favor.

—En el que Alessia curse sus estudios. Me preocupa el gran interés que los dos están despertando en la prensa.

—Oh, ¿lo has visto?

—Sí, «oh» es la palabra correcta. Debe ser consciente de que, si se enteran en el Ministerio del Interior de que Alessia vino aquí ilegalmente hace unos meses, podrían negarle el visado familiar. Y también tendrá usted problemas, porque habría infringido las leyes de inmigración cuando ella trabajaba para usted sin el visado necesario en vigor.

—Oh, mierda.

—Exacto. Voy a hablar con un colega para saber cómo va la

investigación policial sobre los traficantes que la trajeron y si tienen algo que pueda vincular a su mujer con sus delitos. Se hará todo anónimamente, pero es posible que el coste supere la provisión de fondos que calculamos. Por eso quería preguntarle si…

—Sigue con ello. Lo que sea necesario. Si la provisión de fondos no lo cubre, házmelo saber.

—Perfecto. Bien.

—Espero conseguir asegurarle a Alessia una plaza en alguno de los conservatorios de Londres.

—He visto el vídeo. Tiene mucho talento.

Sonrío, pero sacudo la cabeza. ¡Mi mujer se ha hecho viral!

—Es verdad. Y quiere estudiar en el Royal College.

—Buena suerte. Mientras, ayudaría que intentaran mantener un perfil lo más bajo posible.

—Entendido. Lo mejor será que nos vayamos a Cornualles. Allí estaremos lejos de todo. Gracias por el aviso.

—De nada…, Maxim. —Cuelga y mi cerebro empieza a procesar esa información a toda velocidad. Quizá fue un error ir a la fiesta de Dimitri.

¡Menudo momento para hacerse viral!

Alessia se toca la cruz de su abuela que lleva al cuello. Según se va acercando a Kew, empieza a notar mariposas en el estómago. El taxi se para en un semáforo en rojo y Alessia ve ante ella el Kew Bridge y, a su derecha, la carretera que lleva a Brentford. Recuerda lo feliz que fue durante aquellas preciosas semanas en las que vivió con Magda y su hijo. Michal le ha contado por Facebook que a Magda y a él les va bien en Canadá. Él ha hecho unos cuantos amigos nuevos y está aprendiendo a patinar sobre hielo. Aspira a jugar al hockey sobre hielo, como su padrastro, Logan. Por sus posts parece feliz y Magda también.

Se pregunta distraídamente por la gruñona señora Kingsbury y la señora Goode. Sus antiguas clientas. ¿Tendrán otras limpiadoras?

Alessia sacude la cabeza. Han pasado muchas cosas desde entonces.

El semáforo cambia a verde y el taxi continúa, cruza el Kew Bridge y finalmente se detiene antes de girar hacia una calle lateral. Aparca delante de una casa antigua y grande que podría estar perfectamente en Cheyne Walk. Allí hay varias así, rodeadas de un bonito césped verde y flanqueadas por sicómoros. Alessia le paga al taxista un precio increíblemente alto con la tarjeta de crédito y baja del coche.

El vehículo se va y ella se queda plantada delante de la casa de su tío abuelo. La casa está impecable. Hay un árbol bien podado delante y por la ventana en saliente Alessia ve un piano de media cola.

¡Un piano!

¿Tocará él también?

El corazón se le acelera por la emoción, la anticipación y también un poco por el miedo, pero en este momento decide hacerle una visita.

Tal vez le diga que se vaya.

Se aferra a la crucecita de oro que perteneció a su nana, la hermana de ese hombre, y recorre con decisión el corto camino de entrada hasta la brillante puerta negra, donde pulsa el timbre. Se oye su sonido amortiguado en el interior y, segundos después, abre la puerta una mujer mayor con el pelo recogido en un moño perfecto.

—Hola. ¿En qué puedo ayudarla? —pregunta.

—He venido a ver a Tobias Strickland.

—¿Está citada? —pregunta la mujer muy seria.

—No. Pero espero que acepte verme. Soy la nieta de su hermana. Hum… Su sobrina nieta.

Como Leticia Cavanagh se ha mostrado preocupada, llamo a Tom Alexander para ver si ha hecho algún avance con lo de encontrar a la amiga de Alessia y si sabe algo de la investigación policial.

—Hola, Trevethick. ¿Qué tal? Creo que has encontrado a tu esposa.

—Sí. Grisha le prestó a su chófer y él la trajo a casa.

—¿Qué? ¿Por qué?

—¿Es que no lees la prensa, Tom?

—¿Lo dices en broma? Claro que no. Ya te lo dije. No me molesto con esas chorradas, a no ser que tenga un cliente que salga en los titulares. Y te sugiero que hagas lo mismo. Ignora a esos capullos.

—Tienes razón. Pero si te encuentras por casualidad con un titular muy escandaloso sobre Charlotte, mi ex…

—¿La actriz? ¿La que no es muy buena y siempre hace de sí misma?

Me río, a pesar de todo, por la franqueza de Tom.

—Sí, esa. Se me tiró al cuello. —Se produce una pausa incómoda en la conversación, así que continúo—: Alessia lo vio y se hizo una idea equivocada. Pero, bueno, no te llamo para contarte la historia reciente. Quiero saber si ha habido algún avance en la investigación policial y en lo de encontrar a la amiga de Alessia.

—Sobre la chica, nada. Pero los detalles que Alessia nos dio eran tan vagos que me sorprendería que pudiéramos localizarla. He hablado con Spaffer, que está trabajando en el caso. Todavía están recopilando pruebas. Dice que un investigador privado le ha estado haciendo preguntas sobre el asunto.

Un escalofrío de alarma me recorre la espalda.

—¿Periodistas?

—No lo sabe. Pero ha habido una redada en un sitio del sur de Londres y han encontrado a cuatro chicas allí.

—Mierda. ¿En serio?

—Sí. Ahora se ocupa de ellas el Ejército de Salvación.

—¿Y alguna es albanesa? ¿Alguna es Bleriana?

—Creo que no. Pero no podemos estar seguros, porque no hemos hablado con ellas directamente.

—¿Qué va a pasar con esas chicas?

—Sinceramente, no lo sé.

—Es muy sórdido, joder.

—Lo es, amigo. Lo es. Seguimos trabajando en ello. Intentaré encontrar a esas mujeres.

—Buena suerte.

—Oh, y ahora que me acuerdo, no tienes que preocuparte por ese periodista que te llamó.

—¿De verdad?

—No. No tiene nada. —Tom suena muy seguro.

Pues vale.

—Gracias por decírmelo.

L a señora con el moño perfecto debe de tener cincuenta y tantos. Mira detrás de Alessia, para comprobar que no está ocultando a otra persona, y después la mira a ella de arriba abajo, crítica. Alessia se siente aliviada cuando por fin se hace a un lado para dejarla entrar; parece que ha pasado su inspección.

—No sabía que el profesor Strickland tuviera una sobrina. Y mucho menos una sobrina nieta. Será mejor que pase. —Alessia entra al vestíbulo.

Se parece bastante al de Trevelyan House, donde vive Caroline, y Alessia concluye que ambas casas debieron de construirse más o menos en la misma época.

—Sígame —pide la mujer y lleva a Alessia a una habitación espaciosa con una gran chimenea, una impresionante repisa sobre ella y cristaleras que dan a un exuberante jardín trasero.

Sentado a la mesa, delante de un ordenador portátil, hay un

hombre con una buena mata de pelo entre rubio y canoso, un bigote rizado estrafalario y barba, que levanta la vista con expresión de educado interés. Tiene los ojos del mismo azul que los de su querida nana, la misma forma de la boca y las mismas arrugas producidas porque sonríe con frecuencia: es su abuela en un cuerpo de hombre. Alessia se queda alucinada: siente una oleada de emoción que sube desde su pecho y le cierra la garganta, de forma que no puede hablar.

—Querida —saluda—, ¿qué puedo hacer por ti?

Como ella no responde, el hombre frunce el ceño, confuso, y su mirada pasa de Alessia a la mujer que Alessia sospecha que debe de estar a su servicio. No. Que forma parte del servicio, no que está a su servicio.

—Dice que es su sobrina nieta, profesor.

El hombre palidece y vuelve a fijar en ella sus ojos azules, ahora muy abiertos.

—¿Alessia? —pregunta con un hilo de voz.

¿Qué? ¡La conoce!

A ella se le llenan los ojos de lágrimas y asiente, aún sin poder hablar.

—¡Oh, querida! —exclama el hombre y se levanta de la silla. Rodea la mesa y le coge ambas manos—. Nunca creí… —Deja la frase sin terminar, porque a él también se le hace un nudo en la garganta, así que los dos se quedan simplemente así, mirándose y cogidos de las manos.

Ella se fija en las arrugas que la sonrisa hace que se le formen alrededor de los ojos, en el ridículo bigote que tiene ambos extremos apuntando hacia arriba y en la barba bien recortada. Su impresionante mata de pelo es igualita a la de su abuela.

—¿Virginia? —pregunta en un susurro.

No lo sabe.

Alessia niega con la cabeza.

—Oh, no —contesta y ahora es a él a quien se le llenan los ojos de lágrimas.

Le aprieta las manos y los dos se quedan contemplándose unos segundos más. Un montón de emociones cruzan por la cara de ese hombre mientras va digiriendo las malas noticias. Cuando Alessia recuerda a su adorada nana, las lágrimas al fin caen y ruedan por su cara. Tobias saca un pañuelo de algodón del bolsillo del pantalón y se limpia los ojos.

—Querida, estoy muy afectado. Mi querida, queridísima hermana. Me preguntaba qué habría pasado. Hace bastante tiempo que no sé de ella, pero esperaba… —Inspira hondo—. Señora Smith, té, por favor. Te gusta el té, ¿verdad que sí, querida?

Alessia asiente y busca en su bolso un pañuelo de papel. La señora Smith, cuya sonrisa amable revela que su actitud ha pasado de suspicaz a solícita, sale apresuradamente de la habitación.

—Esa cruz de oro me resulta familiar. ¿Era suya?

—¡Sí! —exclama Alessia—. Lo era.

Los dedos de Alessia se acercan automáticamente a su garganta y juguetean con la cruz.

—Es especial para mí. La quería muchísimo.

Él sonríe. Pero es una sonrisa triste.

—La recuerdo. Mis padres eran muy religiosos. Y Ginny también. Por eso se fue a Albania, para difundir la Palabra en la era comunista. —Sacude la cabeza, como para apartar un recuerdo desagradable—. Vamos al salón —dice y señala la puerta.

—Nunca llegué a tener la dirección de Ginny, pero ella me escribía muy de vez en cuando. Por eso sé de ti. Creo que le preocupaba que mis padres fueran a sacarla de lo más profundo de Albania para «rescatarla». Ellos no aprobaron su matrimonio ni mucho menos. —Toby suspira—. Fue terrible. Perdieron a su hija.

—Se casó bien. Estaba muy enamorada de su marido. Era

un buen hombre. Su hija, mi madre, no tuvo tanta suerte, pero parece que eso ha cambiado.

—Tu madre. ¿Shpresa?

—Sí.

—Alessia, cuéntame cosas sobre ti. ¿Cómo es que estás en Inglaterra? Cuéntamelo todo.

C ariño, ya estoy en casa —anuncio nada más cerrar la puerta principal. Hay mucho silencio y la ansiedad nerviosa que he sentido desde que Alessia me dijo que iba a «salir» asoma su fea cabeza—. ¡Alessia! —grito por si está metida en el vestidor o en uno de los baños. Pero en el piso se nota un vacío atronador del que no me había percatado nunca hasta que Alessia se vino a vivir aquí.

Joder. Nos hemos olvidado de poner la alarma.

Me dijo que me escribiría un mensaje. Con el ceño fruncido, saco el teléfono y la llamo. Suena hasta que salta el contestador. «¿Dónde estás?», pregunto, cuelgo y resoplo por la frustración.

Alessia puede cuidarse sola.

¿De verdad?

Ha podido con mi madre. Y con Grisha.

La aprensión, que se ha vuelto algo bien conocido para mí desde que secuestraron a Alessia, inunda mi pecho. Le escribo un mensaje, esforzándome por que no se me note.

¿Dónde estás?
El piso está frío y solitario sin ti.
Mx

Además, tengo hambre. Y eso no mejora mi humor. Con mal cuerpo me dirijo a la cocina, donde la nevera está llena de cosas riquísimas.

No. Cambio de idea. Voy al dormitorio y me pongo la ropa de correr. Una buena carrera me ayudará a despejarme la cabeza y seguro que ella ya habrá vuelto para cuando termine.

No me puedo creer que hayas estado viviendo justo al otro lado del río. Es extraordinario —comenta Toby.

—Sí. Fui feliz allí —reconoce Alessia.

—La sabiduría popular dice que el oeste siempre es mejor —dice y sonríe.

Alessia mira la hora. ¡Son más de las seis!

—Fíjate en la hora que es. Me tengo que ir. Mi marido estará preocupado.

—Seguro que sí. ¿Has dicho que se llama Maxim?

—Sí, así se llama. —Alessia no le ha hablado a Toby del título de Maxim. Se va a guardar ese detalle para la próxima vez que se vean—. Estoy deseando que lo conozcas. Es un buen hombre. —Se levanta y mira al piano.

—¿Tocas?

—Sí. Nana le enseñó a mi madre. Y nana y mi madre me enseñaron a mí. ¿Y tú?

Él ríe bajito.

—Veo que la musicalidad es cosa de familia. Por desgracia ya no toco tanto como antes. —Levanta las manos y mueve los dedos con dificultad—. Ya no son lo que eran, pero he estudiado música toda mi vida. Ahora es para mí una ciencia más que un arte, aunque empezó siendo una explosión de colores.

—¿Tienes sinestesia?

—Sí, querida. —Se queda asombrado—. Pero yo lo llamo cromestesia.

Alessia sonríe.

—Cromestesia. Nunca había oído esa palabra.

—Es muy específica. Significa una sinestesia en la que el sonido se convierte en color.

—¡Yo tengo eso!

—¡Ja! —Suelta una breve carcajada y le coge las manos—. ¡No he conocido nunca a otra persona sinestésica! Y, ahora que la conozco, ¡resulta que somos parientes! ¿Cómo ves los colores?

—Relacionados con las notas. ¿Y tú?

—Yo los veo menos definidos, pero, oye, ya hablaremos de esto en otro momento. Sé que tienes que irte. Te pediré un Uber. Y, mientras esperas, ¿querrías tocar algo para mí?

Alessia está rebosante de felicidad cuando sube al coche. Toby se despide de ella con la mano desde el umbral y ella le responde con el mismo gesto hasta que queda fuera de su vista. Se abraza cuando el coche gira y se incorpora despacio al tráfico que cruza el puente. Toby es atento, bueno, musical y superinteligente, pero sobre todo se interesa por ella y por su vida como los parientes masculinos que tiene en su país nunca lo han hecho. Está deseando que conozca a su marido. Saca el teléfono del bolso para llamar a Maxim y disculparse por no haberle escrito un mensaje. Pero se ha apagado.

O Zot!

Bueno, no hay nada que pueda hacer hasta que llegue a casa, así que se acomoda en el asiento y repasa toda la conversación que ha tenido con Toby. Su tío abuelo. Sinestésico.

Cariño, ya estoy en casa! —anuncio en medio del piso vacío cuando vuelvo de hacer ejercicio. Las endorfinas producto de la carrera desaparecen mientras me dirijo a la ducha.

¿Dónde demonios está?

A las siete de la tarde ya me estoy subiendo por las paredes. Le he dejado más mensajes, pero no sé nada de mi mujer. No puedo llamar a nadie ni hacer nada. Me siento totalmente impotente.

Odio no saber dónde o cómo está.

Camino arriba y abajo por el salón, y, cada vez que paso ante las puertas dobles que dan al pasillo, miro la puerta de entrada, deseando que aparezca Alessia.

Me. Voy. A. Volver. Loco.

Joder.

Entro en el pasillo, que está en silencio absoluto. Y de repente siento que todo eso me supera. No sé dónde está mi mujer y tampoco entiendo por qué me viene constantemente a la mente el recuerdo de los Louboutin de mi madre taconeando sobre el suelo de madera mientras se aleja; no puedo olvidar que esta semana ya he perdido a otro miembro de mi familia.

¿Será esa la última vez que la vea?

Por mucho que Rowena me saque de quicio, me resulta deprimente.

Es mi madre.

Mamá.

Joder.

¿Cómo podemos salir de esto?

Intento librarme de ese sentimiento tan sombrío y le escribo un mensaje a Rowena.

> Tengo que hablar contigo del funeral de Kit.
> Cuando se te pase el enfado, llámame.

Y quiero añadir «zorra infiel», pero no lo hago. Es mi madre. Después le escribo otro a mi mujer ausente. Uno más.

> Me estoy volviendo loco.
> Llámame.
> Por favor.
> M

De repente oigo el sonido de unas llaves en la puerta y, cuando se abre, aparece Alessia. Parece que está bien. Cuando nuestras miradas se encuentran, su sonrisa feliz ilumina el pasillo a oscuras y también mi corazón. Se apoderan de mí el alivio y el enfado, a partes iguales.

Gracias a Dios que está a salvo, joder.

Pero, en cuanto entra en el vestíbulo, es el enfado el que gana y mi grito reverbera en las paredes.

—Pero ¿dónde coño has estado?

25

Alessia se queda petrificada cuando me ve avanzar hacia ella. Quiero desahogar mi furia. La ira bulle en mi interior, pero, cuando me acerco a ella, Alessia levanta la vista para mirarme y ya no veo nada más que sus cautivadores ojos oscuros llenos de inocencia y de belleza.

—Lo siento. Me he quedado sin batería —explica.

—Oh.

No es lo que esperaba que dijera. Creía que tendríamos una acalorada discusión que me ayudaría a descargar parte del miedo y la frustración. Pero esa sencilla disculpa y la admisión de su error me desarman, y en un nanosegundo mi furia pierde toda su fuerza.

—Estaba preocupado —refunfuño.

Vacilante, como si se estuviera enfrentando a un león quisquilloso, ella levanta la mano y me acaricia la mejilla.

—Lo sé. Lo siento.

Suspiro y apoyo mi frente en la suya. Cierro los ojos y me tomo un minuto para calmarme del todo. La abrazo despacio y la acerco a mí; ella se amolda a mi cuerpo y me transmite ese calor que me calma. Me da un beso en la mejilla.

—Lo siento. He perdido la noción del tiempo.

—¿Dónde estabas?

Sonríe.

—Te lo cuento si me prometes que no te vas a enfadar conmigo.

—No. No te lo prometo. Ni mucho menos. Ya estoy enfadado. Tienes una tendencia a ponerte en situaciones de peligro que resulta muy perturbadora. Dímelo.

—He conocido al hermano de mi abuela, mi tío abuelo.

Maxim da un paso atrás y suelta a Alessia.

—¿Un tío? ¿Tienes familia aquí?

Ella asiente, todavía radiante por la felicidad de haber encontrado a su pariente.

—¿Y por qué me iba a enfadar por eso? ¿Vive en Kew? ¿Cómo lo has encontrado?

Alessia le coge la mano a Maxim y se lo lleva a la cocina.

—Siéntate —ordena y le señala una silla.

Él frunce el ceño, confundido, pero obedece y la mira expectante, con el pelo alborotado. En los ojos verdes ya no se ve la dureza de la ira, sino un brillo de curiosidad.

—¿Te acuerdas de cuando te hablé de buscar a Bleriana?

Maxim se tensa y Alessia sabe cómo va a reaccionar.

—Fui a ver al investigador privado.

—Ya veo. ¿Y?

—Le pedí que encontrara a la familia de mi abuela.

—Ah.

—Y a Bleriana —susurra, como si estuviera confesando un gran pecado.

—Aunque te dije que no lo hicieras. —Maxim aprieta los labios, su mirada se vuelve helada y Alessia sabe que está enfadado.

Ella asiente e intenta sentirse culpable, pero no puede. Él niega con la cabeza, aunque le coge la mano y la encarama a su regazo.

—Pero ¿qué coño haces, Alessia? No quiero que tengas nada

que ver con ese mundo, ni siquiera indirectamente. Tom se está ocupando de eso. Es cierto que no ha llegado muy lejos, pero llama al investigador privado y dile que pare ahora mismo. Es mejor que dejemos todo esto en manos de Tom. Tiene que ser alguien en quien confío. Por favor.

—Está bien —se apresura a responder Alessia—. Lo siento. Es que quiero encontrarla.

Maxim suspira.

—Lo comprendo. Pero ¿por qué no me contaste que ibas a ver a tu tío abuelo? Habría ido contigo.

—No tenía intención de verlo. Solo iba a dejarle una carta. Hoy en clase hemos estado hablando de cartas y correspondencia. Pero entonces vi el piano de media cola por la ventana del salón y después… fue…, hum…, el destino. —Se encoge de hombros, intentando transmitir que se sintió obligada a llamar a esa puerta por el piano.

Maxim vuelve a suspirar.

—Ya veo. Bueno, si tienes más parientes escondidos por ahí, me alegraría conocerlos. Déjame hacerlo. ¿Por favor?

—Vale.

—Háblame de él.

Alessia le da un beso en la mejilla.

—Gracias por no enfadarte conmigo.

—Sigo enfadado contigo. Más bien enfurecido. Estaba a punto de estallar antes, joder. De la preocupación más que nada.

—Lo sé. Lo siento. ¿Quieres que cocine algo? ¿Tienes hambre?

Maxim se acomoda en la silla con una sonrisa reticente que le eleva las comisuras de la boca.

—Sí. Estoy muerto de hambre.

Ella sonríe y le acaricia la cara. Se ve que el enfado le da hambre a su marido.

—Voy a preparar algo y te lo cuento todo.

Entonces ¿vive muy cerca de donde estabas tú en Brentford? ¿En la otra orilla del río? —pregunto mientras miro a Alessia remover la salsa de tomate—. Tan cerca y tan lejos a la vez.

—Sí. Es una casa elegante. Y también es músico, pero trabajaba de profesor. En Oxford. Profesor de música. También tiene sinestesia, como yo, pero él la llama…, hum…, cromo…, cromestesia.

—Vaya. —*¿Qué posibilidades había?*—. ¿Es genético?

—¡Eso creo! —Sonríe mientras incorpora unas alcaparras. Sea lo que sea lo que está cocinando, huele delicioso. El olor es tan apetitoso que merece acompañarlo con una copa de un tinto con mucho cuerpo.

—¿Vino? —le pregunto a Alessia.

—Sí. Quiere conocerte. ¡Y a mi madre!

—¿No ha visto nunca a tu madre? —Cojo una botella del botellero.

—No, nunca ha estado en Albania. Y mi madre ni siquiera sabe que existe. A mi abuela su familia la rep…, repudió por casarse con un albanés. —A Alessia se le quiebra la voz y decide centrarse en revolver la salsa.

Mierda.

Mi familia no la ha repudiado.

¿O sí? Mi madre…

—Es terrible —contesto e inmediatamente aparto el pensamiento que acabo de tener.

—Pero él sí sabía que yo existía. Mi abuela le escribía cartas de vez en cuando.

—Debería ir a Albania y conocer a tu familia. Yo se lo recomiendo, a pesar de que tu padre da un poco de miedo. ¿Se lo has contado a Shpresa? —Descorcho el vino y, sin darle tiempo a respirar, sirvo dos copas.

—No, pero lo haré después de cenar. —Ella escurre los espaguetis, les añade la salsa y lo mezcla todo—. Ya está listo.

A lessia mete el último plato en el lavavajillas, limpia la encimera y va a sacar el teléfono de su bolso. Lo deja en la mesa y lo conecta al cargador. Maxim está en el salón, sentado al piano. No lo ha oído tocar desde que hizo el dúo con ella. Se apoya en el marco de la puerta, donde él no puede verla, y se queda un momento escuchando. Es una melodía en la menor. Las notas, con un azul intenso, resplandecen por la habitación y dentro de su cabeza; suena alegre y llena de bondad y esperanza, algo poco habitual en una tonalidad menor.

Suena... feliz.

Alessia sonríe. Esa pieza supone un contraste total con la melancólica composición que ella tocó para él hace no tanto, en Hideout, en Cornualles. Él se vuelve, ve que ella está ahí y ella se acerca y se sienta a su lado en la banqueta del piano.

—Es una canción bastante alegre.

—No sé por qué será... —Maxim la mira con una sonrisa burlona y ella le responde con una cálida—. Es de *Interstellar*.

Alessia frunce el ceño.

—Es una película —explica él.

—No la conozco.

—Oh, tenemos que verla. Es increíble. Y con una banda sonora estupenda de Hans Zimmer. —Se queda callado un momento y la rodea con un brazo—. Eso me recuerda una cosa: he hablado con Leticia hoy.

Alessia se pone tensa. Le cae bien Ticia, pero no le gusta que él hable con mujeres con las que se ha acostado.

¡Alessia! Basta ya.

Maxim continúa como si nada, no sabe si porque no ha notado su tensión o porque ha decidido ignorarla.

—Dice que deberíamos mantener un perfil bajo y evitar a

411

la prensa. Así que, cuando termines el curso, creo que deberíamos irnos a Cornualles. Tengo cosas que hacer en Tresyllian Hall de todas formas. Sé que íbamos a recoger las cosas del piso este fin de semana para la mudanza, pero alguien se puede ocupar de eso por nosotros. O podemos hacerlo en otro momento.

El corazón de Alessia da un vuelco.

—Me encanta Cornualles —dice emocionada—. Sobre todo el mar.

—A mí también. —Maxim le da un beso en el pelo—. Pues decidido entonces. Podemos irnos el viernes por la noche. Y hasta entonces nos quedaremos en casa viendo películas. Ya sabes, Netflix y mantita.

—Creía que esa era otra forma de decir «sexo en el sofá».

Maxim ríe.

—También podemos hacer un poco de eso. —Y le da un beso rápido.

—Toca más *Interstellar*.

—Me da un poco de vergüenza tocar para ti.

Ella suelta una carcajada.

—¿Por qué? No te sientas así, por favor. Me encantan tus composiciones.

—Bueno, esta no es mía. Pero, si me escuchas, seguro que acabarás tocándola mejor que yo.

—Maxim, toca.

Él sonríe.

—Sí, milady.

Con la música que ha tocado Maxim todavía resonando en su cabeza, Alessia va a buscar su teléfono para llamar por FaceTime a su madre. Tiene muchos mensajes de Maxim; suena cada vez más desesperado y enfadado, y ella siente remordimientos. No quería preocuparlo.

También tiene e-mails de cuatro de los centros de estudios a los que ha enviado solicitudes; lee primero el del Royal College of Music.

¡Le van a hacer una audición!

Están deseando verla.

¡Guau! Vuelve corriendo al salón y Maxim levanta la vista cuando entra.

—¡Tengo una audición en el Royal College of Music!

Él sonríe y aplaude, mientras se pone de pie despacio.

—Mi mujer y su extraordinario talento. ¡Son unas noticias fantásticas!

Alessia abre los otros e-mails y descubre que los demás también quieren verla tocar.

Mira a Maxim con la boca abierta.

—¡Todos quieren que haga una audición!

—¡Claro que sí! Serían idiotas si no quisieran. —Le rodea la cabeza con las manos—. Eres preciosa. Tienes mucho talento. Y me alegro mucho de que seas mi mujer. —Le roza los labios con los suyos—. Vete a contárselo a tu madre.

Alessia sonríe de oreja a oreja y vuelve a la cocina para llamar a Shpresa y darle las buenas noticias.

Tal vez me preocupo demasiado. Alessia está bien. Ha vuelto de una pieza. Es una adulta funcional, por Dios.

A la que han secuestrado.

Dos veces.

Joder.

Es que pensé… ¿Qué pensé? ¿Que se había ido? ¿Que la habían secuestrado otra vez?

Tío, olvídalo ya.

Está bien. Está aquí.

Le doy un sorbo al muy satisfactorio burdeos, que ahora ya ha tenido tiempo para respirar, y me pregunto durante un segundo si debería ir a atracar la bodega de Trevelyan House antes de que Caroline se beba todo lo que hay.

Entonces suena el timbre. El de la puerta principal, no el de entrada del edificio.

¿Quién demonios será?

¿Rowena?

Hay una sombra oscura frente a la puerta. Es un hombre, no una mujer. Abro la puerta.

Joder. Es él.

El pelo engominado y peinado hacia atrás, un abrigo caro de color camel y zapatos tipo Oxford.

El puto Anatoli. El Cabrón.

—Hola, inglés —saluda Anatoli con una arrogancia y un engreimiento que me hacen querer derribarlo de un puñetazo.

—¿Qué demonios estás haciendo aquí?

—He venido a verte.

¿A mí?

—¿Por qué?

—¿No me vas a invitar a entrar?

—No. Te voy a decir que te vayas a la mierda.

—Y todo el mundo dice que los ingleses son muy educados… —Da un paso para entrar y, a pesar de que no me hace gracia, se lo permito.

Pero ¿qué coño…?

Se queda en el pasillo y se vuelve para mirarme.

—¿Dónde está tu esposa? La mujer que debería ser mi esposa… ¿Ya se ha hartado de todo este esnobismo de clase alta y te ha dejado?

—¿Quieres decir la mujer a la que maltrataste, secuestraste y te llevaste a la fuerza a la otra punta de Europa?

Alessia aparece en el pasillo y palidece al ver al Cabrón.

—La saqué del país de una pieza. Y ahora ha vuelto de forma legal. Os hice a los dos un favor —gruñe Anatoli, con la mirada dura como el pedernal.

A natoli —balbucea Alessia—. ¿Qué haces aquí?

La expresión de Anatoli cambia y sus pálidos ojos azules la estudian, cautos.

—Estoy aquí por negocios —responde en su idioma—. Me alegro de verte, *carissima*. Te veo bien. Tu padre dice que apareció en su casa un periodista. Lo echó. La prensa de aquí no te acepta, como yo te dije. Los ingleses son terriblemente arrogantes. Dicen que tu matrimonio no es legal.

—¡Pero nosotros sabemos que eso no es cierto! —exclama Alessia.

Anatoli hace una mueca.

—Jak también me ha dicho que no estás embarazada. Mientes muy bien.

Alessia se ruboriza.

—¿Te cuida bien el inglés? —pregunta en voz más baja.

—¡Ya basta! —grita Maxim—. Hablad en mi idioma o te echo ahora mismo. —Maxim atraviesa a Alessia con la mirada, como si fuera culpa suya que Anatoli estuviera allí plantado en el pasillo.

Alessia frunce el ceño y se coloca al lado de Maxim. Él la rodea con el brazo y la acerca a su cuerpo.

—No te alteres, inglés. He venido a verte a ti.

—¿A mí? ¿Qué coño quieres de mí? ¿Y por qué iba a querer verte yo a ti?

—Pero qué lenguaje… Y viniendo de un aristócrata.

Maxim se pone tenso y Alessia tiene miedo de que explote y pegue a Anatoli, como la vez anterior, así que le agarra de la camisa.

—¿Por qué estás aquí? —interviene.

—Tu padre me ha enviado.

—¿*Baba*? ¿Por qué?

—Ya te lo he dicho. Tengo un mensaje para el inglés.

—¿Y mi querido suegro no puede enviarme ese mensaje a través de su hija? —protesta Maxim.

—Jak no domina tu idioma. Pero yo sí. —La sonrisa de suficiencia de Anatoli es irritante y el tono de burla, inconfundible—. Y, además, es privado. Solo para ti. No para su amada hija.

Maxim frunce el ceño.

—Apareces aquí a una hora intempestiva, entras en mi casa sin invitación y te pones a charlar con mi mujer tranquilamente. ¿Qué es lo que pretendes?

—Necesito hablar contigo. Es cosa de hombres. Solo de hombres. —Anatoli mira directamente a Alessia.

—Yo no me voy a ninguna parte —exclama ella—. Si tienes algo que decirle a mi marido, lo puedes hacer delante de mí. Ya no estamos en Kukës.

—No, *carissima*. Esto es solo para los oídos de tu marido.

Alessia me mira, desconcertada. Es obvio que no tiene ni idea de por qué ha aparecido el Cabrón en nuestra puerta. Exhalo despacio.

—Se llama Alessia. O lady Trevethick para ti. Venga, di lo que tengas que decir para que puedas largarte. —Lo observo con una sonrisa heladora y arrogante y Anatoli entorna los ojos.

—¿Podemos ir a algún sitio más privado?

Joder.

—La verdad es que no. A no ser que quieras salir afuera. Esta es la casa de Alessia también.

—Maxim, ¿por qué no vais al salón y yo te llevo otra copa de vino?

—¡Eso es! —Anatoli sonríe—. Alessia, eres albanesa hasta la médula —dice y su cara se ilumina. Sigue enamorado de mi mujer.

Es enfermizo.

—No. Cabrón, no eres bienvenido en esta casa. Te llevaste a Alessia contra su voluntad. La amenazaste y la maltrataste. Y tienes las agallas de aparecer aquí otra vez y esperar que te invitemos a pasar…

—Soy socio del padre de lady Trevethick. Y él me ha dado un mensaje para ti, capullo.

Cuando ve cómo se miran los dos hombres, Alessia siente la tentación de interponerse entre ellos.

—Acabemos con esto en la calle —propone Maxim con los dientes apretados.

Alessia lo mira con los ojos muy abiertos y cara de pánico. Él le devuelve la mirada con una sonrisa tranquilizadora y se centra otra vez en Anatoli.

La mirada heladora del Cabrón no me intimida.

—¿Vas armado? —le pregunta Alessia de repente. Las palabras han salido de su boca sin pensar, con un tono de angustia y ansiedad.

Pero ¿qué coño…?

Él niega con la cabeza.

—Esta vez no. —Sonríe con esa sonrisa torcida—. He venido en avión. Muy bien, inglés, lo haremos a tu manera.

No quiero ni pensar en las implicaciones de la pregunta de Alessia. No me extraña que no le resultara difícil llevársela entonces; ese monstruo iba armado, joder. Lo miro con el ceño fruncido, intentando controlar mi ira. Trajo una puta arma a mi casa para amenazar con ella a mi mujer.

O a mí.

Así es como consiguió llevársela.

Puto monstruo.

—¿Vamos, inglés? —insiste.

Me hierve la sangre, pero cojo la chaqueta y salgo, sin molestarme en esperarlo. No cojo el ascensor, sino que bajo las escaleras a toda velocidad, impulsado por la furia, y llego en un abrir y cerrar de ojos al pequeño vestíbulo de la planta baja.

Vamos a hacer esto y así se irá.

Para siempre. Espero.

Él me sigue por las escaleras y veo que no se esperaba que las bajara tan rápido, porque cuando llega abajo está bastante ahogado.

Es enormemente satisfactorio.

Ese puto cabrón trajo un arma a mi casa.

—Aquí —grita cuando llega al vestíbulo, antes de que yo salga del edificio—. Hay luz.

Me detengo, él saca un recorte de periódico del bolsillo interior del abrigo y me lo da. Es de un periódico albanés, así que no entiendo el titular, pero hay unas fotografías borrosas de dos hombres.

Se me eriza el vello de la nuca al reconocerlos.

¡Esos hijos de puta!

Los traficantes.

Entonces miro a Anatoli.

—¿Son ellos? —pregunta.

Asiento.

—¿Por qué?

No dice nada, solo saca otro recorte de periódico. Es la fotografía de Charlotte besándome.

Oh, mierda.

—¿Esto ha llegado a Albania?

—Sí. Y salió en los periódicos. Jak cree que deberías ser más discreto con tus aventuras.

—¡Oye! —Levanto una mano—. Esto no es lo que parece.

—Ah, ¿no?

—No. Y, para que conste, no tengo ninguna aventura. Además, eso no es asunto de Jak, ni tampoco tuyo, joder.

—¿Alessia lo ha visto?

—Claro que sí. Estaba allí.

—Oh. —Parece hundido, tanto que una nanopartícula de mí siente pena por él. Todavía tiene profundos sentimientos por mi mujer. La quiere. A su manera.

Qué idiota.

—Ya sabes que si te cargas lo que hay entre ella y tú... yo seguiré ahí. Esperando —dice con voz grave—. Es obvio que la prensa amarilla de aquí no aprueba lo vuestro. Se ve arrogancia y desdén en todo lo que escriben sobre ella. Pero yo estaré allí, en su país, donde sí la quieren todos. Y yo también.

—No, no la quieres. Y mantente alejado de mi mujer. Si no la hubieras maltratado, tal vez ahora estaría contigo. Pero lo hiciste. Fuiste tú el que la cagó. Y ahora ella es mía. En todos los sentidos. A mí no me importa una mierda la prensa. Así que deja a Alessia en paz de una vez. Ya sabes dónde está la puerta.

Y, sin volver a mirarlo, subo corriendo las escaleras. Cuando llego arriba ya he quemado suficiente energía para tranquilizarme un poco.

Alessia sigue en el pasillo.

—¿Dónde está? ¿Qué quería? —pregunta.

—Nada importante.

Ella pone los brazos en jarras.

—Maxim, cuéntamelo.

Y de repente quiero echarme a reír. Ella se va a escondidas a conocer a su tío sin decirme nada y ahora me exige respuestas.

—¿De verdad quieres saberlo?

—Sí. ¿Y por qué sonríes?

—Porque tú me haces sonreír.

—¡Cuéntamelo!

—Tu padre quiere que sea discreto con mis amantes.

Alessia se queda pálida y me mira con la boca abierta, como si acabara de darle una bofetada.

Mierda, ¡era una broma!

—Oye, no es más que una tontería. Anatoli traía un recorte de un periódico de Albania en el que sale la foto con Charlotte.

—De repente tengo un momento de inspiración. Extiendo la mano y cojo la de Alessia—. Ven, quiero enseñarte algo.

La llevo al salón, me siento en mi mesa y coloco a Alessia en mi regazo. Cojo el ratón del iMac y saco el ordenador de la hibernación. Encuentro en Instagram el *reel* de Grisha Egonov en el que Alessia toca el piano.

—Mira —digo, activo el sonido y me pongo a escuchar la exquisita interpretación de Bach que hace mi esposa. Ella se retuerce en mi regazo; no está acostumbrada a verse—. Está bien, no te preocupes —susurro.

A lessia ve el vídeo y se fija en sus dedos y en el sonido del piano. Está bien. El tono es sutil, pero alegre. Cuando termina la pieza, el público estalla en aplausos. Maxim para el vídeo.

—¿Lo ves? —dice. Con el cursor rodea unas figuras difusas que hay al fondo y después vuelve a pulsar el play. Alessia nota tensión en la cabeza. Ahí está Maxim, apartándose de Charlotte cuando ella lo besa: gira la cara, la agarra de las manos y la separa con cuidado de él.

Él quiso detenerla.

Alessia lo mira.

—Te besó ella.

—Te lo dije. Fue ella la que me besó a mí.

—Te creí.

—Ah, ¿sí? —pregunta con los ojos entornados y una sonrisa burlona.

Alessia ríe y le rodea el cuello con los brazos.

—Sí y mil veces sí. Claro que te creí.

—Y así debe ser. ¿Te apetece Netflix y mantita? —pregunta y le da un beso, con las manos enterradas en su pelo y la lengua invadiendo su boca, que la deja sin aliento y hace que su corazón se ponga a bailar.

26

—La reunión ha estado bien. Empieza a cogerle el truco, Maxim. —Oliver esboza una sonrisa benevolente mientras recoge sus cosas, así que no creo que esté siendo sarcástico, solo sincero. Es aleccionador y reconfortante a la vez.

Acabamos de hablar con los administradores de los departamentos de las propiedades residenciales y comerciales, y me complace que todo vaya bien, aunque están mirando con lupa el sector del comercio —las compras por internet tienen mucha culpa— y estamos perdiendo clientes en alquileres de locales.

—Creo que ha ido bien. De hecho, creo que ha ido tan bien que a lo mejor doy por terminado el día ya y vuelvo a casa dando un paseo.

—Buen plan. Se va a Cornualles, ¿no es así?

—Con la esperanza de despistar a la prensa.

—Buena suerte con eso.

—Que tengas un buen fin de semana. Y gracias, Oliver. Por todo.

—Me limito a hacer mi trabajo, milord. Que tenga un buen fin de semana.

Sale del despacho, y recuerdo cuando pensaba que pasaba de mí. Pues me equivocaba. Es muy valioso para mí y para la sociedad patrimonial.

Bajo los escalones con paso vivo para salir a una fresca tarde de marzo. He decidido volver a casa andando porque tengo tiempo de sobra y quiero estirar las piernas. Solo he conseguido salir a correr dos veces esta semana y he decidido poner remedio a esto en Cornualles.

Alessia termina hoy su curso y me comentó que saldría después a tomarse algo con sus compañeras de clase. Me tienta la idea de reunirme con ella, pero no me han invitado y esta noche tengo que conducir.

Colega, déjala tranquila.

Mientras atravieso Berkeley Square, experimento un inquietante hormigueo en la columna y me veo mirando hacia atrás.

¿Me están siguiendo?

¿Periodistas? ¿Paparazzi?

No veo a nadie sospechoso, pero aprieto el paso.

Colega, contrólate.

Acelero el paso y casi paro un taxi, pero necesito el ejercicio.

La extraña sensación me persigue hasta Chelsea Embankment, y es un alivio ver que no hay prensa en mi bloque cuando llego. Atravieso las puertas y subo corriendo la escalera, agradecido de estar en casa.

Alessia está sentada con Tabitha y otras dos compañeras del curso en la barra del Gore, bebiendo champán. El ambiente es festivo por la celebración.

—Creo que mi padre verá que mis modales han mejorado muchísimo. Se sentirá complacido. Espero —ronronea Tabitha—. Quiere casarme lo antes posible, como a mis hermanas. Cualquiera diría que no estamos en el siglo XXI. ¿Tu marido te mandó al curso?

Alessia sonríe.

—No, fue decisión mía. Y estoy agradecida. He aprendido muchísimo. Y debes venir al primer banquete que celebremos.

—¿Con juglares y todo? ¡Allí estaré!

Alessia se echa a reír.

—No sé si habrá juglares, pero Maxim tiene guitarras, aunque nunca lo he oído tocar. Pronto nos mudamos a un sitio nuevo. Espero recibir invitados allí.

—¡Oh! Una fiesta de bienvenida. Eso sería estupendo. ¿Cuándo y adónde os mudáis? Cuéntamelo todo.

Estoy a punto de meterme en la ducha cuando llaman al telefonillo.

Y ahora ¿qué?

Que no sea un periodista.

En el vestíbulo, respondo.

—¿Sí?

—Hola. Alessia. Por favor —murmura una voz femenina, aguda y titubeante.

—¿Quién es?

—Amiga. Amiga Alessia. Por favor.

La queda desesperación de su voz me eriza el vello de la nuca. El inglés no es su lengua materna.

—Sexta planta. Usa el ascensor. —Le abro la puerta de la calle.

A ver quién es.

Tabitha abraza a Alessia.

—Ha sido un placer conocerte estos días —dice entusiasmada—. Por favor, por favor, no perdamos el contacto.

Alessia le devuelve el abrazo.

—No lo haré. Y sí, ha sido bonito. Creo que he hecho una amiga.

—Y ahora las dos sabemos cómo sentarnos como es debido. La postura es importante —replica Tabitha, imitando a su tutora, y Alessia se echa a reír.

423

—Y ya sé la diferencia entre un tenedor de ensalada y uno para cenar. Ahora mi vida está…, hum…, completa.

Tabitha sonríe.

—Tengo que irme. Maxim estará esperando.

—No te quedes en Cornualles para siempre. Por favor, mantén el contacto.

—Lo haré. Adiós.

Alessia se despide con apretones de manos de sus otras compañeras de clase y sale por la puerta. En la calle para un taxi y le da la dirección al taxista.

Abro la puerta del apartamento y espero a que llegue el ascensor. Cuando lo hace, una muchacha menuda sale al descansillo. Tiene una melena larga y oscura, y unos ojos oscuros que me miran con recelo, y sospecho que han visto demasiado del mundo.

—Hola —la saludo con tiento—, ¿puedo ayudarte?

—¿Alessia? —Le falta el aliento. ¿Por los nervios? No lo sé. Es bonita, pero no llamativa, y parece muy incómoda con esa ropa que no combina, sin acercarse a mí, y reconozco la reticencia que tenía Alessia conmigo…, con los hombres.

Dios, ¿de dónde ha salido esa idea?

—No está aquí, pero viene de camino.

Frunce el ceño, y me hago a un lado antes de señalar el interior del apartamento.

—Puedes esperar aquí. ¿Cómo te llamas?

—¿Yo? —pregunta.

—Sí. Tu nombre. Yo soy Maxim. —Me llevo una mano al pecho.

—Bleriana —dice.

—¡Bleriana! —exclamo con una sonrisa—. Alessia te ha estado buscando. Entra.

Aprieta las manos como si se estuviera preparando y me

mira con esos ojos oscuros, rebosantes de secretos horrorosos tras su brillo.

Joder.

La miro con una sonrisa tranquilizadora porque no sé qué otra cosa hacer mientras ella decide si entra o no, si confía en mí o no. Se humedece los labios con gesto nervioso, y al final gana la curiosidad o la desesperación, porque pasa junto a mí y entra en el apartamento. Me quedo lejos de ella, sin querer asustarla de ninguna manera, y cierro la puerta. En el pasillo saco el móvil y llamo a Alessia. El móvil le suena un montón de veces antes de que salte el buzón de voz.

Mierda.

Le mando un mensaje bajo la atenta mirada de Bleriana.

> Tengo una sorpresa para ti.
> Vuelve a casa.
> Mx
> PD: Es una sorpresa de las buenas.

—Creo que Alessia ya viene de camino. No debería tardar mucho.

Bleriana me mira con ojos atormentados, un poco como mi mujer miraba antes.

¿Qué ha sufrido esta muchacha?

Asiente con la cabeza y después la menea, negando.

—Vale. ¿Quieres beber algo? —Hago el gesto de beber con la mano.

—No. Gracias. —Habla en voz baja, titubeante, y tiene los brazos cruzados por delante del pecho… Sospecho que intenta parecer todavía más pequeña. Trata de hacerse invisible.

Ay, cariño. Te veo.

—Ven, puedes esperar aquí. —Recorro el pasillo con la esperanza de que me siga, algo que hace, y le indico la sala de estar—. Siéntate.

Bleriana se sienta en el borde del sofá, nerviosa y asustada, proyectando una tensión que ni alcanzo a imaginarme. Se aferra las manos en el regazo mientras sus ojos desorbitados lo miran todo, escudriñando su alrededor. Me pregunto si busca una vía de escape.

Me quedo de pie en la puerta, preguntándome qué coño decir o hacer.

—Esto..., ¿tienes hambre? —Hago el gesto de comer con las manos.

Ella frunce el ceño y asiente con la cabeza antes de negar.

Pues claro: es albanesa.

—Sí. ¿No?

—No.

Miro el reloj.

—Alessia. Pronto aquí.

El taxi se detiene delante del bloque y Alessia se baja y paga al taxista. En el vestíbulo tiene que esperar el ascensor, y Alessia sospecha que la señora Beckstrom ha vuelto de pasear a Heracles por el tiempo que tarda en bajar de la última planta. Mientras espera, se saca el móvil del bolso. Tiene una llamada perdida y un mensaje de Maxim.

¿Una sorpresa?

Alessia contiene una sonrisa, intrigada, cuando por fin entra en el ascensor. Se muere por ir a Tresyllian Hall. A lo mejor la sorpresa tiene algo que ver con Cornualles.

Abre la puerta de la casa y ve a Maxim al final del pasillo, con los pantalones del traje y una camisa blanca. Tiene el pelo alborotado y los ojos verdes, brillantes, y sonríe, aliviado al verla.

—Ya estás aquí. ¡Ha venido una amiga! —exclama.

—¡Alessia! —Su nombre resuena con mucha esperanza por el pasillo y una muchacha aparece en la puerta de la sala de estar. Se miran boquiabiertas, sin creer del todo lo que ven sus ojos.

¡*Bleriana!*

—*O Zot! O Zot! O Zot!*

Un sinfín de emociones le brota en el pecho y le sube por la garganta, y Alessia corre por el pasillo para estrechar a Bleriana entre sus brazos.

—Estás aquí. ¿Cómo es que estás aquí? ¿Estás bien? ¿Escapaste?

Bleriana empieza a llorar, y las lágrimas de Alessia se abren paso entre la esperanza, la alegría y la incredulidad que tiene atascadas en la garganta mientras se abrazan y sollozan juntas.

J*oder. Mujeres llorando.* Mujeres llorando que hablan a toda velocidad en furioso albanés.

Su emotivo reencuentro me deja sin aliento un momento.

Alessia me mira con la cara bañada por las lágrimas.

—¿Cómo?

Meneo la cabeza.

—No lo sé. Me ha encontrado ella. Creo que me ha seguido desde el trabajo. Pregúntale.

Alessia le pregunta a Bleriana, que vuelve la cara llorosa, pero también más esperanzada, para mirarme al contestar.

—Sí, te siguió —confirma Alessia.

—Me dio la impresión de que me seguían. Oye, tengo que ducharme. Vuelvo dentro de unos minutos. Os dejo para que habléis tranquilas.

Alessia extiende un brazo y me coge la mano.

—Gracias —murmura.

—Aunque me encantaría anotarme el tanto, no es cosa mía. Nos ha encontrado ella.

Alessia mira de nuevo a Bleriana.

—Dime, ¿cómo nos has encontrado? Te hemos estado buscando. ¿Escapaste? —Le coge una mano a Bleriana y se sientan en el sofá, con las manos fuertemente entrelazadas.

—Me atraparon. —Bleriana susurra la palabra como si estuviera confesando un pecado capital, y con un miedo y un espanto tan profundos que a Alessia se le revuelve el estómago y siente la bilis en la garganta.

Rodea con los brazos a Bleriana y la estrecha como si no fuera a soltarla jamás.

—Ahora estás aquí. Estás a salvo.

Bleriana solloza —se rompe una presa en su interior— y se aferra a Alessia como si fuera un salvavidas en mitad de un mar de espantos, horrores y abusos terribles. Alessia la acuna con suavidad, tal como Maxim hizo con ella, y las dos lloran a lágrima viva. Y lloran un poco más. Y más todavía.

—Estás a salvo. Estoy aquí, contigo —repite Alessia una y otra vez en voz baja, reconfortando tanto a Bleriana como a sí misma.

Podría haber sido yo.

Al cabo de un rato, Bleriana se tranquiliza y se limpia la nariz y los ojos con el pañuelo que Alessia le da.

—Si quieres contármelo, aquí me tienes. Te escucharé.

A Bleriana le tiembla el labio inferior y cuenta la historia con voz lenta y entrecortada mientras Alessia la escucha y muere un poquito por dentro.

Desde la seguridad de la puerta, las observo hablar en voz baja, aunque con intensidad. No entiendo lo que dicen, pero la sosegada compasión que siente Alessia por la afligida muchacha es evidente en todo su cuerpo. Su forma de sujetarle las manos con ternura y de acariciarle la espalda con la preocupación reflejada en esos cálidos ojos. Está totalmente concentrada en Bleriana, en nada más.

Es… conmovedor.

Sin importar lo que Bleriana le está contando, es perturbador para las dos. Me doy media vuelta, porque duele demasiado verlo, y mi truculenta imaginación se desboca.

Joder. Joder. Joder.

¿Cómo nos has encontrado? —pregunta Alessia—. Tenemos a hombres buscándote.

—Nos… rescataron. La policía inglesa. Me alojo con una familia inglesa en una casa segura. Es parte de una organización benéfica. Son amables. Y debo esperar para saber si me puedo quedar en Inglaterra. La cosa es que vi los periódicos. Y te reconocí.

—¡Ah! —Y por un brevísimo instante Alessia perdona a la prensa británica por acosarlos a su marido y a ella.

—La hija de la familia que me acoge. Se llama Monifa, es muy amable. Entró en internet. Y encontramos a tu marido y dónde trabajaba. Y hoy vine a Londres para encontrarte.

—Y lo has conseguido. —Alessia sonríe de oreja a oreja, y la sonrisa de Bleriana es igual de radiante, aunque tenga la cara bañada por las lágrimas.

—Bueno, cuéntame: Alessia, lady Trevethick. ¿Cómo te ha pasado esto? —Los ojos de Bleriana cobran vida con su curiosidad, con la tristeza oculta momentáneamente por la alegría que le causa la felicidad de su amiga.

—Es una larga historia.

Vuelvo a la puerta cuando oigo risas. Bajo el atento y calmado cuidado de Alessia, Bleriana se ha relajado y ya no parece la muchacha afligida a la que le abrí la puerta. Se le ha suavizado el semblante y se atisba a la chica bonita que es, pese a los horrores inimaginables que ha pasado.

Solo espero que no reavive el trauma de Alessia, ni sus pesadillas. No la quiero de vuelta en ese terrible mundo. Pero aquí estamos.

¿Qué hago?

Y de repente caigo en que esto era lo normal en mí.

Así me sentía a todas horas: inútil.

Solo desde que conocí a Alessia me siento digno y con un propósito.

Joder. Aparto la idea porque es un poco inquietante.

No va a haber manera de que nos vayamos a Tresyllian Hall esta noche, así que me dirijo a la cocina y llamo a Danny para decírselo.

—Oh, milord. Es una pena. Estamos ansiosos por verlo y por conocer a nuestra nueva condesa.

—Iremos mañana. Ha surgido algo. Te mantendré informada.

—Muy bien, Maxim.

A continuación, llamo a Tom y le digo que cancele la búsqueda de Bleriana.

—Ha aparecido en mi casa.

—Uf, Trevethick. ¡Qué casualidad!

—Lo sé.

Cuando cuelgo, regreso a la sala de estar.

—Chicas, ¿os apetece comer?

Alessia se pone en pie de un salto.

—¡Maxim! Lo siento. El tiempo ha volado.

—Tranquila, habla con tu amiga. Pediré comida a domicilio.

—No. No. Cocino yo. ¿No vamos a Cornualles esta noche?

—Iremos mañana.

Alessia se vuelve hacia Bleriana.

—¿Puedes quedarte? ¿Tienes hambre?

El asomo de sonrisa de Bleriana indica que sí.

Alessia prepara en poco tiempo unas costillas de cordero con aceite de oliva, ajo y romero para hacerlas a la plancha. Después empieza a preparar una ensalada con queso feta, cebollas, tomates y varios tipos de lechuga de una bolsa. Bleriana la ayuda a cortar las cebollas y los tomates. Maxim abre una botella de vino tinto para los tres.

—Alessia, pregúntale a Bleriana dónde vive —dice Maxim mientras sirve el vino.

—En Reading —contesta Bleriana a la pregunta de Alessia.

—¿Puede quedarse aquí hoy? —quiere saber Alessia.

—Cariño, no necesitas pedirme permiso. También es tu casa, y ella es tu amiga.

—Quería asegurarme de que no te molesta.

—¿Por qué iba a hacerlo? —Maxim frunce el ceño—. Pero yo preguntaría si a Bleriana le va bien. ¿Tiene que volver a Reading por las noches? ¿Tiene que decirle a alguien dónde está?

—Bien pensado. —Alessia sonríe a su marido.

Es tan capaz.

Y hace las preguntas adecuadas.

Alessia le pregunta a Bleriana, que le dice que puede quedarse a pasar la noche, pero que tiene que llamar a la familia con la que vive para comunicárselo.

—Tengo un teléfono. Se preocuparán si no los llamo. Lo hago ahora.

Sale al pasillo para hacer la llamada, dejando por primera vez solos a Alessia y a Maxim desde que llegó. Maxim rodea a Alessia con los brazos y le acaricia detrás de la oreja con la nariz.

—¿Puedo decirte lo mucho que te quiero? —susurra él.

Siente los labios pegados a su piel y las dulces palabras contra su oreja le provocan un escalofrío en la espalda.

—Soy muy afortunado por tenerte.

Le besa el lóbulo de la oreja y después le da un mordisco,

sorprendiendo a Alessia, que chilla. Ella se vuelve entre sus brazos.

—Yo soy afortunada por tenerte a ti. Gracias por ser tan comprensivo con lo de Bleriana. —Se pone de puntillas y lo besa.

—¿Por qué no iba a serlo? Ha pasado un infierno. Si vive en Reading, podemos llevarla de vuelta de camino a Cornualles.

—Vale. —Alessia quiere preguntar si Bleriana puede irse con ellos a Cornualles, pero esperará a que sea el momento adecuado.

B leriana está bien en el dormitorio de invitados? —pregunto cuando Alessia por fin se mete en la cama.

—Está bien ahora que tiene el pequeño dragón. —Alessia se acurruca contra mí y me desliza una mano por el torso y el abdomen hasta dejarla justo encima de la cinturilla del pantalón del pijama—. Estás vestido —susurra mientras me acaricia con los dedos el vello púbico, despertando mi polla.

—Pues sí. Tenemos una invitada. No quiero asustarla por la noche.

Aparta la mano, para mi desilusión, y la sube por mi cuerpo hasta la barbilla antes de tomarme la cara. Se inclina sobre mí y susurra:

—Gracias. —Y me da un beso dulce y rápido.

—Ah, no. Quiero mucho más que eso. —La estrecho entre mis brazos y giro sobre el colchón de modo que la tengo debajo de mí, con el pelo oscuro extendido sobre la almohada, sus ojos mirándome y su cuerpo acunando el mío.

Me detengo para admirarla.

Sin embargo, hay algo que no va bien.

—Gracias —repite, pero esta vez con una ronca súplica que me deja helado. Me toma la cara con las manos y se le llenan los ojos de lágrimas.

Se me atasca el aire en la garganta.

Oh, Dios.

No.

Su queda petición casi me destroza y apaga mi deseo. La estrecho entre mis brazos y ruedo de nuevo en el colchón, pegándola con fuerza a mi cuerpo.

Podría haber sido ella.

Eso es lo que está pensando.

Podría haber sido ella.

Pero escapó.

Mi chica. Mi esposa. Mi esposa, tan dulce.

Se le escapa un sollozo y empieza a llorar, y la abrazo mientras ella llora por su querida y joven amiga, y tal vez por ella misma y por todo lo que también ha tenido que soportar.

Le beso el pelo y susurro:

—Estoy aquí. Suéltalo todo. Estás aquí. Estás a salvo. —Mientras tanto, las lágrimas me provocan un enorme nudo en la garganta.

27

Cuando me despierto, Alessia está pegada a mí, su trasero contra mi ingle mientras hacemos la cuchara. La rodeo con los brazos, y su delicioso e incitante olor me inunda la nariz.

Mi polla, que no se salió con la suya anoche por compasión, tiene ganas de marcha. Sin abrir los ojos, la beso en el pelo.

—Buenos días, amor mío —susurro y oigo un grito ahogado que no procede de mi mujer.

¡Qué coño!

Abro los ojos, levanto la cabeza y veo a Bleriana, que me mira con los ojos como platos y las mejillas coloradas, tumbada junto mi esposa, al otro lado de la enorme cama.

Me quedo de piedra un segundo.

A ver, no sería la primera vez que me despierto con más de una mujer en la cama, pero nunca en esta situación.

—Buenos días —digo, porque no se me ocurre otra cosa, y soy consciente del lento rubor que me sube por las mejillas mientras se me corta el rollo.

Alessia se retuerce al despertarse a mi lado, rozándome la polla y reviviéndola al instante. Extiende un brazo y le pone una mano a Bleriana en la mejilla.

¡Un momento! Y yo ¿qué?

Buenos días, ¿has dormido bien? —pregunta Alessia en voz baja y cálida.

Bleriana parpadea un par de veces.

—Sí, muy bien. Tu marido está despierto. ¿Está enfadado?

Alessia sonríe.

—No, ¿por qué iba a estarlo? —Y, con una sonrisilla torcida, añade—: Creo que ya se ha despertado antes con más de una mujer en la cama.

Bleriana ahoga un grito una vez más, escandalizada, pero también encantada por la sinceridad de su amiga, antes de soltar una carcajada; y Alessia también se echa a reír.

—No debería habértelo dicho. Menos mal que no entiende albanés. —Alessia se vuelve hacia su marido.

Mi mujer está medio dormida, risueña, con el pelo alborotado y guapísima a rabiar.

—Buenos días, lady Trevethick. ¿Hay algo que quiera decirme? Parece que se nos ha unido un polizón durante la noche.

Los ojos de Alessia brillan con una expresión traviesa y también por el amor, y es un alivio ver que la angustia de la noche anterior parece un lejano recuerdo. Tiene los ojos negros clavados en mí, y solo veo en ellos adoración…, y la deseo. En todos los sentidos, incluso con nuestra espectadora aquí presente.

Claro que no puedo follármela ahora mismo —aunque me gustaría—, por… Bleriana.

—Espero que no te importe. A Bleriana le entró miedo de noche. Vino aquí. Yo le hice hueco y no te despertamos. Hay más sitio en esta cama que en el dormitorio de invitados; aunque lo más importante de todo es que tú estás aquí, protegiéndonos de los malos sueños.

—Creía que eso lo hacía el pequeño dragón.

—Lo hace. Pero tú también. Siempre lo haces. —Me acaricia una mejilla, rozándome la barba con los dedos, y el contacto de su piel contra la mía y sus dulces palabras me la ponen dura.

—Oh, Alessia —susurro antes de darle un ligero beso en los labios, aunque quiero hacer mucho más.

¡Joder con la cortarrollos!

Para hacerle ver mi necesidad, muevo la cadera hacia delante, empujándola con mi erección.

—Saldría de la cama, pero se me va a ver el plumero.

—¡Maxim!

Sonrío y le doy un rápido beso en la frente.

—Esto me llevará un momento.

—Iremos a hacer café. —Alessia sonríe, se da la vuelta y hace salir a Bleriana de la cama.

Hace que te levantes todos los días para preparar café? —pregunta Bleriana cuando están en la cocina, y su desaprobación es evidente por cómo frunce el ceño.

Alessia se echa a reír.

—No. Él prepara café e incluso el desayuno algunas veces, pero me gusta hacer esto por él. Es un buen hombre. Lo quiero muchísimo.

—Me doy cuenta. Tienes suerte.

—Pues sí. —Alessia sonríe de oreja a oreja.

Después de ducharse Alessia se pone unos vaqueros y un jersey mientras Bleriana se ducha en el dormitorio de invitados.

Maxim ya está duchado, vestido y sentado delante de su ordenador en la sala de estar cuando Alessia lo interrumpe.

—Milord, tengo una petición.

Él aparta la mirada de la pantalla.

—¿Por qué estás tan lejos? —Extiende los brazos, tira de ella y la sienta en su regazo—. ¿Qué pasa, milady? —Le acaricia la oreja con la nariz—. Y si lo que quieres es que Bleriana se venga con nosotros a Cornualles, preferiría que no lo hiciera.

—Oh. —Alessia se deja caer contra él, decepcionada.

—Cariño, no es lo que crees —se apresura a decir Maxim—. Cuando Leticia llamó a principios de semana, dijo que el Ministerio del Interior podría negarte un visado de reunificación familiar si descubren que estabas en el país ilegalmente. Los traficantes de personas te trajeron con Bleriana, y la policía la conoce. —Arruga el ceño—. Me preocupa que alguien establezca una conexión entre vosotras, y si la prensa se entera...

—Oh. —Alessia se queda blanca.

—Eso mismo. Pero sugiero que le pidamos a Leticia que acelere lo que sea que esté sucediendo con la petición de asilo de Bleriana. Es su especialidad, y Bleriana puede que obtenga un visado antes que tú.

—Vale —dice Alessia, pero sigue sin gustarle demasiado los tratos de Maxim con Ticia.

¡Alessia! Ticia es una experta.

Maxim sonríe.

—Le mandaré un mensaje de correo electrónico ahora mismo. Y, cuando todo se solucione, Bleriana puede venir a Cornualles cuando quiera. Aunque preferiría que durmiera en su propia cama.

—Está..., hum..., trauma..., traumatizada —dice Alessia en voz baja.

—Lo sé. —Le coloca un mechón de pelo detrás de la oreja—. Pero no es apropiado. —Maxim se encoge de hombros con una sonrisa avergonzada.

Alessia asiente con la cabeza. *Si el personal de servicio se entera, pensará lo peor.*

—Es muy joven —dice él—. ¿Quiere regresar a Albania?

—No. Le darán la espalda. El estigma… —Alessia deja la frase en el aire.

—Uf. Es horrible. ¿Sus padres?

Alessia menea la cabeza en respuesta a su pregunta implícita.

—Muy bien. Pues llevémosla a Reading y pongámosla en contacto con Leticia.

Bleriana está callada. Se sienta con Alessia en la parte trasera del coche más amplio de Maxim, el Discovery. Van cogidas de la mano y hablan de vez en cuando de cualquier cosa, pero Alessia se da cuenta de la creciente ansiedad de su amiga conforme se acercan a su destino. Maxim, siguiendo la ruta del navegador, sale de la autopista para dirigirse al centro de Reading.

—Me gustaría ir contigo —dice Bleriana en voz baja.

—Lo sé. —Alessia le da un apretón en la mano y mira a Maxim. Sus ojos se encuentran a través del retrovisor, y se pregunta si podría insistir para hacerlo cambiar de opinión.

—Tengo que estar aquí por las reuniones —añade Bleriana.

—¿De verdad? —Esa noticia consuela un poco a Alessia—. ¿Reuniones?

—Sí. Un terapeuta. Y un trabajador social.

Bleriana no puede venir a Cornualles.

—Entiendo. Me alegro de que te esté tratando un terapeuta.

—¿Cuándo te veré de nuevo?

—Pronto. Te lo prometo. Tienes mi móvil. Llámame. En cualquier momento.

Paramos delante de una modesta casa adosada en las calles secundarias cerca de la estación de tren de Reading. Me bajo del coche y me reúno con Bleriana y Alessia en el corto camino de entrada. La puerta principal se abre y sale una mujer de mediana edad. Tiene una cara amable y agradable, y sus dientes deslumbran en contraste con su oscura piel cuando sonríe.

—Bleriana, bienvenida.

Un hombre muy blanco, robusto y calvo, de cincuenta y pocos años, aparece tras ella, con una camiseta del Reading FC y unos vaqueros. Su sonrisa es tan cálida y amistosa como la de su mujer. En fin, supongo que están casados y que son los padres de acogida de Bleriana. Alessia se presenta como Alessia Trevelyan y a mí como su marido. Me gusta que no haga ostentación de su título. A veces, no es lo apropiado.

Y ella lo entiende.

Los Evans parecen personas muy agradables, pero cuando nos invitan a tomar el té, lo rechazo con educación. Quiero ponerme en marcha.

Bleriana se da media vuelta, abraza a Alessia y susurra una despedida entre lágrimas en albanés antes de despedirse de mí con un gesto de la cabeza desde una distancia segura.

—Vamos. —Le tiendo una mano a mi mujer y regresamos al coche.

Desde el asiento del acompañante, Alessia se despide de ellos con la mano, con los ojos brillantes, y sé que está a punto de llorar. Arranco el Discovery y avanzo por la calle antes de cogerle una mano.

—No le va a pasar nada. Parecen buenas personas.

—Lo son. Bleriana está abrumada por su amabilidad.

—La verás pronto.

Alessia asiente con la cabeza y clava la mirada por la ventanilla.

—¿Te importa que ponga música? —le pregunto.

—No.

—¿Alguna petición?

Clava sus ojos oscuros y tristes en mí mientras niega con la cabeza.

—Ay, nena. ¿Quieres que dé media vuelta y la recoja?

—No. No. No podemos hacer eso. Tiene que ver a su trabajadora social y a su terapeuta.

Suelto el aire. Aliviado.

—Me alegro de que tenga apoyo. Va a estar bien. Es como tú. Autosuficiente. Vino a buscarte a través de mí. Eso fue muy valiente por su parte.

Alessia me mira con una sonrisilla. Y me tienta la idea de recordarle que estaba llorando la última vez que nos fuimos a Cornualles, pero decido no hacerlo. En cambio, sintonizo la BBC Radio 6 y dejo que la música se apodere de mí con un clásico, Roy Harper, y su canción *North Country* de 1974.

Mmm. Me gustaría aprender a tocarla con la guitarra.

Quieres que paremos para comer? —pregunta Maxim.

—No tengo hambre. —Alessia tiene el corazón encogido.

—¿No puedo tentarte con un bocadillo?

Ella sonríe, aunque a regañadientes.

—Eso parece que fue hace mucho.

Maxim se echa a reír.

—Lo fue. En otra vida. Tengo hambre. Por favor, ¿podemos parar?

Alessia sonríe con más ganas.

—Por supuesto. No quiero que tengas hambre.

Alessia se queda pegada a mí, cogida de mi mano, mientras nos dirigimos al edificio del área de servicio en Sedgemoor. Compramos sándwiches de jamón y queso y café en Costa Coffee, pero decidimos comer en el coche.

—Algún día superarás el miedo a las estaciones de servicio —digo para tranquilizarla cuando le abro la puerta de su lado del coche.

—Eso espero —contesta ella, pero sus ojos me siguen mientras rodeo el Discovery hacia la puerta del conductor y sé que no se siente segura. La idea es deprimente. Sabía que podría pasar esto si se exponía de nuevo a su pasado reciente y a ese horrible submundo.

Llevará tiempo, colega.

Tiempo.

Una vez dentro, dejo el vaso de café en el sujetavasos, le quito el envoltorio al sándwich y le doy un buen bocado. Arranco el coche y salgo del aparcamiento.

—No llegaste a contarme qué tal el último día del curso. ¿Cómo fue? —pregunto con la boca llena mientras me resbala un poco de mantequilla por la barbilla.

Ella se echa a reír al verme la cara antes de darme una servilleta, y el sonido me alegra el corazón.

—El curso fue muy…, hum…, informativo. Ya veremos. También hice amigos. Sobre todo Tabitha.

—Es genial. —Con el rabillo del ojo, la veo darle un delicado mordisco a su sándwich mientras le da vueltas a algo. Tiene la servilleta extendida en el regazo, en la dirección adecuada, y eso me hace sonreír. Es la viva imagen de una dama elegante.

—Creo que ayudarán.

—¿Las clases?

—Sí. Quiero demostrarles a tu madre y a la gente como ella que soy digna de ti y de tu…, tu legado.

Su comentario, hecho en voz baja, es un puñetazo en el estómago que me sacude hasta el alma.

¡Hay que joderse!

Rowena tuvo que decirle algo muy desagradable y desdeñoso la semana pasada, y mi pobre esposa se ha tomado a pecho el veneno de mi madre. Recuerdo lo que dijo cuando los dos estábamos en la sala de estar, que ya fue bastante malo de por sí.

«Necesitas a alguien de tu misma clase, una inglesa que comprenda la presión del título y tu lugar en la sociedad. Alguien que pueda ayudarte a desempeñar el papel para el que has nacido y que te ayude a proteger nuestro legado».

El antagonismo que he asociado a Rowena —que ha formado parte de mi vida desde que nos abandonó hace tanto tiempo— revive en mi pecho, y aprieto con más fuerza el volante. El resentimiento es mi compañero, nunca se aleja demasiado.

—Eres más que digna de mí. Si acaso... —mascullo mientras intento controlar mi genio—. Eres digna de todo. Ni se te ocurra pensar otra cosa, por favor. —La miro con una sonrisa de disculpa—. Rowena te echó un sermón espantoso. Solo puedo disculparme.

Alessia suspira.

—Estaba alterada, Maxim. Cree que te casaste con alguien inferior... Una extranjera sin nada. Y había ido para confesar sus..., hum...

—¿Pecados? —pregunto con sorna.

—Fue para que te..., hum..., quedaras tranquilo. Deberías oír su versión de la historia de Kit. A veces las mujeres nos encontramos en... —dice y traga saliva— situaciones difíciles.

Me quedo sin aliento. Mi dulce y compasiva esposa me está recordando que el mundo es brutal. *Y ella bien que lo sabe. Sus horribles penurias la trajeron a mi vida.*

Me estalla la cabeza.

Mi dulce chica. Defendiendo a mi madre.

Carraspeo para deshacer el nudo que tengo en la garganta.

—¿Te gusta el sándwich? —le pregunto, porque estamos en terreno peligroso. No quiero sentir compasión por mi madre.

Nos abandonó.

Fue cruel con mi mujer.

—Está riquísimo —susurra, y me basta una miradita para darme cuenta de que sabe muy bien lo que estoy haciendo.

Cambio de tema. Para alejarme de la llaga que es mi madre.

Colega.

—Eres demasiado buena con mi madre. Pero me lo pensaré —mascullo, y, como no quiero hablar de la Matriarca, enciendo la radio.

Justo pasadas las cinco de la tarde, con el sol poniéndose, doblo en la entrada norte y paso la rejilla guardaganado para enfilar el camino norte de la propiedad. Alessia se inclina para mirar el pasto norte que vamos dejando atrás, a nuestra derecha. Es la primera vez que entramos por esta ruta.

—¡Tienes vacas!

—Ganado. Sí. Ecológico.

—¡Son muy bonitas!

Me echo a reír.

—Son Devon.

Alessia me mira de reojo, con el ceño fruncido.

—La raza. De ganado.

—Ah.

—Podrás conocerlas después.

Alessia sonríe.

—Pero nada de cabras todavía.

Me echo a reír.

—Nada de cabras.

Mira hacia delante y ahoga un grito cuando Tresyllian Hall aparece ante nosotros. La magnificencia de la mansión nunca deja a nadie indiferente. Para mí también es una impresión siempre. Siento una repentina opresión en el pecho. Traigo a mi mujer a lo que será un hogar para ella, para nuestros hijos y, con suerte, para los hijos de mis hijos.

Joder.

Tío. Tranquilo.

Ha sido un pensamiento profundo.

Acompañado de emociones profundas.

Ya basta.

444

Aparto de mi mente todo eso. Este sitio ha sido mi refugio y espero que Alessia también sea feliz aquí.

Sigo el camino, paso por la segunda rejilla guardaganado, que nos hace castañetear los dientes, y rodeo los viejos establos para llegar a la puerta de la cocina, donde aparco el Discovery.

Apago el motor y me vuelvo hacia Alessia.

—Bienvenida a casa, esposa.

Su sonrisa le ilumina la cara.

—Bienvenido a casa, milord.

La puerta de la cocina se abre y Danny aparece en el vano, con las manos entrelazadas muy fuertes por la emoción y la alegría pintada en los relucientes ojos azules y en la sonrisa radiante. Tras ella, Jensen y Healey, los queridos setters irlandeses de Kit, salen en tromba a la gravilla, curiosos por ver quién ha llegado.

Salgo del coche y los perros se me suben encima, encantados de verme y pidiendo atención.

—Hola, preciosos. ¡Hola!

Los acaricio detrás de las orejas. Y ellos desvían su entusiasta atención y se la exigen a Alessia cuando se coloca a mi lado. Les da unas palmaditas, un poco más reticente que yo.

—Milord, milady, ¡bienvenidos a casa! —nos saluda Danny, entusiasmada.

Danny entusiasmada. No se ve todos los días.

Coge a Alessia de la mano.

—Me alegro de verla de nuevo, milady.

—Gracias, Danny —dice mi mujer—. Por favor, llámame Alessia.

—Alessia está bien, Danny. Por el amor de Dios. —La saludo con un beso—. Me alegro de verte.

—Lo mismo digo, milord. —Me da unas palmaditas en la cara, y, si no me equivoco, tiene lágrimas en los ojos.

Oh, esto no puede ser.

—Maxim. Por favor —le pido—. Pero, antes, tengo un de-

445

ber muy importante que cumplir. —Tomo a Alessia de una mano antes de cogerla en brazos, haciéndola chillar por la sorpresa. Los perros empiezan a saltar, dándome ánimos, y a ladrar. Y en vez de entrar por la puerta de la cocina, me pego a Alessia al pecho y recorro el camino de gravilla hacia la parte delantera de la casa.

—¿Qué haces? —Alessia se echa a reír mientras me rodea el cuello con los brazos.

—Voy a entrar contigo por la puerta principal, aunque casi nunca la usamos. Deberíamos entrar por el vestíbulo trasero, pero todos usamos la puerta de la cocina, porque es la zona más acogedora de la casa. Sin embargo, como nueva condesa, creo que deberías entrar por la puerta principal.

Los perros nos siguen cuando miro hacia atrás, pero Danny ha desaparecido. Sé que se dirige a la puerta principal por el interior de la casa. Giro en la esquina y sigo el sendero, flanqueado por vetustos tejos, hacia la antigua puerta principal encastrada en el espacioso porche de piedra. Es menos trayecto para Danny, que abre la puerta de roble. A su lado están Jessie, nuestra cocinera, y Brody, uno de los trabajadores de la propiedad, preparados para recibirnos.

Llevo a Alessia al interior y la dejo en el suelo delante del escudo de armas de mi familia y de nuestro personal.

—Bienvenida, condesa de Trevethick. —Le tomo la cara entre las manos, pego sus labios a los míos y la beso con una dulzura que me calienta el alma.

Mi esposa.

Aquí. Por fin.

—Oooh. —Se oye un coro de suspiros de aprobación procedente del personal, y tengo que recordarme que no estamos solos.

—Bienvenidos a casa, los dos. Y enhorabuena —dice Jessie.

—Gracias. Danny, Jessie, Brody, os presento a Alessia, la condesa de Trevethick.

A lessia se siente abrumada por el inesperado y cálido recibimiento. El personal —incluso los perros— está encantado de verla. Danny y Jessie se han ido para preparar «una tacita de té» mientras que Brody se ha marchado a cambiar las bombillas de alguna estancia. Los perros, al darse cuenta de que hay comida a la vista, han seguido a Danny y a Jessie.

Maxim y Alessia están solos en el vestíbulo principal, mirándose fijamente. Se oye el cercano tictac de un viejo reloj que marca un pulso sensual e implacable.

—¿Qué tal? —pregunta Maxim, abrasándola con la mirada, y le coloca un mechón rebelde de pelo detrás de la oreja.

Su tierna caricia la recorre por entero, despertando su cuerpo.

—Bien. Muy bien —susurra ella, incapaz de apartar la mirada de sus increíbles ojos verdes, que se van oscureciendo mientras la mira.

—No hace tanto que estuvimos aquí.

—No. Pero fue en otra vida.

—Cierto —susurra él y le acaricia el labio inferior con el pulgar, provocándole una deliciosa descarga eléctrica que se extiende por todos los músculos, los nervios y los huesos, y todos los tejidos entre ellos. Es excitante—. Conozco esa mirada —murmura él, con voz apenas audible.

—Y yo conozco la tuya. —Puede sentirlo. Su deseo. Vibrando entre ellos. Eléctrico. Mágico. Su alquimia particular.

—Vamos a la cama —susurra Maxim, con los ojos oscurecidos por el deseo y las sensuales promesas.

¿Por qué resistirse? ¿Por qué querría hacerlo?

—Me gustaría mucho.

Maxim sonríe, la coge de la mano y la conduce hacia la impresionante escalinata con sus postes con forma de águila bicéfala.

—¿Vemos quién llega antes? —la desafía con una sonrisa traviesa y sube corriendo los escalones de dos en dos. Alessia lo sigue mientras intenta no reírse por esa actitud tan infantil.

La espera en la parte superior, con el pelo revuelto y una sonrisa lujuriosa.

—¿Ansioso? —bromea ella, un poco jadeante, y él suelta una carcajada y se agacha de repente para cogerla de los muslos y echársela al hombro, arrancándole chillidos y risas a partes iguales.

—¡Ya te digo! —exclama él antes de darle un azote en el trasero y echar a andar por el pasillo hacia su dormitorio con Alessia dando botes sobre el hombro.

Por suerte, no está lejos. Una vez en el dormitorio la deja en el suelo y se miran, comiéndose con los ojos, todo sonrisas y presas del deseo.

—Te quiero —susurra él al tiempo que se inclina hacia delante y le atrapa los labios con los suyos, rodeándola despacio con los brazos hasta pegarla a su cuerpo. Se besan. Y se besan un poco más. Saboreándose y excitándose. Perdiéndose en la lengua, los labios y los dientes del otro.

Alessia entierra una mano en ese lustroso pelo castaño mientras él la sujeta por la nuca, acunándole la cabeza antes de deslizarle las manos hasta el culo y darle un buen apretón, de modo que queda pegada a su creciente erección.

—Me encanta tu sabor —susurra Alessia cuando se separan en busca de aire.

—Lo mismo digo, nena. Lo mismo digo. Te deseo con locura. Pero ahora mismo, un segundo nada más, solo quiero abrazarte. Aquí. Ahora. —La estrecha con más fuerza entre sus brazos y apoya la frente en la suya.

Ella sonríe, tanto para él como para sí misma, mientras recupera el aliento, y se quedan de pie, estrechándose, en calma en el ojo de su apasionado huracán.

Juntos, se abrazan el uno al otro.

Se poseen el uno al otro.

—Oh, Maxim. Te quiero —susurra ella—. Más de lo que sabrás en la vida.

—Sí que lo sé.

Sin embargo, el amor, la gratitud y el deseo de Alessia no pueden esperar mucho.

—Te deseo —añade al tiempo que extiende los brazos para quitarle el jersey por encima de la cabeza. A continuación, le saca la camisa de la cinturilla de los pantalones y empieza a desabrocharle los botones.

Me quedo tan quieto como puedo, teniendo en cuenta que quiero tirarme a mi mujer.

Ahora mismo.

Y dejo que me desvista. La consume su anhelo tanto como a mí el mío. Me arden los dedos por el deseo de desnudarla, pero me contento con avivar el fuego que me corre por las venas observándola.

Me pasa una mano por la cinturilla de los vaqueros y me desabrocha el botón.

—Te toca —le digo, deteniéndola, y le quito el jersey. Después me arrodillo delante de ella, le quito las botas y los calcetines. Me pongo en pie y, bajo su implacable mirada, me quito los zapatos y los calcetines.

Ya. Preparado.

Preparadísimo.

—Quítate los vaqueros. Ya —susurro.

Alessia jadea y, sin apartar de los míos esos ojos que se van oscureciendo, retrocede un paso y se desabrocha los vaqueros, bajando la cremallera a velocidad de tortuga.

¡Bruja!

Después se mueve, meneando ese magnífico culo adelante y atrás, bajándose los vaqueros hasta quitárselos.

Mi preciosa mujer se queda delante de mí con un bonito conjunto de sujetador y bragas de encaje.

Y yo me tomo un momento para admirar las putas vistas.

Es despampanante.

Se lleva las manos a la espalda, se desabrocha el sujetador, me lo lanza y se ríe cuando lo atrapo. Después se quita las bragas.

—Eres preciosa, Alessia.

—Ahora tú —dice ella con una mirada imperiosa que me resulta muy excitante.

—Sí, milady. —Me quito los vaqueros y los calzoncillos en tiempo récord, tan preparado que la polla se escapa, entusiasmada al verla.

Alessia esboza una sonrisilla torcida y se acerca para cogérmela con la mano.

Me toca jadear.

¡Qué fríos tiene los dedos!

—¡Ah!

Alessia se echa a reír y hago lo mismo.

—¡Se acabó! —La cojo de la cintura y la levanto—. Rodéame con las piernas, nena. —Me obedece y, sin soltarla, echo a andar hacia la cama y me inclino hasta quedar ambos tumbados en el colchón, conmigo entre sus muslos—. La primera vez. Como marido y mujer. Aquí —susurro, abrumado de repente por la historia, el legado o algo superior a nosotros dos. Me mira a la cara y me aparta el pelo de la frente con ternura.

—Marido —susurra, y la palabra me la pone más dura.

Joder.

Quiero estar dentro de ella. Le recorro el cuerpo con la mano, rozándole un pezón hasta que se endurece, y sigo hacia abajo, celebrando con los dedos las curvas y los planos de su piel hasta llegar a su abdomen y a su sexo. Despacio meto un dedo en su cálida y acogedora humedad, y ella levanta las caderas para recibirlo y se pega a mi mano, anhelando la liberación.

Oh, nena.

Le saco el dedo y la penetro despacio mientras me apodero de su boca, imitando con la lengua los movimientos de mi polla. Ella levanta el cuerpo para salir a mi encuentro y me rodea con brazos y piernas. Me estrecha con fuerza. Es embriagador.

Y ya no puedo seguir resistiéndome.

Empiezo a moverme.

Con fuerza.

Con rapidez.

Reclamando a la mujer que es mi esposa.

Llevándola cada vez más alto mientras me clava las uñas en la espalda.

Sin ser muy consciente, mientras me pierdo en ella, deseo que me deje marcas.

Soy suyo.

Ella es mía.

Para toda la eternidad.

—¡Maxim! —grita mientras se corre, y me dejo llevar, encontrando la liberación en el interior de la única mujer a la que he amado de verdad.

Mi esposa.

28

Alessia se toma un respiro de las prácticas para las audiciones y desde las ventanas ajimezadas de la gran sala de música observa a Maxim, que sube por el camino con Michael, el administrador de la propiedad. Va vestido con su abrigo largo y unas botas de agua, y lleva lo que parece un bastón para andar mientras se pasea de un lado a otro. Están discutiendo, seguramente sobre la destilería, el proyecto mimado de Maxim. Le emociona la idea de construirla y ponerla en marcha.

Tras él Healy y Jensen deambulan por el camino, deteniéndose de vez en cuando para olisquear y marcar el territorio como hacen los perros. Incluso desde donde está, Alessia sabe que los perros están encantados de acompañar a su marido. Lo adoran.

Al igual que ella.

Maxim y Michael se ríen por algo que dice este último, y Alessia se siente feliz al verlo tan contento. Este es el sitio de Maxim. Parece el dueño y señor de la mansión, y está muchísimo más relajado en Cornualles que en Londres. ¿Y quién podría culparlo? El ritmo es mucho más tranquilo, y le recuerda cada vez más a su propio hogar.

En el prado que tienen al lado hay un grupo de ciervos junto al bebedero. Maxim se detiene para admirar el rebaño con Michael.

Alessia se distrae con el ruido de unos pasos.

—Ah, es un auténtico placer oírla tocar, milady —dice Danny—. Le he traído café. —Coloca una bandeja con una cafetera, una taza y un platillo en la consola, a su lado.

—Gracias.

—Milord siempre le ha tenido mucho cariño al rebaño —susurra la mujer mientras mira por la ventana.

Alessia asiente con la cabeza.

—Cuando estuve aquí la última vez, vimos a uno en la carretera. Un gran macho. Se detuvo delante de nosotros.

—¡Vaya! En fin, qué raro. —Danny parece estupefacta.

—¿Por qué es una sorpresa?

—¿No se lo ha contado Maxim?

—No.

—¿La leyenda?

Alessia niega con la cabeza.

—*Och*, ese chico —refunfuña Danny—. Cuenta la leyenda que la primera condesa, Isabel, se encontró con un gran macho en el bosque poco después de su boda con el primer conde. El macho le habló y le dijo que, si su familia cuidaba al rebaño salvaje, sería bendecida con una larga vida y muchos hijos. Y eso es lo que pasó. La propiedad Trevethick es desde hace mucho un refugio para los ciervos. Verlos es una señal de buena suerte. Por eso los dos ciervos son el soporte del escudo de armas familiar. Simbolizan la protección del condado, de la propiedad y de la familia, milady.

—No lo sabía. ¿No los…, hum…, cazan?

Danny niega con la cabeza.

—No. No desde hace siglos. Se controla su población con métodos éticos para que sea sostenible. Y la carne de venado es muy codiciada en esta zona. Hace que el rebaño permanezca fuerte, y, mientras el rebaño esté fuerte, también lo estarán los Trevelyan y los condes de Trevethick.

Alessia no sabe qué decir, pero siente una llamita de esperanza por el futuro; un futuro para su marido y para ella. Al fin y al cabo, el ciervo que vieron cuando Maxim los llevó a tirar al plato parecía darle la bienvenida. Mira a Danny con una sonrisa.

—Es una buena señal, milady. La familia Trevelyan es responsable del bienestar de la propiedad, del pueblo, de los bosques, de los campos de labor y de los pastos que la rodean. Sus tierras abarcan miles de hectáreas. Y tanto la familia como sus allegados las han mantenido unidas y prósperas desde el siglo XVII. Y por muchos años más. —La sonrisa de Danny es eco de la suya—. Ahora, en cuanto se tome un café, a lo mejor le apetece ver las estancias privadas y el desván, aunque esa planta solo se usa para los dormitorios del personal y el almacenaje.

—Sí, me encantaría. Gracias, Danny. —Alessia atesora las visitas guiadas del ama de llaves por toda la casa. Le ha ofrecido una historia detallada de cada estancia que estaba abierta (no todas lo están) y de su lugar dentro de la mansión. También le ha presentado a casi todo el personal, que de momento ha sido amable y servicial. Alessia cada vez se siente más impresionada por la mujer que lo dirige todo sin contratiempos. Y se siente segura en sus manos. Al fin y al cabo, fue Danny quien la cuidó después de que Dante e Ylli intentaron secuestrarla.

Y es evidente que adora a Maxim, y que él la adora a su vez. Parece más maternal que su propia madre...

¡Alessia!

Aunque intenta no pensar mal de Rowena, a veces es imposible. Quizá, para compensar sus malos pensamientos, pueda hacer algo para remediar el distanciamiento entre su suegra y su marido.

Pero ¿qué?

—Y luego está la decisión trascendental de que milord se acomode en los aposentos del conde y usted, en los de la condesa. —Danny la distrae de sus pensamientos.

—¿Aposentos de la condesa?

—Sí. Aquí tienen sus propias estancias separadas.

¡Dormitorios separados! ¡Estancias separadas!

—A veces, es bueno tener una madriguera, milady —añade Danny, como si le leyera el pensamiento.

¿Madriguera? Alessia no entiende qué quiere decir eso y no le gusta la idea de dormir en otra parte.

¿Es lo que quiere Maxim? ¿Dormir sin ella?

¡Como la antigua costumbre gheg*!* La idea la deprime de inmediato.

—*Ach*, milady. No será así —dice Danny—. Se lo enseñaré en cuanto se tome el café.

M ichael y yo examinamos los coches del viejo establo. Esos coches antiguos y de época eran la vida para Kit. Es como si lo viera, con el mono sucio, las manos llenas de grasa y apestando a gasolina y a Swarfega. Con la gorra vieja de tela, un trapo grasiento asomando por el bolsillo y rebosante de alegría.

¿Qué me dices, Suplente, te apetece dar una vueltecita con este Ferrari?

Le encantaba este sitio.

Le encantaban sus coches.

A mí no tanto. Aunque no me importaba dar alguna que otra vuelta por la propiedad en una de esas bestias.

Y ahora tengo que decidir qué hacer con ellas.

—Tienes razón, Michael. Este edificio sería un lugar mucho más idóneo para una destilería. Está más seguro, más cerca de la casa, hay más sitio para expandir y estos viejos establos están en mejores condiciones que el granero del prado norte.

—El único problema son los coches.

—Tendré que venderlos. No necesito tantos.

Michael me mira con tristeza. Sé que venderlos le rompería el corazón a Kit, pero ya no está aquí.

—Me quedaré con el Morgan, todo lo demás puede venderse. Le preguntaré a Caroline si quiere alguno, pero lo dudo. Los coches eran la pasión de Kit, no la suya.

—Sí, milord.

Regreso a la casa a través del vestíbulo trasero mientras Michael vuelve a su despacho. La mañana ha sido buena y estoy listo para almorzar. Michael no para de ensalzar las bondades de la agricultura regenerativa. Al parecer, es el siguiente paso en la agricultura ecológica. Me he prometido leer del tema para ver a qué viene el revuelo.

Encuentro a Alessia en el saloncito, sentada a una mesa dispuesta para comer. Levanta la mirada del libro de Daphne Du Murier que está leyendo, con la ansiedad pintada en la cara.

—¿Qué pasa? —le pregunto mientras me siento enfrente.

—¿Quieres que duerma en otra parte?

—¿Qué? No. ¿A qué viene esto?

—Danny estaba hablando de cambiarnos de habitación.

—Ah. —Se me enciende la bombilla—. No estoy seguro de querer cambiarme de habitación. ¿Tú quieres?

—No. Quiero quedarme contigo.

Me echo a reír.

—Me alegra oírlo. Podemos dormir donde queramos. Los aposentos del conde los han ocupado mi padre y mi hermano. —Me encojo de hombros. No estoy de humor para dormir allí—. En cuanto a los aposentos de la condesa, es decisión tuya. No están lejos de mi dormitorio y allí hay un vestidor que podría ser útil. No necesitas dormir allí. Preferiría que durmieras conmigo. A menos que ronque.

Suelta el aire y se ríe.

—Bien. Eso pensaba. Y no roncas.

—Se me ha ocurrido algo que hacer esta tarde —digo, cambiando de tema.

—Ah, ¿sí? —Alessia ladea la cabeza con expresión coqueta, y sé que está pensando en sexo.

Me echo a reír de nuevo.

—No. Voy a enseñarte a conducir.

—¡Conducir! ¿Yo?

—Sí. No necesitas permiso en propiedad privada. Podemos usar el Defender, u otro coche más pequeño, y te enseñaré.

Danny entra con dos platos.

—El almuerzo, milord.

Pongo los ojos en blanco.

—Maxim, así me llamo.

—Maxim, milord —accede Danny antes de dejar los dos platos en la mesa—. Ensalada nizarda con un toque de Cornualles.

—¿Un toque de Cornualles? —pregunto, intrigado, mientras miro el plato que tengo delante.

—Con sardinas en vez de anchoas, señor.

Me río.

—Muy bien.

—Tranquila, acelera un poquito más y suelta despacio el embrague —le digo a Alessia. Estamos en el Defender que Danny conduce habitualmente por la propiedad. Está muy magullado, pero sirve.

Alessia se aferra al volante como si la vida le fuera en ello y la lengua le asoma entre los labios de lo concentrada que está. De repente, el coche se sacude hacia delante y se cala, y ella frena en seco.

Me voy hacia delante y el cinturón se me clava en el pecho.

—¡Uf!

Alessia suelta una retahíla de tacos en su lengua materna, algo que no le había oído nunca.

No está contenta.

—No pasa nada —la tranquilizo—. Hay que dar con el punto justo de embrague en el que entra la marcha. Solo necesitas acelerar un poquito más. Tómatelo con calma, tenemos toda la tarde. Y no pasa nada: se tarda un poco en aprender a conducir.

Me mira con el ceño fruncido y arranca el coche de nuevo.

Mi chica no piensa rendirse.

—Con calma. Mete la marcha —susurro.

Se pelea con la palanca de cambios para poner primera de nuevo, y me pregunto si deberíamos haber elegido un coche más fácil.

Joder, si es capaz de conducir esto, puede conducir cualquier cosa.

—Muy bien. Respira hondo. Puedes hacerlo.

La marcha protesta cuando mete la primera y acelera de nuevo.

—Con calma, ese es el truco. No aceleres demasiado.

Me mira de nuevo con el ceño fruncido, y cierro la boca porque, si no lo hago, me da que le entrarán ganas de arrancarme un brazo. Nunca he enseñado a nadie a conducir y aprendí en la propiedad a los quince años. Fue uno de los últimos deberes con los que cumplió mi padre antes de morir. Se mostró tranquilo y sosegado, en su mejor faceta…, y atesoro ese recuerdo. Era un gran maestro.

Quiero ser igual para Alessia.

Avanzamos a paso de tortuga.

¡Sí! Vitoreo en silencio para no distraer a Alessia, y avanzamos muy despacio por la gravilla que hay detrás de los establos.

—Muy bien, ahora segunda. Embrague. Mete segunda. Suelta despacio el embrague.

Su lengua aparece de nuevo mientras mete segunda con soltura y deja que el Defender gane velocidad.

—¡Bien hecho! Vale. Ahora con tranquilidad. Ve derecha hacia la verja. Sí. ¡Bien!

Alessia conduce con cuidado hacia los postes donde se encuentra la rejilla guardaganado.

—Vamos a salir al camino. Tú sigue.

Enfila, con éxito, el camino entre los postes y sigue conduciendo. Esboza una sonrisa de oreja a oreja, y es contagiosa.

—Lo estás haciendo. No apartes la vista del camino.

Sigue conduciendo despacio, pero sin contratiempos, por el camino, muy concentrada; su lengua asoma de vez en cuando entre sus labios.

Es muy sensual.

Aunque no es el momento de decírselo. Ni de pensar en eso…, distrae mucho.

—Lo estás haciendo muy bien. Pero recuerda que puede haber ciervos en el camino. Deberían quitarse de en medio cuando oigan que se acerca esta tartana. Es mejor que no le des a ninguno. Kit lo hizo. Una vez…

Mierda.

Y mira lo que le pasó.

Joder.

Carraspeo y aparto el dolor, aunque recuerdo la leyenda sobre los ciervos que los vincula a la propiedad y que se me había olvidado. Tengo que contársela a Alessia.

—Al final del camino junto a la entrada norte, dobla a la izquierda. Si lo hacemos, atravesaremos la propiedad.

Alessia no cabe en sí de felicidad. No puede creer que haya conseguido mover el tanque que conduce. Pero, sobre todo, está emocionada porque no quiere decepcionar a Maxim. Parece creer que ella debería ser capaz de hacer eso.

Y lo es.

Su confianza en ella es conmovedora.

Mientras toman una curva en el camino, ve la puerta de entrada y la rejilla guardaganado y la bifurcación del camino en tres direcciones.

Le entra el pánico de repente.

¿Cuál es la izquierda?

O Zot!

En vez de desviarse, frena en seco; los dos salen disparados hacia delante y el coche se cala.

—¡Lo siento! —se apresura a decir.

—Tranquila, no tienes que disculparte. Te has acordado de frenar y has parado el coche. Es lo más importante. ¿No sabes cuál es la izquierda?

Alessia se echa a reír y sospecha que es más por alivio que por diversión.

—Me he confundido.

—Tranquila. Podrías haber cogido cualquiera. Estamos en terrenos de la propiedad. Pon la llave en la posición inicial; la palanca de cambios, en punto muerto; y el freno de mano.

Alessia sigue las instrucciones de Maxim y toma una honda bocanada de aire.

¡Puede hacerlo!

—¿Quieres intentarlo de nuevo?

Ella asiente con la cabeza.

Maxim agita una mano hacia delante.

—Pues vamos.

Alessia gira la llave en el contacto y el motor cobra vida. Pisa el embrague, queriendo demostrarle quién manda, y desliza antes de empujar la palanca de cambio hasta meter primera. Los piñones emiten un chirrido horrible. Alessia mira de reojo a Maxim, que está haciendo una mueca, así que se apresura a mirar de nuevo el camino y acelera al tiempo que va levantando el pie del embrague y suelta el freno de mano…

¡No se cala!

Alessia quiere ponerse a gritar a todo pulmón.

Gira el volante y el coche se mueve despacio hacia la izquierda mientras enfila el camino.

—¿Segunda? —sugiere Max en voz baja.

Ella asiente con la cabeza y cambia de marcha, sin detener el coche en ningún momento. Dejan atrás uno de los campos de labor, y Alessia atisba a Jenkins conduciendo un tractor que arrastra un remolque. El hombre los saluda con una mano y Maxim le devuelve el saludo, pero Alessia sigue aferrando el volante con fuerza. Mientras avanzan por el camino, Maxim sigue animándola con halagos.

Está complacido.

Alessia ve otra verja de entrada y reduce la velocidad mientras se acerca a ella. Desde el otro lado entra una pequeña moto a toda velocidad y se cruza por delante de ellos; el motorista lleva pantalones negros y botas del mismo color, y sujeto en la parte posterior lleva lo que parece un transportín con un pasajero peludo. Alessia frena de golpe mientras la moto se pierde como un rayo por el camino ¡y no cala el coche!

¡Así se hace, Alessia!

—Mierda. Es el padre Trewin —dice Maxim—. Conduciendo demasiado deprisa. Tiene que ser voluntad de Dios que siga de una pieza. Será mejor que lo sigamos.

Alessia lo hace y acelera para ver si puede alcanzarlo.

—No tan deprisa —le advierte Maxim, y ella aminora la velocidad de nuevo—. Lo veremos en la casa. Casi seguro que ha venido a darnos la enhorabuena. O a echarme la bronca por no haber ido a misa ayer. Seguramente ambas cosas.

Alessia se para detrás del padre Trewin mientras él saca a Boris, su Norfolk terrier, del transportín de la parte trasera de la moto. Jensen y Healey esperan, ansiosos para jugar, meneando las colas como si fueran banderas frenéticas.

S algo del coche, lo rodeo para abrirle la puerta a Alessia y me vuelvo para saludar al padre Trewin.

—Maxim, milord. Enhorabuena por su boda. ¿Cómo está? —Me tiende la mano y me da un apretón firme.

—Bien, gracias, padre. Si me permite, le presento a mi esposa, Alessia, la condesa de Trevethick.

—Lady Trevethick, un placer verla de nuevo.

—Padre Trewin, ¿cómo está? —Alessia le estrecha la mano—. ¿Le apetece tomar un té con nosotros?

—Será un placer. —Nos mira a ambos con la sonrisa benevolente que reserva para sus feligreses.

Atravesamos el vestíbulo trasero y nos dirigimos al pasillo oeste, donde Danny sale a nuestro encuentro.

—Buenas tardes a todos —nos saluda—. ¿Qué tal el coche, milady?

—¡Es un tanque! —Alessia sonríe de oreja a oreja—. Pero he conseguido moverlo.

—Me alegro de oírlo.

—¿Puedes preparar el té? —pregunta Alessia.

Danny sonríe.

—Sí, milady. ¿El salón del ala oeste?

Alessia me mira. Asiento con la cabeza.

—Sí, por favor.

—No lo vimos en la misa el domingo —dice el padre Trewin en cuanto nos sentamos.

Mierda. Lo sabía. Me va a echar la bronca.

—Sí, tenía que ponerme al día aquí —masculло, desesperado por cambiar de tema. Me inclino hacia delante y acaricio a Boris detrás de las orejas mientras me pregunto dónde se han metido Jensen y Healey—. Y también estaba enseñándole a mi esposa la propiedad.

—En fin, milord, como ya he dicho antes, guiamos con el ejemplo. Tal vez el próximo domingo pueda encargarse de alguna lectura.

¿Qué?

Carraspeo.

—Claro. Será un placer.

Mentiroso.

—Su hermano apoyaba muchísimo la iglesia.

Kit no podía fallar: el conde perfecto. Yo no soy así.

Colega, qué ironía.

—¿Elegirá usted la lectura? —le pregunto.

—Por supuesto. Y ¿cabría esperar que lady Trevethick asistiera también? —Clava esos ojillos brillantes en mi mujer.

Alessia sonríe, pero me mira a los ojos pidiendo ayuda en silencio.

—Alessia es albanesa, y en su país la religión estuvo prohibida muchos años. Pero su familia es católica. Pertenecemos a la Iglesia alta, así que estoy seguro de que no supondrá un problema.

—Somos una iglesia abierta, milord, y damos la bienvenida a todas las confesiones.

—Por supuesto que iré —dice Alessia.

Danny entra y deja una bandeja con tazas y platillos en la mesa, delante de Alessia, antes de asentir con la cabeza y marcharse.

—¿Té, padre Trewin? —pregunta Alessia.

—Sí, por favor, condesa.

Si el uso del título la desconcierta, lo disimula bien. Coge la tetera y sirve una taza, usando el colador de té que Danny le ha llevado, y se la ofrece al párroco con su platillo y una cucharilla. A continuación, le ofrece leche y azúcar, me sirve a mí una taza y me la da con su platillo.

La acepto conteniendo una sonrisa. Ha aprendido a servir el té. Como es debido.

—Gracias, amor mío.

Me mira con una sonrisa traviesa antes de servirse ella una taza, y tengo claro que es consciente de que yo sé que está poniendo en práctica todo lo aprendido en el curso de protocolo y etiqueta.

No va a meter la pata.

¿Esperabas que lo hiciera?

Es increíble. Y preciosa.

Mucho más porque sé que lo ha hecho por mí.

Y tal vez por sí misma.

Me concentro en nuestro invitado, que es muy consciente de que Alessia y yo nos estamos sonriendo como dos tontos. Se pone colorado mientras deja de mirarme para mirar a mi mujer.

Eso. Estamos enamorados.

Váyase acostumbrando.

Lo que me recuerda...

—Padre Trewin, esperaba poder casarme con Alessia de nuevo en el Reino Unido ahora que estamos en casa, pero una fuente fiable me ha informado de que no es posible. Pero me gustaría poder recibir la bendición en la iglesia. Tener la oportunidad de celebrar aquí nuestro matrimonio. Preferiblemente, en verano.

—Una idea espléndida. Por supuesto que podemos hacerlo. Será un placer para mí.

Alessia acompaña al padre Trewin hasta su moto. La atención que le presta lo tiene en el séptimo cielo, y creo que ha ganado otro fan. Me dirijo al despacho para anotar varias cosas sobre el proyecto de la destilería de ginebra, para encontrar a alguien a quien venderle la colección de coches de Kit y para leer sobre la nueva pasión de Michael: la agricultura regenerativa.

Ya está atardeciendo cuando levanto la mirada del ordenador. La cabeza me da vueltas por todo lo que he aprendido sobre agricultura sostenible. Me repantingo en el sillón y echo un vistazo a mi alrededor para descansar los ojos.

No me había sentado aquí desde la muerte de Kit. Solo en una ocasión, mientras Oliver me ponía al día sobre el robo en Chelsea Embankment, y, antes de eso, la primera vez que vine a Tresyllian Hall como conde, me senté aquí y hablé con casi todos los trabajadores uno a uno.

Una lejana melodía resuena por los pasillos, procedente de la sala de música; Alessia está al piano, sin duda practicando lo que va a interpretar en la audición. Mientras aguzo el oído para averiguar qué está tocando, recorro con la mirada la mesa que fue de mi hermano y de mi padre. Hay recuerdos que pertenecieron a ambos: la cajita de té georgiana de mi padre donde guardaba los clips y demás artículos de papelería; y dos Bugattis antiguos de juguete de la década de 1960 (eran de mi padre, pero recuerdo que dejaba que Kit jugara con ellos). Kit y él compartían su pasión por los coches.

Estaban muy unidos.

Y aquí estoy yo, vendiendo su preciada colección.

Kit, lo siento, colega.

Abro la cajita de té más por nostalgia que por curiosidad en un intento por capturar parte de la esencia de mi querido padre.

Hay un juego de llaves pequeñas sobre una llave un poco más grande, que sé que es de la caja fuerte.

¡La caja fuerte!

A lo mejor ahí están el portátil, el móvil y el diario de Kit que no aparecen.

Cojo la llave, me levanto y abro el armario encastrado de madera que en otra época se usaba para guardar las fuentes de servir y donde se encuentra la vieja caja de seguridad Cartwright & Sons. La llave de mayor tamaño encaja en la cerradura, y la abro, dejando al descubierto el portátil de Kit.

Sin embargo, no hay ni móvil ni diario.

También hay varios documentos que no tengo fuerzas para revisar ahora mismo. Saco el portátil y lo llevo a la mesa.

A lo mejor su diario está en un cajón.

Intento abrir uno, pero está cerrado con llave.

Una de las pequeñas abre la cerradura, y mientras lo voy abriendo despacio… allí está, en todo su esplendor, el ajado diario de cuero marrón de Kit y su iPhone muerto.

Paso del teléfono y del portátil porque seguramente estén

protegidos con contraseña, así que voy a necesitar ayuda para hackearlos.

El diario es lo que contestará mis preguntas.

Siento una opresión en la cabeza mientras lo saco —sostenido con reverencia entre ambas manos— y lo dejo encima del portátil. Lo miro durante un minuto entero antes de decidirme a invadir su intimidad. Despacio, con manos trémulas, desato la tira de cuero desgastada por el uso y levanto la tapa. Se abre por la última entrada.

2 de enero de 2019

¡Joder! ¡Joder! ¡Joder!
¡Joder y mil veces joder!
¡Estoy jodido!
¡¡¡Puta Rowena!!!
¡¡¡Primero mi mujer y ahora mi madre!!!

29

Se me pone el vello de punta por la sorpresa mientras leo la entrada una y otra vez.

«Primero mi mujer y ahora mi madre».

Las palabras me resuenan en la cabeza, como un claxon anunciando que está todo mal.

¿Mi mujer? ¿Caroline?

Y el sentimiento de culpa me inunda el pecho como un tsunami.

Pero… Pero… nosotros…, nosotros… Kit ya estaba muerto cuando Caro y yo follamos por primera vez. Nunca la toqué mientras estaban juntos.

Ni una sola vez.

Antes de que estuvieran juntos, sí. Pero… no mientras fueron pareja.

¡Primero mi mujer!

¿Le estaba poniendo los cuernos? ¿Y él lo descubrió?

¿Por eso no le dejó nada en su testamento?

Eso tiene sentido. Siempre me pareció una jugada muy fría. Y Caroline estaba furiosa…, pero aceptó la exclusión sin protestar.

¿Ella sabía que él estaba al tanto?

¿Kit se lo echó en cara?

Debió de hacerlo: cambió el testamento en septiembre del año pasado.

Pero ¿con quién se los puso? ¿Con una sola persona? ¿Con dos? ¿Con más?

Joder, pobre Kit.

Recuerdo las Navidades en el Caribe. No había indicios de desavenencias conyugales entre ellos. O tal vez yo no me di cuenta porque estaba muy ocupado follándome a las turistas estadounidenses.

Oh, mierda.

La respuesta seguramente esté contada en forma de crónica en estas páginas.

¿Me atrevo a mirar?

¿Me apetece saberlo?

Unos golpecitos en la puerta me sobresaltan. Cierro el diario y me inclino sobre él de forma instintiva para ocultarlo a la vista. Danny entra, y mi cara tiene que ser tal poema de culpabilidad que no me dice por qué ha venido.

—¿Está bien, milord?

—Sí. Sí. ¿Qué quieres, Danny?

—La condesa ha salido con Jenkins para ver las ovejas. No quería molestarlo. Pero quería ayudar. Tenemos veintisiete parideras ahora mismo.

—¿¡Tantas!?

—Sí, milord.

—Pero ¡estamos a principio de temporada! —Frunzo el ceño, son demasiadas de golpe—. Será mejor que yo también vaya a ayudar. —Me levanto de la mesa y me llevo el diario de Kit; no quiero que nadie lo curiosee. Guiado por un impulso, cojo la Leica M6 I que me traje conmigo de Londres y compruebo si tiene un carrete puesto.

—Retrasaré la cena, milord.

—Vale, gracias. No tengo ni idea de a qué hora volveremos.

Alessia acompaña a Jenkins en el Defender mientras el coche va dando tumbos por uno de los caminos en la oscuridad. Los altos arcenes, cubiertos de zarzas y hierba, parecen acechar en la noche, de modo que Alessia agradece no conducir. Jenkins la mira de reojo con el ceño fruncido por la preocupación.

—Milady —dice Jenkins casi a voz en grito para hacerse oír por encima del ruido del motor.

—Alessia.

—Sí. Tengo que preguntarle… —Deja la frase en el aire, como si no quisiera continuar.

—¿Qué pasa, Jenkins?

El hombre carraspea.

—¿Está…, está en estado?

Alessia frunce el ceño. *¿En estado? ¿Qué quiere decir eso?*

Jenkins se da un tirón de la oreja.

—¿Podría…, podría estar embarazada, milady?

Alessia siente las mejillas acaloradas por el rubor y espera que no se note en la oscuridad del coche.

—¡No! —exclama—. ¿Por qué…, por qué me preguntas algo así?

Él deja caer los hombros, visiblemente más relajado.

—No. Es bueno, milady. No queremos a embarazadas cerca de las parideras.

—Oh. Oh, sí. Lo entiendo. Lo siento.

—No tiene que disculparse. Se me olvidó preguntárselo antes.

Alessia lo mira con una sonrisa.

—Sé que las embarazadas no deberían acercarse a ovejas y a cabras.

—¿Cabras?

Alessia se echa a reír.

—Sí. Tenemos cabras en mi país.

Rodea una estructura grande que Alessia comprueba que se

trata de un establo enorme. Aparca junto a una puerta de acero, donde hay otros tres coches.

—Ya hemos llegado —dice él—. Se alegrará de haberse abrigado.

El establo es gigantesco y está helado, y debe de haber al menos cien ovejas allí dentro. Varias balan con fuerza, en pleno parto; están separadas en corrales más pequeños, lejos del rebaño de preñadas. Entre los corrales hay algunos corderos recién nacidos a los que sus madres ya están acariciando con el hocico y lamiendo mientras buscan leche en las ubres hinchadas. Un par de trabajadores están ocupados con las parideras entre los corrales.

Llegan justo a tiempo para ver a uno de los trabajadores, a quien Alessia todavía no conoce, ayudar en el parto. Lleva guantes quirúrgicos y le limpia la nariz al cordero para ayudarlo a respirar antes de colocarlo delante de su madre para que esta lo lama. Coge una botella y le aplica algo en el ombligo al cordero, y Alessia se da cuenta de que es yodo.

—Buenas noches. —La saluda con un gesto de la cabeza—. Oh, aquí viene otro —dice el trabajador, que se sienta mientras la oveja pare ese cordero sin ayuda—. Buena chica. Tranquila —le dice a la oveja con voz calmada y repite el proceso de limpiar al cordero.

—¿Dónde están los guantes? —le pregunta Alessia a Jenkins.

—La mesa de trabajo está allí. —Jenkins señala con la barbilla. Tiene los ojos clavados en las ovejas y en cuál va a parir a continuación—. Intentamos que lo hagan solas. Las montas las ha hecho un carnero Suffolk de Nueva Zelanda. Eso quiere decir que deberían tener hombros estrechos y cabezas más alargadas. Son más fáciles de parir. Pero algunas necesitan ayuda, milady. Es mejor tenerlas controladas. No es habitual que todas paran a la vez.

Alessia le sonríe al trabajador, que intenta en ese momento que los dos corderos se pongan a mamar.

—Calostro. Muy bueno para los corderos. —Él sonríe.

Alessia se dirige a la mesa de trabajo, se echa desinfectante en las manos (con especial atención entre los dedos) y después se pone unos guantes desechables. Jenkins se reúne con ella.

—Estamos todos a una. Solo hay que observar. Comprobar que no tienen problemas.

Alessia asiente con la cabeza.

—Ya lo he hecho antes. Pero con cabras. Y no con tantas.

Jenkins la mira con una sonrisa de oreja a oreja.

—Va a encajar usted a la perfección, milady —dice, pronunciando la última palabra con un fuerte acento.

A parco en el establo de la explotación agraria y, tras coger la cámara, salgo del coche. He metido el diario de Kit en la guantera y la he cerrado con llave. Debería estar a salvo ahí. Una vez dentro del establo, busco a mi mujer, pero no la veo. Hay unas treinta ovejas en las parideras. Veo a Jenkins, que está en el corral más cercano, ayudando a una oveja. Me acuclillo para hablar con él.

—Milord.

—¿Todas a la vez? ¿Qué hemos hecho para merecer esto?

—A lo mejor es la luna —contesta mientras tira del cordero para que salga al mundo. Su madre insiste en limpiarlo. Jenkins se aparta un poco y se sienta.

Me echo a reír.

—¿En qué puedo ayudar? ¿Dónde está mi mujer?

—Está en todo el meollo en alguna parte. Quiere ayudar.

Frunzo el ceño. *¿Sabe lo que está haciendo?* Pero no lo digo en voz alta.

—Muy bien, voy a prepararme.

Me dirijo a la mesa de trabajo, me desinfecto las manos y me pongo unos guantes azules. Desde allí veo a Alessia, con el pelo recogido en una larga trenza que le cae por la espalda. Está en un corral, limpiándole la nariz a un recién nacido para colocárselo delante a su madre. Mientras me acerco, la oigo murmurar en su lengua materna.

—*Hej, mama. Hej, mami, ja ku është qengji yt. Hej, mami, ja qengji yt.* —Le acaricia el hocico a la oveja con ternura y repite lo que sea que haya dicho con esa voz tan tranquilizadora antes de apartarse un poco para ver si la oveja parirá a otro.

De repente, me abruma la oleada de emociones que se extiende por mi pecho y hace que me pare en seco. Tengo el corazón a rebosar. Pletórico, y solo con ver a mi dulce mujer hablarle a una oveja. Una oveja Trevethick.

Una de las nuestras.

Nunca he visto a Caro, ni a mi madre, ayudar de esta manera en la propiedad.

Y en este momento comprendo que Alessia es lo mejor que me ha pasado en la vida.

A nosotros.

A todos. Aquí. Ahora.

Carraspeo mientras me arrodillo en el corral junto a ella.

—Hola —susurro con la voz ronca.

—Hola. —Ella sonríe y es evidente que le complace verme y que está en su salsa. Está sucísima, con sangre, mocos y solo Dios sabe qué más en los guantes, los vaqueros y el jersey, pero está radiante.

—¿Te encuentras bien?

Asiente con la cabeza.

—Y este chiquitín también. —Le acaricia la cabeza al cordero—. La mamá se ha portado bien. Puede que tenga otro.

—¿No eres primeriza? —le pregunto.

Ella frunce el ceño.

—Que no es tu primera vez haciendo esto —le explico.

—No. Nuestros vecinos. Los que vinieron a la boda. Tienen cabras. Los he ayudado cuando están preñadas. A menudo.

—Alessia, siempre me dejas alucinado. Somos afortunados de tenerte.

Le quita importancia al halago con un gesto de la mano.

—¿Tú también lo haces?

Suelto una carcajada.

—Tampoco soy primerizo. Voy a ver dónde me necesitan. Pero antes… —Levanto la cámara y miro a mi preciosa y desaliñada mujer a través del objetivo mientras me sonríe, y pulso el disparador—. Voy a hacer más fotos si puedo. No tengo bastantes fotos tuyas. Y ahora mismo estás guapísima. Será mejor que me vaya.

Sonríe, una sonrisa deslumbrante solo para mí, y no tengo ganas de marcharme, pero la necesidad obliga.

Son las tres de la madrugada cuando meto a Alessia en la ducha para que se lave después del trabajo de la noche. Estamos exhaustos y sucísimos por todo el tiempo que hemos pasado en el establo con las ovejas. Pero tenemos setenta y dos nuevos corderos. Creo que nunca he trabajado más en la vida, pero estoy que no quepo en mí. Solo uno muerto, sin rechazos por parte de las madres y todos los corderos en buen estado. Ha sido un comienzo épico. Y me alegro de que hayamos estado aquí para ayudar.

Ahora tengo que limpiar a mi mujer y después irnos a la cama.

Alessia se apoya contra mí bajo la maravillosa agua caliente, con los ojos cerrados.

Amor mío.

Es increíble, no hay otra manera de describirla.

Se ha recogido la trenza en un moño que desafía a la gravedad y consigue que no se le moje. Cojo una esponja y el gel, y empiezo a lavarle las manos, los brazos y la cara con suavidad. Después la sujeto mientras me lavo yo.

Maxim seca a Alessia con una toalla. Le cuesta la misma vida mantener los ojos abiertos y cree que hasta tiene el pelo cansado. Pero también está emocionada. Por fin siente que está ayudando y aportándole algo a Maxim, y a los trabajadores de la propiedad que la han recibido con los brazos abiertos.

—¿Podemos acostarnos ya? —murmura.

Maxim le toma la barbilla con una mano y le echa la cabeza hacia atrás con ternura, de modo que ella abre los ojos.

—Sus deseos son órdenes para mí, lady Trevethick. Gracias por lo de esta tarde y esta noche. Has estado increíble. Seguro que también estás muerta de hambre. —Le acaricia los labios con los suyos.

—No. Solo cansada. Cansadísima. —Lo mira con una sonrisa somnolienta y él deja caer la toalla, la levanta en volandas y la lleva a la cama.

Alessia está dormida antes de que me aparte y la tape con el nórdico. Le retiro un mechón rebelde de la cara, y no se mueve.

—Mi chica, valiente y fuerte. Gracias —susurro antes de besarla en la frente.

Termino de secarme, me pongo el pijama y me meto en la cama junto a mi mujer, antes de acurrucarme a su lado y aspirar su aroma...

Me despierta el tintineo de las tazas. Danny ha entrado en el dormitorio con una estupenda bandeja con el desayuno y café. El olor es incitante y se me hace la boca agua.

Me muero de hambre, joder.

—Buenos días, milord. Me he enterado de que han tenido una noche muy movida.

—Buenos días —susurro, porque no quiero despertarme. Abro los ojos, y veo que Alessia los entreabre pero los vuelve a cerrar.

Danny deja la bandeja a los pies de la cama.

—Son más de las once, milord. He pensado que les gustaría desayunar —dice, y ni siquiera recuerdo la última vez que me trajo el desayuno a la cama.

Tengo que caerle muy bien ahora mismo.

O a lo mejor es Alessia.

Seguramente sea Alessia.

—Gracias, Danny. —Me siento en la cama, y Alessia sigue dormida a mi lado.

Danny mira a mi esposa, con una expresión tierna y cariñosa que no creo haberle visto en la vida.

—Ay, milord, eligió bien —dice, y, tras eso, parece recuperar el sentido común. Endereza la espalda, carraspea, recoge nuestra ropa sucia del suelo y se marcha.

El desayuno huele que alimenta.

Beicon, huevos, champiñones y tostadas.

Me acerco la bandeja, y Alessia se despierta.

—Huelo comida —dice con voz somnolienta.

—¿Tienes hambre? —le pregunto.

Me mira con una sonrisa adormilada.

—Muchísima.

Alessia empieza a familiarizarse con el ritmo de la casa. Por las mañanas, después de asearse y vestirse, y tal vez hacer el amor, Maxim y ella desayunan con el personal en la enorme cocina. Normalmente, en el segundo turno. Después de eso, Danny y ella se reúnen para acordar el menú del día, cuadrar las cuentas y hablar de lo necesario para las residencias vacacionales, lo que incluye el Hideout, y de cualquier problema doméstico o cualquier tarea que haya que llevar a cabo. Cuando terminan, Alessia va al establo para ayudar con las parideras y trasladar a las ovejas con su prole a otros corrales para afianzar el vínculo.

Incluso ha conducido.

Sin Maxim.

Él estaba muy nervioso, pero la dejó conducir.

Y lo consiguió.

Tiene que sacarse el permiso de conducir. Y pasar un examen.

¡Todo a su tiempo, Alessia!

Durante la semana, la explotación agraria ha dado la bienvenida a ciento noventa y siete corderos, de momento.

Alessia ha trabajado dos turnos de noche más para ayudar. Y le encanta.

Le encanta vivir aquí.

Le encanta sentirse… útil.

Ya conoce a todos los trabajadores por su nombre, sabe quién vive en la propiedad, quién vive en el cercano pueblo de Trevethick y quién vive más lejos. Todos están encantados de que vaya para compartir la carga de trabajo.

Y es «milady».

Para todos.

A primera hora de la noche disfruta de un paseo con Jensen, Healey y su marido. Los animales adoran a su esposo casi tanto como ella…, aunque él le asegura que los perros eran de Kit. Los cuatro han recorrido la propiedad, y Maxim le ha contado anécdotas de su juventud y de sus muchas, muchísimas travesuras, y se ha formado una imagen mental de la vida idílica que Maxim y sus hermanos tuvieron aquí en la propiedad.

Con razón le gusta tanto este sitio.

Han paseado un par de veces por la playa de Trevethick, y ha respirado el aire fresco y salado junto al mar.

Él le ha dado el mar… otra vez.

Y le encanta.

Sin embargo, mañana será distinto. Mañana, después de la iglesia, vuelven a Londres para la audición de Alessia, que será el lunes. Ha estado estudiando para ello por las tardes. Se ha perdido en los colores de su música en la gran sala de música.

Maxim también ha estado ocupado. Además del novedoso proyecto de la destilería, ha estado dándole vueltas al concepto de la agricultura regenerativa. Esta noche va a reunirse con todos sus arrendatarios en Tresyllian Hall y con un granjero que viene desde un lugar llamado Worcestershire —que a ella le resulta imposible de pronunciar— para compartir ideas. Se van a servir aperitivos y bebidas. Danny, Jessie y Melanie, una de las trabajadoras a tiempo parcial que ayuda a Danny, se ocupan de servirlo todo, pero Alessia también estará presente para ayudar si es necesario. Está ansiosa por que llegue el momento, ya que es la primera vez que van a recibir visitas en Tresyllian Hall y ella también quiere aprender sobre esas nuevas técnicas agrarias.

La única preocupación de Alessia es Maxim. A veces parece un poco distraído. Y no está segura de si se debe al distanciamiento con su madre o a otra cosa. Le ha preguntado, pero él dice que está bien. De hecho, dice que nunca ha sido más feliz.

Todo está bien.

Estamos aquí, juntos.

Y la vida es una maravilla ahora mismo.

Gracias a ti. Te quiero.

Alessia siente lo mismo, pero le gustaría que se reconciliara con Rowena porque, en el fondo, sospecha que Maxim está sufriendo.

R epaso mis notas para la reunión de esta noche sentado a mi mesa. Estoy emocionado. Michael, nuestro administrador y encargado de la explotación agraria, ha hecho que me pique el gusanillo. Mi padre se adelantó a su tiempo cuando se pasó a lo ecológico. El padre de Michael, Philip, que administraba la explotación agraria en aquel entonces, ayudó a convencer a los arrendatarios de que también se pasaran a lo ecológico. Hoy, con la ayuda de Michael, espero convencer a los arrendatarios locales de que la agricultura regenerativa es el siguiente paso en nuestro viaje hacia la sostenibilidad. La agricultura regenerativa y sostenible es el camino: ayuda a la propiedad, a nuestros productores, a nuestra tierra, a la zona y al planeta. Alimenta y repara el suelo, absorbe dióxido de carbono y aumenta la biodiversidad. Mientras me documentaba, me he convertido en un fan apasionado. Esta noche contamos con la presencia de un agricultor defensor de este método que viene desde Worcestershire, Jem Gladwell. Su extensa granja usa las técnicas regenerativas más modernas, y está lo suficientemente implicado como para querer extender la palabra y hablar con sus colegas granjeros con un lenguaje que ellos entiendan.

Me muero por conocerlo, y se va a quedar a pasar la noche.

¡Nuestro primer invitado!

Y si esta noche tiene éxito, espero repetir el proceso en Angwin y Tyok.

En cuanto termino con las notas, miro el correo electrónico y mi mente vuela de nuevo a Caroline, y, de ella, al diario de Kit. Lo he guardado a escondidas en la caja fuerte y me he quedado con la llave. No he leído más páginas, pero no sé qué hacer. No sé si quiero descubrir más o si mejor dejo que Kit conserve sus secretos. Al fin y al cabo, ya no está con nosotros.

Debería dejarlo descansar.

Sin embargo, me reconcome: Caroline, infiel.

¿Es sorprendente que folláramos cuando él murió? Creía que nos habíamos unido por una extraña alquimia del duelo. Seguramente fuera así, pero, al echar la vista atrás, no hubo contención por ninguna de las dos partes.

Mierda.

¿Fue infiel durante todo su matrimonio?

Dijo que lo quería.

Se quedó hecha polvo cuando murió.

¿Lo bastante como para acostarse conmigo?

Joder.

Detesto que estos pensamientos me atormenten. Ninguno de los dos nos portamos bien.

Caro me ha enviado los diseños de interiores para los edificios señoriales de Mayfair. Hay tres opciones, todas buenas. Pero no la he llamado para hablar del tema. Oliver quiere la opción más barata, aunque no me sorprende. Volveremos a Londres mañana por la noche para pasar unos días, así que ya quedaré para hablar con ella.

Alguien llama con suavidad a la puerta y Melanie, una de las ayudantes de Danny del pueblo, asoma la cabeza.

—Buenas tardes, milord. El sargento Nancarrow ha venido para verlo.

¿Qué? ¡Mierda!

La ansiedad se desata como una inmensa ola en mi pecho. ¿Qué quiere? ¿Interrogar a Alessia? ¿Un sábado? Creía que lo habíamos evitado.

—Llévalo al salón principal y ofrécele algo de beber. Me reuniré con él enseguida.

—Sí, milord.

Suelto el aire. ¿Qué quiere ahora?

Cuando entro en el salón, Nancarrow está bebiendo té mientras mira las fotos familiares dispuestas en una de las mesas de estilo Reina Ana. Se oyen las notas procedentes de la sala de música, donde Alessia está tocando el piano.

Que no se te vaya la pinza, colega.

—Sargento Nancarrow, buenas tardes.

Se vuelve y le tiendo la mano.

—Milord, me alegro de verlo. —Nos estrechamos la mano y le indico el lugar donde Melanie ha dispuesto el té para sentarnos.

—Enhorabuena por su reciente matrimonio —dice al tiempo que me mira con una sonrisa afable.

Vamos bien de momento.

—Gracias. ¿En qué puedo ayudarlo?

Suelta un rápido suspiro y deja la taza, con expresión seria.

—Le traigo noticias, milord. Malas. A principios de esta semana, los dos hombres que detuvimos en su propiedad de alquiler fueron asesinados mientras estaban en prisión preventiva.

Siento una opresión en la cabeza y me mareo de repente; estoy seguro de que la sangre se me agolpa en los pies.

¿Qué cojones?

—¿Cómo?

—Los detalles no se han hecho públicos todavía —contesta él en voz baja, observándome con detenimiento.

Me acomodo en el asiento, totalmente estupefacto…, y una imagen, enorme y desagradable, del Cabrón mostrándome los recortes de periódico se impone en mi mente.

—Me ha parecido que debía informarle. La acusación contra ellos quedará archivada, pero ni lady Trevethick ni usted tendrán que testificar en un juicio.

—Sí —susurro mientras mi mente empieza a funcionar a mil por hora.

¿Anatoli los asesinó?

¿Tiene esa clase de poder?

¿Ha sido otra persona en su nombre?

Joder, joder. ¿Debería contárselo a Nancarrow?

—Así que quería devolverle esto. —Habla con voz más amable y me ofrece una enorme bolsa de Tesco. Dentro están mi portátil y mi mesa de mezclas.

—¿Cómo lo ha conseguido?

—Los objetos estaban en el maletero de su coche. El BMW. Custodiábamos el coche y todo esto en calidad de pruebas, pero ahora el caso se ha cerrado. —Se encoge de hombros—. Los números de serie coinciden con los de sus objetos perdidos. He creído que sería mejor devolverlos.

—Gracias.

Se le oscurece la mirada, y no sé si es un mal presagio.

—Y también estaba esto. —Se mete una mano en un bolsillo y saca un sobre marrón que me entrega—. Estábamos esperando que la policía londinense pidiera todas las pruebas, pero no han llegado a hacerlo. Y ahora…, en fin, ya no tiene mucho sentido.

Abro el sobre, presa de curiosidad. Dentro hay un pasaporte: el antiguo de Alessia.

¡Mierda!

Lo miro a los ojos y no tengo ni idea de lo que va a decir ni de lo que yo debería replicar.

—He creído que a lady Trevethick le gustaría recuperarlo, milord.

Me quedo tan de piedra que no sé qué decir.

Sonríe al verme la cara.

—Y que esto cierre este asunto.

Lo miro boquiabierto, sin saber si debo creer lo que está diciendo implícitamente.

—Gracias —consigo responder.

—Tengo entendido que ha causado una gran impresión aquí, milord.

—Maxim, por favor.

Sonríe.

—Maxim.

—Así es. En todos nosotros. La que toca ahora mismo es ella.

—¿El piano?

—Sí.

—Me encanta Beethoven.

—Acompáñeme. No le importa tener espectadores.

—No quiero molestarla.

—No pasa nada. Venga.

—Adiós, sargento Nancarrow —se despide Alessia mientras se estrechan la mano.

—Milady, ha sido un placer. —Se pone colorado, y sé que mi mujer ha conquistado otro corazón.

—Milord. Maxim —se corrige, y tras despedirse con un gesto de la cabeza, se dirige hacia su coche patrulla.

Suelto el aire. No le ha hablado de la muerte de sus secuestradores a mi mujer, y decido guardarme esa información de momento; sé lo mucho que la altera oír hablar de esa parte de su vida.

—Parece muy agradable —dice, pero no muy convencida—. ¿Por qué ha venido?

—Me ha devuelto parte de lo que me robaron del apartamento esos capullos que arrestaron en el Hideout y también ha traído esto. —Me saco el antiguo pasaporte de Alessia del bolsillo.

—*O Zot!* ¡Lo sabe! —Se muerde el labio inferior y pone los ojos como platos por la preocupación.

—Pues sí, pero ha decidido darnos el beneficio de la duda. No va a investigar.

Alessia frunce el ceño.

—Pero cuando Dante e Ylli vayan a juicio… —Deja la frase en el aire, y clavo la mirada en el coche de Nancarrow mientras se pierde por el camino—. Maxim, ¿qué pasa?

Joder.

—¡Dímelo!

Me vuelvo para mirarla, y tiene los dientes apretados.

—Han muerto en prisión.

—¿Qué? ¿Dante e Ylli? ¿Los dos? —Lo pregunta con un hilo de voz.

Asiento con la cabeza.

—Es el principal motivo de que Nancarrow haya venido a verme, a vernos.

—Están muertos —susurra de nuevo, como si no terminara de creérselo.

—Eso parece.

—¿Asesinados?

—Sí.

Me mira con atención, y veo un sinfín de emociones pasar por sus ojos hasta que se le endurecen. Gélidos. Crueles. Nada que ver con mi chica.

—Bien —dice con tal pasión que me deja de piedra—. Ojalá se pudran en el infierno.

Guau. Pero, a ver, sí, yo también lo espero.

—Eso quiere decir que no habrá juicio. Nos hemos librado de todo eso —susurro.

Sus ojos oscuros se llenan de lágrimas.

Mierda. No.

—Por favor, no llores. No por ellos. —La estrecho entre mis brazos con fuerza y la beso en la coronilla.

—No, por ellos no —replica—. Por sus víctimas. Pero es un alivio. Somos libres.

—Lo somos.

Suelta el aire y su cuerpo se relaja entre mis brazos como si le hubieran quitado un gran peso de encima.

—Es un alivio. —Echa la cabeza hacia atrás, ofreciéndome los labios, y la beso, atrapado en su hechizo mientras me entierra los dedos en el pelo y me da un tirón para acercarme a ella. Se aparta y me mira con una dulce sonrisa—. Ahora solo tenemos que conseguir que hables con tu madre.

Resoplo y meneo la cabeza.

—¿Qué? Menudo cambio de tema. Y es mi madre la que tiene que hablar conmigo. Le he mandado un mensaje de texto.

—¿En serio? Bien. Hablará contigo. Te quiere. No estaba preparada para contar su historia. Solo los escabrosos…, hum…, titulares. Y tú no estabas preparado para escuchar.

Me tenso.

—No sé si llegaré a estarlo y tampoco sé si alguna vez me quiso. Quería a Kit.

Alessia me acaricia la cara.

—Pues claro que te quiere. —Tira de mí para besarme—. ¿Cómo no iba a hacerlo? Eres hijo suyo… y yo te quiero —susurra.

Alguien tose en el pasillo a nuestra espalda, de modo que nos apartamos y nos enderezamos.

—¿Danny?

—Milord, Jem Gladwell ha venido para verlo.

—Genial. Hazlo pasar al salón principal.

Estamos tumbados en la cama cuando deberíamos estar durmiendo.

—¿Podemos volver? —pregunta Alessia con la cabeza apoyada en la almohada, y la miro mientras me recorre el contorno del tatuaje con un dedo. Me hace cosquillas…, pero me encantan sus caricias.

—Pues claro que vamos a volver. Es nuestro hogar.

—Pero pronto. —Me toma la cara entre las manos.

—En cuanto acabes con las audiciones. Claro.

—Bien. Me encanta vivir aquí.

—A mí también. Me siento lleno de esperanza en este sitio. Y ahora más esperanza que nunca por el futuro de la propiedad y de toda la zona en general. Gladwell me ha parecido muy inspirador.

—Sí. Y también gracioso. Es buena…, hum…, ¿compañía?

—Sí, eso sirve. Es buena compañía. Me muero por verlo de nuevo cuando vaya a Angwin. —La estrecho entre mis brazos—. Creo que le has caído bien. —Le acaricio con la nariz el punto donde le late el pulso por debajo de la oreja.

Alessia se retuerce y se ríe entre mis brazos.

—Me haces cosquillas.

Dejo de torturarla y miro su preciosa cara.

—Deberíamos dormir. Tengo que leer mañana durante la misa y luego nos espera un largo viaje en coche de vuelta a Londres.

—¿Estás nervioso por la lectura?

Me acomodo en la almohada mientras sopeso la respuesta, y Alessia se acurruca a mi lado.

—No, no estoy nervioso. Me siento un poco hipócrita, la verdad. No soy religioso. Nunca lo he sido. Pero Trewin tiene razón. Está para ayudar a la comunidad, y yo tengo que dar un paso al frente y ayudar también a la comunidad, me guste o no. Esta noche, mientras escuchaba y observaba a nuestros arrendatarios y a los trabajadores de la propiedad, me he dado cuenta de que nos unimos para formar un todo cohesionado. Todos trabajamos por el bien de la comunidad. Y tú y yo formamos parte de eso. Nunca lo había pensado… cuando Kit estaba al mando. Ahora quiero formar parte de todo esto más que nunca. Es importante mantener este sitio vivo y floreciente para nosotros y para cualquiera que viva en Trevethick y en los alrededores. Somos su corazón latente.

A Alessia le brillan los ojos. En ellos veo esperanza y…, creo, admiración.

—Yo también quiero formar parte de eso —susurra.

—Oh, nena, lo eres. Lo eres mucho más de lo que crees.

—Me ha encantado el tiempo que hemos pasado aquí. No puedo creer que esta sea ahora mi vida. Es como un sueño. Gracias.

487

Le acaricio una mejilla con los dedos.

—No, amor mío. Debería ser yo quien te dé las gracias. Este lugar ha cobrado vida contigo aquí.

Alessia menea la cabeza como si no creyera lo que le digo y me besa. Como es debido, mientras me desliza una mano por el cuerpo…, despertándolo todo a su paso.

¿Otra vez? ¡Ay, Dios!

30

—¿Quieres que espere? —pregunta Maxim. Están en el impresionante vestíbulo del Royal College of Music con su suelo de mosaico, y faltan cuarenta minutos para la audición de Alessia.

—No sé cuánto voy a tardar, pero estaré bien —contesta Alessia haciendo caso omiso de su acelerado corazón—. Tienes que trabajar. Cuando acabe, iré a tu despacho.

Maxim frunce el ceño, como si no lo viera claro, y ella le coloca una mano en el pecho, sintiendo el calor de su cuerpo a través de la camisa.

Reconfortada por su calidez, el corazón empieza a latirle más despacio y casi recupera su ritmo habitual.

—Estaré bien —repite al tiempo que echa la cabeza hacia atrás para recibir un beso.

—Vale. Nos vemos en mi despacho. Buena suerte —responde él antes de acariciarle los labios con los suyos—. Y como se dice aquí: mucha mierda.

Alessia frunce el ceño y lo mira sin entender.

¿Mucha mierda?

Maxim le coge la barbilla entre el pulgar y el índice de una mano, y le levanta la cabeza. Esos relucientes ojos verdes la miran con expresión risueña.

—Solo es una expresión para desear buena suerte.

—¡Ah! —Alessia le devuelve la sonrisa.

—Vete a calentar. Vas a hacerlo genial.

Alessia coge su bolso y, tras una última mirada a su guapo marido, sigue al joven estudiante que ha estado esperándola pacientemente.

Suben dos tramos de escaleras y después enfilan un largo pasillo. El estudiante se presenta como Paolo y le da la bienvenida al conservatorio. Va vestido de forma informal con vaqueros y un jersey, y Alessia espera no ir demasiado arreglada con su traje de pantalón negro. Paolo se detiene y abre una de las puertas de una pequeña sala de ensayo.

—Puedes calentar aquí. Volveré dentro de unos veinte minutos para acompañarte a la audición.

—Gracias —replica Alessia, que echa un vistazo alrededor de la reducida estancia, aunque solo tiene ojos para el Steinway vertical y la banqueta. Son los únicos muebles de la habitación. Paolo cierra la puerta, y Alessia deja el bolso en el suelo y se sienta en la banqueta.

Por fin ha llegado el momento. Está en el conservatorio. Ha practicado, practicado y practicado un poco más. Podría tocar las partituras hasta del revés. Ha visto montones de vídeos en YouTube sobre técnicas de audición y qué esperar. Está lista.

Tras respirar hondo, coloca las manos en las teclas y empieza a calentar…, encantada con el sonido del piano en esa estancia tan acogedora e insonorizada.

En el taxi de camino a la oficina, me vibra el móvil y creo que puede ser Alessia. Pero no. Es otro mensaje de Caroline. Me ha enviado unos cuantos durante los últimos días pidiendo opinión sobre sus diseños.

¡Por el amor de Dios! Si vamos a vernos esta misma mañana. ¡No sabía que necesitara tanto respaldo en su faceta profesional! Con el nuevo mensaje está probando una táctica diferente.

¿Qué tal en Cornualles?
¿A303 o M5/M4?

El mensaje me arranca una carcajada renuente.

Sabes que odio la A303.
¡Es para jubilados!
Hasta luego.

Desvío la mirada hacia el ajado maletín que tengo al lado. Dentro están mis notas sobre nuestra reunión con Jem Gladwell, que quiero compartir con Oliver, y también el diario de Kit, cuya mera existencia me provoca un agujero en la conciencia que no deja de molestarme.

¿Debería leerlo?

Tal vez.

¿Debería quemarlo?

A lessia controla los nervios y entra en la sala de audiciones, donde se encuentra con un tribunal del conservatorio, formado por dos hombres y una mujer, sentados a una larga mesa. La estancia es más espaciosa que la otra —lo bastante grande como para albergar un Steinway de cola en el centro—, con una amplia ventana de guillotina orientada hacia el Royal Albert Hall.

El hombre de más edad se pone en pie.

—Alessia Trevelyan. Bienvenida. Soy el profesor Laithwaite, y me acompañan los profesores Carusi y Stells.

Alessia estrecha la mano que le tiende.

—Buenos días, profesor. Buenos días —añade, dirigiéndose a los otros dos miembros del tribunal, que corresponden a su saludo con sendas sonrisas.

—¿Tiene su música?

—Sí. —Saca las partituras del bolso y las coloca en la mesa delante de los profesores.

—Por favor, tome asiento al piano.

—Gracias.

—Oh. ¿Qué es esto? —pregunta la profesora Carusi mientras mira una de las partituras—. ¿*Valle e vogël*?

—Sí. Es de un compositor albanés. Feim Ibrahimi.

—Por favor. Es corta. Vamos a oírlo. Y luego puede pasar al Liszt.

Alessia asiente con la cabeza, contenta de que quieran escuchar a uno de los principales compositores de su país. Respira hondo, coloca los dedos en las teclas, tranquilizándose al sentir el conocido tacto del marfil, y empieza a tocar. La música es brillante y expresiva, un homenaje a una canción popular albanesa que se extiende por la sala en tonos morados y azules, que poco a poco se transforman en azules claros. Cuando las notas finales se desvanecen, Alessia se pone las manos en el regazo, respira hondo de nuevo y comienza el Liszt. Las notas la llevan de vuelta al apartamento de Chelsea, con la nieve arremolinándose en la ventana aquella primera vez que tocó para Maxim.

—Ya basta, gracias —la interrumpe el profesor Laithwaite al comienzo del penúltimo crescendo.

—Oh.

—El Beethoven. Me gustaría escucharla desde el compás treinta y siete —dice Stells.

—De acuerdo —contesta Alessia, un tanto sobresaltada. *¿No les gusta su interpretación? ¿Ha tocado mal?*

Suelta el aire despacio mientras su mente repasa los tonos de la partitura hasta llegar al compás treinta y siete. Pone las manos en las teclas de nuevo y empieza a tocar con el corazón y con el alma el resto de la pieza, mientras los colores —rojos y naranjas intensos— fluyen a su alrededor.

La sonrisa de oreja a oreja de Oliver y el apretón de manos sugieren que está encantado de verme.

—¿Qué le pareció Gladwell? —me pregunta.

—Me ha parecido fantástico. Como a nuestros arrendatarios, por cierto.

Oliver aplaude, un gesto de alegría espontáneo e inusual.

—Michael lleva más de un año intentando implementar la idea de la agricultura regenerativa.

—No me lo dijo.

—Sí. Es que a Kit no le interesaba. —Oliver menea la cabeza y mira hacia otro lado, como si estuviera avergonzado o se hubiera ido de la lengua, y me doy cuenta de que no quiere ser desleal con su amigo, mi hermano.

—Bueno, creo que Kit dejó pasar una gran iniciativa. A mí me emociona la idea. Nuestro próximo movimiento es animar a los arrendatarios de Angwin y Tyok. Gladwell está listo. Y deberíamos hablar más a fondo sobre la compra o el alquiler del equipo fundamental. Va a ser caro.

—Podemos presupuestarlo. Hablaré con los administradores de ambas propiedades y concertaré una cita con ellos.

—Perfecto. ¿Algún asunto urgente?

—Solo el diseño de los interiores de la mansión de Mayfair.

—¿Caro?

—Sí. —Creo que nunca lo había oído pronunciar un sí con tanta cautela.

—¿Hay algún problema?

—No, por supuesto que no. —Oliver carraspea y yo entro en mi despacho.

Qué raro.

Mi primera tarea es llamar a Leticia y contarle las noticias del sargento Nancarrow.

Y por qué quiere estudiar en el Royal College of Music? —pregunta la profesora Carusi mientras esos ojos de mirada astuta la evalúan.

—Necesito una base fuerte para mi música. Hasta ahora mi educación musical ha sido… bastante local. No, limitada, y sé que puedo llegar más lejos con la formación adecuada.

—¿Dónde cree que necesita ayuda?

—Con mi técnica. Quiero desarrollar mi voz, mi forma de tocar. Y mi vocabulario musical.

—¿Con qué fin? —pregunta el profesor Stells.

—Me encantaría tocar en los escenarios. Por todo el mundo.

Alessia no puede creer que haya dicho eso en voz alta.

Los profesores asienten en silencio como si fuera una posibilidad, y Alessia está encantada con la idea. No quiere decirles que la otra razón por la que quiere estudiar en el conservatorio es porque necesita un visado de estudiante.

—Bueno, gracias por venir a vernos. ¿Ha concertado audiciones con otros conservatorios?

—Sí.

El profesor Laithwaite asiente con la cabeza.

—Nos pondremos en contacto con usted.

Alessia no tiene ni idea de si ha salido bien, pero está aliviada de que haya terminado. Sabe que ha tocado bien…, pero ¿ha sido suficiente? Una vez en el taxi, se deja llevar por un impulso y le hace una videollamada por FaceTime a su tío abuelo.

—Alessia, cariño. ¿Cómo estás?

Lo pone al día sobre la semana que ha pasado en Cornualles y le habla de su audición.

—¿A quién has visto?

—¿A qué te refieres?

—¿Quién estaba en el tribunal de la audición?

Alessia contesta.

—Hum…, todos son buenos. Te irá bien. Lo sé. ¿Se lo has dicho a tu madre? Estará encantada. Hemos hablado a menudo, aunque no habla el idioma tan bien como tú.

Alessia sonríe, encantada al oír que han estado en contacto.

—No. Ahora la llamo.

—En fin, buena suerte, cariño. Cuéntame cuando sepas algo y ya me dices cuándo podemos vernos de nuevo.

Acto seguido, llama a su madre para darle las noticias.

Estamos sentados a mi mesa de reuniones, mientras Caroline nos explica a Oliver y a mí sus tableros de inspiración y sus diseños, dejando bien claro que se ha esforzado mucho en el proceso. La primera opción es opulenta, pero elegante; la segunda, lujosa, acogedora y relajada; la tercera, audaz, pero minimalista. Debo admitir que todas son diferentes, pero ingeniosas. Caro tiene un gusto exquisito.

—Creo que prefiero la segunda opción. —No es la más cara, pero tampoco la más barata. Miro a Oliver para ver si comparte mi opinión.

—Estoy de acuerdo —dice Oliver, asintiendo con la cabeza.

—Bien. Decidido. Me pondré a ello —contesta Caroline con orgullo.

—Si me disculpan… —Oliver se levanta de la mesa y se va.

Caroline lo mira con el ceño fruncido. Se vuelve hacia mí.

—Bueno, ¿qué tal en Cornualles? ¿Cómo encajó Alessia?

—Genial. Gracias. Fue estupendo volver. Alessia estuvo increíble, es increíble. Ayudó con el nacimiento de los corderos.

—Hum…, ¿en serio? —Caro frunce el ceño.

Hago caso omiso de su reacción y añado:

—Sí. Tenía clarísimo lo que había que hacer. De hecho, quiere regresar a Cornualles lo antes posible. Creo que está más cómoda en Tresyllian Hall.

—¿Por qué no iba a estarlo? Allí se lo dan todo hecho y es un sitio muy rural.

—En realidad, no se lo dan todo hecho —rebato, mosqueado—. ¿Qué quieres decir con eso?

—¡Por el amor de Dios, Maxim! Relájate un poco. Creo que la vida en Londres la intimida un poco, nada más. ¿Cómo no iba a hacerlo? Cuando está aquí, es el centro de atención. No me sorprende —murmura Caroline y comienza a recoger sus cosas.

En vez de provocar una discusión, cambio de tema.

—Voy a vender la colección de coches de Kit. ¿Te gustaría conservar alguno?

Se detiene un instante como si estuviera considerándolo y luego niega con la cabeza.

—No, eran de Kit. Yo no tuve nada que ver.

—¿Estás segura?

Ella asiente con la cabeza.

—Debería dejar los aposentos de la condesa —añade, un poco triste.

—No hay prisa. Seguimos en mi dormitorio.

—Ah —replica ella, levantando las cejas.

¿Lo ves? ¡Alessia no es la mercenaria arribista e interesada que tú crees que es, Caro!

—Bueno, ¿qué planes tenéis en la agenda para vuestra estancia aquí?

—No sé cuánto tiempo nos vamos a quedar. Alessia tiene audiciones en el Royal College of Music, en la Royal Academy of Music, en el Guildhall y en otro sitio más que no recuerdo.

—¡En todos!

—Sí. Tiene talento. Y necesita que la acepten en alguno para poder solicitar un visado. De lo contrario, deberá regresar a Albania durante un mes más o menos. Y eso no nos apetece a ninguno de los dos.

Caroline pone los ojos en blanco.

—Por el amor de Dios. Ni que fuera a dejar seco el patrimonio familiar. No entiendo por qué es tan difícil.

Suspiro.

—Yo tampoco. Nuestro gobierno cree que necesitamos este ambiente hostil. Es desquiciante, joder.

—Desde luego. —Caro coge su maletín y rodea la mesa, aunque se detiene de repente al ver el diario de Kit en mi escritorio.

Mierda. Debería haberlo guardado.

Se queda blanca al instante. Sus mejillas pierden el color.

—Lo has encontrado —dice con un hilo de voz muy elocuente.

—Sí. Estaba en Tresyllian Hall, en un cajón de su mesa cerrado con llave.

Ella me mira con los ojos abiertos de par en par, asustada, y su malestar aumenta por segundos. Nos miramos como si la estancia se fuera quedando sin aire por la presencia del pequeño y ajado diario con tapas de cuero. Por la presencia de las últimas palabras escritas por Kit.

—Di algo —susurra.

—¿Qué quieres que te diga, Caro? —Me encojo de hombros. Esto no es asunto mío.

—¿Lo has leído?

Abro la boca y la cierro de nuevo.

—Maxim, ¡dímelo!

Sé que no me dejará tranquilo hasta que le diga la verdad.

—Lo has leído. No tengo duda. Nunca me engañas.

Joder.

—La última entrada.

Traga saliva.

—¿Qué dice? —Apenas si la oigo.

Alguien llama a la puerta y aparece Oliver, con una sonrisa educada e irradiando alegría mientras invita a pasar a Alessia. Me animo en cuanto la veo entrar. Mi mujer es la caballería que viene a salvarme de una conversación incómoda.

—¿Os interrumpo? —pregunta ella, pero de forma agradable.

—No, por supuesto que no. —Encantado, me acerco a ella y le doy un pico en los labios. Todos los demás desaparecen—. ¿Cómo te ha ido?

Se encoge de hombros, pero sonríe.

—No lo sé. Ya veremos. Me gusta tu despacho. —Mira a mi alrededor—. Hola, Caroline —dice con dulzura.

—Alessia, querida. ¿Cómo estás? —Caroline parece recuperar su fortaleza y se acerca a ella para saludarla besándola en las mejillas.

Oliver ha salido del despacho.

—Caroline nos ha enseñado a Oliver y a mí sus diseños para la reforma de la que te he estado hablando.

Alessia me mira con esos ojos oscuros y asiente con la cabeza, aunque lo hace con expresión interrogante.

Joder. Sabe que pasa algo.

No le he dicho a Alessia cuáles son las últimas palabras escritas por Kit porque no es asunto mío, y mucho menos de mi esposa, y también porque no sé qué pensaría de mí si se enterara de que he invadido la privacidad de Kit. Pero principalmente porque Alessia tiene sus dudas con respecto a Caroline en el mejor de los casos —he llegado a esa conclusión yo solo— y no quiero empeorarlo.

—Mejor me voy. Ah, se me olvidaba —comenta Caroline con su dicción impecable mientras se echa el pelo hacia un lado tras haber recuperado su actitud habitual—. Tu madre por fin ha dado señales de vida.

¡Oh!

—¿De verdad?

—Quiere retrasar la misa en recuerdo de Kit al otoño.

—¿Qué opinas tú?

—Creo que es un poco tarde. Ya sabes, es una forma de pasar página. El último adiós. —Mira hacia otro lado, probablemente para ocultar la emoción o la vergüenza, no lo sé.

—Sí, claro. Deberíamos hablar con ella. Me pregunto qué piensa Maryanne.

Caro asiente con la cabeza. Ha apretado los labios como si estuviera conteniendo el dolor. Y debo recordarme que Kit descubrió que Caro le estaba siendo infiel…, porque desde luego que borda el papel de viuda afligida.

—¿Rowena está en Londres? —pregunta Alessia.

—Sí.

Alessia deja de mirar a Caro y me mira a mí.

—Deberías hablar con ella. Y tal vez convencerla de que…, hum…, antes es más… No, de que cuanto antes, mejor.

—Vendrá esta noche. Tal vez os apetezca uniros a la cena —sugiere Caro.

—Nos gustaría mucho —responde Alessia sin dudar, al tiempo que me coge de la mano para que no pueda protestar.

¿Cómo?

31

Mi esposa ha estado haciendo campaña silenciosa para que me reconcilie con la Matriarca desde la crisis a medianoche de Rowena. Alessia cree que no me he dado cuenta, pero que demuestre tanto entusiasmo por encontrarse con mi madre es sorprendente, dado lo horrible que ha sido con ella.

«Deberías oír su versión de la historia de Kit. A veces las mujeres nos encontramos en situaciones difíciles».

Que acepte voluntariamente relacionarse con la Matriarca puede ser o bien un gesto temerario, o bien valiente.

Colega. ¿A quién quieres engañar?

A Alessia le sobra valentía.

Sale de la habitación al pasillo, donde la estoy esperando.

—¿Voy bien así? —me pregunta, levantando la barbilla y mirándome con esos oscuros ojos. Ha elegido los Jimmy Choo, un elegante pantalón negro y una blusa de seda de color crema. Se ha peinado el pelo hacia atrás y se lo ha recogido con una trenza que parece muy complicada, y lleva los pendientes de perlas que le compré en París. Su maquillaje es discreto, la acompaña el caro olor del perfume de Chanel y su anillo de compromiso reluce bajo la luz de la araña del techo.

La imagen perfecta de la mujer de un par del reino.

Por un instante, regreso a la época en la que una chica tímida con los ojos más oscuros que había visto nunca me dijo su nombre con voz titubeante aferrándose a una escoba.

El pañuelo en el pelo.

La bata de nailon azul.

Las ajadas zapatillas de deporte.

Siento la amenaza de un nudo en la garganta.

Mi mujer borda lo de ser condesa.

Carraspeo para librarme de la emoción.

—Estás perfecta.

Ella agita una mano para restarle importancia al cumplido, pero el leve gesto de sus labios me dice que le ha gustado.

—Tú sí que estás perfecto. Muchamente.

—¿Con esta chaqueta vieja? —Sonrío mientras les doy un tirón a las solapas de mi americana Dior—. En fin, cuanto antes nos vayamos, antes acabará todo. ¿Vas bien con esos tacones?

—Sí.

La ayudo a ponerse la chaqueta antes de activar la alarma, y salimos del apartamento cogidos de la mano.

Los días en Cornualles han surtido efecto. Ya no hay paparazzi a la entrada del edificio. La noche es agradable. El aire del crespúsculo sigue templado después de un fantástico día soleado, heraldo de la primavera.

—Deberíamos mudarnos a la casa nueva —dice Alessia mientras nos acercamos al que será nuestro hogar en Cheyne Walk.

—Pues sí.

—Puedo encargarme de todo.

—Vale. —Sonrío—. Lo dejaré en tus manos. Nos mudaremos cuando quieras.

—El mueble más importante es el piano.

—Seguramente haya que sacarlo del apartamento con una grúa.

Se detiene justo frente a la casa.

—¡Con una grúa!

—Hay empresas de mudanza especializadas en esas cosas. Creo que así fue como lo subimos.

—*O Zot!*

—Sí. *O Zot.* Es un truco fantástico. Me compraría uno nuevo, pero me gusta mucho ese piano.

—Y a mí —dice con expresión ausente—. Tiene un sonido increíble. Cuando limpiaba el piso, era mi forma de evadirme. Solía tocar cuando tú no estabas. Era maravilloso.

Me llevo su mano a los labios y le beso los nudillos.

—Me alegra que pudieras evadirte.

Ella levanta la otra mano y me la coloca en la mejilla.

—De muchas maneras —susurra y me acaricia el mentón, áspero por la barba, con las yemas de los dedos, despertando mi deseo.

Ya está bien.

—Vamos a terminar con esto antes de que decida llevarte a casa, arruinarte el maquillaje y comerte enterita.

Ella sonríe.

—Eso estaría bien. Pero debemos ver a tu madre.

Llamo al timbre de Trevelyan House, y Blake aparece casi de inmediato.

—Buenas noches, lord Trevethick.

—Blake.

—Lady Trevethick —añade mientras saluda a Alessia con una sonrisa afable.

—¿Está mi madre?

—Todavía no ha llegado, milord.

—Bien. ¿Caroline está en el salón?

—Sí, con lady Maryanne.

Sin soltar la mano de Alessia, subo la escalinata en dirección al distribuidor que conduce a la puerta del salón. Antes de abrir, respiro hondo. Sé que Caroline querrá terminar la conversación que empezamos en mi despacho.

Alessia se prepara mentalmente mientras Maxim abre la puerta. Cuando entran, descubren a Caroline y a Maryanne hablando animadamente junto al carrito de las bebidas mientras disfrutan de una copa.

En la mesita del sofá hay tres gruesas velas encendidas, cada una con tres pabilos, que se suman al fuego de la chimenea, lo que le confiere a la estancia un ambiente acogedor y cálido.

—M. A. —dice Maxim con la voz tan suave como una caricia, dejando claro el cariño que siente por su hermana mientras se adelanta para saludarla besándola en las mejillas—, ¿qué tal por Seattle?

—Ha sido estupendo, Maxie. —Maryanne lo abraza y cierra los ojos mientras lo estrecha un instante. No se han visto desde que su madre aireó sus secretos de forma tan desagradable en el piso de Maxim.

Maryanne se vuelve hacia Alessia y sonríe.

—Alessia, querida. ¿Cómo estás? Me han dicho que los dejaste a todos boquiabiertos en Tresyllian Hall durante la paridera. —Abraza a Alessia, con fuerza y ganas, sorprendiéndola.

—Hola, Maryanne. ¿Quién te lo ha dicho?

—¿Queréis un gin-tonic? —les pregunta Caroline—. Hola de nuevo, Maxim —lo saluda con sequedad y le ofrece la mejilla, que él le besa.

Maryanne se aparta de Alessia con una sonrisa alegre y sincera.

—No voy a desvelar mis fuentes. Estás preciosa.

—Gracias, tú también —replica Alessia—. Y sí, por favor, Caroline.

Ambas van vestidas de forma impecable, como de costumbre (Maryanne lleva un traje pantalón azul marino y Caroline, un vestido camisero de color gris pizarra con cinturón), pero en esta ocasión Alessia siente que ella también.

Caroline se dispone a preparar las bebidas, y Maxim le ofrece su ayuda.

—Te veo contenta, Alessia —comenta Maryanne.

Alessia sonríe.

—Y yo a ti. ¿Has visto a tu amigo en Seattle?

Maryanne suelta una carcajada.

—Es más que un amigo. Sí, lo he visto. Lo hemos pasado muy bien, y espero que todos podáis conocerlo en Pascua.

—Estoy deseándolo.

—Háblame de Cornualles. Lo echo mucho de menos. —Maryanne señala uno de los sofás y Alessia toma asiento al mismo tiempo que lo hace su cuñada, toda sonrisas y miradas amables, como si de verdad se alegrara de verla y estuviera interesada en lo que tiene que decir. Alessia se relaja un poco y le habla de sus logros.

Caroline me entrega un gin-tonic.

—Antes nos interrumpieron. No respondiste a mi pregunta.

—No creo que este sea el momento ni el lugar.

—Por favor —susurra, y la sinceridad de su súplica me confunde. Sintiendo mi debilidad, insiste—. Necesito saberlo.

—¡Maxim! —exclama Maryanne—. Dime que no le has enseñado a Alessia a conducir con el Defender. ¡Menudo sádico!

Las miro, a ella y a mi esposa, que a su vez nos observa a Caroline y a mí con atención.

Sabe que pasa algo.

—Pues sí. Y, como siempre, mi esposa no me defraudó. —Miro a Alessia con una sonrisa dulce y tranquilizadora, o eso espero.

—¿Con el Defender? —pregunta Caroline con deje burlón mirándome con los párpados entornados—. ¿En serio? Eres un sádico.

—Si Alessia es capaz de conducirlo, puede conducir cualquier cosa. —Me encojo de hombros y bebo un sorbo del gintonic, complacido al ver que tanto Caro como Maryanne se ponen en mi contra, aunque sea innecesario, para defender a mi mujer.

Caroline aprieta los labios y se acerca a Alessia para darle su copa, salvándome de la incómoda conversación sobre el contenido del diario de Kit.

La puerta se abre y entra Rowena. Muy sobria con un mono suelto, sin duda de Chanel, se detiene en cuanto posa su mirada miope en mí.

—Hola, madre —la saludo con alegría y me acerco para besarla en una mejilla. Ella se queda petrificada, parpadeando con la mirada perdida como si estuviera tratando desesperadamente de estar en cualquier otro lugar. Hago caso omiso de su reacción mientras la beso y justo entonces caigo en la cuenta de que está aterrada.

¿Mi madre? ¿Aterrada?

Estoy horrorizado. Pero lo que más me perturba es que reconozco esa mirada porque la he visto antes…, en mi mujer.

De repente, algo se retuerce y se rompe en mi interior.

Y antes de poder detenerme, estrecho el delgado cuerpo de Rowena entre mis brazos y la acerco a mí con el corazón acelerado.

—No pasa nada —susurro mientras ella permanece tensa entre mis brazos—. No pasa nada. Estoy aquí, contigo.

La abrazo sin hacer nada más, aspirando su caro perfume, tal vez por primera vez en mi vida (no recuerdo haberla abrazado así ni siquiera de niño) y no quiero apartarme de ella.

Seguimos de pie en el centro del salón y, mientras la abrazo, el ritmo de mi corazón se ralentiza un poco y me doy cuenta de que la conversación a nuestra espalda ha cesado y de que todos los ojos están clavados en nosotros, aunque no podamos ver a nadie.

Rowena no hace nada. Se limita a dejarse abrazar. Conmocionada, seguramente, y creo que es posible que hasta haya dejado de respirar, aunque al final se estremece, echa la cabeza hacia atrás y me besa en una mejilla con una especie de suspiro que podría ser un sollozo.

—Hijo mío —susurra y me toma la cara entre las manos, con los ojos rebosantes de lágrimas.

—Ay, mamá —murmuro y la beso en la frente.

—Lo siento —musita con un hilo de voz.

—Lo sé. Yo también.

Alessia observa el abrazo entre madre e hijo que tiene lugar delante de ella y siente el escozor de las lágrimas en los ojos. Aunque no alcanza a oír lo que dicen, eso es más de lo que esperaba.

Mira a sus cuñadas. Maryanne se ha quedado sin palabras mientras contempla boquiabierta a su madre y a su hermano, y Caroline los observa evidentemente confundida. Al final, frunce el ceño.

—¿Se puede saber qué está pasando? —pregunta, alzando la voz.

No se lo has dicho? —me pregunta Rowena.

Niego con la cabeza.

—No.

Ella asiente con un rastro de… admiración, diría yo, en el rictus de sus labios.

—Eres igual que tu padre. Creo que eres lo mejor de él.

—Eso es lo más bonito que me has dicho en la vida.

Ella esboza una media sonrisa y pone los ojos en blanco.

—Todo este… sentimentalismo. Muy aburguesado, qué espanto.

Me río.

—Lo sé.

Se aparta de mis brazos, llevándose el peso de mi ira.

—¿Alguien puede hacer el favor de aclararme qué está pasando aquí? —insiste Caroline.

—Caroline, cariño. Creo que te debo una explicación —dice Rowena—. Pero antes, Alessia...

El corazón de Alessia empieza a latir con fuerza mientras la madre de Maxim la mira y alza la barbilla.

¿Qué pasa?

—Te debo una disculpa.

Alessia siente un hormigueo en el cuero cabelludo. Eso no se lo esperaba.

—Lo que te dije la última vez que nos vimos fue imperdonable. Ya sabes que Heath se metió donde no debía. Pero le he dejado las cosas claras. No quería que acabara contándoselo a la prensa. En cualquier caso, espero que seas capaz de perdonarme.

Alessia se levanta de su asiento y se acerca a Rowena.

—Por supuesto —replica.

Rowena le tiende una mano, y Alessia la acepta, sorprendida por la frialdad de los dedos de su suegra.

—Tienes un alma generosa, querida. No la pierdas nunca.

—Mi marido ha perdido a su padre, y tú has perdido un hijo... Ninguno de los dos necesita perder a otro ser querido.

Rowena parpadea un par de veces, sorprendida.

—Sí. Tienes toda la razón. —Le da a Alessia un apretón en la mano—. Menudo cambio el de mi hijo desde que está contigo.

—Yo también he cambiado gracias a él.

Maxim le pasa un brazo por los hombros a Alessia y la besa en la sien.

—Me han contado las maravillas que has hecho en Tresyllian Hall, querida —añade Rowena con amabilidad.

—¿Podría alguien decirme qué coño está pasando? —suelta Caroline.

—Madre, permíteme prepararte una copa —se ofrece Maxim.

—Vino. Por favor, cariño. —Toma asiento en uno de los sillones emplazados frente a la chimenea, y Alessia lo hace en el sofá—. ¿Estáis listos para oír esto? —les pregunta a sus hijos.

—Sí —contestan Maryanne y Maxim a la vez.

—Para oír ¿el qué? —pregunta Caroline, que sigue desconcertada.

Maryanne se vuelve hacia Caroline.

—Papá no era el padre de Kit.

—¿Cómo? —Caroline se queda blanca y traslada la mirada de Maryanne a Maxim, pero él está ocupado sirviendo el vino.

—Es verdad —dice Rowena, que observa ceñuda a Maryanne, probablemente porque ha soltado su secreto de forma tan brusca.

—Quería poner a Caro al día —se justifica Maryanne.

Caroline se queda boquiabierta, pero no por la sorpresa…, más bien como si las piezas por fin encajaran.

—Caro, no quería cargarte con esto, querida. Pensaba que podría decírtelo en privado. No esperaba que el resto de la familia estuviera presente. Discúlpame.

Caroline asiente como si lo entendiera… o estuviera en estado de shock. Alessia no está segura.

Dejo una copa de chablis frío en la mesita de centro delante de mi madre y tomo asiento junto a Alessia.

—¿Quieres oírlo? —le pregunta Rowena a Caroline.

—Sí —responde Caro en voz baja.

—Muy bien. Seré breve —dice con su característico acento, una mezcla del británico y el norteamericano. Tras unir las manos en el regazo, clava la mirada en las ascuas de la chimenea—. Cuando llegué a Londres, era tonta e ingenua. No me interesaba asistir a la universidad, aunque había conseguido una plaza. Lo que quería era divertirme. Mis padres siempre fueron muy estrictos, pero, en cuanto me fui de casa, parecieron abandonar todo su control parental. Tuve suerte. Vivía en Kensington con unas amigas de la facultad, y una de ellas trabajaba como modelo. Me llevó casi a rastras a su agencia. Me contrataron y el resto... Me convertí en la chica del momento —concluye, pronunciando las últimas tres palabras con desdén—. Eran los años ochenta. La codicia estaba bien vista. Y yo era codiciosa. Hice mías las tendencias, las fiestas, las hombreras, el pelo cardado... y un día conocí a un hombre que pensé que era una buena persona, un músico con la cabeza bien amueblada. En fin, era inalcanzable, pero me obsesioné con él. Y una noche, después de ingerir una gran cantidad de alcohol..., lo conseguí. No voy a entrar en los detalles sórdidos. El caso es que él no quiso saber nada de mí después de aquello.

»Por aquel entonces yo trabajaba mucho con John, vuestro padre. Ya sabéis que era un fotógrafo de gran talento y estaba en el punto álgido de su carrera. Era el preferido para hacer las portadas de todas las revistas, así que hicimos muchas sesiones juntos... y nuestra relación era más que profesional, por decirlo de alguna manera. Yo sabía que estaba colado por mí. —Hace una pausa y bebe un sorbo de vino—. Cuando me enteré de que estaba embarazada, el músico había desaparecido. Después de buscarlo y localizarlo, me dijo que el niño era problema mío. Y se acabó. Entonces... —frunce el ceño—, ya era demasiado tarde para... En fin. Vuestro padre se apiadó de mí. Era así de bueno y de amable. Nos casamos. Aceptó a Kit como suyo. Y se convirtió en nuestro secreto. Cameron lo adivinó, por supuesto. —Mira a Alessia—. Cameron es el hermano de

John, el tío de Maxim. Se enfadó muchísimo. —Se vuelve hacia Maryanne—. Pero tu padre me amaba...

Deja la frase en el aire y empiezan a brillarle los ojos mientras clava la mirada en las llamas. El crujido de la leña y el tictac del antiguo reloj de estilo georgiano enfatizan el absorto silencio. Menea la cabeza como si quisiera borrar el recuerdo.

—El caso es que el padre de Kit se mudó a Estados Unidos y se convirtió en un empresario de gran éxito, y gay reconocido porque salió del armario, lo que tal vez explique que nos diera la espalda a su hijo y a mí. Nunca volví a saber de él y lo enterré en el fondo de la memoria. Hasta que murió el año pasado. Salió en las noticias, y así fue como me enteré de su problema genético. —Hace una pausa y bebe un sorbo de vino—. Aquel fue un día horrible. Fue justo en la época en la que Kit buscaba ayuda para sus recurrentes dolores de cabeza. Así que lo animé a que fuera al médico sin hablarle de su padre biológico. Justo después de Año Nuevo, me dijo que tenía un problema y que quería poneros a los dos al día. —Me mira y luego mira a Maryanne—. Y entonces se lo conté todo. —Le tiembla el labio inferior, pero traga saliva y mantiene la compostura—. Se enfadó muchísimo, por supuesto. Y después salió con la moto... —Se le quiebra la voz y se saca un pañuelo de algodón del interior de una manga.

—Bueno, el resto ya lo sabemos —murmuro con suavidad.

—Nuestra discusión fue la última conversación que mantuvo antes de morir —susurra—. Estaba tan enfadado conmigo... —se lamenta con una vocecilla casi infantil.

El silencio se hace de nuevo en la estancia, interrumpido tan solo por el reloj cuando marca la hora, algo que sobresalta a Alessia. El sonido hace que Caroline reaccione, de manera que se levanta y se sienta en el sillón emplazado junto al de mi madre, y después la coge de la mano.

—No solo estaba enfadado contigo. Ambas lo decepcionamos —murmura, y creo que solo yo puedo oírlas.

Rowena la mira con semblante comprensivo.

—Lo sé —dice en voz baja.

—¿Te lo contó?

Rowena asiente con la cabeza.

—No soy nadie para juzgarte, querida. Kit podía ser… difícil.

¿Difícil? ¿Kit?

Caroline me mira, pero evita mis ojos.

¿De qué va esto?

¿Qué otros secretos me ha estado ocultando mi familia?

—Mamá, ya va siendo hora de darle un adiós apropiado. Por nuestro bien —sugiere Maryanne.

—Sí —decimos Caro y yo al unísono.

—Tienes razón —admite Rowena, que se enjuga las lágrimas con el delicado pañuelo.

—Bien —señala Caroline—. Seguiremos con los planes que tenemos para la misa en su recuerdo.

Llaman a la puerta y entra Blake.

—La cena está servida —anuncia, al parecer ajeno como siempre a las bombas que se han lanzado en la estancia. Pero me alegra verlo. Todos estos secretos han despertado mi apetito.

—¿Estás bien? —le pregunto a Alessia.

—Sí. ¿Y tú?

—Estoy bien. Mucho mejor, de hecho. Tenías razón. —Busco su mano y salimos del salón detrás de Caro—. Necesitaba escuchar su historia.

—Te has reconciliado antes de escucharla.

—Una chica muy sabia me recordó que Rowena es mi madre y que mi padre no está aquí.

Las mejillas de Alessia adquieren un precioso tono rosado y sonríe al oír mi halago mientras bajamos la escalinata de camino al comedor, cuya mesa está lujosamente dispuesta para cenar.

La gran mesa de caoba es un espectáculo, con la delicada vajilla de porcelana blanca y dorada, la cubertería también dorada y los candelabros. Alessia contiene el aliento al verlo todo. Pero también se percata del piano Yamaha Ebony vertical emplazado en un extremo de la estancia.

Caroline insiste en que Maxim se siente a la cabecera de la mesa. A su izquierda y a su derecha toman asiento Caroline y su madre. Maryanne lo hace al lado de Caro y Alessia, junto a Rowena. Alessia se alegra al comprobar que el gran despliegue de cubiertos no la abruma y vuelve a dar las gracias por haber asistido al curso de protocolo y etiqueta.

La cena es un momento alegre. Como si todos hubieran respirado hondo y hubieran soltado el aire. Maxim se muestra simpático e inclusivo. Habla con su madre largo y tendido sobre sus planes para Cornualles. Sobre la destilería. Sobre la agricultura regenerativa. Maryanne y Rowena lo acribillan a preguntas, y Maxim responde a sus dudas sin problemas.

Su madre parece una persona distinta. Como si hubiera salido de una jaula y sintiera el sol en la cara por primera vez en mucho tiempo. Alessia está fascinada.

Maryanne habla más sobre Seattle y Ethan, y sobre sus aventuras en la ciudad. Alessia les dice que ha hecho una prueba de acceso para el Royal College of Music y que tiene otras pendientes.

La única persona que no parece cómoda es Caroline. No para de mirar a Maxim como si intentara comunicarle algo en silencio.

Al final, Caroline se levanta. Maxim también lo hace de forma automática.

—Querido —le dice a Maxim—, necesito hablar contigo y entregarte los objetos que pertenecían a Kit. Por favor. ¿Podemos hacerlo ahora?

Maxim mira a Alessia con los ojos abiertos de par en par como… ¿si estuviera al borde del pánico?

¿Por qué?

Alessia decide que ese es un asunto entre él y su examante. No tiene nada que ver con ella. Así que le regala una sonrisa tranquilizadora al tiempo que encoge un hombro.

—Por supuesto —le dice Maxim a Caroline y sale del comedor detrás de ella, dejando a Alessia con su familia política.

—Alessia, querida —dice Rowena—, he oído hablar mucho de tu talento musical. Me encantaría oírlo en persona. ¿Nos harías el honor?

—Por supuesto. Será un placer. —Alessia se levanta de la mesa y echa a andar hacia el piano vertical. Levanta la tapa y toca el do central. El sonido es rico y robusto, y se extiende por el comedor en un tono dorado puro—. Está afinado —dice, casi para sí misma, y toma asiento en la banqueta.

Sigo a Caro hacia el oscuro santuario que fue el despacho de Kit con el corazón en un puño. No he estado aquí desde que murió. Es un poco agobiante, con las paredes de color azul marino, los grandes cuadros y la vitrina repleta de objetos curiosos, fotografías y trofeos. Creo detectar un tenue indicio de su colonia, y a mi mente acude la imagen de un sueño o de una pesadilla olvidada hace tiempo. Mi hermano se inclina sobre mí. *Lo vas a hacer genial. Naciste para hacer esto.* Me mira con esa sonrisa torcida y sincera que reservaba para las raras ocasiones —o eso era lo que me parecía— en las que metía la pata.

De repente, me invaden las dudas.

Quizá no eran tan raras en lo que a Caro se refiere.

Joder. Siempre he admirado a Kit y lo envidiaba.

Se quedó con la chica. Consiguió el título. Su trabajo en la City se le daba de maravilla. Desde el comedor llega el sonido del piano. El piano en el que aprendí a tocar.

Alessia.

Está interpretando *Claro de luna*, y recuerdo que la última vez que la tocó yo la acompañé…, fue una experiencia muy emocional. Saber que está cerca me tranquiliza y me ayuda a abandonar los pensamientos sombríos para concentrarme en el asunto que nos traemos entre manos. Lo último que quiero hacer es traicionar la privacidad de mi hermano. Su diario era exactamente eso. Contiene sus pensamientos íntimos, en los que no quiero entrometerme, ni quiero que lo haga Caro.

Decido agarrar el toro por los cuernos.

—Oí lo que le dijiste a Rowena.

Caro se apoya en la que fue la mesa de Kit y cruza los brazos.

—En ese caso, ya lo sabes.

Suspiro.

—Sé que Kit estaba al tanto de que le habías sido infiel o lo seguías siendo.

La mirada de Caro se mantiene firme.

—¿Qué escribió en su diario?

—Estaba enfadado contigo y con Rowena. Nada más. Esa es la última entrada. No creo que tuviera intención de suicidarse. Estaba enfadado. Por las cartas tan asquerosas que le habían tocado en la vida.

—¿Me estás incluyendo en cartas asquerosas?

¡Joder, no me vengas con esas!

Me dejo caer en uno de los sillones tapizados con tela de tartán frente a la mesa.

—No lo sé, Caro. Yo no lo escribí. Y no estoy en posición de juzgar a nadie. Como tampoco lo está Rowena, como ya te ha dicho. ¿Era una persona? ¿Varias personas? Eso se queda entre Kit, tu conciencia y tú.

Se mira las uñas antes de darse media vuelta y dejarse caer en el sillón emplazado junto al mío.

—Lo quería.

—Lo sé. ¿A qué se refería Rowena cuando dijo que era difícil?

Caroline se sienta con la espalda recta y se mira las uñas de nuevo. Suspira.

—Era distante y exigente. Controlador. A veces se mostraba violento.

¡No me jodas!

—¿Contigo? —pregunto, mientras me siento erguido, impulsado por el espanto que me recorre todo el cuerpo.

Ella asiente en silencio y desvía la mirada de las uñas al techo.

—No a menudo.

—Eso es horrible. ¿Por qué no nos lo dijiste?

—No podía. Me daba mucha vergüenza. Y, como venganza, busqué compañía en otra parte. No creí que le importara. Pero sí le importó.

—Ay, Caro, lo siento mucho.

—Maryanne se dio cuenta. Se lo dijo a tu madre. Creo que Rowena tuvo una charla con él.

Deja de hablar y oímos los leves acordes del piano que Alessia toca con tanta delicadeza, aunque solo puedo pensar en que mi familia estaba pasándolo mal y yo no me enteré de nada.

—Sabía que tomé la decisión equivocada —susurra.

—Caro, no. No vamos a tocar ese tema. Es agua pasada.

—Fue muy difícil para mí ver que te liabas con cualquier cosa que llevara falda.

Tuerzo el gesto.

—De tal palo, tal astilla. Y me refiero a mi madre.

Caro se ríe.

—Pero ya no —añado, aliviado al comprobar que sigue conservando el sentido del humor.

Caro pone los ojos en blanco.

—Sí. Lo he visto. Te enciendes como un puto árbol de Navidad en cuanto ella aparece. Es nauseabundo.

—No, Caro. Es amor.

—Conmigo nunca fuiste así.

—No.

—Es una chica afortunada.

—El afortunado soy yo.

—¿Me vas a dar el diario?

—¿De verdad quieres saber lo que dice?

—No. Espero que no me odiara.

—Nunca me pareció que te odiara, Caro. Os lo pasasteis bien juntos en La Habana y Bequia la pasada Navidad.

—Estábamos intentándolo. No me malinterpretes. También hubo buenos momentos.

—Pues recuerda solo esos, querida.

Caro asiente con tristeza.

—Lo intento.

—Deberíamos volver.

—Sí. —Se pone en pie y yo hago lo mismo. Se inclina sobre la mesa y coge una caja de madera—. He pensado que te gustaría tener algunos de sus objetos. —Me la entrega.

—La abriré cuando esté en casa.

—Vale.

Con la caja en una mano, la rodeo con el brazo libre para abrazarla.

—Lo siento, Caro.

—Lo sé.

—No has llorado, bien hecho.

Ella se ríe.

—Regresemos con la familia.

Familia. Sí. Mi familia. Mi destartalada familia.

Gracias a Dios por Alessia.

32

Caminamos de vuelta al piso cogidos de la mano, con la caja de madera metida bajo un brazo, ya que rechacé la bolsa de Waitrose que me ofrecía la señora Blake.

—Hemos sobrevivido a la cena —murmuro.

—Ha sido… muy fuerte.

Me río.

—¡Pues sí!

—Tu madre ha sido amable conmigo durante la cena.

—Mi madre se ha dado cuenta de sus errores. Parecía una persona diferente durante la cena, después de haber sacado todos los trapos sucios delante de la familia.

Alessia protesta con una especie de resoplido.

—Lo siento, ¿me he pasado con el comentario de los trapos sucios?

Ella menea la cabeza y se ríe.

—¿De qué has estado hablando con Caroline?

—De Kit.

Alessia asiente en silencio.

—Me preocupa, porque creo que sigue enamorada de ti.

—No sé yo. Caroline y yo nunca hicimos buena pareja. Éramos buenos amigos. Somos buenos amigos. Y nada más, ese es su papel. Sabe que solo tengo ojos para ti. Nunca he querido a nadie como te quiero a ti.

Alessia sonríe.

—Yo nunca he querido a nadie, solo a ti.

—¿Ni siquiera al Cabrón?

Se ríe, horrorizada.

—¡Mucho menos al Cabrón!

—Me pregunto si asesinó a aquellos hombres. A tus secuestradores.

—Yo también me lo pregunto.

—¿Tiene ese tipo de… poder?

—No lo sé —contesta Alessia.

—Es mejor no saberlo.

—Sí. Es lo que tú dices, mejor no mezclarse con ese mundo.

—Cierto, pero deberíamos hacer algo. Para ayudar a las mujeres como Bleriana. Voy a hablarlo con Maryanne. De hecho, deberías unirte al patronato de la fundación benéfica. Y podemos buscar una organización benéfica que ayude a mujeres como tu amiga.

—Me encantaría. —Me da un apretón en la mano y caminamos en un cómodo silencio a lo largo del Embankment. Alessia no es de las mujeres que necesitan rellenar los silencios con conversaciones.

Y eso me hace amarla aún más.

—¿Qué hay en la caja? —me pregunta al final.

—Algunos objetos de Kit. Mañana les echaré un vistazo. Ahora mismo, tengo que decidir si reevalúo la opinión que tengo de él.

—¿Por qué? ¿Porque solo es tu hermanastro?

—No es por eso. Siempre será mi hermano. Es por cómo ha tratado a Caro. Y a mí, la verdad. No era un hombre amable y tenía un lado oscuro que mantenía bien oculto. Salvo con Caroline.

—Oh.

—Sí. Caro y yo también hemos hablado de eso. Pero es su historia, no la mía, y debe ser ella quien la cuente.

Llegamos a la puerta del bloque y entramos después de que Alessia la abra.

—Voy a echar de menos este sitio —murmuro mientras esperamos el ascensor.

—Yo también. Aquí encontré la felicidad. —Alessia se inclina y me besa en la mejilla.

No es suficiente. Le coloco el brazo libre en torno a la cintura y la pego a mí para entrar juntos en el ascensor cuando se abren las puertas.

—Y yo. Te encontré a ti.

Capturo sus labios y la apoyo en la pared mientras nos besamos durante todo el trayecto hasta el sexto piso. Lenguas, dientes, labios y amor. Todo está presente en nuestro beso. Cuando las puertas se abren, estamos sin aliento.

—Lléveme a la cama, milord —susurra Alessia, y su dulce aliento se mezcla con el mío.

—Me ha leído el pensamiento, milady.

En cuanto introduzco el código de la alarma y dejo la caja de madera en la consola del vestíbulo, mi mujer me coge de la mano y me lleva al dormitorio. Con esos ojos oscuros clavados en los míos, me quita la americana y la coloca en el sofá.

Sin moverse de donde está, se quita la chaqueta y la deja sobre la mía... mientras esos ojos oscuros me miran en todo momento. Se lleva las manos a la blusa y empieza a desabrochársela, observándome.

Ah. Yo también sé jugar a esto.

Levanto una mano, me quito los gemelos y después hago lo mismo con los de la otra manga. Los dejo en la mesita de noche y me abro los puños de la camisa.

Alessia se lame el labio superior, y es como si me hubiera lamido la polla.

Joder.

Se quita la blusa y deja que caiga al sofá, de manera que se queda con el sujetador de encaje de color crema, con los pezones tensando el delicado tejido. Se acerca a mí como si fuera un depredador, andando con esos tacones tan altos, y me da un manotazo para que aparte los dedos, que se me han quedado petrificados al verla mientras me desabrochaba la camisa.

—Yo lo hago —dice, mirándome con los párpados entornados.

—Como quieras —susurro.

¿Quién es esta hechicera?

Me saca despacio la camisa de los pantalones y sigue desabrochándomela.

Muy despacio.

Botón a botón.

Desde arriba. Me está volviendo loco y cada botón que desabrocha me la pone más dura y más grande. Cuando llega al último, hace una floritura para apartarme la camisa, se inclina hacia delante y me planta un beso suave y húmedo en el pecho.

A la mierda.

Le tomo la cara entre las manos y atraigo sus labios hacia los míos.

¡Uf, nena!

Sus labios son dulces y están ansiosos. Ansiosos por complacerme. Y eso me pone cachondísimo. Nuestras lenguas se acarician, consumiendo y avivando nuestro deseo mientras hago que camine de espaldas hacia la cama. Ella interrumpe el beso un instante para tomar aire, me pasa las manos por los hombros y empuja mi camisa, que acaba cayendo al suelo. Acto seguido, me acaricia el torso y desciende por el vello que me baja del ombligo hasta la cinturilla del pantalón.

Mi chica está impaciente.

Me gusta.

Y, mientras me desabrocha el botón, me quedo sin aliento, empalmado y a cien. Cachondo. Por ella.

Alessia quiere saborear a Maxim.

Devorarlo.

Le baja la cremallera del pantalón e introduce la mano. Lo oye sisear, satisfecho, cuando coloca la palma sobre su erección.

Aparta la mano.

—Quítatelos.

Él sonríe, al parecer encantado por que haya tomado la iniciativa.

—Como quieras, esposa —dice con voz ronca y se quita los zapatos y los calcetines, antes de hacer lo mismo con el pantalón y los calzoncillos. En un abrir y cerrar de ojos está desnudo delante de ella... en toda su gloria y preparado para la acción.

Preparadísimo. Para ella.

—Llevas demasiada ropa —susurra él, que se arrodilla para desabrocharle los zapatos y quitárselos. La mira desde abajo y le desabrocha los pantalones, tras lo cual se los baja con suavidad y la deja en sujetador y bragas.

Despacio, como una pantera de ojos verdes, se endereza y vuelve a besarla. Su lengua es húmeda y exigente. Alessia se zafa de él y se da media vuelta, haciendo que gire con ella hasta quedar él junto a la cama.

—Todavía llevas demasiada ropa —murmura Maxim.

—A ver qué puedo hacer al respecto.

Sonríe al tiempo que le coloca las manos en el torso y lo empuja para que caiga de espaldas sobre el colchón. Maxim se ríe, sorprendido por su inesperado empujón, pero se incorpora sobre los codos para disfrutar del espectáculo. Lo mira fijamente y se detiene un momento para apreciar la belleza de su marido desnudo, allí tumbado delante de ella. Desde sus anchos hombros pasando por el vello que le salpica el pecho hasta llegar a esos abdominales tan marcados con esa fina línea de vello que tanto desea lamer. Está para comérselo con la piel todavía un poco bronceada. Y es todo suyo.

El tamaño de su erección aumenta bajo su encantado escrutinio.

Se quita las bragas de encaje muy despacio. Acto seguido y sin apartar la mirada de esos brillantes ojos verdes, se desabrocha el sujetador y se baja los tirantes muy despacio, primero uno y luego el otro.

—Eres mala —dice él, con los ojos oscurecidos por el deseo.

Alessia está disfrutando del efecto que le provoca.

Deja caer el sujetador al suelo y se pasa las manos por los pechos sin dejar de mirarlo en ningún momento. Maxim abre la boca, aturdido por el deseo, y ella no puede evitar sonreír por su triunfo. Cuando se sube a la cama y gatea para colocarse sobre él, lo oye jadear. Le agarra las muñecas y se las inmoviliza sobre el colchón junto a la cabeza mientras lo mira. Están casi nariz contra nariz.

—Eres mío. Te deseo.

—Lo mismo digo, nena —susurra Maxim, y, mientras se inclina para besarlo en los labios, Alessia le libera las manos.

Maxim le acaricia la espalda hasta llegar a la cintura y sigue bajando hasta el trasero, que le agarra con fuerza mientras se devoran mutuamente.

—Lady Trevethick, tiene usted un culo fantástico —susurra, y ella sonríe y le mordisquea la barbilla antes de descender dejándole un reguero de besos por el esternón, el estómago, el ombligo y el abdomen. Maxim contiene el aliento y se tensa por la expectación cuando se la agarra con una mano.

Sin apartar los ojos de los suyos, le lame la punta y se la mete en la boca.

Maxim cierra los ojos y se deja caer en el colchón, siseando de placer. Le coloca una mano en la cabeza con ternura mientras ella se la chupa. Arriba y abajo. Y vuelta a empezar. Se cubre los dientes con los labios cuando él se la mete hasta el fondo y gime.

Alessia se muestra implacable.

Sigue y sigue, llevándolo hasta el borde del abismo.

—Para —susurra—. Quiero correrme dentro —dice con voz ronca. Por el deseo.

Alessia se sienta a horcajadas sobre él y se la mete sin más.

—¡Ah! —exclama, encantada con la plenitud de su invasión.

Y empieza a moverse arriba y abajo, adaptándose al ritmo de las caderas de su marido, que se alzan en un perfecto contrapunto. Se inclina hacia delante y se apoya en su torso. Esos ojos verdes la miran con expresión abrasadora, con las pupilas dilatadas y oscuras. Rebosantes de amor. De lujuria. De anhelo.

—Te quiero —dice Alessia, rozándole los labios.

Maxim levanta las caderas, porque quiere más.

—Te deseo. —De repente, gira sobre el colchón, llevándola consigo y sorprendiéndola cuando se coloca encima sin sacársela y su peso la aprisiona.

Le coloca los brazos a ambos lados de la cabeza, envolviéndola en una especie de capullo mientras se mueve con una intensidad y una pasión que la dejan sin aliento y a punto de…, de…

Chilla al correrse y Maxim le entierra la cabeza en el cuello y la sigue, gritando su nombre al llegar al clímax.

Alessia regresa a la Tierra, sorprendida por la rapidez y la intensidad de su orgasmo. Abraza a Maxim con fuerza, encantada por el hecho de seguir unidos de esa forma tan íntima. Las emociones le inundan el corazón mientras le frota la nariz contra el pelo.

Sigue sin creerse que esa sea su vida, ni siquiera estando ahí acostada con el hombre que ama.

Su cariñoso marido.

Su libertino reformado.

¿Será siempre así?

Así de intenso.

Así de apasionado.

Eso espera…, que sea así para siempre. Sintiéndose completamente saciada, coge la mano izquierda de Maxim y entrelaza los dedos con los suyos antes de llevársela a los labios.

—Esto es erotiquís…, muy erótico —susurra, corrigiéndose.

—¿El qué? ¿Mi mano? —Maxim sonríe, y el amor que ella siente se refleja en sus ojos.

—No —contesta ella mientras besa su reluciente anillo de platino—. Esto significa que eres mío.

—Para siempre —murmura contra la comisura de sus labios mientras la estrecha entre sus brazos y siguen allí tumbados, unidos, piel contra piel—. Solo quiero abrazarte. Hasta el fin de los tiempos.

—¿Será suficiente? —susurra Alessia, que lo besa en el pecho.

—Imposible…

Cuando Alessia se despierta, está sola. Es sábado por la mañana, y ha tenido una semana ocupada. Disfruta de la tranquilidad del momento, envuelta en las sábanas de seda, pero aguza el oído en busca de Maxim. El apartamento está en completo silencio. Lo llama, pero no le contesta. Quizá haya salido a correr o a entrenar con Joe.

Sonríe mientras recuerda la noche anterior. Salieron con Tom, Henry, Caroline y Joe para celebrar que la han aceptado en el Royal College of Music. La velada comenzó en un nuevo restaurante en Mayfair, cuyo chef es un conocido de Maxim y de Caroline —la comida mediterránea era estupenda—, y terminaron a altas horas de la madrugada en el club de Maxim. Fue una velada distendida y alegre, la manera perfecta para que ella y Maxim se relajaran después del estrés provocado por las revelaciones de Rowena a principios de la semana y por las angustiosas audiciones de Alessia.

Ese día toca empezar a recoger las cosas del apartamento, ya que esperan mudarse la semana siguiente. Tendrá que ir a comprar comida porque han acordado almorzar al día siguiente con su tío abuelo y con Bleriana, y quiere prepararles su plato albanés preferido. Mira la hora y ve que son más de las diez. No es habitual que duerma hasta tan tarde. Sale de la cama y va al cuarto de baño.

Un cuarto de hora después, vestida con unos vaqueros ajustados y una camiseta blanca, enfila el pasillo y ve la luz roja.

Oh.

Maxim está en su cuarto oscuro. No sabía que lo usaba. La única ocasión en que ella ha entrado fue cuando la besó por primera vez. Se acerca a la puerta y pega una oreja. Lo oye tararear en el interior, mientras trastea. Llama a la puerta con un titubeo.

—¡No entres! —grita él.

Sonríe. No tenía intención de entrar.

—¿Café? —le pregunta.

—Sí, por favor. Tardaré un cuarto de hora.

—¿Has desayunado?

—No.

Alessia vuelve a sonreír y sigue hacia la cocina, decidiendo que las tostadas con aguacate formarán parte del menú. A Maxim le encantan. Quizá con un poco de salmón ahumado.

Llevo toda la semana esperando para revelar las fotografías de los días que pasamos en Cornualles y estoy encantado con los resultados. Cuelgo la última de las fotos para que se seque y admiro mi trabajo.

Es de mi mujer. Sonriendo. Preciosa. Con Tresyllian House como impresionante telón de fondo. Otra de Jensen y Healey correteando por el camino con Alessia al fondo, a la mágica luz del crepúsculo. La fotografía es justo eso: magia. Alessia en la playa, mirando el mar.

Tío, es preciosa.

Hay otra con los ciervos en el horizonte. Esa podría imprimirla y añadirla a la colección de fotografías que la Sociedad Patrimonial Trevethick vende en la galería.

Aunque mi favorita es la que hice en el establo donde nacieron los corderos. Se ve a una despeinada Alessia, con el rostro enmarcado por los mechones que se le han escapado de la trenza y los ojos brillantes por la emoción. Sin embargo, es su sonrisa de alegría, esa sonrisa que es solo para mí y que iluminaría el mundo si quisiéramos, lo que más me gusta. Sonrío como un idiota mientras contemplo su contagiosa y embriagadora sonrisa, encantado con mi trabajo. La quiero enmarcada en todas las mesas que tengo.

Me ruge el estómago, así que apago la luz roja y salgo al pasillo.

Me apoyo en el marco de la puerta y observo a Alessia moverse con elegancia por la cocina mientras prepara el desayuno.

Tostadas con aguacate.

Lo apruebo.

Al final, alza la mirada y me recompensa con esa misma sonrisa que he sido tan afortunado de capturar con la cámara.

—Buenos días, esposo.

—Buenos días, esposa.

Alessia abandona el aguacate chafado que está untando en las tostadas para abrazarme por la cintura y ofrecerme los labios a fin de recibir un breve beso.

Le froto la nariz con la mía mientras la abrazo.

—Me siento muy virtuoso. —La beso—. He salido a correr. —La beso—. Me he duchado. —La beso de nuevo—. Y he revelado el carrete de fotos que hice cuando estuvimos en Cornualles. Estoy deseando enseñártelas. Creo que me he ganado el desayuno. —La beso en la comisura de los labios.

—Te mereces eso y mucho más —susurra mientras me desliza las manos por el torso y me mira por debajo de las pestañas con expresión tímida y provocativa.

Ah, conque esas tenemos, ¿no?

Mi cuerpo responde, y la estrecho con más fuerza entre mis brazos mientras la sigo besando, mordisqueándole con suavidad los labios. Ella me entierra las manos en el pelo y me acerca más al tiempo que me mete la lengua en la boca, desafiándome. Cierro los ojos, gimo y la beso con más pasión, disfrutando de la intensa dulzura de su boca y aceptando su desafío. Le coloco una mano en la nuca para sujetarle la cabeza y con la otra le aferro un cachete de ese culo tan fantástico que tiene, enfundado en los vaqueros. Tira de nuevo de mi cabeza para acercarme más y me vuelvo para pegarla a la pared, presionándola con las caderas porque necesito esa fricción en la polla, que se me está poniendo dura.

A la mierda el desayuno.

—Dios, milady, cómo me pone —susurro contra su mentón.

—Como usted a mí, milord.

—¿Nos saltamos…?

El timbre suena dos veces y apoyo la frente en la suya.

—Joder.

—Ahora mismo creo que de joder nada —replica Alessia, que suelta una risilla y se aparta de mis brazos para responder el telefonillo de la cocina.

—¿Hola?

—¡Alessia! Buenos días. ¡Abre la puerta!

—Es Caroline —dice Alessia.

Vaya cortarrollos.

—Hola. ¡Vale! —replica Alessia, que me sonríe a modo de disculpa.

Sonrío.

—Lo dejaremos para otro momento. —La beso en la nariz.

Ella me mira el paquete y me río.

—Sí, ya. Me ocuparé de esto.

Se aleja entre carcajadas para dejar que me relaje y controle mi erección mientras ella va a abrirle la puerta a Caroline.

Buenos días, Alessia —dice Caroline, que la saluda con un abrazo y un par de besos en las mejillas—. Espero no interrumpir nada.

—No, pasa. Estamos a punto de desayunar. ¿Tienes hambre?

Caroline lleva pantalones vaqueros, botas de cuero marrón y su chaqueta de tweed encima de un jersey de cachemira de color crema. Tan elegante como siempre, pero Alessia ya no se siente intimidada por ella, aunque está descalza y los pantalones vaqueros que se ha puesto son los más desgastados y cómodos que tiene.

—Me parece genial. —Caroline nos dedica una sonrisa genuina.

Alessia cae en la cuenta de que Caroline se muestra mucho más amigable y relajada desde la cena que tuvo lugar a principios de semana y se pregunta si se debe a la conversación que Maxim y ella mantuvieron después de la cena.

—He preparado tostadas con aguacate.

—Ñam. Hola, Maxim —dice Caroline cuando se reúnen con este en la cocina.

—Caro. —La besa en la mejilla que ella le ofrece—. ¿Café?

—Sí, por favor.

—Siéntate —dice Alessia, mientras señala la mesa de la cocina que está dispuesta para dos comensales.

—Qué domésticos sois. ¿Vais a contratar personal de servicio?

Maxim mira a Alessia y, antes de que ella pueda decir nada, contesta:

—Cuando nos mudemos, sí.

Alessia frunce el ceño. No está segura de que necesiten personal de servicio en Londres, pero no lo contradice y se afana en poner otro cubierto en la mesa, con su correspondiente taza para el café y los platos.

—¿Cuándo os mudáis? —pregunta Caroline.

—A finales de semana.

—Estamos empezando a recogerlo todo hoy —añade Alessia, más que nada para recordarle a Maxim que tiene que pensar en lo que quiere llevarse. Pone en el tostador otra rebanada de pan de masa madre y sigue colocando el aguacate y el salmón ahumado en la que ya está lista.

Caroline frunce el ceño, extrañada.

—¿No va a encargarse de eso tu empresa de mudanzas?

—Sí. Pero me refiero a los objetos personales. Además, así tendremos la oportunidad de… ¿cómo se dice? Simplificar.

Caroline se ríe mientras Maxim mira alarmado a Alessia.

—¡Buena suerte con eso! —exclama Caroline mientras Maxim se reúne con ella en la mesa con una cafetera llena de café fuerte—. Qué bien huele.

Alessia coloca las tostadas delante de Caroline y de Maxim y espera a que su tostada acabe de hacerse.

—Mmm, qué pintaza, Alessia. Gracias. Tengo buenas noticias para vosotros.

—Ah, ¿sí? ¿Cuáles? —pregunta Maxim.

—He hablado con mi padre sobre Alessia y su visado.

Alessia siente un hormigueo en el cuero cabelludo y Maxim levanta de golpe la cabeza.

—Ya que la han aceptado en el conservatorio puede conseguir el visado de estudiante… y luego ya veremos —replica él.

—Pero mi padre acelerará la residencia permanente. Solo necesita la solicitud cumplimentada.

—¿Qué? —Alessia exhala.

—Es director de un departamento en el Ministerio del Interior. Y puede hacer esto sin problemas. Cené con él y con la Puercastra el jueves... Ah, lo siento, con mi madrastra. Pues eso, que le dije que necesitabas pasar por todos estos ridículos aros. ¡Por el amor de Dios, te has casado con un par del reino! Y me dio la razón. Algo que no pasa a menudo. El caso es que me llamó esta mañana, con un plan.

Caro, eso es... —No encuentro palabras. Por un lado, sería genial dejar de preocuparse por el estatus legal de Alessia en el Reino Unido. Por otro lado, me da la impresión de estar haciendo... trampa.

—Querido, el título tiene sus privilegios. —Caroline ha interpretado correctamente mi ceño fruncido—. El dinero también. Por supuesto —añade.

—Sí —murmuro y miro a mi mujer, que está preparándose su tostada de aguacate y salmón ahumado.

—¡Eso es genial! Gracias, Caroline —dice Alessia con entusiasmo, y es obvio que no tiene la menor reserva al respecto.

—Hablaré con nuestra abogada de inmigración. —*Y también con mi esposa.* No estoy seguro de querer hacer trampas para lograr la ciudadanía de Alessia. Al fin y al cabo, me da la impresión de que eso fue lo que hicimos con la boda. No seguimos las reglas y eso provocó preguntas incómodas de la prensa, y no quiero acabar saliendo en los periódicos de nuevo porque nos hemos saltado el proceso para obtener el visado. Me gustaría hacerlo siguiendo todos los pasos, pero manteniendo la oferta del padre de Caro en reserva por si acaso.

—Esto está riquísimo, Alessia —dice Caroline—. ¡No me extraña que no salgas tanto como antes!

Alessia se reúne con ellos en la mesa.

—Zumo de lima y ricota. Mis ingredientes secretos.

Lo maravilloso de presentar a mi esposa en sociedad en la fiesta de Dimitri Egonov es que nos llueven las invitaciones para otros compromisos sociales. A ver, antes siempre recibía un buen número de ellas, pero ahora es un aluvión. Todos quieren conocer a mi mujer.

Dejo la correspondencia a un lado. Ya repasaré las invitaciones con Alessia cuando regrese de sus compras. Mañana domingo almorzamos con Tobias Strickland, con la joven Bleriana y con Caroline, que se ha sumado a última hora, y ella ha salido en busca de ingredientes; decir que está emocionada es quedarse corto.

Me he ofrecido a reservar mesa en algún sitio, pero quiere cocinar.

Y jamás se me ocurriría meterme entre una albanesa y su cocina.

Me acomodo en mi sillón y clavo la mirada en la caja de madera que me dio Caroline a principios de semana y que sigue sin abrir encima de mi mesa. No sé qué me impide abrirla.

Tío, ábrela.

Extiendo los brazos para cogerla, la coloco delante de mí y levanto la tapa. Pulcramente enrollado sobre un trozo de terciopelo azul está el viejo cinturón de Iron Maiden de Kit. Suelto una carcajada: Caroline sabe que detesto el gusto musical de Kit.

Fan de los coches y las motos.

Fan del heavy metal.

Le encantaban sus grupos de heavy.

Cojo el pesado cinturón. El cuero ha visto mejores días. La hebilla, en cambio, sigue tan aterradora como el día que Kit lo compró. Está hecha de peltre, con forma de calavera de una bestia con un ojo rojo sobre unas tibias cruzadas y está flanqueada por dos plaquitas donde aparecen dos años: 1980 y 1990. Entre las fechas hay un pergamino desenrollado con un grabado: EDDIE. Kit tenía catorce años cuando lo compró, y era su orgullo y su alegría. Recuerdo que a mis diez años me provocaba muchísima envidia... Es raro pensar que me he pasado gran parte de la vida envidiando a mi hermano mayor.

Lo aparto, meto la mano y saco un estuche, forrado de cuero verde. Me resulta vagamente familiar... La corona grabada en el frontal debería ser suficiente pista, pero no acabo de ubicarlo. Al abrirlo, descubro el Rolex de mi padre.

Es un puñetazo en el estómago.

Papá.

Lo saco de la caja. Es voluminoso. Un reloj masculino de acero inoxidable.

El reloj de mi padre.

Sobre las tres pequeñas esferas se puede leer «ROLEX OYSTER COSMOGRAPH».

Por encima de la esfera inferior aparece la palabra «DAYTONA» en letras rojas.

Joder. Se me llenan los ojos de lágrimas mientras lo miro. Recuerdo que de pequeño me gustaba jugar con la esfera y toquetear los botones laterales. Me fascinaba y me encantaba que me dejara jugar con él. Parecía disfrutarlo. «El tiempo es oro, hijo mío», solía decirme, y tenía razón.

Le doy media vuelta y descubro una inscripción en la parte de atrás.

Gracias.
Por todo.
Siempre tuya, Row.

Guau. No tenía idea de que era un regalo de mi madre. Supongo que nunca se lo quitaba como prueba de su amor por ella. Meneo la cabeza al recordar lo que sé a estas alturas.

Rowena tuvo suerte.

Él la quería mucho.

Le ofreció respetabilidad y un título, y a su hijo, un título de conde. En el reverso de este reloj solo hay gratitud. Rowena admitió que se obsesionó con otro hombre. Un hombre que ni la quería a ella ni a su propio hijo.

Tal vez este es el motivo por el que no quería abrir la caja de madera. Sabía que habría… sentimientos. Debo asimilar que mi madre se casó por conveniencia, no por amor, y que mi padre no tuvo el amor de una buena mujer.

Como lo tengo yo…

Aunque Rowena lo respetaba. Algo es algo. Tal vez fue suficiente para él. Debo consolarme con eso.

Devuelvo el Rolex a su estuche y saco otra caja de terciopelo verde oscuro.

En el interior, sobre la base de terciopelo, hay un par de gemelos de plata con el blasón de Trevethick. Son típicos de Kit, y estoy tratando de recordar si los mandó hacer él o si se los regalaron. Si ese es el caso, debió de ser Caroline. Me alegra que haya decidido que sea yo quien los tenga y me parece apropiado, además.

Por último, en el fondo de la caja descubro una foto en un marco de plata en la que estamos Kit, Maryanne y yo de pequeños. Kit posa orgulloso en el centro, más alto que nosotros porque tendría unos doce años, y Maryanne y yo, siete y ocho, respectivamente. Mi padre hizo esta fotografía entre las dunas de la playa de Tresyllian Hall en Cornualles. Kit nos ha echado un brazo por los hombros con gesto posesivo, y sonríe orgulloso. Siempre fue el rey del castillo. Su pelo ondulado rubio brilla a la luz del sol de Cornualles, que siempre nos aclaraba el tono castaño a Maryanne y a mí. Al lado de la apariencia dorada de Kit parecemos muy morenos. Recuerdo que nuestro padre nos animó a sonreír, y debió de decir algo gracioso, porque Maryanne y yo estamos riéndonos; aunque seguramente fuera por algún juego que Kit había ideado para someternos a su orden y capricho.

La luz es maravillosa. No os mováis, progenie.

Ese era el nombre que mi padre usaba para referirse a los tres.

Y el amor que sentía por nosotros se refleja con claridad en la foto.

No recuerdo haber visto esta fotografía en ninguna parte de la casa de Kit, pero debió de significar algo para él si la tenía enmarcada. Y eso me provoca una cálida y melancólica nostalgia.

Kit. Kit. Kit.

Lo siento mucho.

Paso un dedo sobre su imagen…

Cabrón, dejaste que la ira te ganara la partida.

Siento un nudo en la garganta.

Aunque a veces eras un gilipollas, te quería y te echo de menos.

Oigo el ruido de una llave en la puerta principal y dejo la caja para ayudar a mi esposa.

Alessia cierra la puerta de un puntapié, ya que va cargada con las bolsas de la compra, pero las suelta al ver que Maxim se acerca a ella a toda prisa.

—Oye —le dice mientras él la abraza y la ciñe con fuerza—, ¿qué pasa? —le pregunta, estrechándolo a su vez.

—Nada. Es que te echaba de menos, nada más. —La abraza durante unos segundos más con la nariz enterrada en su pelo.

—He vuelto. Sana y salva.

—Lo sé. Lo sé. Me alegra que hayas vuelto.

La suelto y recuerdo que tengo una obligación que llevar a cabo.

—Necesito enseñarte una cosa.

—¿Puedo guardar la compra primero?

Me río.

—Por supuesto. Déjame ayudarte.

—Así que esta es la caja fuerte, que ya conoces. Pero esta es la combinación. —Le doy un trozo de papel—. Memorízala y luego te lo comes. —Alzo las cejas.

Se ríe.

—Qué rico.

Estamos en mi vestidor, y, desde que descubrí que Kit no le dio acceso a Caro a ninguna de las cajas fuertes, decidí que me aseguraría de que mi mujer nunca se encontrara en esa tesitura. Voy moviendo la rueda para marcar los números de la combinación: 11.14.2.63. Después, giro el mango y la abro. Alessia mira el interior, fascinada.

—¿Lo ves?

—Sí. ¿Qué hay ahí?

El diario de Kit.

—Documentos importantes. Mi partida de nacimiento. Mi pasaporte. Deberías darme el tuyo. Las joyas que te pusiste para la fiesta de Egonov, que debería llevar de vuelta al banco…

—¿Al banco?

—Sí. Los objetos de valor están guardados allí. Tenemos una caja de seguridad, y deberíamos ir a echarle un vistazo. A lo mejor ves algo que te guste.

—¿Por qué me enseñas esto?

—Por si me pasa algo.

Alessia abre los ojos de par en par, alarmada.

—¿Qué va a pasarte?

Me río.

—Nada, espero. Creo que es importante que sepas dónde está guardado todo. Hay más cajas fuertes, una en Angwin

House y otra en Tresyllian Hall. Cuando estemos allí, te las enseñaré. Necesitas saber lo que hay en ellas y dónde están.

—Vale.

—Estupendo. —Sonrío, sintiéndome… aliviado.

—Ahora que estamos aquí, ¿hay alguna prenda que te gustaría donar a la caridad?

—Me gusta mi ropa.

—Maxim, nadie necesita tanta ropa. Iré a buscar una bolsa negra de plástico.

Suspiro, mientras examino mi saturado vestidor. Tal vez Alessia tenga razón, pero así no es como quería pasar la tarde.

—Hala, ya he llenado una bolsa. —Salgo del vestidor, sintiéndome demasiado complacido conmigo mismo.

Alessia alza la mirada. Está en el suelo junto a mi cómoda, con una caja de cartón y una bolsa negra de plástico. Levanta unas esposas con un dedo y las agita en el aire.

—¿Son tuyas?

—Ah.

—Ah —repite ella y sonríe mientras siento que me pongo colorado, joder.

¿Por qué me avergüenzo?

Me río, porque no se me ocurre qué otra cosa hacer que no sea congraciarme con ella.

—Creía que ya habías visto ese cajón en tiempos.

—No, pero esto sí lo he visto antes. Una vez. Y esta cinta, atada en el cabecero de la cama —añade, levantando la cinta en cuestión.

Joder. Era para contener a Leticia y sus garras.

—Conoces todos mis secretos guarrillos.

—Ah, ¿sí?

—Tal vez no todos. —Me acerco y le acaricio una mejilla—. Quizá podríamos tener los nuestros.

—¿Secretos guarrillos? —Se le iluminan los ojos y me acaricia el torso con las yemas de los dedos, que bajan hasta llegar a la cinturilla de los vaqueros—. ¿Qué te parece si dejamos esto para otro momento? —pregunta, mirándome con los párpados entornados y su expresión más sensual.

Joder, sí.

Epílogo

Febrero. Al año siguiente.
Cheyne Walk

—¿Qué tal estoy? —Alessia sale de su vestidor, alisándose con las manos la falda de raso negra, larga y ceñida. Me mira fijamente…, y sé que busca mi aprobación.

No la necesita.

Es una puta diosa.

—Guau.

—¿Te gusta?

Lleva un corpiño ajustado de cuero con tirantes finos que deja a la vista parte de la piel de su torso antes de que se encuentre con la falda. Le hago un gesto con un dedo para indicarle que gire, y ella me da el gusto entre carcajadas. Se abrocha en la espalda con tres tiras que en este momento están desatadas.

—¿Quieres que te abroche este impresionante vestido?

Alessia se ríe, y sospecho que se debe a los nervios.

—Sí, por favor.

—Estás increíble. —Beso la suave y fragante piel de un hombro desnudo—. ¿Tu padre ha visto este vestido?

—No. ¿Es demasiado?

—No. Es perfecto. Podrías conquistar el mundo vestida así.

—Eso mismo pensé yo. Es un Alaïa.

—Te sienta muy bien.

—Eso dijo Caroline. Comprar con ella es como ir con el genio de la lámpara mágica.

Abrocho el vestido de mi esposa con habilidad y, cuando se vuelve, me doy cuenta de que se ha puesto la cruz de oro y de que lleva los pendientes de diamantes de los Trevethick.

—Soy un hombre con mucha suerte, lady Trevethick. En fin, vamos a sorprender a tus padres.

Alessia está encantada de que sus padres nos visiten en esta ocasión especial. Se alojan con nosotros en la casa de Cheyne Walk, y les encanta. Sobre todo a su madre, que en Chelsea parece otra. Su inglés ha mejorado y está muy agradecida de volver a ver al hermano de su madre, Toby.

Estamos muy a gusto en nuestra nueva casa. Después de muchas negociaciones entre Alessia y yo, tenemos una cocinera y ama de llaves a la que le gusta que la llamemos Cook sin más, cuyo marido vive con nosotros y trabaja a tiempo parcial como chófer y manitas.

Y además está Bleriana, que se quedará aquí otros dos meses. Alessia está encantada de tenerla con nosotros.

Yo no lo tengo muy claro.

Sin embargo, se está ganando el sustento ayudando a Cook con las tareas domésticas mientras estudia.

Lo mismo que hacía Alessia.

No se lo he dicho a Oliver porque sé que querría ponerla en nómina.

Y Bleriana prefiere dinero en efectivo.

Mi presencia sigue poniéndola nerviosa, y eso me pone nervioso a mí, pero está mejorando gracias a la terapia y esperamos que algún día su ansiedad desaparezca. Alessia ha sido fundamental a la hora de recomponer la relación de Bleriana con sus padres. Espera volver a Albania y dedicarse a la enseñanza, pero mientras tanto nos ha ayudado a establecer la fundación para las mujeres que escapan de las redes de trata. La verdad, creo que en el futuro sus habilidades la inclinarán hacia esta línea de trabajo una vez que controle mejor el idioma.

Jak y Shpresa se irán mañana, y Alessia y yo nos iremos a Cornualles. El domingo es nuestro aniversario de boda, y he reservado el Hideout para el fin de semana con la intención de celebrarlo los dos solos.

Es una sorpresa para mi esposa, y estoy deseando que llegue el momento.

Tengo planes.

Bajo la escalera detrás de ella en dirección al salón de la planta baja.

Cariño, estás preciosa —dice Shpresa cuando Alessia entra en el salón y la abraza—. Me alegro mucho por ti —le susurra al oído, hablando en albanés.

—Gracias, *mama*. Tú también estás muy guapa. —Alessia la besa en la mejilla.

Su padre frunce el ceño y mira a Maxim.

—¿Crees que esto es aceptable? —Hace un gesto con una mano en dirección a Alessia, y es evidente que no aprueba su vestido.

—Está impresionante —replica Maxim, aunque no ha entendido ni una palabra de lo que ha dicho su suegro. El deseo se apodera de su mirada mientras la mira y esboza el asomo de una sonrisa, bien por la reacción del padre de Alessia, o bien por alguna idea atrevida y escandalosa que acaba de ocurrírsele.

Alessia le sonríe.

—Te repito que mi hija es ahora problema tuyo —murmura Jak, y Alessia lo coge de una mano. Él le ofrece una sonrisa renuente, y Alessia nota el orgullo mal disimulado que brilla en sus ojos—. A tu marido no parece importarle que estés medio desnuda. —Se encoge de hombros y le da un beso fugaz en la mejilla.

—*Baba*, mi marido no decide lo que me pongo. Eso es asunto mío.

Maxim interviene.

—¿Estáis listos? Tenemos que irnos. Los coches deberían haber llegado ya.

La familia Trevelyan ha tenido un enorme palco en el primer piso del Royal Albert Hall desde que se construyó, o eso me han dicho. Les hago un gesto a nuestros invitados para que entren y me alegra muchísimo ver a Tom y a Henry, irradiando la felicidad de los recién casados, junto con Caroline, Joe y Tabitha, la amiga de Alessia. Les presento a los padres de Alessia, y me complace que Bleriana nos acompañe, porque así puede ayudar a traducir para Jak.

Sus estudios están dando frutos y ha mejorado muchísimo.

Les ofrezco champán a todos.

—Oye, Trevethick, estoy seguro de que nunca te imaginaste esto cuando viste a Alessia por primera vez, ¿verdad? —me pregunta Tom cuando miramos hacia el escenario, donde los miembros de la orquesta empiezan a tomar asiento.

Me río. Pues no, ni se me ocurrió. ¿Quién iba a imaginárselo?

—Estamos encantados por ella —añade Henry.

—¿Lleva el Alaïa? —pregunta Caroline.

—Sí. Está sensacional.

Caroline muestra una sonrisa engreída.

—Le queda perfecto. Estoy muy contenta. Lo va a hacer genial.

—Colega… —dice Joe.

—Sí. ¿Quién lo diría? —Intento controlar los nervios. Mi esposa va a tocar en el Royal Albert Hall.

Desde el palco, observo el interior del enorme auditorio mientras se llena de espectadores y me pregunto si alguna vez había imaginado este instante. Regreso al momento que la oí tocar por primera vez.

Bach.

Caminé de puntillas por el pasillo para observarla sin que me viera desde la puerta del salón.

Tal vez sí lo imaginaba. Porque su forma de tocar la hacía merecedora de brillar en un escenario y, desde que se matriculó en el Royal College of Music, su habilidad y su técnica han mejorado exponencialmente.

Es una estrella de la música clásica.

Y un imán para la prensa. Su historia, el hecho de haber pasado de la pobreza a la riqueza, resulta irresistible para los tabloides; tanto es así que, cuando no hay noticias destacables, los paparazzi vuelven a acosarnos. Sospecho que esa es una de la razones por las que el auditorio está hasta arriba y las entradas, casi agotadas.

Meneo la cabeza asombrado, reflexionando al respecto, y en ese momento llaman a la puerta del palco. Joe abre y saluda a mi madre, que entra con Maryanne y Tobias.

—Hola, querido —me dice al tiempo que me ofrece la mejilla para que la bese.

—Madre. —La saludo con un beso, igual que a Maryanne, y luego le tiendo la mano a Toby, encantado de volver a verlo. Le suda la mano, así que sospecho que también está nervioso por su sobrina nieta.

Alessia forma parte de un programa especial del Royal Music College.

Hay otros tres intérpretes, pero ella será la última. El broche de la velada.

Lo espero con ansias.

Claro que esa no es la única razón por la que estoy tan nervioso. No quiero que se someta a ningún tipo de estrés, aunque seguramente lo esté sufriendo ahora mismo. Esta mañana me ha dicho que está embarazada. Y, aunque me siento eufórico por la noticia, debemos mantenerlo en secreto unas semanas más.

Voy a ser padre.

Yo. Voy a ser papá.

Estoy flipando, joder.

Bebo un sorbo de champán, suspiro y oigo el aviso a lo lejos.

La actuación está a punto de comenzar.

AEDH DESEA LAS TELAS DEL CIELO

Si yo fuera el dueño de las telas bordadas del cielo,
tejidas con luz de color dorado y plata,
los azules, los tenues y los mantos oscuros
de la noche, la luz y la penumbra,
extendería esas telas a tus pies.
Pero, como soy pobre, solo tengo mis sueños;
he desplegado mis sueños a tus pies,
pisa con cuidado porque son mis sueños sobre los que caminas.

WILLIAM BUTLER YEATS,
El viento entre las cañas, 1865-1939

Música de *La condesa*

Capítulo cuatro
«Delicious», Dafina Rexhepi

Capítulo seis
Sonata n.º 14 para piano en do sostenido menor, op. 27, n.º 2, tercer movimiento (*Claro de luna*), Ludwig van Beethoven

Capítulo siete
«Vallja E Kukesit», StrinGirls, Jeris
«Vallja E Rugoves Shota», Valle
«Vallja E Kuksit», Ilir Xhambazi

Capítulo ocho
«Magnolia», JJ Cale

Capítulo nueve
«Only», RY X

Capítulo diez
Partita n.º 3 para violín en mi mayor BWV 1006: I. Preludio, Johann Sebastian Bach (Arreglo para piano de Sergei Rajmáninov)

Capítulo once
«Lo-Fi House Is Dead», Broosnica
«Only Love», Ben Howard

Capítulo doce
Claro de luna, Claude Debussy

Capítulo diecisiete
Fuga n.º 15 en sol mayor, BWV 884, Johann Sebastian Bach

Capítulo dieciocho
«Runaway (con Candace Sosa)», Armin van Buuren
Preludio n.º 2 en do menor, BWV 847, Johann Sebastian Bach

Capítulo veinticinco
«Cornfield Chase» (de *Interstellar*), Hans Zimmer

Capítulo veintisiete
«North Country» (John Peel Session 1974), Roy Harper

Capítulo treinta
Valle e Vogël, Feim Ibrahimi
Años de peregrinaje, tercer año, S. 163 n.º 4: *Juegos de agua en la Villa d'Este*, Franz Liszt
Sonata n.º 14 para piano en do sostenido menor, op. 27, n.º 2, tercer movimiento (*Claro de luna*), Ludwig van Beethoven

Capítulo treinta y uno
Claro de luna, Claude Debussy

Agradecimientos

Escribir *La condesa* habría sido un desafío mucho mayor sin la ayuda, el consejo y el apoyo de estas personas tan maravillosas, a las que les estoy enormemente agradecida:

Mi editora albanesa, Manushaqe Bako, de Dritan Editions, por sus valiosos consejos sobre el protocolo en las bodas albanesas y, por supuesto, por todas sus traducciones al albanés.

Kathleen Blandino, por su gestión del sitio web y por ser una lectora beta de confianza.

Ben Leonard, Chelsea Miller, Fergal Leonard y Lee Woodford por explicarme el laberíntico peregrinaje que deben hacer para obtener el visado quienes desean vivir con sus seres queridos en el Reino Unido.

James Leonard por toda la terminología pija…, ¡gracias, colega!

Vicky Edwards por sus consejos sobre el matrimonio en el extranjero y las leyes del Reino Unido.

Chris Brewin por su perspicacia sobre los procedimientos policiales británicos.

Mi querido «Major», por su experiencia en música y en equipos de DJ.

Mi agente, Valerie Hoskins, por su constante apoyo emocional y moral, sus chistes malos y sus valiosas ideas sobre los desafíos de la agricultura en el Reino Unido de hoy en día.

Kristie Taylor Beighley de Silk City, afamados destiladores, por su experto asesoramiento sobre la destilación de licores.

¡Y mi querido amigo Ros Goode por todos los consejos sobre la conducción de un Land Rover Defender!

Muchísimas gracias a mi talentosa editora Christa Désir, por pulir mi gramática con gran humor y tacto, y por su apoyo.

A todos mis fantásticos y laboriosos compañeros de Bloom Books y Sourcebooks, gracias por vuestro esfuerzo y profesionalidad, y por estar siempre a mi lado.

Gracias a mis amigos autores por vuestro aliento, inspiración y ratos divertidos. Ya sabéis quiénes sois. Podría dejarme atrás a alguien de la extensa lista si os nombro, ¡lo que me dejaría hecha polvo!

Gracias a las Damas del Búnker por su apoyo, sus risas y sus graciosos memes.

Gracias a todos los participantes del Encuentro de Autores de Clubhouse, de quienes tanto he aprendido.

Muchísimas gracias a las chicas del *I Do Crew*, vuestro apoyo lo es todo para mí.

Y gracias a todas esas diosas de las redes sociales por su continua amistad, incluyendo a Vanessa, a Zoya, a Emma, a Philippa, a Gitte, a Nic y un largo etcétera.

Gracias a mi asistente personal, Julie McQueen, por plantarme cara a mí, y a las Damas del Búnker.

Como siempre, gracias a mi marido, Niall Leonard, y todo mi amor, por regañarme sobre mis errores gramaticales, por escucharme (¡a veces!) y por el suministro constante de té.

Y a mis hijos, Major y Minor: ¡gracias por ser como sois! Sois la luz de mi vida y una constante fuente de alegría para mí. Os quiero de forma incondicional.

Y, por último, a todos mis lectores.
Gracias no me parece suficiente…,
pero gracias por leer.
Gracias por todo.